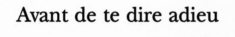

Avant de te dire adieu

# Mary Higgins Clark

# Avant
# de te dire adieu

ROMAN

Traduit de l'anglais
par Anne Damour

## Albin Michel

COLLECTION « SPÉCIAL SUSPENSE »

*Titre original :*

BEFORE I SAY GOOD-BYE

© Mary Higgins Clark, 2000
Publié avec l'accord de Simon & Schuster, New York

*Traduction française :*

© Éditions Albin Michel S.A., 2000
22, rue Huyghens, 75014 Paris

www.albin-michel.fr

ISBN : 2-226-11570-6
ISSN : 0290-3326

*À Michael Korda,*
*ami très cher et admirable éditeur,*
*avec mille mercis pour vingt-cinq merveilleuses années.*

# *Prologue*

NELL MacDermott fit demi-tour et nagea vers la plage. Elle avait quinze ans et son corps vibrait d'une juvénile allégresse tandis qu'elle embrassait du regard le décor alentour, merveilleuse conjonction du soleil dans un ciel sans nuages, et des vagues qui se brisaient non loin, poussées par un vent frais et léger. À peine arrivée à Hawaii, elle avait décrété que l'endroit lui plaisait encore plus que les Antilles, où pendant plusieurs années son grand-père avait emmené toute la famille pour les vacances de Noël.

À dire vrai « famille » était un bien grand mot, ladite famille se résumant à elle-même et à son grand-père. Cinq ans auparavant, Cornelius MacDermott, l'illustre député de New York à la Chambre des représentants, avait été interrompu en pleine session du Congrès pour apprendre la mort de son fils et de sa belle-fille. Tous deux étaient anthropologues et participaient à un séminaire au Brésil lorsque leur petit avion s'était écrasé dans la jungle.

Il était immédiatement parti pour New York, afin d'aller chercher Nell à l'école. C'était à lui de lui apprendre la nouvelle. Sa petite-fille s'était réfugiée à l'infirmerie, en larmes.

« Quand je suis rentrée de la récréation ce matin, j'ai eu l'impression que papa et maman se trouvaient à côté de moi, comme s'ils étaient venus me dire adieu, lui dit-elle en se blottissant dans ses bras. Je ne les ai pas vraiment vus, mais j'ai senti maman m'embrasser, et papa me caresser les cheveux. »

Le jour même, Nell et la gouvernante qui prenait soin d'elle en l'absence de ses parents avaient déménagé dans l'élégant petit immeuble de la 79ᵉ Rue Est où son grand-père était né et où avait grandi son père.

Ces souvenirs lui revinrent subitement à la mémoire tandis qu'elle s'apprêtait à regagner le rivage et retrouver son grand-père qui l'attendait confortablement installé dans une chaise longue sous un parasol. C'est à contrecœur qu'il lui avait permis d'aller piquer une tête dans l'eau avant de défaire ses bagages.

« Ne t'éloigne pas, lui avait-il recommandé avant d'ouvrir son livre. Il est six heures et le maître nageur va bientôt partir. »

Nell aurait voulu nager plus longtemps, mais la plage était presque déserte à présent et elle savait que son grand-père ne tarderait pas à avoir faim et à s'impatienter, sans compter qu'ils avaient laissé les valises en plan. Il y a longtemps, sa mère lui avait dit qu'il valait mieux éviter les occasions où Cornelius MacDermott était à la fois affamé et fatigué.

Même à distance, Nell pouvait constater qu'il était encore plongé dans sa lecture. Elle savait aussi que cela ne durerait pas. Elle accéléra ses mouvements. Il était temps de rentrer au port.

Soudain elle perdit le sens de l'orientation, comme si on la faisait pivoter sur elle-même. *Que lui arrivait-il ?*

La côte disparut à sa vue et elle se sentit violemment bousculée d'un côté et de l'autre, puis aspirée vers le fond. Horrifiée, elle ouvrit la bouche, voulut appeler à l'aide et avala de l'eau salée. Crachant, suffoquant, elle chercha à retrouver sa respiration, luttant pour rester à la surface.

Un contre-courant ! Pendant que son grand-père s'inscrivait à la réception, Nell avait entendu deux employés de l'hôtel en parler. L'un d'eux disait qu'il y avait eu des contre-courants sur l'autre rive de l'île la semaine précédente, et que deux nageurs s'étaient noyés. On racontait qu'ils étaient morts parce qu'ils avaient voulu lutter contre le courant au lieu de se laisser porter au large.

*Un contre-courant se produit lorsque deux courants opposés se heurtent de face.* Tout en battant des bras et des jambes, Nell se souvint d'avoir lu cette description dans le *National Geographic Magazine.*

Mais comment ne pas résister quand elle se sentait attirée sous le bouillonnement des vagues, entraînée vers le fond, loin de la côte !

Je ne peux pas me laisser emporter comme ça ! pensa-t-elle dans un accès de panique. Non ! Si je m'éloigne vers le large, jamais je ne pourrai revenir. Elle parvint brièvement à retrouver le sens de l'orientation, suffisamment pour distinguer la grève et les rayures colorées des parasols.

« Au secours ! » Son appel s'étrangla dans sa gorge au moment où un flot d'eau salée lui emplissait la bouche, l'étouffant. Le courant qui la tirait vers le large et l'aspirait sous la surface était trop fort, elle ne pouvait pas lutter.

En désespoir de cause, elle se retourna sur le dos et se laissa porter, les bras ballants. Quelques instants plus tard, elle se débattait à nouveau, luttant contre l'impression terrifiante d'être emportée loin de la côte, loin de tout espoir de secours.

*Je ne veux pas mourir !* se répétait-elle. *Je ne veux pas mourir !* Une vague la souleva, la roula, la tirant encore plus loin. « Au secours ! » cria-t-elle à nouveau, et elle se mit à pleurer.

Et soudain les turbulences cessèrent, aussi brusquement qu'elles avaient commencé. Les invisibles chaînes d'écume se desserrèrent et Nell battit des bras pour se maintenir à la surface. C'était ce qu'ils avaient dit à l'hôtel. Elle avait été rejetée hors du contre-courant.

*N'y retourne pas. Continue de nager. Contourne-le.*

Mais elle était à bout de forces, elle s'était trop éloignée du rivage. Elle regarda la côte au loin. Elle n'y parviendrait jamais. Ses paupières étaient si lourdes. L'eau lui paraissait de plus en plus chaude, comme une couverture. Le sommeil la gagnait peu à peu.

*Nage, Nell, tu peux y arriver !*

C'était la voix de sa mère, l'implorant de lutter.

*Avance, Nell !*

L'ordre impérieux de son père la tira de sa léthargie. Obéissante, elle se remit à nager, décrivant un cercle autour du contre-courant. Chaque respiration lui arrachait un sanglot, chaque mouvement de ses bras lui demandait un effort presque surhumain, mais elle persévéra.

Quelques minutes plus tard, rassemblant toute son énergie, elle plongea dans une grosse vague qui s'empara d'elle et la précipita vers le bord de l'eau. La crête s'incurva et se brisa, propulsant Nell sur le sable dur et humide.

Grelottant, tremblant de tous ses membres, Nell voulut se relever et sentit deux mains fermes la saisir par les épaules.

« Je m'apprêtais à te rappeler, dit sévèrement Cornelius MacDermott. Plus question de nager aujourd'hui, jeune fille. Ils ont hissé le drapeau rouge. Il paraît qu'il y a des contre-courants dans les parages. »

Incapable de prononcer un mot, Nell hocha la tête.

L'inquiétude creusait le visage de Cornelius MacDermott. Il retira son peignoir de bain et le drapa autour de Nell. « Tu es gelée, mon petit. Tu n'aurais pas dû rester aussi longtemps dans l'eau.

— Ça va, grand-père. Merci. » Nell préférait cacher à son cher et sévère grand-père ce qui venait d'arriver, et surtout elle ne voulait pas lui dire qu'elle avait éprouvé à nouveau cette incroyable sensation d'entrer en communication avec ses parents, une expérience que cet homme essentiellement pragmatique traitait catégoriquement de fantasme enfantin.

*Dix-sept ans plus tard*
*Jeudi 8 juin*

*1*

NELL parcourut d'un pas rapide l'habituel trajet qui la menait de son appartement à l'angle de Park Avenue et de la 73ᵉ Rue jusqu'aux bureaux de son grand-père entre la 72ᵉ Rue et York. Au ton impérieux de sa voix la priant d'arriver au plus tard à trois heures, elle se doutait que la situation avec Bob Gorman avait atteint un point critique. Bref, la perspective de cette réunion ne l'enthousiasmait guère.

Plongée dans ses pensées, elle était insensible aux regards admiratifs qui se posaient sur elle en chemin. C'est vrai, elle formait un couple heureux avec Adam. Néanmoins, avec sa silhouette élancée et musclée, ses cheveux châtains coupés court qui bouclaient dans l'air humide, ses yeux d'un bleu profond et sa bouche généreuse, elle n'ignorait pas que beaucoup la trouvaient charmante. « Charmante », c'était le qualificatif dont la gratifiaient toujours les médias lors des manifestations publiques où elle accompagnait son grand-père, et ce à son grand désespoir.

« Pour moi, c'est comme si un type disait : "Ce n'est pas une beauté, mais quelle personnalité !" Le truc

17

qui tue ! Une fois dans ma vie je voudrais entendre dire que je suis belle, élégante, pourquoi pas sensationnelle ou ravissante ! » s'était-elle écriée un jour. Elle avait vingt ans alors.

Son grand-père avait eu ce commentaire typique de sa part : « Bon sang, ne sois pas stupide. Remercie plutôt le ciel d'avoir la tête bien faite et de savoir t'en servir. »

Aujourd'hui, elle connaissait le sujet dont il voulait l'entretenir, et c'était justement la manière dont il allait lui demander de se servir de sa tête qui la tracassait. Les projets qu'il formait pour elle et les objections que ces mêmes projets soulevaient chez Adam posaient un réel problème.

À quatre-vingt-deux ans, Cornelius MacDermott possédait encore cette énergie qui avait fait de lui durant des décennies l'un des parlementaires les plus en vue du pays. Élu à trente ans député d'une circonscription du centre de Manhattan où lui-même avait grandi, il avait conservé son siège pendant cinquante ans, résistant à tous ceux qui le poussaient à se porter candidat au Sénat. Le jour de son quatre-vingtième anniversaire il avait pris la décision de mettre fin à sa carrière. « Je n'ai aucune envie de battre le record de longévité de Strom Thurmond. »

La retraite pour Mac avait consisté à ouvrir un cabinet de consultants et à s'assurer que la ville et l'État de New York resteraient dans la mouvance politique de son parti. Son soutien était une véritable bénédiction pour les néophytes en politique. Des années auparavant il avait inventé le plus célèbre spot publicitaire de son parti : « Et qu'est-ce que les autres rigolos ont fait pour vous ? » suivi d'un silence et d'une série de mimiques perplexes sur l'écran. Partout reconnu, il ne pouvait marcher dans la rue sans être chaleureusement et respectueusement salué.

Il bougonnait parfois, se plaignant à Nell de son statut de célébrité locale. « Je ne peux pas mettre le pied dehors sans être sûr que le premier venu va me prendre en photo. » À quoi elle répliquait : « Tu en ferais une maladie si les gens t'ignoraient, et tu le sais fort bien. »

En arrivant au cabinet de Cornelius, Nell salua la réceptionniste de la main et se dirigea directement vers les bureaux qu'occupait son grand-père. « L'humeur ? » demanda-t-elle à Liz Hanley, la fidèle secrétaire.

Liz, une belle femme d'une soixantaine d'années, brune, élégante et souriante, leva les yeux au ciel. « La nuit a été sombre et agitée, dit-elle.

— Ça promet ! » soupira Nell. Elle frappa à la porte du bureau et entra. « Tous mes vœux pour cette journée, monsieur le député.

— Tu es en retard, Nell, gronda Cornelius MacDermott en faisant pivoter son fauteuil pour lui faire face.

— Pas d'après ma montre. Trois heures tapantes.

— Je croyais t'avoir dit d'être ici à trois heures au plus tard.

— J'avais un article à terminer, et malheureusement pour moi mon éditeur partage ton obsession de la ponctualité. À présent, si tu m'offrais plutôt le sourire ravageur qui fait fondre les électeurs ?

— Pour l'instant, je n'ai pas ça en rayon. Assieds-toi, Nell. » MacDermott désigna le canapé situé sous la fenêtre d'angle d'où l'on avait une vue panoramique sur l'est et le nord de la ville. C'est précisément pour cette raison qu'il avait choisi ce bureau : pour contempler la circonscription qu'il avait si longtemps représentée au Congrès. Nell l'avait baptisée « le fief de Cornelius ».

En s'asseyant, elle l'examina avec inquiétude. Ses yeux bleus reflétaient une lassitude inhabituelle, un abattement qui voilait l'acuité de son regard. Son port très droit, même lorsqu'il était assis, donnait toujours l'impression qu'il était plus grand que sa taille réelle. Mais ce n'était pas le cas aujourd'hui. Mac paraissait tassé sur lui-même. Même sa fameuse crinière blanche semblait clairsemée. Tandis qu'elle l'observait, il croisa les mains et haussa les épaules comme s'il cherchait à se libérer d'un invisible fardeau. Le cœur serré, Nell pensa pour la première fois que son grand-père paraissait son âge.

Il resta le regard perdu pendant un long moment, puis se leva et se dirigea vers un fauteuil confortable placé près du canapé.

« Nell, nous traversons une véritable crise, et c'est à toi de la résoudre. Ce fumier de Bob Gorman a décidé de ne pas se représenter. On lui a fait une proposition en or pour prendre la présidence d'une société Internet. Il prétend tirer le diable par la queue avec son traitement de député. Je lui ai fait remarquer qu'à l'époque où j'ai soutenu sa candidature, il y a deux ans, il n'affichait qu'un seul et unique désir, celui de se mettre au service du peuple. »

Elle attendit. Elle savait que son grand-père avait eu vent la semaine précédente de la décision de Gorman. Apparemment, les rumeurs avaient été confirmées.

« Nell, il n'y a qu'une personne — une seule d'après moi — qui puisse se présenter et conserver ce siège pour le parti. » MacDermott fronça les sourcils. « Tu aurais dû le faire il y a deux ans quand j'ai pris ma retraite. » Il marqua une pause. « Écoute, tu as ça dans le sang. C'est ce que tu as toujours voulu faire, mais Adam t'en a dissuadée. Ne laisse pas la situation se reproduire une seconde fois.

— Mac, ne recommence pas à accuser Adam.

— Je n'accuse personne, Nell. Je dis seulement que je te connais, et que tu es un véritable animal politique. Je t'ai préparée à prendre ma place depuis ton plus jeune âge. J'ai été heureux de te voir épouser Adam Cauliff. N'oublie pas que c'est moi qui l'ai aidé à démarrer à New York en le présentant à Walters et Arsdale, un excellent cabinet d'architectes qui m'a toujours soutenu dans mes campagnes. »

Les lèvres de Mac se crispèrent. « Je n'ai pas apprécié sa décision de les plaquer, au bout de trois ans à peine, en débauchant leur principale assistante, pour créer sa propre agence. N'en parlons plus, les affaires sont les affaires. Mais Adam a toujours su quels étaient mes projets te concernant, qui soit dit en passant étaient aussi les tiens. Pour quelle raison a-t-il changé d'avis ? Tu devais te présenter à ma place le jour où je prendrais ma retraite et il ne l'ignorait pas. Il n'avait pas le droit de te décourager, et il n'a pas le droit de t'en empêcher aujourd'hui.

— Mac, j'aime écrire mes chroniques. Tu ne l'as peut-être pas remarqué, mais mes papiers sont plutôt bien accueillis.

— Tu écris de très bons articles. Je le reconnais volontiers. Mais ce n'est pas suffisant pour toi, ne me dis pas le contraire.

— Écoute, Adam n'est pas responsable de mon hésitation, ce n'est pas lui qui m'a demandé de renoncer à me présenter.

— Non ? Quoi alors ?

— Nous désirons tous les deux avoir des enfants. Tu le sais. Adam souhaite que j'attende que nous ayons fondé une famille. Dans dix ans je n'aurai que quarante-deux ans. Un bon âge pour se lancer dans la course. »

Son grand-père se leva impatiemment. « Nell, dans dix ans ton heure sera passée depuis belle lurette. Les événements vont trop vite pour que tu te permettes d'attendre. Avoue-le. Tu brûles d'envie de relever le défi. Rappelle-toi le jour où tu m'as annoncé que désormais tu m'appellerais Mac ? »

Nell se pencha en avant, joignit les mains sous son menton. Elle revoyait la scène : elle était étudiante en première année à l'université de Georgetown. Il avait d'abord protesté, mais elle avait tenu bon : « Tu passes ton temps à dire que je suis ta meilleure amie et tous tes amis t'appellent Mac. Si je continue à t'appeler grand-père, on me prendra éternellement pour une gamine. Lorsque je suis avec toi en public, je veux être considérée comme ton aide de camp.

— Qu'est-ce que tu entends exactement par là ? »

Elle se revoyait en train de brandir le dictionnaire. « Écoute la définition. Un aide de camp est un officier qui remplit auprès d'un officier général les fonctions d'ordonnance et de secrétaire personnel. Et Dieu sait que pour le moment je suis les deux pour toi.

— Pour le moment ? avait-il demandé.

— Jusqu'à ce que tu prennes ta retraite et que je me présente à ta place. »

« Tu t'en souviens, Nell ? demanda Cornelius Mac-Dermott, interrompant sa rêverie. Tu étais une petite effrontée alors, mais tu parlais sérieusement.

— Je m'en souviens. »

Il se posta devant elle, s'inclinant en avant, son visage à la hauteur du sien. « Nell, saisis l'occasion. Sinon, tu le regretteras. Quand Gorman va confirmer qu'il ne brigue pas un second mandat, il ne manquera pas de candidats. Je veux que les grosses pointures t'appuient dès le coup d'envoi.

— Quand a-t-il lieu ? demanda-t-elle prudemment.

— Au dîner annuel, le 30. Vous y assisterez, Adam et toi. Gorman annoncera son intention de se retirer de la scène politique. Il reniflera, l'œil larmoyant, dira que cette décision a été douloureuse, mais qu'une chose entre toutes l'a facilitée. Il séchera alors ses yeux, se mouchera, te désignera et s'écriera d'une voix forte que c'est *toi*, Cornelia MacDermott Cauliff, qui vas briguer le siège précédemment occupé par ton grand-père durant presque cinquante ans. Cornelia prendra la place de Cornelius. La vague du troisième millénaire. »

Visiblement satisfait de lui-même et de sa vision de l'avenir, MacDermott eut un large sourire. « Nell, ça va les mettre en transe au Congrès. »

Avec un pincement de regret, Nell se souvint que deux ans plus tôt, lorsque Bob Gorman s'était porté candidat à la succession de Mac, elle avait éprouvé un sentiment d'impatience, l'envie impérieuse de se présenter, le désir d'occuper sa place. Mac avait raison. Elle était bel et bien un animal politique. Si elle n'entrait pas dans l'arène dès maintenant, ce serait sans doute trop tard — trop tard en tout cas pour obtenir ce siège qui était pour elle le commencement idéal d'une carrière politique.

« Pourquoi Adam se comporte-t-il ainsi, Nell ? Ce n'est pas dans ses habitudes de faire pression sur toi.

— Je sais.

— Y a-t-il quelque chose qui coince entre vous deux ?

— Non. » Elle parvint à afficher un sourire indifférent, lui signifiant que la question était absurde.

Depuis combien de temps cela durait-il ? À quel

moment Adam était-il devenu si détaché, voire lointain ? Au début, il avait écarté négligemment les questions inquiètes de Nell. Maintenant elle percevait une sorte d'irritation chez lui lorsqu'elle lui demandait ce qui n'allait pas. Récemment, elle lui avait dit de but en blanc que s'il existait un problème sérieux dans leur relation, la moindre des choses était de la mettre au courant. « N'importe *quel* problème, Adam. Il n'y a rien de pire que de rester dans le flou. »

« Où est Adam aujourd'hui ? demanda son grand-père.

— À Philadelphie.

— Depuis quand ?

— Depuis hier. Il donne une conférence à un séminaire d'architecture. Il sera de retour demain.

— Je tiens à ce qu'il assiste au dîner du 30, je veux le voir à tes côtés, et qu'il applaudisse ta décision. D'accord ?

— Je ne sais pas s'il applaudira vraiment. » Il y avait un soupçon de tristesse dans son ton.

« Quand vous vous êtes mariés, il était ravi à la pensée d'être l'époux d'une future femme politique. Qu'est-ce qui l'a fait changer d'avis ? »

*Toi*, pensa Nell. Adam est devenu jaloux du temps que tu me prenais.

Lorsqu'ils étaient jeunes mariés, Adam avait été content de la voir continuer à travailler auprès de Mac. Tout avait changé le jour où ce dernier avait annoncé qu'il comptait prendre sa retraite.

« Nell, c'est pour nous l'occasion d'avoir une existence qui ne tourne pas exclusivement autour du tout-puissant Cornelius MacDermott, avait dit Adam. J'en ai assez d'être constamment à sa disposition. Crois-tu réellement que les choses s'amélioreront si tu fais

24

campagne pour lui succéder ? Il ne te laissera même pas respirer. »

Les enfants qu'ils avaient souhaités n'étaient pas nés, et il en avait tiré argument. « Tu n'as jamais rien connu d'autre que la politique. Laisse tomber, Nell. Le *New York Journal* a besoin d'une chronique régulière. Tu apprécieras peut-être d'être enfin libre. »

À force de supplications, il l'avait convaincue de ne pas se porter candidate. Aujourd'hui, pesant les raisons qu'invoquait à son tour son grand-père, avec ce mélange unique d'autorité et de persuasion, Nell devait se rendre à l'évidence : commenter la scène politique ne lui suffisait pas. Elle voulait prendre part à l'action.

Elle finit par dire : « Mac, je vais jouer cartes sur table. Adam est mon mari et je l'aime. De ton côté, tu ne l'as jamais réellement apprécié.

— C'est faux.

— Disons les choses autrement. Depuis le jour où Adam a créé sa propre affaire, tu lui en as voulu. Si je me présente à cette élection, ce sera comme autrefois. Toi et moi passerons tout notre temps ensemble. Alors si tu veux que ça marche, tu dois me promettre de traiter Adam comme tu aimerais l'être si les rôles étaient inversés.

— Si je te promets de le serrer sur mon cœur, tu te présenteras ? »

Lorsqu'elle quitta le bureau de Cornelius MacDermott une heure plus tard, Nell lui avait donné sa parole qu'elle briguerait le siège laissé vacant par Bob Gorman.

# 2

C'ÉTAIT la troisième fois que Jed Kaplan passait devant le cabinet d'architectes Cauliff et Associés, situé 27e Rue et Septième Avenue. Dans la vitrine du petit immeuble réhabilité était exposée la maquette d'un ensemble résidentiel et commercial de quarante étages, surmonté d'une tour coiffée d'un dôme doré. Le bâtiment lui-même, de style postmoderne dépouillé, avec sa façade en pierre de taille blanche, offrait un contraste frappant avec les tons chauds du revêtement en brique de la tour dont la coupole pivotait lentement sur elle-même, projetant un rayon lumineux.

Jed enfonça ses mains dans les poches de son jean et se pencha en avant, le nez presque collé contre la vitre. Pour un simple observateur, il n'y avait rien d'inhabituel ni d'inquiétant dans son apparence. Il était de taille moyenne, mince, avec des cheveux blonds coupés court.

L'impression était cependant trompeuse ; le sweat-shirt délavé abritait un corps nerveux et musclé dont la minceur cachait une force peu commune. Le teint de l'homme témoignait d'une longue exposition au vent et au soleil. Et en croisant son regard, la plupart des gens auraient ressenti instinctivement un étrange sentiment de malaise.

À trente-huit ans, Jed avait mené une existence d'errance et de solitude. Après cinq années en Australie, il était rentré chez lui pour faire une de ses rares visites à sa mère et apprendre par la même occasion qu'elle avait vendu le petit immeuble de Manhattan qui avait appartenu à la famille durant quatre générations et abrité un commerce de fourrure jadis florissant, mais devenu au fil des ans à peine rentable, et dont quatre locataires occupaient les étages supérieurs.

Jed avait violemment réagi à cette nouvelle et ils s'étaient querellés.

« Que voulais-tu que je fasse ? s'était récriée sa mère. Le bâtiment tombait en ruine ; l'assurance augmentait tous les jours ; les impôts de même ; les locataires fichaient le camp. Le commerce ne rapportait plus un clou. Au cas où tu n'en aurais pas entendu parler, porter de la fourrure n'est plus très bien vu !

— Papa avait l'intention de me léguer cet immeuble. Tu n'avais pas le droit de le vendre.

— Il voulait aussi que tu sois un bon fils pour moi ; il voulait que tu te fixes quelque part, que tu te maries, que tu aies des enfants, un vrai métier. Tu n'es même pas venu lorsque je t'ai écrit qu'il était mourant. » Elle s'était mise à pleurer. « De quand date la dernière photo d'Hillary Clinton ou de la reine Élisabeth en manteau de fourrure ? Peux-tu me le dire ? Adam Cauliff m'a payé un bon prix pour l'immeuble. J'ai de l'argent à la banque. Je vais pouvoir dormir tranquille pendant le temps qui me reste à vivre. »

Plein d'amertume, Jed examina la maquette du

building. Il eut un ricanement à la vue de la légende inscrite sous la tour : « Un modèle d'esthétique, à l'avant-garde de l'architecture dans le quartier résidentiel le plus nouveau, le plus excitant de Manhattan. »

La tour serait bâtie sur le terrain vendu par sa mère à Adam Cauliff.

Ce terrain valait une fortune, pensa-t-il. Et Cauliff avait convaincu sa mère qu'elle ne pourrait rien en tirer sur le plan immobilier à cause de sa mitoyenneté avec cette ruine historique, le vieil hôtel particulier des Vandermeer. Jed savait que sa mère n'aurait même pas *songé* à vendre l'immeuble familial si Cauliff n'était pas venu tourner autour d'elle. Certes il l'avait payé au prix normal du marché. Mais ensuite l'hôtel avait brûlé et un gros promoteur, Peter Lang, avait sauté sur l'occasion et acheté le terrain. Il suffisait par la suite de faire un seul lot avec l'immeuble des Kaplan, et de créer ainsi un site de premier plan, dont la valeur globale était bien supérieure à celle des deux propriétés séparées.

Jed avait entendu dire qu'une clocharde squattait l'hôtel Vandermeer et qu'elle avait fait un feu pour se réchauffer. Pourquoi la pauvre vieille n'avait-elle pas réduit en cendres ce putain de monument historique *avant* que Cauliff ne me pique ma maison ? enragea Jed en son for intérieur. Une colère blanche lui monta à la gorge. J'aurai la peau de Cauliff, se promit-il. Je jure devant Dieu que je l'aurai. Si l'immeuble nous avait encore appartenu après que ce tas de pierres a cessé d'être considéré comme la septième merveille du monde, nous en aurions tiré des millions...

Il se détourna brusquement de la vitrine. La vue de cette maquette le rendait malade. Il marcha jusqu'à la Septième Avenue, hésita une minute avant de se diriger vers le sud. À sept heures, il était posté sur le quai de la marina du World Financial Center et contemplait d'un regard envieux la flottille des petits yachts élégants qui se balançaient au gré de la marée montante.

Un cruiser flambant neuf d'une douzaine de mètres retint son attention. Son nom était inscrit en lettres gothiques sur le tableau arrière : *Cornelia II.*

Le bateau de Cauliff.

Depuis son retour à New York, Jed avait rassemblé tout ce qu'il avait pu apprendre sur Cauliff, et il était souvent venu ici, toujours avec la même pensée en tête : comment me venger de ce salaud avec son précieux bateau ?

*3*

APRÈS la dernière conférence du séminaire d'architecture de Philadelphie, Adam Cauliff avait dîné avec deux de ses confrères, puis quitté discrètement son hôtel pour regagner New York en voiture.

Il avait pris la route à dix heures et demie. La circulation était relativement fluide.

Pendant le dîner, Ward Battle avait confirmé la rumeur selon laquelle Walters et Arsdale, l'agence pour laquelle Adam avait travaillé avant d'ouvrir la sienne, faisait l'objet d'une enquête pour avoir truqué des appels d'offres et perçu des pots-de-vin de la part de certains entrepreneurs.

« D'après ce que j'ai appris, il s'agit seulement de la partie émergée de l'iceberg, Adam. Comme tu as jadis travaillé chez eux, tu peux t'attendre à ce qu'on te bombarde de questions. J'ai pensé que tu aimerais être au courant. MacDermott pourrait se débrouiller pour que tu ne sois pas inquiété. »

M'aider, lui ? pensa Adam avec mépris. Peu probable. S'il croit que j'ai trempé dans des affaires louches, Mac sera le premier à jeter de l'huile sur le feu pour me perdre.

Il était resté calme durant le dîner.

« Je n'ai rien à craindre, avait-il répondu. Je faisais partie du menu fretin chez Walters et Arsdale. »

Il avait précédemment prévu de passer la nuit à Philadelphie. Nell ne l'attendait pas avant le lendemain matin. À la sortie du Lincoln Tunnel, il eut un instant d'hésitation puis prit la voie de droite au lieu de tourner à gauche et de rentrer directement chez lui. Cinq minutes plus tard, il franchissait l'entrée d'un garage dans la 27e Rue.

Sa valise dans une main, ses clés dans l'autre, il parcourut à pied la moitié du bloc qui le séparait de son agence. L'éclairage de la vitrine s'était éteint automatiquement, pourtant la maquette de la tour Vandermeer se dressait dans toute sa sobre élégance à la lumière des réverbères.

Adam s'arrêta pour l'admirer, indifférent au poids de sa valise dans sa main gauche, sans même s'apercevoir qu'il agitait nerveusement son porte-clés dans sa main droite.

Peu après leur première rencontre, Cornelius MacDermott avait fait remarquer d'un ton moqueur : « Adam, vous êtes l'illustration même de ce qui sépare l'apparence de la réalité. Vous venez d'un trou perdu du Dakota du Nord, mais vous avez l'allure et le discours du plus chic des étudiants de Yale. Comment faites-vous ? »

Adam s'était rebiffé. « Je ne prétends pas être autre chose que ce que je suis. Peut-être préféreriez-vous que je me promène en salopette avec un râteau ?

— Ne soyez pas si susceptible, avait répliqué Mac. C'était un compliment de ma part.

— Je n'en doute pas. »

Mac aurait voulu que Nell fasse sa vie avec un étudiant chic de Yale, pensa Adam, un jeune bourgeois dont le père fait partie du gratin new-yorkais. Eh bien, Mac avait peut-être été l'un des personnages marquants du Congrès, mais le peu qu'il savait du Dakota du Nord, il l'avait appris en regardant une cassette de *Fargo*[1], se dit Adam en chassant de son esprit l'image du grand-père de sa femme.

Soudain une ombre au bout de la rue déserte attira son attention. Il jeta un coup d'œil en biais et distingua un individu qui s'abritait sous une porte cochère non loin. En trois enjambées il gagna la porte de l'agence et tourna la clé dans la serrure. Une agression était bien la dernière chose dont il avait besoin ce soir.

Il ne se détendit qu'une fois dans son bureau. Une petite armoire de chêne renfermait un bar et un poste de télévision. Il l'ouvrit d'un geste brusque, saisit la bouteille de Chivas Regal et se versa une généreuse rasade. Quiconque l'aurait observé installé ainsi sur le canapé, en train de déguster lentement son scotch, l'aurait pris pour un homme désireux de se détendre après une longue journée de travail.

Or c'était indéniable qu'Adam attirait les regards. Entraîné à se tenir droit comme un i, même assis, il paraissait plus grand que son mètre quatre-vingts. La pratique régulière d'exercice physique lui avait permis de conserver un corps souple et athlétique. Ses yeux clairs, couleur noisette, et une bouche aisément souriante se remarquaient immédiatement dans son visage mince. Les nombreux fils argentés qui striaient sa chevelure brune n'étaient pas pour lui déplaire : il savait que sans ses tempes grisonnantes il eût paru trop juvénile.

Il ôta sa veste, desserra sa cravate et défit le bouton

---

1. Film de Joel et Ethan Coen, 1996 (*N.d.T.*).

du col de sa chemise. Son téléphone mobile était dans sa poche. Il le posa sur la table à côté de son verre. Aucun risque que Nell téléphonât à son hôtel pour s'entendre répondre qu'il était parti. Elle l'appelait toujours sur son portable, mais il y avait peu de chances qu'elle tentât de le joindre ce soir. Il lui avait parlé dans l'après-midi, juste avant qu'elle ne parte voir son grand-père, et, s'il devinait juste, elle attendrait le moment propice pour engager une discussion avec lui.

J'ai donc la nuit pour moi, réfléchit Adam. Je peux agir à ma guise. Je peux même descendre au rez-de-chaussée et retirer la maquette de la vitrine, puisque mon projet n'a pas été sélectionné ; ce qui ne chagrinera sûrement pas Mac, ricana-t-il en secret. Mais au bout d'une heure à passer en revue les options possibles, il décida de rentrer chez lui. Il se sentait atteint de claustrophobie dans son bureau et n'avait pas envie de dormir sur le canapé.

Il était presque deux heures du matin quand, aussi silencieux qu'un chat, il entra dans l'appartement et alluma la petite lampe de l'entrée. Il se dévêtit et prit une douche dans la salle de bains de la chambre d'amis, disposa avec soin ses vêtements pour le lendemain, pénétra sur la pointe des pieds dans la chambre à coucher et se glissa dans le lit. La respiration régulière de Nell lui prouva qu'il était parvenu à ne pas la réveiller, ce dont il se félicita. Il savait qu'elle souffrait d'insomnies et qu'elle aurait peut-être mis des heures avant de se rendormir.

Il n'avait pas ce genre de problèmes : la fatigue le terrassa sur-le-champ, et il sentit ses yeux se fermer.

*Vendredi 9 juin*

*4*

Lısa Ryan se réveilla longtemps avant d'entendre la sonnerie, réglée sur cinq heures. Jimmy avait à nouveau passé une nuit agitée. Il s'était tourné et retourné, marmonnant dans son sommeil. À trois ou quatre reprises, elle avait étendu le bras et posé une main apaisante sur son épaule, dans l'espoir de le calmer.

Enfin, à peine quelques heures plus tôt, il avait sombré dans un lourd sommeil, et elle savait qu'il lui faudrait bientôt le réveiller. Elle-même n'avait pas besoin de se lever d'aussi bonne heure et elle espéra qu'elle pourrait somnoler jusqu'au réveil des enfants après son départ.

Je suis si fatiguée. J'ai à peine dormi et une longue journée m'attend. Elle était manucure et, aujourd'hui, elle avait des rendez-vous sans interruption de neuf heures du matin jusqu'à six heures du soir.

Son existence n'avait pas toujours été aussi difficile. Tout s'était détérioré à partir du jour où Jimmy avait perdu son emploi. Il était resté sans travailler pendant presque deux ans avant de présenter sa candidature chez Cauliff et Associés et, bien qu'ils aient un peu entamé leur capital, il leur restait néanmoins des factures à payer, accumulées durant cette période de chômage.

Malheureusement, les circonstances dans lesquelles Jimmy s'était vu obligé de quitter sa situation lui avaient porté préjudice. Son patron l'avait licencié après l'avoir entendu dire à l'un de ses collègues que quelqu'un dans la société se faisait acheter. La preuve : le béton qu'ils coulaient n'avait pas la qualité spécifiée dans les descriptifs.

Ensuite, partout où il se présentait, Jimmy avait eu droit au même discours : « Désolé, nous n'avons pas besoin de vous. »

En comprenant que son attitude avait été à la fois naïve, stupide et vaine, Jimmy avait profondément changé. Au point que Lisa l'avait souvent cru au bord du désespoir — jusqu'au jour où il avait reçu un appel de l'assistante d'Adam Cauliff lui annonçant que sa candidature auprès de Cauliff avait été transmise à la Sam Krause Construction Company. Et, grâce au ciel, ces derniers l'avaient engagé peu après.

Pourtant, le changement psychologique tant espéré ne s'était pas produit. Lisa était allée consulter un psychologue qui l'avait prévenue que Jimmy souffrait de dépression, et qu'il ne pourrait probablement pas s'en sortir seul. Mais Jimmy s'était mis en rage lorsqu'elle lui avait suggéré de se faire aider.

Au cours des derniers mois, Lisa s'était sentie accablée de lassitude. Elle avait l'impression d'être infiniment plus vieille que ses trente-trois ans. L'homme qui dormait à côté d'elle ne ressemblait plus à l'ami d'enfance rieur qui affirmait l'avoir connue au berceau. L'état psychique de Jimmy passait par des hauts et des bas. À un moment il s'emportait contre elle et les enfants, et l'instant suivant il s'excusait avec des larmes plein les yeux. Il s'était mis à boire, aussi, deux ou trois scotchs par soir — et il supportait mal l'alcool.

Elle savait que ces sautes d'humeur n'étaient pas dues à l'existence d'une autre femme. Jimmy rentrait à la maison tous les soirs, il avait même perdu l'envie d'assister à un match de base-ball avec ses copains. Pas plus qu'il ne s'amusait à parier aux courses ou au football. Les jours de paie, il lui remettait son chèque sans l'avoir encaissé ; et le talon indiquait le cumul de ses gains.

Lisa avait tenté de lui faire admettre qu'il n'avait plus à se soucier de leurs finances, qu'ils auraient bientôt remboursé les débits de leurs cartes de crédit. Ça ne semblait pas le toucher. À la vérité, plus rien ne semblait le toucher.

Ils vivaient toujours à Little Neck, dans Queens, habitaient la petite maison de bois peinte en gris qu'ils s'étaient promis, le jour de leur mariage, treize ans plus tôt, de quitter un jour pour quelque chose de plus grand. Mais la naissance de trois enfants en sept ans avait plutôt entraîné l'achat de lits superposés. Lisa avait coutume d'en rire autrefois, mais plus maintenant — elle savait que Jimmy le prenait mal.

Lorsque l'alarme du réveil sonna enfin, elle l'arrêta et se tourna en soupirant vers son mari. « Jimmy. » Elle lui secoua l'épaule. « Jimmy », répéta-t-elle plus fort, cherchant à dissimuler toute trace d'inquiétude dans sa voix.

Elle parvint enfin à le réveiller. Il murmura un « Merci, chérie » d'une voix morne et disparut dans la salle de bains. Lisa se leva, alla à la fenêtre et releva le store. La journée s'annonçait magnifique. Elle noua en chignon ses cheveux châtain clair, y piqua une épingle et enfila sa robe de chambre. Soudain complètement réveillée, elle décida de prendre son café avec Jimmy.

Il descendit à la cuisine dix minutes plus tard et sembla surpris de l'y trouver. Il n'a même pas remarqué que je me suis levée, se dit Lisa tristement.

Elle l'étudia attentivement tout en s'efforçant de lui cacher les craintes qui la tourmentaient. Il y avait quelque chose de si vulnérable dans le regard qu'il posait sur elle ce matin.

D'un ton léger, elle annonça : « Il fait trop beau pour paresser au lit. J'ai eu envie de descendre prendre une tasse de café avec toi, et ensuite j'irai dehors écouter les oiseaux chanter. »

Jimmy était un homme de forte corpulence, avec des cheveux d'un roux éclatant qui avaient bruni au fil des ans. Il avait le teint hâlé en permanence à force de travailler dehors, mais Lisa vit avec tristesse que son visage se creusait chaque jour davantage de rides profondes.

Il ne s'assit pas, avala son café debout près de la table, refusa d'un signe de tête le toast et les céréales qu'elle lui proposait.

« Ne m'attends pas, je rentrerai tard, dit-il. Les huiles de la société doivent se retrouver à cinq heures sur le yacht d'Adam Cauliff. On m'a invité à participer à la réunion. Peut-être veut-il me virer et a-t-il l'intention de le faire avec style.

— Pour quelle raison voudrait-il te virer ? demanda Lisa, espérant que sa voix ne trahissait pas son anxiété.

— Je plaisantais. Mais s'il le fait, il me rendra peut-être service. Comment vont les affaires côté ongles ? Es-tu capable de nous entretenir tous ? »

Lisa s'approcha de son mari et passa ses bras autour

de son cou. « Tu te sentirais beaucoup mieux si tu me disais ce qui te ronge.

— Je vais y réfléchir. » Jimmy Ryan attira sa femme contre lui. « Je t'aime, Lissy. Ne l'oublie jamais.

— Je ne l'ai jamais oublié. Et...

—... *moi de même, tu le sais bien.* » Il eut un rapide sourire en se remémorant cette phrase qui les ramenait au temps de leur adolescence.

Puis il tourna les talons et se dirigea vers la porte. Au moment où il la refermait derrière lui, Lisa crut l'entendre murmurer : « Pardon. »

# 5

C E matin-là, Nell décida de préparer le petit déjeuner pour Adam avec un soin particulier, et s'irrita contre elle-même à la pensée qu'elle cherchait à l'amadouer et à lui faire accepter son choix d'embrasser une carrière politique. Choix qu'elle avait absolument le droit de faire seule. Elle n'en continua pas moins à s'activer à la cuisine. Avec un sourire penaud, elle se rappela un cahier de recettes qui avait appartenu à sa grand-mère maternelle. La couverture portait ce dicton : « C'est par l'estomac qu'on retient le cœur d'un homme. » Sa mère, anthropologue et détestable cuisinière, en riait souvent avec son père.

En se levant, Nell avait entendu Adam prendre sa douche. Elle ne dormait pas lorsqu'il était rentré la veille et avait préféré le lui cacher. Elle n'ignorait pas qu'ils avaient à parler, mais il était deux heures du matin et ce n'était peut-être pas le meilleur moment pour discuter de la conversation qu'elle avait eue avec son grand-père dans l'après-midi.

Il lui faudrait néanmoins aborder le sujet dès ce matin car ils devaient retrouver Mac le soir même et elle voulait avoir réglé la question avant. Mac avait téléphoné dans la soirée pour lui rappeler qu'il les attendait tous les deux au dîner d'anniversaire de sa sœur Gert, la grand-tante de Nell, au Four Seasons.

« Mac, tu n'as pas cru que j'avais oublié, j'espère ? avait-elle protesté. Bien sûr que nous viendrons tous les deux. » Elle n'avait pas ajouté qu'elle eût préféré ne pas aborder le sujet de son éventuelle candidature ; à quoi bon, Mac le mettrait inévitablement sur le tapis au cours du repas. Cela signifiait qu'elle devait prévenir Adam de sa décision de se présenter. S'il l'apprenait de la bouche de Mac, il ne lui pardonnerait jamais.

Adam quittait généralement la maison à sept heures trente et Nell tâchait d'être à sa table de travail dès huit heures afin de rédiger sa chronique pour le lendemain. Auparavant, ils prenaient ensemble leur petit déjeuner en silence, tous les deux plongés dans les journaux du matin.

Ce serait tellement plus simple si Adam voulait comprendre combien j'ai envie d'être élue au siège que Mac a occupé autrefois, ou au moins d'être mêlée à la fièvre de cette année d'élection, se dit-elle en sortant une boîte d'œufs du réfrigérateur. Et la vie serait épatante si je n'étais pas obligée de jongler entre les deux hommes qui comptent le plus dans ma vie. Si Adam ne voyait pas dans mon désir de faire une carrière politique une menace pour lui et notre couple.

Pourtant il me comprenait, jadis, pensa-t-elle, pendant qu'elle mettait le couvert, versait le jus d'orange fraîchement pressé et mesurait le café dans la cafetière. Il disait qu'il était impatient de s'asseoir au premier rang de la galerie des visiteurs au Capitole.

Trois ans s'étaient écoulés. Pour quelle raison avait-il changé d'avis ?

Elle essaya de ne pas remarquer l'expression préoccupée d'Adam quand il entra d'un pas vif dans la cuisine, se glissa sur le tabouret du comptoir et s'empara du *Wall Street Journal* avec un petit signe de tête dans sa direction.

« Merci, Nell, mais je n'ai franchement pas faim », dit-il quand elle lui tendit l'omelette qu'elle venait de préparer. Au temps pour mes efforts ! pensa-t-elle.

Elle s'assit en face de lui et réfléchit à la meilleure façon d'aborder le sujet. À voir son expression fermée, il était évident que ce n'était pas le bon moment pour lui parler de son éventuelle candidature au Congrès. Ça tombait plutôt mal. Elle eut un geste d'agacement. Dommage, je vais être obligée de me décider sans lui demander sa bénédiction.

Elle prit sa tasse de café et jeta un coup d'œil sur la première page du *Times*. « Bon sang, Adam, tu as vu ça ? Le procureur général s'apprête à inculper Bob Walters et Len Arsdale dans une affaire de marchés truqués.

— Je sais. » Sa voix était égale, contrôlée.

« Tu as travaillé chez eux pendant presque trois ans, dit-elle, troublée. Tu crois que tu vas être appelé à témoigner ?

— C'est probable », fit-il. Il ajouta avec un sourire narquois : « Préviens Mac qu'il n'a pas à s'inquiéter. L'honneur de la famille restera sauf.

— Adam, ce n'est pas ce que je voulais dire.

— Allons, Nell, je lis dans tes pensées. Tu cherches un biais pour m'annoncer que le vieux t'a convaincue de te présenter. Quand il aura ouvert son journal ce matin, son premier geste sera de décrocher le téléphone pour t'avertir que le seul fait de voir mon nom cité dans cette enquête pourrait compromettre tes chances. Ai-je raison ou non ?

— Tu as raison lorsque tu dis que je veux me présenter, mais que tu puisses compromettre mes chances ne m'est jamais venu à l'esprit. Je crois te connaître suffisamment pour savoir que tu n'es pas malhonnête.

— Il y a différents degrés d'honnêteté dans le milieu du bâtiment, Nell. Heureusement pour toi, je m'en suis toujours tenu aux principes les plus stricts, et c'est l'une des nombreuses raisons qui m'ont poussé à quitter Walters et Arsdale. Penses-tu que cela puisse satisfaire Mac la Vertu ? »

Nell se leva, sentant grandir son impatience. « Écoute, Adam, je comprends que tu sois à cran, mais ne t'en prends pas à moi. Et puisque tu as soulevé la question, je vais te répondre. Oui, j'ai décidé de me présenter au siège de Mac, puisque Bob Gorman l'abandonne, et oui, j'aurais aimé avoir ton soutien. »

Adam haussa les épaules. « J'ai toujours été clair avec toi. Depuis notre mariage, j'ai constaté que la politique est une pratique à laquelle il faut sacrifier sa vie. Ce qui risque d'être dévastateur dans un couple. Beaucoup n'y survivent pas. Mais c'est une décision qui t'appartient, et tu l'as visiblement déjà prise.

— En effet, je l'ai prise. » Nell s'efforça de garder un ton calme. « Aie donc la gentillesse de l'accepter, puisqu'il faut en arriver là, et je voudrais ajouter une chose, Adam : les ravages dans un couple sont pires lorsque l'un tente d'empêcher l'autre d'accomplir sa vocation. Dès le début, je t'ai aidé dans ta carrière. À ton tour maintenant. Aide-moi dans la mienne, ou tout au moins ne me rends pas la tâche plus difficile. »

Il repoussa sa chaise et se leva. « La discussion est close, je présume. » Il s'apprêta à partir, puis se tourna vers elle. « Ne m'attends pas pour dîner. Nous

45

avons une réunion à bord du bateau et je mangerai un morceau en ville plus tard.

— Adam, on fête les soixante-quinze ans de Gert ce soir. Elle sera horriblement déçue si tu ne viens pas.

— Non, Nell, même pas pour Gert — que j'aime pourtant tendrement. Pardonne-moi, mais je n'ai pas envie de passer la soirée avec Mac.

— Adam, je t'en prie. Tu peux sûrement venir après ta réunion. Peu importe que tu arrives tard. Fais juste une courte apparition.

— Une courte apparition ? Nous voilà déjà en campagne électorale ! Navré, Nell. » Il gagna rapidement la porte.

« Dans ce cas, tu peux aussi bien te dispenser de rentrer à la maison ce soir ! lui cria Nell.

— J'espère que tu ne penses pas ce que tu dis. »

Ils se firent face en silence pendant une longue minute, et il s'en alla.

# 6

DINA Crane, la dernière petite amie en date de Sam Krause, n'apprécia guère de l'entendre lui téléphoner le vendredi matin pour annuler leur rendez-vous du même soir.

« Nous pourrions nous retrouver au Harry's Bar lorsque tu auras fini, proposa-t-elle.

— Écoute, c'est une réunion d'affaires et j'ignore combien de temps elle va durer, dit-il sèchement. On a un tas de trucs à régler. Je t'appellerai demain. »

Il raccrocha sans laisser à Dina la possibilité d'ajouter un seul mot. Il était dans son bureau situé dans la Troisième Avenue, 40e Rue, une vaste et lumineuse pièce d'angle dont les murs étaient couverts de dessins d'architecte représentant les gratte-ciel construits par la Sam Krause Construction Company.

Il était à peine dix heures, mais son humeur déjà massacrante avait encore empiré en apprenant que les services du procureur général désiraient le rencontrer.

Il quitta son fauteuil et alla à la fenêtre, contempla d'un air sombre l'agitation de la rue seize étages plus bas. Il regarda une voiture se faufiler habilement à travers les encombrements, et eut un sourire moqueur en la voyant s'immobiliser derrière un camion qui venait de s'arrêter brusquement, bloquant deux voies de la chaussée.

Le sourire déserta vite son visage. Il venait de comprendre qu'il était dans la même situation que cette voiture. Pour arriver à ce point de son existence, il avait neutralisé un bon nombre des mines posées sous ses pas, et voilà qu'un obstacle majeur se dressait devant lui, menaçant de le stopper définitivement. Pour la première fois depuis sa prime jeunesse, il risquait de tomber sous le coup de la loi.

La cinquantaine, fortement charpenté malgré une taille moyenne, le visage buriné et le cheveu rare, il était foncièrement indépendant et se préoccupait peu de son apparence. L'attrait qu'il exerçait sur les femmes était dû à son assurance et à un mélange d'intelligence et de cynisme que trahissaient ses yeux gris acier. Certains le respectaient. Plus nombreux étaient ceux qui le craignaient. Rares étaient ceux qui l'aimaient. Pour les uns et les autres, Sam ne ressentait qu'un mépris amusé.

Le téléphone sonna, suivi par le bourdonnement de l'interphone. « M. Lang », annonça sa secrétaire.

Sam fit la moue. Lang Enterprises était le troisième partenaire du projet de la tour Vandermeer. Ses sentiments envers Peter Lang allaient de l'envie à l'égard de sa fortune familiale, à une admiration forcée devant le génie de l'homme pour repérer des propriétés apparemment sans valeur qui se révélaient de véritables trésors immobiliers.

Il revint à son bureau et décrocha le récepteur : « Oui, Peter ? Je vous croyais au golf. »

En réalité, Peter téléphonait de la propriété que lui avait léguée son père à Southampton, une somptueuse maison en bordure de mer. « J'y suis, en effet. Je voulais seulement m'assurer que la réunion tenait toujours.

— Pas de changement », répondit Sam, et il raccrocha.

# 7

L A chronique de Nell, intitulée « Toute la ville en parle », paraissait trois fois par semaine dans le *New York Journal.* C'était un pot-pourri de commentaires sur la vie new-yorkaise, traitant aussi bien de culture, de politique, de mondanités que de faits de société. Nell avait commencé sa rubrique deux ans plus tôt, lorsque Mac avait pris sa retraite et qu'elle-même avait refusé la proposition de Bob Gorman de diriger le bureau du Congrès à New York.

C'est Mike Stuart, éditeur du *Journal* et ami de longue date de Nell et de Mac, qui lui avait proposé de tenir cette chronique. « Avec toutes les lettres que tu as envoyées au Courrier des lecteurs, tu as pratiquement travaillé pour nous sans gagner un rond, Nell, lui avait-il dit. Tu écris fichtrement bien, et tu es intelligente, de surcroît. Pourquoi n'essaierais-tu pas de te faire payer pour exprimer tes opinions, pour une fois ? »

Cette chronique faisait partie des sacrifices qu'il lui faudrait faire le jour où elle se présenterait, se dit-elle en entrant dans son bureau.

*Des sacrifices ?* À quoi ou à qui pensait-elle ? Après le

départ d'Adam ce matin, elle avait vaqué à ses tâches habituelles avec une énergie décuplée par la colère. À peine une demi-heure pour débarrasser la table, ranger la cuisine, faire le lit. Elle se rappela qu'Adam s'était déshabillé dans la chambre d'amis la nuit précédente. Un rapide coup d'œil lui révéla qu'il avait laissé son blazer bleu marine et sa serviette sur le fauteuil.

Il était trop pressé de claquer la porte ce matin pour s'en préoccuper. Il devait visiter un chantier en chemin, avec son simple blouson sur le dos. Bon, s'il a besoin de sa veste et de sa serviette, il reviendra les chercher ; ou, mieux, il enverra quelqu'un les prendre. Je ne vais pas jouer les coursiers pour lui. Elle alla suspendre le blazer dans la penderie, emporta la serviette dans la troisième petite chambre dont il avait fait son bureau.

Une heure plus tard, assise à sa table, douchée et vêtue de son « uniforme » — jean, grande chemise flottante et baskets —, elle dut reconnaître qu'elle n'avait rien fait pour améliorer la situation. N'avait-elle pas été jusqu'à dire à Adam de ne pas rentrer ce soir ?

Et s'il me prenait au mot ? Elle refusa d'envisager cette éventualité. Nous traversons peut-être une crise en ce moment, mais cela n'a rien à voir avec les sentiments que nous éprouvons l'un pour l'autre.

Elle décida de l'appeler à son bureau. Elle s'apprêta à soulever le téléphone, puis retira aussitôt sa main. Non, pas question. Je lui ai cédé il y a deux ans quand il m'a demandé de renoncer à me porter candidate, et je n'ai pas passé un jour depuis sans le regretter. Si je tergiverse, il croira que je me rends sans condition — et je n'ai aucune raison de le faire. Il y a quantité de femmes au Congrès aujourd'hui — des femmes qui ont des maris et des enfants dont elles s'occupent. Qui plus est, ce n'est pas juste : je n'ai jamais demandé à Adam d'abandonner sa carrière d'architecte, ni quelque activité que ce soit.

Nell commença à compulser les notes qu'elle avait rassemblées pour son article, puis elle les reposa sur la table. Elle était incapable de se concentrer. Ses pensées la ramenèrent à la nuit précédente.

Après qu'Adam se fut glissé dans le lit, elle s'était rapidement endormie. En l'entendant respirer régulièrement, elle s'était rapprochée de lui et il l'avait entourée de son bras en murmurant son nom dans son sommeil.

Nell se remémora leur première rencontre, à un cocktail. Adam lui avait paru l'homme le plus séduisant de la terre. À cause de son sourire, sans doute, un sourire tranquille et charmeur. Ils avaient quitté la réception ensemble et étaient allés dîner. Il lui avait dit qu'il devait s'absenter pendant deux jours pour affaires et qu'il lui téléphonerait à son retour. Deux semaines s'étaient écoulées avant son appel, deux semaines qui avaient paru interminables à Nell.

Le téléphone sonna à ce moment. Adam, pensa-t-elle en saisissant le récepteur.

C'était son grand-père. « Nell, je viens de lire le journal ! J'espère que ton satané mari n'est pas mêlé à cette affaire Walters et Arsdale. Il travaillait chez eux à l'époque où se situe l'enquête, et s'il y a eu des magouilles, il a dû en entendre parler. Il doit jouer franc jeu avec nous ; je ne veux pas que soient compromises tes chances de gagner cette élection. »

Nell prit une longue inspiration avant de répondre. Elle adorait son grand-père, certes, mais il y avait des moments où elle devait se retenir pour ne pas hurler. « Mac, Adam a quitté Walters et Arsdale précisément parce que certaines choses lui déplaisaient, donc tu n'as pas à t'inquiéter de ce côté-là. Autre chose : ne t'ai-je pas demandé hier de laisser tomber tes "satané mari" et tout le reste ?

— Désolé.

— Tu n'en as pas l'air. »

Mac ne releva pas son commentaire. « À ce soir, donc. À propos, j'ai téléphoné à Gert pour lui souhaiter un bon anniversaire, et crois-moi, ma sœur est complètement cinglée. Elle m'a annoncé qu'elle allait passer la journée à une de ses maudites séances de spiritisme. Dieu soit loué, elle n'avait pas oublié le dîner de ce soir. Elle a ajouté qu'elle était très impatiente de voir ton mari ; elle se plaint de la rareté de ses visites. Pour une raison qui m'échappe, elle semble lui trouver toutes les qualités.

— Je sais.

— Elle m'a demandé si elle pouvait inviter deux de ces foutus médiums avec qui elle passe son temps, mais je le lui ai déconseillé.

— Mac, c'est son anniversaire ! protesta Nell.

— Sans doute, mais à mon âge, je n'ai pas envie qu'un de ces tapés m'observe — même de loin — pour voir si mon aura est en train de changer, voire de disparaître. Il faut que je te quitte. À ce soir. »

Nell raccrocha et se laissa aller en arrière dans son fauteuil. Elle en convenait, Gert avait tout d'une excentrique, mais elle n'était pas « cinglée », comme Mac le prétendait. Après la mort de ses parents, c'était Gert qui lui avait apporté tout le réconfort possible, faisant office de mère et de grand-mère. Et, se rappela Nell, c'est grâce à son intérêt pour la parapsychologie qu'elle a compris ce que je tentais d'expliquer quand j'ai dit avoir senti la présence de papa et de maman à côté de moi le jour de leur mort et lorsque j'ai été prise dans ce contre-courant à Hawaii. Gert comprend ces impressions parce qu'elle les ressent elle aussi.

Bien sûr, il ne s'agit pas seulement d'« impressions », pour elle, songea Nell avec un sourire. Elle est plongée jusqu'au cou dans la recherche parapsychologique, et cela depuis longtemps. Non, ce n'était pas la santé mentale de Gert qui l'inquiétait, c'était sa santé physique ; sa grand-tante ne se portait pas bien depuis quelque temps. Mais elle avait soixante-quinze ans, et toutes ses facultés, et le moins qu'Adam puisse faire était de venir la saluer ce soir. Son absence la décevrait terriblement.

Cette dernière réflexion mit fin à toute envie d'appeler Adam pour tenter de se raccommoder avec lui. Les choses finiraient par s'arranger, elle en était sûre. Mais elle ne ferait pas le premier pas — pas pour l'instant.

## 8

DAN Minor avait hérité de la longue silhouette de son père mais pas de son visage. Les traits aristocratiques et sévères de Preston Minor étaient chez lui adoucis, héritage de la physionomie délicate de sa mère, Kathryn Quinn.

Le regard bleu clair de Preston était plus sombre et plus chaud chez son fils, la bouche et la courbe de la mâchoire plus arrondies. Et c'était des Quinn qu'il tenait sa chevelure ébouriffée.

Ses collègues disaient de Dan que même en short, tennis et T-shirt, il avait l'air d'un médecin. Et la remarque était pertinente. Dan montrait dès le premier instant un intérêt sincère envers les gens qu'il rencontrait, un intérêt suivi d'un regard scrutateur, comme s'il voulait s'assurer qu'ils se portaient bien. Peut-être était-il destiné à devenir médecin ; en tout cas, il n'avait jamais envisagé un autre métier. Plus exactement, Dan avait toujours voulu être chirurgien-pédiatre. Un choix fondé sur des raisons très personnelles, que seules quelques rares personnes connaissaient.

Élevé à Chevy Chase, dans le Maryland, par ses

grands-parents maternels, il avait appris très jeune à accueillir les rares visites de son père avec une indifférence croissante qui s'était à la longue muée en mépris. Il n'avait plus jamais revu sa mère depuis l'âge de six ans, pourtant il avait toujours conservé dans un compartiment secret de son portefeuille une photo où elle apparaissait, souriante, les cheveux soulevés par le vent, le tenant dans ses bras. Prise le jour de ses deux ans, cette photo était le seul souvenir tangible qu'il avait d'elle.

Sorti diplômé de Johns Hopkins, Dan avait fait son internat au St Gregory's Hospital de Manhattan. Si bien que lorsque la direction lui demanda des années plus tard de revenir pour diriger le nouveau service de grands brûlés, il accepta. De nature plutôt impatiente et confiant dans l'avenir que lui réservait le prochain millénaire, il décida qu'un changement lui serait bénéfique. Il s'était forgé une solide réputation de spécialiste des brûlures dans un hôpital de Washington. Par ailleurs, il venait d'avoir trente-six ans et ses grands-parents s'apprêtaient à emménager dans une résidence pour retraités en Floride. Bien qu'il leur fût toujours aussi dévoué, Dan n'éprouvait plus le besoin de rester auprès d'eux. Quant à ses relations avec son père, elles ne s'étaient guère améliorées. À l'époque où ses grands-parents s'installèrent en Floride, son père se remaria. C'était son quatrième mariage. Dan n'y assista pas, tout comme il n'avait pas assisté au troisième.

Il était attendu à Manhattan à partir du 1er mars. Dan ferma son cabinet et passa ensuite quelques jours à New York afin d'y chercher un logement. En février, il acheta un loft dans SoHo, en bas de Manhattan, et y fit expédier les quelques meubles qu'il désirait conserver de son ancien appartement au décor minimaliste. Par bonheur, il put également faire un choix parmi le superbe mobilier de ses grands-parents et aménager ainsi les lieux avec un goût certain.

D'un caractère liant, Dan apprécia les réunions et dîners d'adieu que ses amis organisèrent pour lui, ainsi que quelques soirées en tête à tête avec les trois ou quatre femmes qu'il avait fréquentées pendant ces quelques années. Un de ses amis lui ayant offert un luxueux portefeuille, il y rangea son permis de conduire, ses cartes de crédit et son argent, puis hésita à y glisser la vieille photo de sa mère, se ravisa, la rangea plutôt dans l'album de famille que ses grands-parents emporteraient dans leurs bagages. Il savait qu'il était temps de laisser derrière lui tout ce qu'impliquait cette photo. Une heure plus tard il changea d'avis et la reprit.

Puis, avec un sentiment de nostalgie mêlée de soulagement, il accompagna ses grands-parents au train, monta dans sa Jeep et prit la direction du nord. Le trajet durait quatre heures depuis la gare de Washington jusqu'à son nouvel appartement. Arrivé chez lui, il déposa ses valises et fit plusieurs voyages pour décharger la voiture avant d'aller la garer dans un garage à proximité. Désireux de mieux connaître le quartier, il se mit en quête d'un endroit où dîner. L'abondance de petits restaurants était à ses yeux l'un des charmes du quartier de SoHo. Il en dénicha un qu'il n'avait pas essayé lors de ses explorations précédentes, acheta un journal, et s'installa à une table près de la fenêtre.

Tout en buvant un verre de vin, il commença à parcourir la première page du journal, leva les yeux, observa les passants dans la rue, puis se concentra avec détermination sur l'article qu'il était en train de lire. Il avait pris une résolution pour le nouveau millénaire : cesser de sillonner les rues au hasard à la recherche de sa mère. Ses chances de la revoir un jour étaient presque inexistantes ; autant essayer de trouver une aiguille dans une botte de foin.

Mais il avait beau se répéter cette résolution, une petite voix intérieure chuchotait à son oreille, lui rappelant qu'il était venu s'installer à New York dans l'espoir de la retrouver. C'était le dernier endroit où on l'avait vue.

Quelques heures plus tard, allongé dans son lit, conscient du grondement assourdi de la circulation dans la rue, Dan décida de se donner un ultime délai. Si à la fin du mois de juin il n'avait rien découvert, alors il n'insisterait plus.

S'adapter à ses nouvelles fonctions et à son nouvel environnement occupait la majeure partie de son temps. Le 9 juin une urgence le retint à l'hôpital et il dut attendre jusqu'au lendemain pour faire une de ses dernières tentatives — promis juré — pour retrouver sa mère. Cette fois, il avait décidé de parcourir le sud du Bronx, un quartier déshérité de New York, même s'il s'était un peu amélioré depuis une vingtaine d'années. Sans nourrir de véritable espoir, il posa les habituelles questions, montra la photo qu'il portait sur lui.

Et soudain la chance lui sourit. Une femme pauvrement vêtue, le visage usé par les soucis et le regard abattu, s'anima à la vue de la photo. « Je crois que vous cherchez ma copine Quinny », dit-elle.

# 9

À cinquante-deux ans, Winifred Johnson n'avait jamais franchi le hall d'entrée de l'immeuble de son employeur, au 925 Park Avenue, sans se sentir intimidée. Voilà trois ans qu'elle travaillait avec Adam Cauliff, d'abord chez Walters et Arsdale qu'elle avait quittés pour le suivre à l'automne précédent lorsqu'il avait créé sa propre agence. Adam lui avait toujours fait une entière confiance.

Pourtant, chaque fois qu'elle se rendait chez lui, elle ne pouvait s'empêcher de penser qu'un jour ou l'autre le portier lui intimerait d'utiliser l'entrée de service.

Ce comportement venait de son éducation, de l'attitude de ses parents qui se plaignaient constamment d'essuyer des affronts imaginaires. Encore aujourd'hui, il lui semblait les entendre se lamenter du manque de respect des gens à leur égard : « Ils se servent de leur ridicule autorité envers des personnes comme nous qui ne peuvent pas se rebiffer. Tu verras, Winifred, le monde est cruel. » Son père avait rendu son dernier soupir en déblatérant contre son employeur et les humiliations qu'il lui avait fait subir pendant quarante ans. Sa mère vivait à présent dans une maison de retraite où elle continuait à se plaindre avec la même virulence de soi-disant offenses et négligences délibérées.

Winifred songeait à sa mère au moment où le portier lui ouvrait la porte avec un sourire. Un an auparavant, elle l'avait placée dans un luxueux établissement pour personnes âgées, ce qui n'avait pas mis fin à son flot de doléances. Le bonheur, voire la simple satisfaction, était un sentiment qui lui était inconnu. Encline au même pessimisme, Winifred avait en vain lutté pour s'en sortir. Jusqu'au jour où je suis devenue moins naïve, se dit-elle avec un sourire secret.

Mince, presque frêle d'apparence, Winifred s'habillait en général d'un classique tailleur-pantalon, et portait pour tous bijoux des petites boucles d'oreilles et un rang de perles. Silencieuse au point qu'on oubliait parfois sa présence, elle enregistrait tout, notait tout et se souvenait de tout. Elle avait travaillé pour Robert Walters et Len Arsdale dès sa sortie de l'école de secrétariat, mais pendant ces années aucun des deux hommes n'avait semblé apprécier ni même remarquer le fait qu'elle avait fini par apprendre tout ce qu'il fallait savoir dans le domaine du bâtiment. Adam Cauliff, lui, s'en était immédiatement rendu compte. Il avait mesuré sa vraie valeur. Il plaisantait souvent avec elle. « Winifred, disait-il, beaucoup de gens devraient souhaiter que vous n'écriviez jamais votre autobiographie. »

Robert Walters avait surpris cette conversation et s'était montré contrarié et discourtois. Par la suite il n'avait cessé de la rudoyer ; il n'avait jamais été aimable avec elle. Il paiera pour ça, pensa Winifred. Et comment !

Nell n'était pas l'épouse qu'il fallait à Adam. Il

n'avait pas besoin d'une femme qui ne cherchait qu'à faire carrière, avec un grand-père célèbre qui l'accaparait au point qu'elle n'avait plus une minute pour son mari. Adam disait parfois : « Winifred, Nell est encore occupée avec le vieux. Je n'ai pas envie de déjeuner seul. Allons manger un morceau. »

Il méritait mieux. Il lui avait raconté son enfance dans une ferme du Dakota du Nord, ses visites à la bibliothèque d'où il rapportait des livres illustrés d'immeubles magnifiques. « Plus c'était haut, plus c'était beau, Winifred, plaisantait-il. Dans notre ville un bâtiment de deux étages attirait les badauds à trente kilomètres à la ronde. »

Parfois c'était lui qui l'encourageait à parler, et elle lui rapportait des potins sur les gens de la profession. Le lendemain, elle se demandait si elle n'en avait pas trop dit sous l'effet du vin qu'Adam versait généreusement dans son verre. Mais elle ne s'inquiétait jamais vraiment ; elle avait confiance en lui — ils se faisaient confiance mutuellement —, et Adam prenait un plaisir visible à entendre ses confidences sur le monde de l'immobilier, ses anecdotes sur l'époque où elle travaillait chez Walters et Arsdale.

« Vous voulez dire que ce vieux moralisateur s'en mettait plein les poches avec ces appels d'offres bidon ? » s'était-il exclamé. En voyant qu'elle était inquiète d'avoir trop parlé, il l'avait rassurée et lui avait promis de ne jamais rapporter à personne ce qu'elle venait de lui révéler. Elle se souvenait aussi du soir où il avait dit d'un ton sévère : « Winifred, n'essayez pas de me mener en bateau. Il y a quelqu'un dans votre vie. » Et elle lui avait répondu oui, lui révélant même son nom. Et c'était à partir de ce moment-là qu'elle s'était complètement fiée à lui. Elle lui avait dit de ne pas se faire de souci pour elle.

61

Le portier en uniforme à la réception reposa l'interphone. « Vous pouvez monter, mademoiselle Johnson. Mme Cauliff vous attend. »

Adam l'avait priée d'aller chercher sa serviette et son blazer bleu marine avant de le rejoindre sur le bateau. Il s'était gentiment excusé de lui demander ce service. « Je suis parti à la hâte ce matin et je les ai oubliés, expliqua-t-il. Je les ai laissés dans la chambre d'amis. Les notes concernant la réunion sont dans ma serviette, et j'aurai besoin de ma veste si jamais je décide d'aller retrouver Nell au Four Seasons. » Winifred devina à son intonation que Nell et lui s'étaient disputés, ce qui renforça sa certitude que leur mariage allait à vau-l'eau.

En montant dans l'ascenseur, elle réfléchit à la réunion prévue pour la fin de l'après-midi. Le choix du bateau comme lieu de rendez-vous lui parut judicieux. Elle aimait se trouver sur l'eau. L'idée lui paraissait romantique, même s'il s'agissait strictement d'affaires.

Seules cinq personnes seraient présentes. En plus d'elle, les trois associés du projet de la tour Vandermeer — Adam, Sam Krause et Peter Lang. Le cinquième était Jimmy Ryan, l'un des directeurs de travaux de Sam. Winifred ignorait pourquoi il avait été invité, sinon que Jimmy paraissait plutôt mal luné ces derniers temps. Peut-être voulaient-ils savoir de quoi il retournait et trouver une solution.

Elle savait qu'ils seraient tous soucieux à cause de cette histoire révélée le matin même dans la presse, encore qu'elle ne ressentît aucune inquiétude, pour sa part. En vérité, elle était plutôt impatiente de savoir comment allait évoluer toute l'affaire. Le pire qui puisse arriver dans ces circonstances, même si l'on vous épingle, c'est d'avoir à payer une amende. Vous mettez la main à la poche et le problème est résolu.

La porte de l'ascenseur s'ouvrit directement dans l'entrée de l'appartement où Nell l'attendait.

À peine s'était-elle avancée de quelques pas qu'elle vit s'effacer l'aimable sourire de bienvenue que lui adressait Nell. « Que se passe-t-il ? » demanda-t-elle d'un ton inquiet.

Mon Dieu, pensa Nell, saisie d'une angoisse soudaine, pourquoi ai-je cette prémonition ? À la vue de Winifred, un pressentiment l'avait envahie : *Le voyage de Winifred sur cette terre touche à sa fin.*

# 10

ADAM monta sur le bateau quinze minutes avant l'heure fixée pour le rendez-vous. En pénétrant dans la cabine, il constata que le traiteur avait disposé un assortiment de fromages et un plateau de biscuits sur la desserte. Certain que l'armoire à liqueurs et le réfrigérateur avaient été approvisionnés par la même occasion, il ne se donna pas la peine de vérifier.

Il s'était aperçu que l'atmosphère décontractée du bateau, combinée avec l'intimité d'une réunion autour d'un verre, aidait à délier les langues — celles de ses partenaires autant que celles de ses clients potentiels. Dans ces circonstances, le drink favori d'Adam, vodka on the rocks, se transformait souvent en un verre d'eau, stratagème qu'il dissimulait soigneusement.

Tout au long de la journée il avait été tenté de téléphoner à Nell, mais il n'en avait rien fait. Il détestait se quereller avec elle autant qu'il s'était mis à détester la vue de son grand-père. Nell refusait simplement d'admettre que Mac la poussait à se présenter aux élections pour une seule et unique raison : faire d'elle sa marionnette. Les pieux discours sur sa décision de prendre sa retraite à quatre-vingts ans plutôt que de devenir le doyen de la Chambre des représentants étaient pure foutaise. La vérité était tout autre : le type que les démocrates lui opposaient à cette époque était bien placé et aurait pu le balayer. Mac n'avait pas envie de se retirer ; il ne voulait pas partir sur une défaite.

Il n'avait pas envie de décrocher, un point c'est tout. Aussi utilisait-il sa petite-fille, une personnalité en vue, intelligente, jolie, éloquente et populaire, dans le but de reconquérir le siège — et le pouvoir — pour lui-même.

Le visage rembruni à l'évocation de Cornelius Mac-Dermott, Adam alla consulter la jauge de carburant. Comme prévu, elle était au maximum. Après sa sortie en mer de la semaine précédente, la société qui en assurait l'entretien avait fait le plein.

« Bonsoir, c'est moi. »

Adam se hâta de gagner le pont pour aider Winifred à monter à bord du bateau. Il vit avec satisfaction qu'elle tenait sous son bras sa serviette et son blazer.

Quelque chose la tracassait — c'était visible à la façon dont elle gardait la tête baissée. « Qu'est-ce qui ne va pas, Winifred ? » interrogea-t-il.

Elle tenta d'esquisser un sourire, mais en vain. « Vous lisez en moi, n'est-ce pas, Adam ? » Se retenant à sa main, elle s'avança sur le pont. « J'ai une question à vous poser, et vous devez me répondre sincèrement, dit-elle avec ardeur. Ai-je fait quelque chose qui ait fâché Nell contre moi ?

— Que voulez-vous dire ?

— Lorsque je suis passée à votre appartement, je l'ai trouvée différente de ce qu'elle est d'habitude. On aurait dit qu'elle avait hâte de me voir partir.

— Vous ne devriez pas prendre cela pour vous. Je ne crois pas que vous soyez responsable de ce changement d'humeur. Nell et moi nous nous sommes disputés ce matin, expliqua Adam d'un ton uni. Je devine ce qu'elle avait à l'esprit. »

Winifred n'avait pas lâché sa main. « Si vous voulez en parler, je suis prête à vous écouter. »

Adam se dégagea. « Je sais, Winifred. Merci. Oh, tiens, voilà Jimmy. »

Jimmy Ryan était visiblement mal à l'aise sur le bateau. Il n'avait pas pris la peine de se changer après une journée passée au chantier. Ses chaussures de travail laissèrent des traces sales sur la moquette de la cabine, tandis qu'il allait se servir un verre, comme le lui proposait Adam.

En le regardant se verser un scotch bien tassé, Winifred décida d'avoir plus tard une conversation avec Adam au sujet de Jimmy.

Jimmy Ryan resta à l'intérieur et s'assit à la table comme s'il s'attendait à voir la réunion commencer. Lorsqu'il se rendit compte qu'Adam et Winifred ne semblaient pas décidés à descendre du pont, il se leva et resta debout dans la cabine, l'air embarrassé, sans chercher à les rejoindre.

Sam Krause arriva dix minutes plus tard, fulminant contre les encombrements et l'incompétence de son chauffeur. Résultat, il était d'une humeur de chien et descendit sans attendre dans la cabine. Avec un bref signe de tête à l'adresse de Jimmy Ryan, il se versa un verre de gin pur et remonta sur le pont.

« Lang est en retard, comme d'habitude, gronda-t-il.

— Je lui ai parlé une minute avant de quitter le bureau, le rassura Adam. Il était dans sa voiture et presque arrivé en ville, il devrait être là d'un instant à l'autre. »

Une demi-heure plus tard le téléphone sonna. La voix de Peter Lang était tendue. « J'ai eu un accident, dit-il. Un de ces maudits semi-remorques. Une sacrée chance de m'en tirer sain et sauf. La police veut que j'aille à l'hôpital me faire examiner, et je crois que c'est en effet plus raisonnable. Vous pouvez annuler la réunion ou la tenir sans moi, à vous de décider. Dès que j'aurai vu un toubib, je rentrerai chez moi. »

Cinq minutes plus tard, le *Cornelia II* sortait du port. La légère brise avait forci, des nuages s'amoncelaient, voilant le soleil.

# 11

« J'AI mal au cœur », se plaignit Ben Tucker, huit ans, en se pressant contre son père sur le pont du bateau qui les ramenait d'une visite à la statue de la Liberté.

« La baie est un peu agitée, reconnut Ken Tucker, mais nous serons bientôt à terre. Regarde. Tu ne reviendras pas à New York avant longtemps, et je voudrais que tu te souviennes de tout ce que tu auras vu. »

Les lunettes de Ben étaient brouillées par les embruns et il les retira pour les essuyer. Il va encore me raconter que la statue de la Liberté a été offerte aux États-Unis par la France, mais qu'on a pu l'édifier à cet endroit grâce à cette lady Emma Lazarus qui a écrit un poème pour obtenir l'argent nécessaire à la construction du socle. Et il va me dire que mon arrière-arrière-grand-père faisait partie des enfants qui ont aidé à rassembler l'argent. « Que viennent à moi les masses nombreuses qui aspirent à la liberté. » D'accord. Mais j'en ai marre maintenant, pensa Ben.

La visite de la statue et d'Ellis Island lui avait plu, pourtant il regrettait presque d'être venu, et il avait envie de vomir. Cette barge de malheur empestait le fuel.

Il jeta un regard d'envie aux yachts qui sillonnaient la baie de New York autour d'eux. Il aurait aimé se trouver à bord de l'un d'eux. Quand j'aurai de l'argent un jour, j'achèterai un bateau à moteur. Lorsqu'ils étaient partis, deux heures plus tôt, il y en avait une vingtaine sur l'eau. Comme le temps se couvrait, leur nombre avait diminué.

Ben contempla un yacht vraiment chouette sur leur gauche : le *Cornelia II*. Il était hypermétrope à un point tel que même à cette distance il distinguait parfaitement les lettres.

Soudain, ses yeux s'agrandirent. « Non-on-on... ! »

Il ne se rendit pas compte qu'il avait crié, ni que son exclamation — mi-suppliante, mi-horrifiée — avait été reprise en écho par chacun des passagers qui se trouvaient à bâbord, et par tous ceux, en bas de Manhattan et sur la rive du New Jersey, qui regardaient au même moment dans cette direction.

À l'instant même où Ben était en train de l'admirer, le *Cornelia II* avait explosé, transformé soudain en une immense boule de feu, un brasier de débris enflammés qui montèrent très haut dans l'air avant de retomber en s'éparpillant dans le chenal reliant le port à l'océan.

Avant que son père n'ait eu le temps de lui tourner la tête et de le serrer contre sa poitrine, avant que le choc émotionnel ne brouille en lui la vision des corps déchiquetés, Ben enregistra une impression qui se grava dans son subconscient et y demeura, devenant la source d'innombrables cauchemars.

# 12

ET je lui ai même dit de ne pas rentrer à la maison ! Torturée par le remords, Nell se remémorait chaque minute de la terrible journée de cauchemar qui s'achevait à peine. Adam m'a répondu : «J'espère que tu ne le penses pas vraiment», et je suis restée muette. J'ai voulu lui téléphoner plus tard, pour tenter de recoller les morceaux, mais j'ai été trop butée, trop orgueilleuse. Mon Dieu, pourquoi ne l'ai-je pas appelé ? Toute la journée j'ai éprouvé cette affreuse sensation d'oppression, comme une menace suspendue au-dessus de moi.

*Winifred* — dès que je l'ai vue, j'ai su qu'elle allait mourir ! Comment ai-je pu deviner une chose pareille ?

C'est exactement ce que j'ai ressenti lors de la disparition de mon père et de ma mère. Je venais de quitter la cour de récréation et je rentrais en classe quand j'ai eu l'impression soudaine qu'ils étaient près de moi. Maman m'a embrassée sur la joue, et papa m'a caressé les cheveux. Ils étaient déjà morts à ce moment-là, mais ils sont venus me dire adieu. Adam, supplia-t-elle, pourquoi ne viens-tu pas, toi aussi ? Que je puisse te demander pardon.

« Nell, est-ce que je peux faire quelque chose pour toi ? »

Elle s'aperçut soudain que Mac lui parlait et qu'il était minuit passé. Le dîner d'anniversaire de Gert s'était déroulé comme prévu, personne n'ayant été averti du drame. Nell avait tant bien que mal expliqué qu'une réunion importante empêcherait Adam d'assister au dîner. Elle l'avait excusé avec le plus de conviction possible, mais la déception inscrite sur le visage de Gert et l'entrain forcé des autres convives avaient accru son ressentiment à son égard.

En rentrant chez elle, à dix heures, elle était décidée à mettre les choses au clair avec Adam sans plus attendre, à condition naturellement qu'il ne l'ait pas prise au mot. Elle donnerait ses raisons, écouterait ses objections, réfléchirait aux concessions possibles — mais elle ne supporterait pas un jour de plus cette atmosphère d'incertitude et de rancœur entre eux. Un homme politique devait savoir négocier et, si nécessaire, parvenir à un compromis. Eh bien, les mêmes qualités étaient requises d'une épouse.

Mais à peine arrivée dans le hall de son immeuble, Nell avait senti s'intensifier l'obscur pressentiment qui l'avait tourmentée tout au long de la journée. Dans l'entrée l'attendaient l'assistante de Mac, Liz Hanley, et l'inspecteur George Brennan, de la police de New York. Nell avait compris immédiatement qu'un malheur venait d'arriver, mais ils ne voulurent rien lui dire avant d'avoir gagné l'appartement.

Là, avec toutes les précautions possibles, l'inspecteur Brennan lui avait annoncé l'accident, s'excusant d'avoir à lui poser certaines questions.

Des témoins avaient vu son mari monter à bord du bateau, suivi peu après par au moins trois autres personnes. Savait-elle qui étaient ces gens ?

71

Trop hébétée pour bien mesurer la réalité, Nell avait répondu qu'à sa connaissance il s'agissait d'une réunion entre associés, à laquelle assistait aussi Winifred, l'assistante d'Adam. Elle lui communiqua leurs noms, proposant même de rechercher leurs numéros de téléphone, mais l'inspecteur repoussa son offre. Il lui dit que ces renseignements lui suffisaient pour ce soir et lui conseilla d'aller se reposer et d'essayer de dormir un peu. Les médias se déchaîneraient dès le lendemain, et elle aurait besoin de toutes ses forces.

«Je reviendrai m'entretenir avec vous demain matin, madame Cauliff. Je suis vraiment navré», ajouta-t-il avant de se diriger vers la porte, accompagné de Liz Hanley.

Au moment où l'inspecteur quittait les lieux, Mac et Gert arrivèrent. Ils avaient été prévenus par Liz.

« Nell, va te coucher », dit Mac immédiatement.

Le ton de Mac avait toujours eu cette particularité de paraître à la fois brusque et attentionné.

« Mac a raison, Nell. Des jours douloureux t'attendent », renchérit Gertrude MacDermott en prenant place à côté de Nell sur le canapé.

Nell les regarda tour à tour. Ils étaient sa seule famille, dorénavant. Avec un petit sourire elle se rappela la réflexion d'un des assistants de son grand-père : « Comment Cornelius et Gertrude peuvent-ils se ressembler à ce point, et être cependant si différents ? »

Il disait vrai. Tous deux avaient une abondante chevelure blanche, des lèvres minces, un menton volontaire et des yeux d'un bleu étonnamment brillant. Mais ceux de Gert reflétaient une douceur que n'exprimait certes pas le regard farouche de Mac ; et elle-même semblait aussi réservée que son frère était combatif.

72

« Je vais rester avec toi, proposa Gert. Je préférerais que tu ne passes pas la nuit seule. »

Nell secoua la tête. « Merci, tante Gert, mais j'ai besoin d'être seule, au contraire. »

Liz revint leur dire bonsoir et Nell alla ensuite l'accompagner jusqu'à la porte. « Nell, je suis bouleversée. En entendant la nouvelle à la radio, je suis venue directement ici. Vous êtes pour Mac ce qu'il a de plus cher au monde, et même s'il s'est toujours montré dur avec Adam, je suis sûre qu'il a beaucoup de peine. Si je peux faire quelque chose...

— Je sais, Liz. Merci d'être venue si vite. Merci de vous être déjà occupée de tant de choses.

— Nous verrons demain quelles dispositions prendre », dit Liz.

Des dispositions ? se demanda Nell avec un sursaut. Ah oui, les funérailles. « Adam et moi n'avons jamais discuté sérieusement de ce qu'il aurait souhaité s'il lui arrivait malheur, dit Nell. Cela ne nous était jamais venu à l'esprit. Mais je me souviens d'un jour à Nantucket où il était allé pêcher en mer. Il avait déclaré qu'une fois son heure venue, il aimerait être incinéré et que ses cendres soient dispersées en mer. »

Elle surprit une lueur de compassion dans les yeux de Liz et se força à sourire. « Eh bien, on dirait que son vœu a été exaucé, n'est-ce pas ?

— Je vous téléphonerai demain matin », dit Liz. Elle prit la main de Nell et la serra doucement.

Lorsque Nell regagna le salon, elle trouva son grand-père prêt à partir et Gert en train de chercher son sac. Comme elle se dirigeait avec lui vers la porte, Mac chuchota : « Tu fais bien de renvoyer Gert chez elle. Elle passerait la nuit à te raconter ses histoires de spiritisme à dormir debout. » Il se tut et se tourna vers Nell, posant doucement la main sur son bras. « Je ne puis te dire toute ma tristesse, Nell. Après l'accident qui a coûté la vie à ton père et à ta mère, tu ne méritais pas de perdre Adam ainsi. »

Je ne méritais surtout pas de le perdre après cette querelle, songea Nell, sentant une vague de ressentiment l'envahir. Mac, c'est toi qui as été à l'origine des problèmes. Toi et tes exigences à mon égard. Adam ne s'était pas trompé sur ce point, même s'il avait tort de s'opposer à ce que je me présente au Congrès.

La voyant silencieuse, Mac se détourna d'elle.

Gert les rejoignit et prit les deux mains de Nell dans les siennes. « Je sais que les mots sont impuissants en pareilles circonstances, mais écoute-moi, Nell, sache que tu ne l'as pas réellement perdu. Il est ailleurs, à présent, mais il reste toujours ton Adam.

— Je t'en prie, Gert, dit Mac en saisissant le bras de sa sœur, Nell n'a pas besoin d'entendre ce genre de balivernes en ce moment. Tâche de dormir un peu, ma chérie. Nous nous parlerons demain matin. »

Ils étaient partis. Nell regagna le salon, et s'aperçut qu'elle tendait l'oreille, s'attendant presque à entendre la clé d'Adam tourner dans la serrure. Elle erra dans l'appartement d'un pas de somnambule, arrangea des magazines sur une table basse, redressa les coussins sur le large et confortable canapé. La pièce était exposée au nord, et Nell avait fait recouvrir le canapé d'un tissu rouge profond qu'Adam avait regardé d'abord d'un air perplexe avant d'approuver son choix.

Elle contempla la pièce, notant le style éclectique de l'ameublement. Adam et elle avaient des goûts affirmés. Une partie du mobilier avait appartenu aux parents de Nell et était longtemps restée au garde-meubles — des pièces de valeur rassemblées au cours de leurs voyages. D'autres avaient été achetées par

Nell chez des brocanteurs ou à d'obscures ventes aux enchères indiquées par tante Gert. Beaucoup n'avaient été acquises qu'après de longs marchandages. Concessions et compromis. Adam et moi aurions su régler nos problèmes, pensa-t-elle, le cœur à nouveau serré par le chagrin.

Elle s'approcha d'un guéridon qu'Adam avait trouvé un jour où il était allé chiner avec Gert pendant qu'elle-même assistait à une réception destinée à recueillir des fonds pour le parti. Adam et Gert s'étaient entendus dès le premier jour. Il va terriblement lui manquer à elle aussi, pensa Nell avec tristesse. Elle savait que Gert l'avait encouragé à acheter ce guéridon pour lui faire plaisir.

Elle s'inquiétait parfois pour Gert, craignait qu'on ne cherche à l'exploiter. Elle est tellement confiante. Elle se laisse influencer par toute cette clique de médiums et de voyantes. Pourtant, quand il s'agissait de discuter le prix d'un meuble, Gert était d'une redoutable efficacité. Son appartement dans la 81e Rue Est était encombré d'un bric-à-brac chaleureux et un peu poussiéreux de meubles et d'objets dont elle avait hérité ou qu'elle avait accumulés au cours des années, et auxquels elle était aujourd'hui attachée autant par habitude que sentimentalement.

À sa première visite, Adam avait dit en riant que l'appartement de Gert était à son image : surchargé, joyeux, et un peu fou. « Il n'y a qu'elle pour oser mélanger des laques Art déco et du plus pur style rococo. »

Les meubles de Gert ! Comment pouvait-elle penser au capharnaüm de l'appartement de sa tante, s'intéresser à des tables, des chaises et des tapis en un tel moment ! Quand finirait-elle par se rendre compte, par admettre une fois pour toutes qu'Adam était mort ?

Mais elle n'y parvenait pas, et n'y parviendrait pas avant longtemps. Parce qu'elle avait besoin de le savoir vivant, de le voir ouvrir la porte en s'écriant : « Nell, je veux te dire une chose : je t'aime et je regrette d'avoir si stupidement explosé sous le coup de la colère. »

Explosé ! D'abord ils avaient explosé tous les deux, et ensuite c'était le bateau d'Adam qui avait explosé. L'inspecteur Brennan avait dit qu'il était trop tôt pour savoir si l'accident était dû à une fuite de carburant.

Adam avait donné mon nom à ses deux bateaux, pensa Nell, mais je n'ai pratiquement jamais mis le pied à bord. J'ai gardé une peur panique de la mer depuis le jour où j'ai été prise dans ce contre-courant à Hawaii. Il me suppliait de l'accompagner. Il promettait de ne pas s'éloigner de la côte.

Elle avait tenté en vain de surmonter sa terreur. Elle nageait désormais uniquement en piscine, et s'il lui était arrivé de faire une croisière sur un paquebot — sans jamais s'y sentir complètement à l'aise —, elle ne supportait pas de monter sur un plus petit bateau où le mouvement de l'eau ressuscitait en elle la conviction qu'elle allait se noyer.

Adam aimait les bateaux, il aimait naviguer. D'une certaine manière, cette passion qui aurait pu nous séparer nous a servi, se dit Nell. Lorsque Mac m'obligeait à l'accompagner à des réunions politiques pendant le week-end, lorsque je devais rédiger mes articles, Adam de son côté partait en mer.

Ensuite il rentrait à la maison, je rentrais à mon tour, et nous étions ensemble. Concessions et compromis. Nous aurions pu continuer.

Nell éteignit les lumières du salon et se dirigea vers

la chambre. Je voudrais pouvoir ressentir quelque chose. Je voudrais pouvoir pleurer, avoir du chagrin. Et il me semble que je ne sais qu'attendre.

Mais attendre quoi ? Attendre qui ?

Elle se déshabilla, suspendit avec soin le tailleur-pantalon de crêpe vert qu'elle portait ce jour-là. Il était neuf. Quand on l'avait livré, Adam avait ouvert la boîte, défait le papier de soie et s'était exclamé : « Tu vas être superbe là-dedans, Nell ! »

Elle l'avait mis ce soir dans l'espoir qu'il serait rongé par le même remords qu'elle et déciderait de les rejoindre, ne serait-ce qu'au dessert. Elle s'était imaginé qu'il apparaîtrait au moment où l'on apporterait la pièce montée surmontée d'une bougie, le gâteau d'anniversaire traditionnel du Four Seasons.

Bien sûr, Adam n'était pas venu. J'aimerais penser qu'il en avait l'intention avant que ne survienne l'accident, songea Nell en prenant une chemise de nuit en coton dans le tiroir de la commode. Machinalement elle se démaquilla et se brossa les dents. L'image que lui renvoya le miroir était celle d'une inconnue, une femme aux yeux élargis et sans expression, un visage hagard qu'encadraient des boucles humides de cheveux sombres.

Il faisait trop chaud dans la pièce, se dit-elle en voyant des gouttes de transpiration perler sur son front. Pourquoi alors avait-elle si froid ? Elle se mit au lit.

La veille, elle ne s'était pas attendue à ce qu'Adam rentre de Philadelphie, et en entendant sa clé tourner dans la serrure elle était restée volontairement indifférente à sa présence. Je n'avais pas envie de me lancer dans une discussion sur ma candidature au siège de Mac et j'ai fait mine de dormir, se reprocha-t-elle pour la énième fois.

Après s'être endormi, il avait passé son bras autour d'elle et murmuré son nom. Et maintenant, c'était elle qui gémissait tout haut : « Adam, Adam. Je t'aime. Je t'en supplie, reviens ! »

Elle attendit. Dans le silence elle percevait seulement le faible ronflement de la climatisation et le hululement lointain d'une sirène de police.

Puis le hurlement strident d'une ambulance.

Les vedettes de la police et les ambulances avaient certainement sillonné la marina. À la recherche des survivants, encore que l'inspecteur Brennan ait été contraint d'admettre qu'on n'en trouverait aucun, à moins d'un miracle. « Comme dans la plupart des accidents d'avion également, avait-il expliqué. En général l'appareil se désintègre en tombant. Nous savons qu'il ne peut y avoir de rescapés dans ces conditions, mais nous devons chercher quand même. »

Demain, ou dans les prochains jours, ils seraient probablement à même d'établir les causes de l'explosion. « Le yacht était neuf, avait précisé Brennan. Nous vérifierons l'éventualité d'un problème mécanique, d'une fuite, ou d'une panne quelconque. »

« Adam, je regrette tant. » Nell parlait d'une voix calme dans le noir. « Je t'en prie, fais-moi savoir que tu m'entends. Papa et maman sont venus me dire adieu. Grand-mère aussi. »

C'était l'un de ses plus vieux souvenirs. Elle n'avait que quatre ans à la mort de sa grand-mère. Sa mère et son père étaient allés participer à un séminaire à Oxford et Nell était restée avec une jeune fille au pair chez Mac. Sa grand-mère était à l'hôpital. Nell s'était réveillée durant la nuit et avait reconnu le parfum favori de sa grand-mère, *Arpège*.

Je revois tout si précisément, songea Nell. J'étais à

moitié endormie, mais je me rappelle ma joie à l'idée que grand-mère était rentrée à la maison et qu'elle était guérie.

Le lendemain matin, elle s'était précipitée dans la salle à manger. « Où est grand-mère ? Est-ce qu'elle est déjà levée ? »

Son grand-père était assis à la table ; Gert se trouvait avec lui. « Grand-mère est au ciel, avait-il dit. Elle est partie hier soir. »

Quand j'ai raconté que j'avais senti sa présence dans ma chambre, Mac a pensé que j'avais rêvé, se souvint Nell. Mais Gert m'a crue. Elle a compris que grand-mère était venue me dire adieu. Et plus tard, ce fut le tour de mes parents.

*Adam, je t'en prie, viens à moi. Manifeste-toi. Avant de me quitter à jamais, laisse-moi te dire combien je regrette tout ce qui s'est passé.*

Nell resta la nuit entière à attendre, allongée dans son lit, les yeux fixés dans le noir. Quand l'aube apparut, elle put enfin pleurer — sur Adam, sur toutes les années qu'ils ne passeraient pas ensemble, sur Winifred et les associés d'Adam, Sam et Peter, qui étaient à bord du bateau avec lui.

Et elle put pleurer sur elle-même qui à nouveau devrait s'habituer à vivre sans l'être qu'elle aimait.

# 13

CONFORTABLEMENT installé sur la banquette arrière de la limousine, Peter Lang réfléchissait à la collision survenue plus tôt entre sa voiture et un semi-remorque. Il était en route pour Manhattan afin d'assister à une réunion avec Adam Cauliff, et roulait sur le Long Island Expressway, peu avant de s'engager dans le Midtown Tunnel, quand tout à coup, *bang !* l'accident !

Cinq heures plus tard, avec une côte cassée, la lèvre recousue et le front tuméfié sous l'effet du choc, il quittait l'hôpital dans cette limousine pour regagner sa maison de Southampton.

Sa propriété, située en bord de mer, dans le secteur le plus huppé d'un des endroits les plus huppés du pays, lui avait été donnée par ses parents après qu'ils eurent décidé de partager leur temps entre Saint Johns dans les Antilles et Martha's Vineyard.

La maison était une vaste construction de style colonial du début du siècle, toute blanche avec des volets vert bouteille. Le terrain d'un hectare clos de murs comprenait une piscine, un court de tennis et une cabine de plage, le tout au milieu d'une pelouse vert tendre, de buissons fleuris et d'arbres soigneusement taillés.

Après un mariage à l'âge de vingt-trois ans et un coûteux divorce à l'amiable sept ans après, Lang s'était agréablement installé dans un rôle — ainsi qu'on l'aurait qualifié jadis — d'« homme du monde ». Blond, séduisant, doté d'une élégance naturelle et d'une intelligence honnête, toujours prompt à manier l'humour, il avait hérité d'un instinct infaillible pour dénicher des terrains susceptibles d'acquérir de la valeur.

C'était le même instinct qui avait poussé son grand-père, avant la Seconde Guerre mondiale, à acheter des centaines d'hectares dans les zones agricoles de Long Island et du Connecticut, et son père à investir massivement aux alentours de la Troisième Avenue à Manhattan, à l'époque où l'on parlait de démolir le métro aérien.

Comme le disait fièrement son père en parlant de son fils de quarante-deux ans : « Tirer le diable par la queue de père en fils est une maxime qui ne s'applique pas à notre famille. Peter est le plus malin d'entre nous. »

Avec sa générosité habituelle, Lang laissa un pourboire substantiel au chauffeur et pénétra dans la maison. Il avait mis à la retraite depuis longtemps le couple qu'il avait toujours vu au service de la famille et engagé à sa place une femme de ménage à la journée. Lorsqu'il avait des invités, il faisait appel à un traiteur.

La maison était sombre et fraîche. Chaque fois qu'il devait se rendre en ville pour une réunion de travail — généralement le vendredi après-midi —, Peter passait la nuit dans son appartement de Manhattan et regagnait en voiture Southampton le lendemain

81

matin. C'était ce qu'il aurait fait s'il avait pris part à la réunion prévue sur le bateau d'Adam. Mais l'accrochage sur la route l'en avait empêché.

Ce soir il était soulagé de se retrouver chez lui, heureux de pouvoir se préparer tranquillement un cocktail tout en faisant le compte de ses maux. Il avait une douleur lancinante dans le crâne. Il passa sa langue sur sa lèvre et sentit qu'elle avait gonflé.

Le conducteur du camion. Il lui semblait encore voir ses yeux au moment où ils avaient tous les deux compris que le choc était inévitable.

Le signal lumineux de son répondeur clignotait, mais Peter n'y prêta pas attention. Il n'avait aucune envie de parler de cette fichue collision et l'appel provenait certainement d'un journaliste. Depuis qu'il avait été catalogué « homme du monde », chacun de ses actes alimentait les potins de la presse.

Emportant son verre avec lui, il traversa la pièce, ouvrit la porte qui donnait sur la galerie et sortit. Pendant le trajet de retour depuis l'hôpital il s'était mis à pleuvoir. À présent une pluie torrentielle tombait obliquement, poussée par le vent. Même le large auvent de la galerie ne suffisait pas à le protéger. Il faisait si sombre qu'il ne distinguait pas la mer, mais elle était bien là, il suffisait d'entendre le grondement crescendo des vagues qui se brisaient non loin. La température chutait rapidement et l'après-midi ensoleillé qu'il avait passé sur le terrain de golf n'était plus qu'un souvenir. Frissonnant, il rentra, ferma la porte au verrou et monta à l'étage.

Un quart d'heure plus tard, ragaillardi par une douche chaude, il se glissa dans son lit. Sans oublier de couper la sonnerie du téléphone, il alluma la radio et régla le minuteur de manière à écouter le bulletin de onze heures, c'est-à-dire quinze minutes plus tard.

Toutefois, il s'endormit avant d'entendre le flash d'information consacré à l'explosion du *Cornelia II* survenue quelques heures auparavant dans la baie de New York, et il n'entendit pas davantage que Peter Lang, célèbre promoteur immobilier new-yorkais, était au nombre des présumés disparus dans la tragédie.

# 14

À partir de sept heures trente, Lisa Ryan commença à attendre Jimmy. Elle lui avait préparé un poulet au riz, son plat de prédilection, et était impatiente de le voir arriver.

Son dernier rendez-vous au salon de coiffure avait été annulé et elle avait pu partir plus tôt, à temps pour faire ses courses et donner à manger aux enfants à six heures trente. Elle avait dressé la table pour deux, mis une bouteille de vin blanc au frais. Elle avait besoin d'agir pour dissiper le sentiment de malaise qui l'avait étreinte tout au long de la journée. Jimmy lui avait paru perdu, abattu, quand il avait quitté la maison ce matin. Elle n'avait cessé d'y penser, et éprouvait un besoin urgent de l'entourer de ses bras, de lui montrer combien elle l'aimait.

Assis à la table de la cuisine, les enfants, Kyle, Kelly et Charley, faisaient leurs devoirs. Kyle, l'aîné, était un garçon de douze ans réfléchi et bon élève, mais Kelly, âgée de dix ans, était une rêveuse. « Kelly, tu n'as pas écrit un seul mot en cinq minutes », lui reprocha-t-elle.

Charley, le plus petit, recopiait soigneusement son

devoir d'orthographe. Il n'avait que sept ans mais savait que les ennuis allaient pleuvoir à cause de l'annotation du professeur dans son cahier : « A encore bavardé en classe. »

« Tu seras privé de télévision pendant une semaine », l'avait averti Lisa.

Comme toujours, la maison semblait vide sans Jimmy. Même s'il était devenu bizarre ces derniers temps — tantôt silencieux, tantôt irritable —, il restait malgré tout une présence rassurante et protectrice dans leur existence, et les rares soirées où il n'était pas avec eux étaient étrangement mornes et tendues.

Je lui tape peut-être sur les nerfs, pensa Lisa, à force de l'interroger, de le pousser à me confier ce qui le tracasse, à aller voir un médecin. Je dois cesser de me comporter comme ça, se promit-elle en jetant un coup d'œil au dîner qu'elle avait mis au chaud dans le four.

Il avait l'air terriblement préoccupé en partant ce matin. Ai-je bien entendu ? Est-il possible qu'il ait dit « Pardon » au moment de franchir la porte ?

Pardon de quoi ?

À huit heures trente, l'inquiétude commença à la gagner. Où était Jimmy ? Sûrement pas sur le bateau. Le temps changeait rapidement. Le ciel se couvrait de nuages noirs. Il eût été dangereux de rester sur l'eau dans des conditions pareilles.

Elle chercha à se rassurer. Jim était certainement sur le chemin du retour. La circulation était toujours épouvantable le vendredi soir.

Une heure plus tard, Lisa donna une douche aux deux plus jeunes et les aida à enfiler leurs pyjamas. Kyle, son travail terminé, alla regarder la télévision dans le bureau.

En voyant les aiguilles de l'horloge marquer dix

heures, Lisa fut prise de panique. Il était arrivé quelque chose. Jimmy avait peut-être été renvoyé. Et alors ? Il trouverait un autre boulot. Peut-être devrait-il abandonner le bâtiment. Il disait souvent qu'il y avait trop d'escroqueries dans cette profession.

À dix heures trente on sonna à la porte. Le cœur battant, Lisa courut ouvrir. Deux hommes se tenaient sur le seuil. Ils montrèrent leurs cartes sous la lumière de l'entrée — des policiers.

« Madame Ryan, pouvons-nous vous parler ? »

Elle posa la question sans réfléchir, d'une voix sourde : « Jimmy s'est suicidé, n'est-ce pas ? » Puis elle éclata en sanglots.

# 15

CORNELIUS et Gertrude MacDermott partagèrent le même taxi en quittant l'appartement de Nell. Silencieux, plongés dans leurs pensées, ils ne s'aperçurent pas que la voiture s'arrêtait devant l'immeuble de Gert, au coin de la 81e Rue et de Lexington Avenue.

Gert sentit plus qu'elle ne vit le regard presque arrogant que le chauffeur lançait par-dessus son épaule. « Oh, j'étais dans la lune », s'excusa-t-elle. Se retournant d'un mouvement emprunté, elle vit que le portier de l'immeuble avait déjà ouvert la portière de la voiture. Poussé par le vent, un rideau de pluie s'abattait sur lui et l'abri de son parapluie ne suffisait pas à le protéger.

« Pour l'amour du ciel, Gert, dépêche-toi », grommela son frère.

Elle se tourna vers lui, ignorant son ton rogue, uniquement préoccupée par leur souci commun. « Cornelius, Nell *adorait* Adam. Ce soir j'ai eu le sentiment qu'elle ne parviendrait pas à surmonter cette épreuve. Elle aura besoin de tout le soutien que nous pourrons lui apporter.

« — Nell est forte. Tout ira bien.

— Tu ne le penses pas vraiment.

— Gert, ce pauvre garçon va se noyer à t'attendre. Ne t'inquiète pas, Nell s'en sortira. Je te téléphonerai demain. »

Alors qu'elle s'apprêtait à sortir de la voiture, le mot que venait de prononcer Cornelius retint son attention : *se noyer*. Adam s'était-il noyé ou avait-il été pulvérisé par l'explosion ? Son frère eut sans doute la même pensée, car il lui prit la main et se pencha pour l'embrasser sur la joue.

Hors du taxi, elle se redressa, les genoux douloureux. Mon corps est au bout du rouleau, pensa-t-elle. Adam était si robuste, plein de santé. Quel terrible choc.

Soudain, une infinie lassitude s'empara d'elle. Elle accepta volontiers la main que le portier glissait sous son bras pour l'aider à franchir les trois mètres qui la séparaient de l'entrée de l'immeuble. Quelques minutes plus tard, retrouvant enfin le calme de son appartement, elle se laissa tomber dans un fauteuil, appuya sa tête contre le dossier et ferma les yeux. Les larmes affluèrent derrière ses paupières tandis que l'image d'Adam lui remplissait l'esprit.

Son sourire aurait fait fondre une pierre. Gert revit le jour où Nell était venue le lui présenter. Elle était radieuse, visiblement amoureuse. Gert eut la gorge nouée en pensant au contraste entre le bonheur qui se reflétait dans les yeux de Nell, ce jour-là, et la détresse qu'on y lisait aujourd'hui.

On eût dit que sa rencontre avec Adam l'avait rendue à la lumière ; Cornelius n'avait jamais compris à quel point la perte de ses parents avait eu un effet dévastateur sur Nell.

Certes, il avait fait tout ce qu'il pouvait pour elle, lui

consacrant l'essentiel de son temps disponible, mais personne ne pouvait remplacer des parents tels que Richard et Joan.

Avec un soupir, elle se leva et alla à la cuisine. Elle prit la bouilloire et sourit secrètement en se rappelant une réflexion d'Adam peu après qu'elle eut fait sa connaissance. Il lui avait demandé pourquoi elle ne laissait pas en permanence la bouilloire pleine d'eau chaude, étant donné la quantité de thé qu'elle ingurgitait.

« Le thé n'a pas le même goût avec de l'eau réchauffée, avait-elle expliqué.

— Gert, laissez-moi vous dire que c'est pure imagination de votre part », avait-il répliqué avec un rire affectueux.

Nous aimions rire, se souvint Gert. Adam était le contraire de Cornelius, qui ne cesse de s'impatienter contre moi. Il avait même assisté à plusieurs séances de parapsychologie avec mon groupe. Il montrait un intérêt sincère pour le sujet. Il voulait savoir pourquoi je croyais si fermement qu'il est possible d'entrer en contact avec les êtres disparus.

Parce que *c'est* possible. Je ne possède pas ce don, malheureusement, mais certains parmi nous sont capables de communiquer avec l'au-delà, de devenir des passeurs entre les gens ici-bas et ceux qui nous ont quittés. J'ai pu mesurer le réconfort éprouvé par les hommes et les femmes qui avaient eu un contact avec un être aimé à jamais passé de l'autre côté. Si Nell accepte difficilement la disparition d'Adam, je vais la pousser à essayer d'entrer en relation avec lui. Elle ira mieux lorsqu'elle aura accepté son deuil. Adam lui dira que son heure était venue et qu'elle ne doit pas s'abandonner au chagrin, qu'il est toujours là auprès d'elle. Les choses seront alors moins douloureuses pour Nell.

Sa décision prise, Gert se sentit un peu soulagée. La bouilloire sifflait et elle éteignit rapidement le gaz tout en prenant une tasse dans le placard. Ce soir, le chuintement familier de la vapeur ressemblait à une morne plainte. Comme une âme perdue hurlant pour obtenir un sursis, pensa-t-elle avec une impression de malaise.

# 16

ENFANT, Jack Sclafani voulait toujours tenir le rôle du policier lorsqu'il jouait au gendarme et aux voleurs avec ses copains de Bayside, dans Queens. Élève sérieux et calme, il avait obtenu une première bourse pour l'école préparatoire de Saint John, puis une deuxième pour le collège de Fairfield, où l'enseignement des Jésuites avait développé son esprit naturellement rationnel.

Renonçant à une carrière universitaire, il avait ensuite obtenu un diplôme de criminologie. Enfin, une fois ses études achevées, Jack s'était engagé dans la police de New York.

Aujourd'hui, dix-huit ans plus tard, Jack Sclafani était inspecteur de première classe dans la brigade d'élite du procureur général, une affectation dont il tirait une légitime fierté. À quarante-deux ans, il vivait à Brooklyn Heights avec sa femme, gérante d'une agence immobilière prospère, et ses deux jumeaux. Au cours de sa carrière dans la police, il avait côtoyé des hommes de qualité, mais de tous George Brennan était celui qu'il préférait et connaissait depuis le plus longtemps. Aussi fut-il tiré de la torpeur qui le gagnait après le dîner quand il vit George interviewé aux informations de onze heures, et l'entendit répondre avec compétence aux questions des journalistes concernant l'explosion d'un yacht dans la baie de New York plus tôt dans l'après-midi.

S'emparant de la télécommande, il augmenta le volume et se pencha en avant, complètement éveillé à présent, son attention rivée à la scène qui se déroulait sous ses yeux. George Brennan se tenait devant une modeste maison de Little Neck, à seulement un quart d'heure en voiture de Bayside.

« Mme Ryan a confirmé que son mari, Jimmy, employé de la Sam Krause Construction Company, avait l'intention d'assister à une réunion qui se tenait aujourd'hui à bord du *Cornelia II*, disait Brennan. Un homme répondant à sa description a été vu en train d'embarquer sur le bateau, aussi supposons-nous que M. Ryan fait partie des victimes. »

Jack écouta attentivement les questions qui fusaient à l'adresse de Brennan.

« Combien y avait-il de personnes à bord ? demanda une voix off.

— Outre M. Ryan, nous avons appris que quatre autres personnes devaient assister à la réunion.

— N'est-il pas inhabituel qu'un bateau équipé d'un moteur diesel explose ?

— L'enquête sur les causes de l'explosion est en cours, répondit Brennan, mesurant ses mots pour rester évasif.

— Est-il exact que Sam Krause allait être mis en examen dans une affaire de marchés truqués.

— Pas de commentaire.

— Y a-t-il un espoir de retrouver des survivants ?

— Il y a toujours un espoir. Des opérations de recherche se déroulent en ce moment. »

Sam Krause ! pensa Jack. Tu parles qu'il allait être mis en examen ! Il était donc sur le bateau ? Nom d'un chien ! Ce type était l'illustration même de ce qu'il y a de plus pourri dans l'immobilier. Quand ils vont mettre le nez dans ses affaires, ils découvriront que la liste de ceux qui voulaient sa peau est interminable.

« Je suis là. Ça n'intéresse donc personne ? » La voix provenait de la porte derrière lui.

Jack se retourna. « Je ne t'avais pas entendue rentrer, chérie. Comment était le film ?

— Formidable — sauf qu'il durait une heure de trop et qu'il était totalement déprimant. » Nancy s'approcha du canapé et déposa un baiser sur la joue de son mari. Petite, les cheveux blonds coupés court, les yeux noisette, elle rayonnait de gaieté et d'énergie. Elle jeta un coup d'œil à l'écran de télévision et se figea en reconnaissant George Brennan. « Qu'est-ce que George fabrique là ?

— Le bateau qui a explosé près de la statue de la Liberté relève de son secteur, bien qu'en ce moment il semble qu'il se soit rendu chez une des victimes présumées, dans Queens. » La séquence était terminée et Jack éteignit le poste. Le carburant d'un moteur diesel ne peut pas provoquer d'explosion, réfléchit-il. Je parie que si ce bateau s'est transformé en confettis, c'est que quelqu'un y avait déposé une bombe.

« Les garçons sont en haut ?

— En train de regarder un film dans leur chambre. Quant à moi, je vais me coucher.

— Moi aussi. Tu fermeras ?

— Bien sûr. » Tout en éteignant la lumière et en vérifiant la fermeture des portes à l'avant et à l'arrière de la maison, Jack retourna dans sa tête ce qu'il venait d'entendre. S'il était confirmé que Sam Krause se trouvait à bord du bateau, l'hypothèse de l'explosion criminelle devenait plausible. Rien d'étonnant à ce que quelqu'un ait voulu se débarrasser de lui avant qu'il ne soit interrogé. Krause en savait trop — et ce n'était pas le genre de type à faire le choix de moisir de longues années en prison.

Dommage que quatre autres personnes aient péri dans l'histoire ; ils auraient pu trouver un moyen plus économique de liquider Krause, pensa Jack. Qui que ce soit, l'auteur du crime ne s'encombrait pas de sentiments. Il en connaissait plus d'un qui correspondait à cette description !

*Mercredi 14 juin*

# 17

« NELL, je ne peux vous dire à quel point je suis bouleversé. Je ne parviens pas à réaliser — c'est tout simplement inconcevable. » Peter Lang était assis en face de Nell dans son salon. Le visage tuméfié, la lèvre enflée, il semblait réellement sous le choc et ne ressemblait plus au personnage sûr de lui dont il adoptait généralement l'attitude. Pour la première fois, Nell ressentit une certaine sympathie pour cet homme. Dans le passé, les manières de Peter l'avaient toujours agacée. « Le coq de la basse-cour », disait Adam.

« J'étais tellement commotionné par mon accident que j'ai coupé le téléphone et que je me suis couché sitôt arrivé à la maison. Les journalistes ont téléphoné en Floride, chez mes parents. C'est une chance que ni ma mère ni mon père n'aient eu une crise cardiaque. Maman s'est mise à pleurer comme une madeleine quand elle a su que je n'avais rien. Elle n'en revient toujours pas. Elle m'a appelé quatre fois dans la seule journée d'hier.

— Je la comprends », fit Nell, se demandant comment elle aurait réagi si Adam lui avait annoncé au téléphone qu'il n'était pas à bord, que quelque chose l'avait retardé et qu'il avait demandé à Sam de tenir la réunion sans lui. Supposons...

Mais c'était impossible. Il n'y avait rien à supposer. Les autres ne seraient pas sortis sur son bateau sans lui. Le bateau d'Adam — ce joli yacht qu'il avait baptisé de son nom à elle. À bord duquel elle n'avait jamais voulu monter et qui était devenu son cercueil.

Non, *pas* son cercueil ! Dans la journée de dimanche, ils avaient retrouvé les fragments d'un corps qui avait été identifié comme étant celui de Jimmy Ryan. Jusque-là, il serait le seul à être enterré dans un cercueil. Les chances de retrouver et d'identifier les autres corps étaient quasiment inexistantes. Tout laissait supposer qu'Adam, Sam Krause et Winifred avaient été déchiquetés ou réduits en cendres dans l'explosion. Les quelques lambeaux de leurs corps qui subsistaient encore avaient été sans doute emportés par le courant au-delà du pont Verrazano jusqu'à l'océan.

« Pas réduits en cendres : ensevelis en mer. Essayez de considérer les choses ainsi, Nell », lui avait dit Mgr Duncan pendant qu'elle organisait avec lui la messe qui serait célébrée en mémoire d'Adam.

« Il y aura une messe jeudi en souvenir d'Adam », dit-elle à Peter, rompant le long silence qui s'était établi entre eux.

Peter resta un moment plongé dans ses réflexions, puis dit doucement : « Les rumeurs se répandent comme une traînée de poudre, Nell. La police a-t-elle confirmé que c'est une bombe qui a détruit le bateau ?

— Pas officiellement, non. »

Mais elle n'ignorait pas l'hypothèse de la présence d'une bombe à bord, et cette pensée la taraudait.

Pourquoi quelqu'un aurait-il accompli un tel acte ? S'agissait-il d'un geste de violence aveugle, semblable à ces agressions dirigées au hasard contre des passants ? Ou d'une sorte de vengeance de la part d'une personne démunie, jalouse du propriétaire d'un si joli bateau et désirant le punir ? Quelle que soit la raison, Nell avait besoin de la connaître, de se libérer l'esprit de cette interrogation avant de pouvoir clore ce douloureux chapitre.

La femme de Jimmy Ryan avait besoin d'une réponse, elle aussi. Elle avait téléphoné le lendemain de la tragédie, cherchant désespérément un début d'explication à la mort de son mari. « Madame Cauliff, j'ai l'impression de vous connaître, avait-elle dit. Je vous ai vue à la télévision et je lis régulièrement votre chronique ; j'ai également lu de nombreux articles vous concernant, racontant comment votre grand-père vous avait élevée après la mort de vos parents. Je suis navrée pour vous. Vous avez eu beaucoup de chagrins dans votre vie. J'ignore ce qu'on vous a dit sur mon mari, mais je l'aimais et je ne veux pas que vous le pensiez capable d'avoir provoqué la mort de votre mari.

« Jimmy n'est absolument pour rien dans tout cela. C'est une victime, tout comme M. Cauliff. Certes, il était déprimé. Il était resté longtemps au chômage, et nous avions accumulé des dettes importantes. Mais la situation s'améliorait — en grande partie grâce à votre mari. Je sais qu'il avait une vive reconnaissance envers lui ou la personne dans sa société qui avait transmis sa candidature à la Krause Construction Company. Maintenant la police insinue que Jimmy a provoqué cette explosion. Même si Jimmy était suicidaire — et, à mon corps défendant, je dois avouer qu'il l'a peut-être été —, il n'aurait jamais, au grand

jamais, causé la mort d'un être humain. Jamais !
C'était un homme bon, un mari et un père merveilleux. Je le connaissais, il n'aurait jamais fait ça. »

Des photos de l'enterrement de Jimmy Ryan avaient
été publiées en page trois du *Post* et en première page
du *News*. Lisa Ryan, avec ses trois enfants serrés autour
d'elle, marchant derrière le cercueil qui contenait les
restes déchiquetés d'un mari et d'un père. Nell ferma
les yeux.

« Nell, la semaine prochaine j'aimerais passer en
revue avec vous certaines affaires, dit doucement
Lang. Il y a des décisions à prendre et j'ai besoin de
votre avis. Mais rien d'urgent. » Il se leva. « Essayez de
vous reposer un peu. Arrivez-vous à dormir la nuit ?

— Pas trop mal, étant donné les circonstances. »

Elle referma la porte derrière Peter Lang avec un
sentiment de soulagement, honteuse d'éprouver de la
rancœur contre lui, de lui en vouloir d'être le seul à
avoir été épargné. Les marques de son accident s'effa-
ceraient. Dans quelques jours, sa lèvre ne porterait
plus aucune trace de tuméfaction.

« Adam, dit-elle à voix haute. Adam... », répéta-t-elle
doucement, comme s'il l'écoutait.

Naturellement, il n'y eut aucune réponse.

L'orage du vendredi soir avait mis fin à la période
de beau temps. La température était anormalement
fraîche pour un début juin. Le chauffage de l'immeuble avait cédé la place à l'air conditionné et, bien que
Nell eût arrêté la climatisation, il faisait froid dans
l'appartement. Elle serra ses bras autour d'elle et alla
dans sa chambre chercher un pull-over.

Toujours efficace, Liz était arrivée le samedi matin
les bras chargés de provisions. « Il faut vous nourrir,
avait-elle dit d'un ton ferme. Ignorant ce que vous

100

aviez chez vous, j'ai apporté des pamplemousses, du bacon, et des bagels tout juste sortis du four. »

Pendant qu'elles buvaient un café, Liz avait dit : « Nell, je me mêle de ce qui ne me regarde pas, mais j'y suis obligée. Mac a le cœur brisé par toute cette histoire. Ne lui fermez pas votre porte.

— Il l'a fermée à Adam, et pour l'instant je lui pardonne difficilement.

— Mais vous savez qu'il avait vos intérêts à cœur. À ses yeux, ce qui était bon pour vous — vous présenter aux élections — était en définitive bon pour votre couple.

— Eh bien, je présume que nous ne le saurons jamais, n'est-ce pas ?

— Pensez à ce que je vous ai dit. »

Depuis, Liz était passée tous les jours. Ce matin, elle avait dit tristement : « Mac n'a toujours aucune nouvelle de vous, Nell.

— Je le verrai au service religieux. Nous reviendrons ensuite déjeuner ici. Pour le moment, j'ai besoin d'apprendre à revivre sans qu'il soit dans les parages à me houspiller. »

Revivre ici où j'ai passé cinq années avec Adam. M'adapter à une existence solitaire.

Elle avait acheté l'appartement onze ans plus tôt, après être sortie diplômée de l'université de Georgetown, avec l'argent qui avait été placé pour elle jusqu'à sa majorité. C'était l'époque où le marché immobilier de New York était déprimé, où le nombre des vendeurs dépassait celui des acheteurs, et son acquisition s'était avérée excellente sur le plan de l'investissement.

« Le petit nid que je pourrais t'offrir ne soutiendrait pas la comparaison, avait dit Adam en plaisantant quand ils avaient commencé à parler mariage.

101

Mais donne-moi dix ans et je te promets que le tableau aura changé.

— Pourquoi ne pas passer ici ces dix ans ? Il se trouve que j'aime beaucoup cet endroit. »

Elle avait débarrassé à son intention l'une des deux vastes penderies attenantes à la chambre, et rapporté de chez Mac la commode de bateau ancienne qui avait appartenu à son père. Elle s'en approcha et souleva le petit plateau d'argent ovale qui était posé à côté de leur photo de mariage. C'était sur ce plateau qu'Adam déposait sa montre, ses clés et son portefeuille avant de se déshabiller.

Je ne savais pas à quel point je m'étais toujours sentie seule avant de l'épouser, jusqu'à ce qu'il habite ici avec moi, pensa-t-elle. Jeudi soir il s'est changé dans la chambre d'amis pour ne pas me réveiller et j'ai feint de dormir parce que je n'avais pas envie de lui parler de ma journée ni de lui faire part de ma décision de me porter candidate au siège de Mac.

Soudain le remords l'envahit à l'idée qu'elle ne l'avait pas vu accomplir une dernière fois le rituel du coucher. Liz avait proposé de venir la semaine suivante l'aider à emballer les vêtements et effets personnels d'Adam. « Vous ne cessez de répéter que sa mort ne vous paraît pas réelle, Nell, mais je pense que vous ne vous remettrez qu'à la condition de prendre conscience de cette réalité. Ce sera peut-être plus facile une fois tous ces souvenirs disparus. »

Pas encore, pensa Nell, *pas encore !*

Le téléphone sonna. Elle décrocha à contrecœur.

« Madame Cauliff ?

— Oui.

— Ici l'inspecteur Brennan. Pourriez-vous nous recevoir maintenant, mon collègue et moi ? »

Pas tout de suite, pensa Nell. J'ai besoin d'être seule

102

en ce moment. J'ai besoin de toucher quelque chose qui appartenait à Adam, de me sentir près de lui.

La tante Gert lui avait appris à entrer en communication avec un disparu en lui faisant tenir un objet ayant appartenu à sa mère. C'était six mois après la mort de ses parents ; elle se trouvait dans sa chambre au premier étage de la maison de Mac, blottie au fond d'un fauteuil, serrant dans sa main un livre qu'elle était censée résumer. Elle n'avait pas entendu sa tante entrer. Et elle ne lisait pas.

J'étais juste assise là, regardant sans but par la fenêtre, se souvint Nell. Je les aimais tellement tous les deux, mais à ce moment précis c'était la présence de ma mère que je désirais. J'avais besoin de ma mère.

Gert est entrée et s'est agenouillée près de moi. Sa voix était très douce. « Prononce un nom.

— Maman, ai-je murmuré.

— Je l'avais deviné et je t'ai apporté quelque chose, a dit Gert. Un objet que ton grand-père n'a pas jugé bon de conserver. » C'était la boîte en ivoire que maman gardait sur sa coiffeuse. Il s'en dégageait une odeur de bois que j'aimais tout particulièrement. Lorsque maman et papa étaient en voyage, j'entrais dans leur chambre et je prenais la boîte, et chaque fois que je l'ouvrais, il me semblait que maman était près de moi.

Cela s'était reproduit ce jour-là. La petite boîte était restée si longtemps fermée que l'odeur boisée s'était accrue. Et j'ai cru sentir la présence de maman dans la pièce. Je me souviens d'avoir demandé à tante Gert comment elle avait eu l'idée d'apporter cet objet en particulier.

« Je savais, c'est tout, avait-elle répondu simplement. Et ne l'oublie jamais, ta mère et ton père seront à tes côtés aussi longtemps que tu auras besoin d'eux.

C'est toi qui les libéreras, lorsque tu seras prête à les laisser partir. »

Mac déteste l'entendre parler de ces choses-là, pensa Nell. Mais Gert avait raison. Après que mes parents m'eurent sauvé la vie à Hawaii, j'ai pu les laisser partir. Mais je ne suis pas encore prête à me détacher d'Adam. Je veux garder quelque chose dans ma main qui me donnera l'impression qu'il est encore près de moi. J'ai besoin de l'avoir avec moi encore un peu, avant de lui dire adieu.

« Madame Cauliff, est-ce que vous allez bien ? demanda l'inspecteur, rompant un long silence.

— Oh oui, excusez-moi. J'ai encore un peu de mal à m'habituer, fit-elle d'une voix hésitante.

— Je ne voudrais pas vous importuner en de telles circonstances, mais il importe vraiment que nous nous rencontrions. »

Nell secoua la tête, un geste qu'elle avait emprunté à Mac, un mouvement agacé qui signifiait inconsciemment son déplaisir lorsqu'il ne voulait pas formuler une objection à voix haute. « Très bien. Venez maintenant si c'est nécessaire », dit-elle sèchement avant de raccrocher.

# 18

L E mercredi après-midi, la voisine de Lisa, Brenda Curren, et sa fille Morgan, une adolescente de dix-sept ans, vinrent chercher les trois enfants Ryan pour les emmener d'abord au cinéma et ensuite au restaurant.

« Filez dans la voiture avec Morgan, leur ordonna Brenda. J'ai besoin de parler avec votre maman pendant un instant. » Elle attendit qu'ils fussent sortis pour dire : « Lisa, ne sois pas si soucieuse. Tu sais qu'ils seront bien avec nous. Tu as bien fait de ne pas les envoyer à l'école aujourd'hui, mais tu as besoin d'être un peu tranquille à présent.

— Oh, je ne sais pas, dit Lisa tristement. La seule chose que je vois devant moi désormais, c'est le temps. Quand j'y réfléchis, je me demande ce que je vais faire de toutes ces heures et de tous ces jours. » Elle fixa sa voisine, remarqua l'anxiété que trahissait son regard. « Tu as raison, bien sûr. J'ai besoin d'être un peu tranquille. Je dois ranger le bureau de Jimmy. Il faut que je remplisse les papiers de Sécurité sociale pour les enfants. Cela nous procurera un petit revenu en attendant que je sache quoi faire.

— Tu as une assurance, j'imagine, Lisa ? » L'inquiétude s'inscrivit sur le visage de Brenda. « Excuse-moi, ajouta-t-elle vivement, ça ne me regarde pas. Mais Ed est tellement obsédé par les assurances que c'est la première question qui me vient à l'esprit.

— J'aurai un petit capital », dit Lisa. Assez pour l'enterrement de Jim, pensa-t-elle, mais pas beaucoup plus. Elle garda cette réflexion pour elle-même ; elle ne l'aurait pas avoué, même à une bonne amie telle que Brenda.

« Tes affaires ne regardent que toi » — c'était le conseil qu'elle avait toujours entendu dans la bouche de sa grand-mère. « Les autres n'ont pas à savoir ce que tu as ou ce que tu n'as pas, Lisa. Laisse-les supposer ce qu'ils veulent. »

Seulement, il n'y a pas grand-chose à supposer, se dit Lisa, sentant s'alourdir le poids qui l'accablait. Nous avons encore un débit de quatorze mille dollars sur nos cartes de crédit, avec un intérêt de dix-huit pour cent.

« Lisa, Jimmy s'occupait à merveille de l'entretien de votre maison. Ed est loin d'être aussi habile que lui, mais il m'a chargée de te dire qu'il viendra te dépanner si tu en as besoin. Les plombiers et les électriciens coûtent une fortune, de nos jours.

— Oui, c'est vrai.

— Lisa, nous sommes tous si tristes. Jimmy était un type épatant, et nous vous aimions tendrement tous les deux. Ed et moi ferions tout au monde pour te venir en aide. Tu le sais. »

Lisa vit que Brenda retenait ses larmes et s'efforça de sourire. « Je sais. Et tu m'es déjà d'un grand secours. Pars vite maintenant, débarrasse-moi des enfants. »

Elle accompagna Brenda à la porte, puis regagna

l'étroit couloir jusqu'à la cuisine. La pièce était de dimensions suffisantes pour contenir une table et des chaises mais trop peu spacieuse pour tout ce qui l'encombrait. Il y avait un petit bureau intégré, un agencement exceptionnel, au dire de l'agent immobilier qui leur avait fait visiter la maison des années auparavant. « C'est une chose introuvable dans cette gamme de prix », avait-il expliqué à Lisa.

Lisa contempla les piles d'enveloppes qui s'y entassaient. L'échéance du prêt immobilier, le paiement des factures de gaz et de téléphone étaient déjà en retard d'une semaine. Si Jimmy était rentré, ils se seraient assis côte à côte et les auraient réglées pendant le week-end, pour éviter les pénalités. C'est à moi de m'en occuper désormais, pensa Lisa, une tâche de plus que j'aurai à accomplir seule.

Elle remplit les chèques et, avec appréhension, s'attaqua à une nouvelle pile d'enveloppes retenues par un élastique. Les relevés des cartes de crédit ; il y en avait tant ! Elle s'était pourtant obligée à un minimum de dépenses ce mois-ci.

Elle hésita à ouvrir l'unique tiroir. Large et profond, c'était devenu une sorte de fourre-tout pour les prospectus et autres publicités qu'il aurait fallu jeter au fur et à mesure. Des coupons jamais utilisés. Même lorsqu'ils n'avaient pas un sou d'avance, Jimmy découpait des catalogues d'outils de bricolage, mettait de côté tout ce qui l'intéressait et qu'il aurait voulu acheter un jour, quand sa situation se serait améliorée.

Alors qu'elle retirait une poignée d'imprimés, son regard tomba sur une enveloppe couverte de colonnes de chiffres. Elle n'eut pas besoin de l'examiner pour en deviner la teneur. Combien de fois avait-elle vu Jimmy assis à ce même bureau, additionnant les factures, désespéré à la vue du total ? C'était devenu une scène familière durant ces dernières années.

Ensuite il descendait au sous-sol et restait à son établi pendant une ou deux heures, prétendant avoir quelque chose à terminer. Il voulait cacher qu'il était inquiet.

Mais pourquoi était-il toujours aussi préoccupé, même après avoir retrouvé du travail ? Cette question la hantait depuis plusieurs mois. Presque machinalement, elle se leva, traversa la pièce et ouvrit la porte qui menait au sous-sol. Elle descendit l'escalier, chassant de son esprit l'image de Jimmy s'escrimant à transformer cet espace peu attrayant en un endroit confortable et accueillant qui lui servait aussi d'atelier.

Elle pénétra dans la pièce et alluma la lumière. Les enfants et moi ne descendions presque jamais ici, pensa-t-elle. C'était une sorte de sanctuaire. Jimmy craignait que l'un de nous ne se blesse avec un instrument coupant. Lisa contempla tristement l'atelier bien rangé, si différent de ce qu'il était autrefois, lorsque la panoplie d'outils nécessaires à Jimmy pour bricoler un truc ou un autre encombrait la grande table. Aujourd'hui ils étaient soigneusement alignés au mur, suspendus au panneau de liège placé au-dessus de la table. Les chevalets qui soutenaient les planches d'aggloméré ou de contreplaqué étaient repoussés dans un coin à côté du classeur.

Le classeur... Jimmy y rangeait les déclarations et avis d'imposition, les documents qu'il jugeait utile de conserver. De la paperasserie que Lisa aurait à trier un jour ou l'autre. Elle ouvrit le tiroir du haut, jeta un coup d'œil aux dossiers de papier kraft méticuleusement étiquetés. Comme elle s'y attendait, ils contenaient les déclarations d'impôts classées et numérotées.

Dans le deuxième tiroir, Jimmy avait ôté les séparations entre les dossiers. Des plans et des descriptifs pliés avec soin étaient empilés les uns sur les autres. Elle savait de quoi il s'agissait : c'était ses plans — les plans qu'il avait conçus pour l'aménagement définitif du sous-sol, la confection de lits superposés dans la chambre de Kyle, la galerie extérieure le long du séjour.

Il y a peut-être ceux de la maison de nos rêves, pensa-t-elle, la maison que nous espérions avoir un jour. Il l'avait dessinée pour Noël, il y a deux ans et demi, avant de perdre son emploi. Il m'avait demandé de lui décrire exactement ce que je désirais, et avait tracé des plans qui correspondaient à mes souhaits.

Se piquant au jeu, Lisa avait alors donné libre cours à son imagination. Elle avait demandé une cuisine avec une verrière, ouverte sur une salle de séjour avec une cheminée surélevée. Elle voulait aussi une salle à manger avec des banquettes sous les fenêtres, et une grande penderie attenante à la chambre principale. Jimmy avait construit une maquette à échelle réduite.

J'espère qu'il a gardé ces plans, songea Lisa. Elle fouilla le tiroir et en sortit plusieurs documents. Il y en avait moins qu'elle ne l'aurait cru, cependant, et en dessous, tout au fond, elle aperçut une boîte volumineuse — non, deux boîtes emballées dans du papier kraft retenu par une ficelle. Elles étaient coincées dans le tiroir et elle dut s'agenouiller et glisser ses doigts par-dessous pour les sortir.

Elle les déposa sur la table, décrocha un outil pointu du panneau mural, trancha la ficelle qui les entourait et souleva le couvercle de la première.

Stupéfaite autant qu'horrifiée, elle vit alors apparaître des liasses entières de billets, alignées en rangées régulières dans la boîte. Des billets de vingt, de cinquante, quelques-uns de cent dollars — certains usagés, d'autres neufs. La seconde boîte contenait principalement des billets de cinquante dollars.

Une heure plus tard, après les avoir méticuleusement comptés, Lisa dut reconnaître que cinquante mille dollars avaient été dissimulés dans ce sous-sol par Jimmy Ryan, son mari qu'elle aimait tant et croyait si bien connaître.

# 19

Depuis qu'elle avait quitté la Floride deux ans auparavant pour s'installer à New York, Bonnie Wilson, spirite et médium, s'était constitué une importante clientèle qu'elle recevait régulièrement dans son appartement de West End Avenue.

Trente ans, mince, avec des cheveux noirs qui tombaient librement sur ses épaules, un teint clair et des traits harmonieux, Bonnie ressemblait plus à un mannequin qu'à une spécialiste des phénomènes parapsychiques, mais elle s'était fait un nom dans sa profession et était particulièrement appréciée par tous ceux qui désiraient entrer en communication avec un être cher disparu.

Ainsi qu'elle l'expliquait aux consultants qui venaient la voir pour la première fois : « Nous avons tous des dons parapsychiques, certains plus que d'autres. Chacun d'entre nous peut les développer ; pour ma part, j'ai eu ces dispositions dès ma naissance. Enfant, j'étais capable de percevoir ce qui se passait dans la vie de mes proches, de partager intuitivement leurs soucis, de les aider à trouver les réponses qu'ils cherchaient.

« Je me suis mise à étudier, à prier, à rencontrer des

personnes partageant ces mêmes dons, et j'ai découvert que lorsque les gens venaient me consulter, les êtres qu'ils avaient aimés et qui résidaient désormais dans d'autres sphères venaient se joindre à nous. Tantôt leurs messages étaient précis, tantôt ils désiraient seulement faire savoir à celui ou celle qui les pleurait qu'ils étaient heureux et satisfaits et que leur amour serait éternel. Avec les années, mon pouvoir de communiquer s'est accru. Certains sont troublés par ce que je leur dis, mais beaucoup en retirent un grand réconfort. Mon désir est d'aider tous ceux qui s'adressent à moi, et je leur demande seulement de me traiter avec égard et de respecter mes facultés. Je veux pouvoir les soulager, car je tiens ce pouvoir de Dieu et il est de mon devoir de le partager avec les autres. »

Bonnie assistait régulièrement aux réunions de l'Association parapsychique de New York, le premier mercredi de chaque mois. Aujourd'hui, ainsi qu'elle s'y attendait, Gert MacDermott était absente. À voix basse, l'assistance discutait de la terrible tragédie qui venait de s'abattre sur sa famille. Gert, intarissable bavarde, était extrêmement fière de sa brillante nièce et parlait souvent de ses dons de télépathe. Elle avait même envisagé de la faire participer aux séances du groupe, mais ses efforts étaient jusqu'alors restés vains.

« J'ai rencontré Adam Cauliff chez Gert, à l'une de ses réceptions », dit à Bonnie le Dr Siegfried Volk. « Gert semblait avoir énormément d'affection pour lui. Je ne crois pas qu'il éprouvait beaucoup d'intérêt pour nos travaux mais il lui avait fait plaisir en assistant à sa réunion. Un homme charmant. J'ai écrit un mot à Gert pour lui exprimer mes condoléances, et je compte lui rendre visite la semaine prochaine.

— C'est également mon intention, dit Bonnie, je voudrais pouvoir les aider, elle et sa famille. »

# 20

P LUS tôt dans la journée, Jed Kaplan avait entrepris sa promenade préférée, partant de l'appartement de sa mère, à l'angle de la 14e Rue
et de la Première Avenue, pour arriver sur l'Hudson
River à la North Cove Marina du World Financial Center où Adam Cauliff amarrait son bateau auparavant.
Jed faisait ce trajet pour la cinquième fois consécutive,
un parcours qui lui prenait habituellement un peu
plus d'une heure, selon les distractions qu'il trouvait
en chemin, et qui lui procurait toujours plus de
plaisir.

Aujourd'hui, comme les jours précédents, Jed
contemplait l'Hudson, un imperceptible sourire aux
lèvres. La pensée que le *Cornelia II* ne flottait plus fièrement dans l'eau du port l'emplissait d'un plaisir
intense, presque sensuel. Il savourait l'image d'Adam
Cauliff réduit en pièces, se représentant d'abord
l'éclair de compréhension qui avait dû traverser son
cerveau lorsqu'il s'était rendu compte qu'il allait mourir. Puis son corps en lambeaux, projeté dans les airs
avant de retomber dans la baie — c'était une scène
qu'il se passait et repassait dans sa tête, s'en délectant
un peu plus à chaque fois.

La température avait chuté régulièrement depuis le début de la journée, le soleil baissait à présent et la brise du large était froide et pénétrante. Jed jeta un regard autour de lui, nota que les tables en terrasse des restaurants de l'esplanade s'étaient vidées. Les passagers débarquant du ferry en provenance du New Jersey et d'Hoboken couraient s'abriter. Des poules mouillées, pensa Jed avec mépris. Il aurait voulu les voir vivre dans le bush pendant deux ou trois ans !

Il observa un paquebot de croisière qui se dirigeait vers les Narrows et se demanda quelle était sa destination. L'Europe ? L'Amérique du Sud ? Bon sang, un de ces jours il irait visiter un de ces endroits. Pas de doute, c'était le moment pour lui de changer d'air. La vieille le rendait fou, et c'était visible qu'il lui faisait le même effet.

En lui préparant son petit déjeuner ce matin, elle avait dit : « Jed, tu es mon seul fils, et je t'aime beaucoup, mais je ne supporte plus que tu me harcèles comme ça. J'ai vendu cet immeuble. Il faut que tu t'y fasses. Contrairement à ce que tu crois, Adam Cauliff était un homme honnête, c'est en tout cas l'impression que j'ai eue. Maintenant, malheureusement pour lui, il est mort, et tu n'as donc aucune raison de continuer à le détester. Il est temps que tu passes à autre chose. Je te donnerai de l'argent pour t'aider à prendre un nouveau départ ailleurs. »

Au début, elle lui avait proposé cinq mille dollars. À la fin du petit déjeuner, il en avait obtenu vingt-cinq mille, et en plus elle lui avait montré son testament par lequel elle lui laissait tout ce qu'elle possédait. Avant d'accepter de quitter la ville, il lui avait fait jurer sur le souvenir de son père qu'elle ne modifierait jamais le testament.

Cauliff avait payé l'immeuble huit cent mille dollars. Étant donné le côté grippe-sou de sa mère, on pouvait parier que la plus grande partie du fric serait encore là quand elle passerait l'arme à gauche.

Ce n'était assurément pas la somme qu'il avait espérée — cette propriété valait dix fois plus — mais c'était le mieux qu'il puisse attendre de sa mère, maintenant qu'elle lui avait pratiquement tout légué. Jed haussa les épaules et se remit avec délectation à évoquer la mort d'Adam Cauliff.

Un témoin de l'explosion était cité dans le *Post* : « Le bateau n'avançait pas. J'ai pensé qu'ils avaient mouillé l'ancre et qu'ils buvaient tranquillement un verre, un truc de ce genre. L'eau commençait à être agitée, et je me suis dit que leur petite réception n'allait pas durer longtemps. Puis tout à coup, *boum !* Comme volatilisé par une bombe atomique ! »

Jed avait découpé le récit de l'explosion et l'avait conservé dans la poche de sa chemise. Il aimait le relire, imaginer les corps et les débris s'élevant dans un nuage en forme de champignon, emportés par la déflagration. Son seul regret était d'avoir raté le spectacle.

Dommage pour les autres victimes, bien sûr, mais ils ne devaient pas valoir grand-chose puisqu'ils travaillaient avec Cauliff. Ils étaient probablement de mèche avec lui, occupés à dénicher des veuves séniles qu'ils persuadaient de vendre leurs biens pour trois fois rien. En tout cas, il n'y aura pas de *Cornelia III*, jubila-t-il.

« Excusez-moi, monsieur. »

Surpris dans sa rêverie, Jed sursauta, sur la défensive, prêt à rembarrer l'importun. Mais au lieu du mendiant qu'il s'attendait à trouver devant lui, il vit un homme à l'air sévère qui fixait sur lui un regard perçant.

« Inspecteur George Brennan », dit-il en exhibant sa plaque.

Jed comprit, mais trop tard, que traîner dans les parages de la marina avait été l'erreur la plus stupide de toute sa vie.

# 21

L'OBSTINATION de Dan Minor à retrouver sa mère promettait enfin de donner quelque résultat. La femme qui l'avait reconnue sur la photo et appelée « Quinny » lui avait apporté son premier rayon d'espoir depuis très, très longtemps. Il l'avait cherchée depuis tant d'années — sans le moindre succès — que la plus infime piste suffisait à le galvaniser.

Aujourd'hui, à dire vrai, il était tellement excité qu'après son service de l'après-midi à l'hôpital, il s'était rapidement changé et avait filé jusqu'à Central Park pour y poursuivre ses investigations.

Il avait l'impression d'avoir toujours été à la recherche de sa mère. Elle avait disparu alors qu'il avait six ans, juste après l'accident qui avait failli lui coûter la vie.

Il gardait le souvenir de s'être réveillé et de l'avoir vue agenouillée près de son lit d'hôpital, en larmes. Plus tard, il avait appris qu'à la suite de l'accident — elle était ivre quand c'était arrivé — elle avait été inculpée de négligence criminelle, et que plutôt que d'affronter un procès public, et la quasi-certitude de perdre la garde de son fils, elle avait pris la fuite.

De temps en temps, pour son anniversaire, il recevait une carte anonyme dont il savait qu'elle était l'auteur. Pendant longtemps, ce fut la seule preuve qu'il eut qu'elle était encore en vie. Puis, un jour, il y a sept ans, il était chez lui avec sa grand-mère et regardait d'un œil distrait la télévision, zappant d'une chaîne à une autre, quand son attention avait été attirée par une émission sur les SDF de Manhattan.

Certaines interviews avaient été filmées dans des foyers, d'autres dans la rue. L'une des femmes interrogées se trouvait au coin d'une rue dans le haut de Broadway. La grand-mère de Dan était en train de lire à ce moment-là, mais lorsque la femme s'était mise à parler, elle avait sursauté, les yeux soudain rivés sur l'écran.

Le journaliste avait demandé son nom à cette femme et elle avait répondu : « Les gens m'appellent Quinny. »

« Oh, mon Dieu, c'est Kathryn ! s'était écriée sa grand-mère. Dan, regarde, regarde ! *C'est ta mère !* »

Se rappelait-il réellement ce visage, ou était-ce les photos qu'il avait si souvent contemplées durant des années qui lui donnaient la certitude que cette femme était bien sa mère ? Le visage qui apparaissait à l'écran était usé, le regard inexpressif, cependant il restait quelques traces de la jolie femme d'autrefois. Ses cheveux bruns, aujourd'hui largement parsemés de mèches grises, mal coiffés et retombant informes sur ses épaules, lui donnaient un air négligé. Mais elle était toujours belle aux yeux de Dan. Elle portait un manteau défraîchi trop grand pour elle. Sa main était cramponnée à un caddie bourré de sacs en plastique.

Elle avait cinquante ans lorsque j'ai vu cette émission, se rappela Dan. Elle paraissait beaucoup plus vieille.

« D'où êtes-vous originaire, Quinny ? avait demandé le journaliste.

— Je suis d'ici, maintenant.

— Avez-vous de la famille ? »

Elle avait fixé la caméra du regard. « J'avais un merveilleux petit garçon, jadis. Je ne le méritais pas. Il était plus heureux sans moi, alors je suis partie. »

Dès le lendemain, les grands-parents de Dan avaient engagé un détective privé pour retrouver sa piste, mais Quinny avait disparu. Dan parvint à en apprendre un peu plus sur l'existence qu'elle avait menée et l'état pitoyable dans lequel elle se trouvait — des renseigements qui l'attristèrent et brisèrent le cœur de ses grands-parents.

Aujourd'hui, après avoir rencontré quelqu'un qui avait identifié sa mère sur une photographie, il était plus déterminé que jamais à découvrir où elle se cachait. Elle vit à New York, je la retrouverai. Mais le jour où je serai en face d'elle, est-ce que je saurai quoi dire, quoi faire ?

En fait, il ne s'inquiétait pas réellement — il avait mille fois imaginé ces retrouvailles. Peut-être se limiterait-il à ces seuls mots qui auraient une signification pour elle : « Cesse de te punir. C'était un accident. Puisque je peux te pardonner, pourquoi ne peux-tu en faire autant ? »

Il avait donné sa carte à Lilly Brown, la femme qu'il avait rencontrée au foyer. « Si vous la voyez, prévenez-moi. Et surtout ne lui dites pas que je la cherche. Elle serait capable de s'évanouir à nouveau dans la nature. »

Lilly l'avait rassuré : « Quinny reviendra. Je la connais, elle réapparaîtra bientôt. Elle ne quitte jamais New York bien longtemps, et quand l'été arrive elle aime aller s'asseoir dans Central Park. C'est son endroit de prédilection. Quelqu'un l'y a peut-être vue récemment. »

Je dois me satisfaire de ces maigres renseignements pour le moment, pensa Dan en faisant son jogging habituel le long des allées de Central Park. Les derniers feux du soleil couchant éclairaient encore le ciel, mais l'air fraîchissait et le vent glaçait ses épaules et ses jambes en sueur. Puisque l'été approche — Seigneur, j'espère que cette fin d'après-midi n'est pas un avant-goût de ce que sera la saison à New York ! —, ladite « Quinny » va peut-être venir s'asseoir sur un banc dans le parc.

# 22

Cornelius MacDermott se présenta chez Nell à six heures tapantes. Lorsqu'elle lui ouvrit la porte, ils restèrent face à face pendant une minute, s'observant en silence. Puis il lui tendit les bras.

« Nell, dit-il, te souviens-tu de ce que les vieux Irlandais disent aux personnes en deuil lors de la veillée funèbre ? Ils disent : "Je suis désolé pour votre peine." Tu trouvais que c'était la remarque la plus stupide au monde. De ta petite voix futée, tu disais : "On n'est pas désolé pour la peine de quelqu'un, on est désolé qu'il ait de la peine."

— Je m'en souviens, dit Nell.

— Et que t'ai-je répondu ?

— Que l'expression signifiait : "Votre peine est *la mienne*. Je partage votre chagrin."

— Exact. Alors considère-moi comme un de ces vieux Irlandais. Au plus profond de moi, je ressens ta peine comme si elle était mienne. Sache que je suis triste, très triste, de ce qui est arrivé à Adam. Je donnerais tout au monde pour que te soit épargnée l'épreuve qui est la tienne en ce moment. »

Nell se radoucit. Ne sois pas injuste avec lui. Mac a quatre-vingt-deux ans. Il m'a choyée et s'est occupé de moi depuis ma tendre enfance. Peut-être était-il jaloux d'Adam malgré lui. Bien des femmes auraient rêvé d'épouser Mac après la mort de grand-mère. C'est sans doute à cause de moi qu'il ne s'est jamais engagé avec aucune d'entre elles.

« Je sais, lui dit-elle, et je suis contente que tu sois là. Mais j'ai besoin d'un peu de temps pour accepter la réalité.

— Malheureusement, Nell, tu n'as pas le temps, répliqua Mac. Viens, allons nous asseoir. Il faut que nous parlions, tous les deux. »

Ne sachant à quoi s'attendre, elle le suivit dans la salle de séjour.

Dès qu'ils furent installés, Mac commença : « Nell, je me doute que ce sont des moments cruels pour toi, mais il y a des choses dont nous devons discuter. La messe prévue pour Adam n'a pas encore été célébrée, et me voilà prêt à t'importuner avec des questions difficiles. Je regrette d'avoir à te bousculer. Sans doute préférerais-tu me fiche dehors, et je comprendrais que tu le fasses. Mais certaines affaires ne peuvent attendre. »

Nell savait ce qu'il allait dire.

« Cette année n'est pas une année d'élection *ordinaire*. C'est une année d'élection présidentielle. Tu sais tout comme moi que n'importe quoi peut arriver, mais notre candidat a une foutue avance et à moins qu'il ne se conduise comme un idiot, il sera le prochain président. »

Il le *sera* probablement, pensa Nell, et il fera un bon président. Pour la première fois depuis qu'elle avait appris la mort d'Adam, elle sentit quelque chose s'éveiller en elle — un premier signe que la vie reprenait ses droits. Elle regarda son grand-père. Ses yeux possédaient un éclat qu'elle n'y avait pas vu depuis longtemps. Rien de tel qu'une campagne électorale pour faire repartir au galop le vieux cheval de bataille.

« Nell, je viens d'apprendre qu'il y a deux candidats de plus à mon ancien siège. Tim Cross et Salvadore Bruno.

— Tim Cross s'est toujours montré une vraie nouille au conseil municipal ; quant à Sal Bruno, il a recueilli moins de voix au Sénat à Albany que le premier débile qui se lancerait dans la politique.

— Voilà la Nell que j'aime. Tu aurais pu gagner cette élection.

— *J'aurais pu* ? Que veux-tu dire, Mac ? Je vais me lancer dans la bagarre. *Je le dois.*

— Rien n'est joué, Nell.

— Encore une fois : que veux-tu dire ?

— Je préfère te parler franchement, Nell : Robert Walters et Len Arsdale sont venus me trouver ce matin. Une douzaine d'entrepreneurs ont signé un communiqué attestant qu'ils ont versé des commissions de plusieurs millions de dollars à l'agence Walters et Arsdale afin d'obtenir de gros contrats. Robert et Len sont irréprochables. Je les connais depuis toujours. Ils n'ont jamais trempé dans ces magouilles. Ils n'ont jamais touché un seul pot-de-vin.

— Qu'est-ce que tu insinues, Mac ?

— Nell, je suis en train de te dire qu'Adam se faisait probablement arroser. »

Elle dévisagea son grand-père pendant quelques secondes, puis secoua la tête. « Non, Mac, je ne te crois pas. Adam n'aurait pas fait ça. C'est trop facile de faire porter le chapeau à un mort, trop commode. Est-ce que quelqu'un a dit clairement qu'il avait remis de l'argent à Adam ?

— Winifred servait d'intermédiaire.

— *Winifred !* Pour l'amour du ciel, Mac, cette femme avait autant de jugeote qu'un moineau. Comment peux-tu imaginer qu'elle aurait été capable de monter un système de marchés truqués ?

— C'est bien le problème. Selon Robert et Len, Winifred connaissait toutes les ficelles du métier et aurait su comment monter une escroquerie, mais ils sont d'avis qu'elle n'aurait jamais agi de son propre chef.

— Mac, protesta Nell, réfléchis trois secondes. Tu crois sur parole tes deux vieux potes quand ils affirment être blancs comme neige et accusent mon mari d'escroquerie. Ne peut-on imaginer qu'en mourant, il est devenu le parfait bouc émissaire pour leurs propres malversations ?

— Bon, laisse-moi te poser une question : où Adam a-t-il dégoté l'argent qui a servi à acheter cette propriété dans la 28e Rue ?

— C'est moi qui le lui ai prêté. »

Cornelius MacDermott la regarda avec stupéfaction. « Ne me dis pas que tu as puisé dans ton fonds de placement ?

— J'en suis titulaire, non ? J'ai prêté à Adam l'argent nécessaire à l'achat de cet immeuble afin qu'il puisse ouvrir son agence. S'il avait touché des pots-de-vin, comme tu l'insinues, aurait-il eu besoin de faire cet emprunt auprès de moi ?

— Oui, pour éviter de laisser des traces. Nell, comprends bien ceci : si l'on découvre que ton mari a été compromis dans un scandale immobilier, tu peux dire adieu à ton siège au Congrès.

— Mac, en ce moment je me soucie davantage de défendre la mémoire d'Adam que de mon avenir politique. » Toute cette histoire n'est qu'un mauvais rêve, pensa Nell, cachant son visage entre ses mains. Dans un instant je vais me réveiller, Adam sera là et rien de tout cela ne sera arrivé.

Elle se leva brusquement et alla à la fenêtre. Winifred. La douce et timide Winifred. Je l'ai vue sortir de l'ascenseur et j'ai su immédiatement qu'elle allait mourir. Aurais-je pu empêcher que cela n'arrive ? Aurais-je pu la prévenir ?

À entendre Mac, Walters et Arsdale sont convaincus qu'elle les escroquait. Je ne peux pas croire qu'Adam l'aurait fait travailler dans son agence s'il avait pensé qu'elle était malhonnête.

C'est clair, conclut-elle. S'il y a eu tentative de corruption, Adam n'était au courant de rien.

« Nell, comprends-tu que ces éléments donnent un nouvel éclairage à l'explosion du bateau ? dit Mac, interrompant les réflexions de Nell. Elle ne s'est pas produite par accident, elle a sans doute été provoquée pour empêcher une des personnes qui étaient à bord de témoigner devant le procureur. »

J'ai l'impression de me retrouver dans ce maudit contre-courant, songea Nell en se retournant vers son grand-père. Avec les vagues qui s'écrasent sur moi, l'une après l'autre, sans que je puisse me maintenir à la surface. Je suis entraînée de plus en plus loin vers le large.

Ils parlèrent encore un peu de l'explosion et de l'affaire des pots-de-vin. Sentant Nell devenir de plus en plus lointaine, Mac voulut l'inviter à dîner, mais elle refusa.

« Mac, je serais incapable d'avaler une bouchée. Mais bientôt, c'est promis. Bientôt, je pourrai parler normalement de tout ça. »

Une fois son grand-père parti, Nell alla dans sa chambre et ouvrit la penderie d'Adam. Le blazer bleu marine qu'il avait rapporté de Philadelphie était sur le cintre où elle l'avait suspendu le lendemain matin. Lorsque Winifred est venue dans l'après-midi du vendredi, je lui ai probablement remis l'autre, qui est identique à celui-ci sinon qu'il a des boutons d'argent. C'est donc cette veste qu'il portait la veille de sa mort.

Nell la décrocha du cintre et l'enfila. Elle avait espéré en ressentir du réconfort, comme si les bras d'Adam se refermaient sur elle, mais elle éprouva au contraire une sensation glaçante d'éloignement tandis qu'elle revoyait brusquement l'accès de colère qui les avait opposés ce matin-là. C'était à cause de ça qu'il était parti précipitamment en oubliant sa veste.

Nell marcha sans but à travers la pièce. Une supposition déplaisante lui traversa l'esprit. Adam était à cran depuis des mois. Outre l'habituelle anxiété liée au lancement d'une nouvelle société, avait-il d'autres ennuis ? Se tramait-il quelque chose dont elle n'avait même pas eu vent ? Redoutait-il les effets d'une enquête ? Elle s'immobilisa un instant, réfléchissant aux révélations de Mac. Puis elle secoua la tête. Non, non et non, je ne croirai jamais une chose pareille.

*Jeudi 15 juin*

# 23

APRÈS avoir pris l'appel de George Brennan lui annonçant qu'il avait embarqué la veille un individu sur le quai de la marina, Jack Sclafani fila vers le bas de Manhattan pour y retrouver son collègue.

« C'est presque trop facile, lui dit Brennan. Si tu regardes la façon dont les choses se présentent, non seulement ce type a fait le coup, mais il est resté sagement sur place en attendant qu'on l'épingle. »

Il fit à Jack un rapide portrait de Jed Kaplan. « Trente-huit ans. Né à Manhattan, dans Stuyvesant Town, du côté de la 14e Rue Est. Pas net. Impossible d'accéder à son casier au tribunal des mineurs, mais comme adulte il a fait de la prison à Riker's Island pour agressions dans des bars. Visiblement, c'est un mec qui devient méchant quand il picole ou se drogue. »

Brennan fit une grimace dégoûtée et poursuivit : « Le père et le grand-père étaient des fourreurs respectables ; la mère est une gentille vieille dame. La famille possédait un immeuble d'ateliers dans la 28e Rue. Adam Cauliff l'a acheté un bon prix à la mère de

Kaplan l'an dernier. Kaplan est revenu à New York il y a un mois, après cinq années passées en Australie. D'après les voisins, il est devenu fou furieux en apprenant que sa mère avait vendu l'immeuble.

« Ce qui l'a mis hors de lui, paraît-il, c'est que la parcelle a triplé de valeur quand l'hôtel particulier Vandermeer, un vieux bâtiment classé, a brûlé en septembre dernier. Impossible d'être à la fois une demeure historique et un tas de cendres, aussi la propriété a-t-elle été vendue à Peter Lang, le grand manitou de l'immobilier. Si tu t'en souviens, c'est le type qui aurait dû se trouver à bord du *Cornelia II* quand il a sauté, mais qui n'a pas pu participer à la réunion à cause d'un accident de voiture sur le trajet qui le conduisait en ville. »

Brennan baissa les yeux vers son bureau et y prit le gobelet de café qu'il avait laissé refroidir. « Adam Cauliff s'était associé à Lang pour construire sur les deux terrains un luxueux building, mi-résidentiel, mi-centre commercial. Il avait dessiné une tour s'élevant à l'endroit exact où les Kaplan accrochaient leurs fourrures. Nous avons donc le mobile — le jeune Kaplan était furieux que la parcelle ait été vendue à un prix inférieur à sa valeur réelle. Est-ce suffisant pour l'arrêter et l'inculper ? Sûrement pas, mais c'est un bon début. Suis-moi. On l'a bouclé ici. »

Kaplan les accueillit avec un sourire méprisant.

Jack vit au premier regard qu'ils avaient affaire à un petit malfrat de seconde zone. Tout dans l'apparence de Kaplan était détestable : le regard fuyant ; l'expression sarcastique qui semblait gravée sur son visage ; la façon dont il était assis devant la table, ramassé sur lui-même, comme prêt à bondir pour attaquer ou s'échapper. Plus l'odeur douceâtre de la marijuana qui imprégnait ses vêtements.

Je parie qu'il a aussi un casier en Australie, pensa Jack.

« Est-ce que je suis en état d'arrestation ? » demanda-t-il.

Les deux inspecteurs échangèrent un regard. « Non », répondit George Brennan.

Kaplan repoussa sa chaise. « Dans ce cas, je me tire. »

George Brennan attendit qu'il soit parti, puis se tourna vers son vieux complice et lui demanda d'un air songeur : « Qu'en penses-tu ?

— De Kaplan ? C'est un minable. Est-ce que je le crois capable d'avoir fait exploser le bateau ? Oui, sans doute. » Il s'interrompit. « Mais il y a un truc qui cloche. S'il a expédié ces types dans un monde meilleur, je ne le crois pas assez stupide pour traîner dans les parages de la marina. C'est peut-être un minable, mais est-il idiot à ce point ? »

# 24

Aux premières lueurs de l'aube, Ken et Regina Tucker furent réveillés en sursaut par des hurlements provenant de la chambre de leur fils Ben. C'était la deuxième fois depuis leur funeste voyage à New York que Ben faisait d'horribles cauchemars.

Ils bondirent tous les deux hors du lit, coururent dans le couloir, ouvrirent la porte, allumèrent la lumière et se ruèrent à l'intérieur de la pièce. Ken prit l'enfant dans ses bras et le serra contre lui.

« Tout va bien, mon grand, tout va bien.

— Fais partir le serpent, sanglota Ben, fais-le partir.

— Ben, ce n'est qu'un mauvais rêve, dit Regina en lui caressant le front. Nous sommes près de toi, tu ne crains rien.

— Raconte-nous ce vilain cauchemar, le pressa Ken.

— On était en bateau sur la rivière, et je regardais par-dessus la rambarde. Et puis l'autre bateau... » Les yeux de Ben étaient encore fermés, sa voix hésita puis il se tut.

Ses parents se regardèrent. « Il tremble comme une feuille », chuchota Regina.

Il leur fallut attendre presque une demi-heure avant d'être sûrs que Ben s'était rendormi. En regagnant leur chambre, Ken dit doucement : « Je crois que nous devrions amener Ben chez un psychologue. Je ne suis pas expert en la matière, mais d'après ce que j'ai pu lire ou voir à la télévision, cela ressemble à ce qu'ils appellent un "syndrome de stress posttraumatique". »

Il était assis au bord du lit. « Quelle déveine ! Tu veux offrir à ton fils une journée inoubliable à New York, et le voilà qui regarde un bateau juste au moment où il explose avec quatre personnes à bord. On aurait mieux fait de rester à la maison.

— Crois-tu qu'il ait réellement vu ces gens déchiquetés ?

— Avec la vue qu'il a, c'est probable, pauvre gosse. Mais il est jeune, il s'en remettra. Tâchons de dormir encore un peu. Une journée chargée m'attend et je ne veux pas m'assoupir en plein milieu. »

Regina Tucker éteignit la lumière et s'allongea, se serrant contre son mari. Pourquoi Ben rêvait-il de serpents ? Peut-être parce que j'en ai toujours eu peur, pensa-t-elle. J'en ai probablement trop parlé devant lui. Mais Dieu sait pourquoi ma terreur des serpents réapparaît dans son cauchemar à propos de ce bateau.

Abattue et remplie de culpabilité, elle ferma les yeux et s'efforça de dormir. Mais ses sens restèrent en éveil, à l'affût d'un nouveau cri de terreur poussé par Ben.

# 25

À la messe célébrée en mémoire d'Adam Cauliff, le jeudi, dans la matinée, Nell avait pris
place au premier banc de l'église, entre son
grand-père et sa grand-tante. Elle se sentait détachée,
comme une étrangère qui aurait observé la cérémonie. Tandis que se déroulait le service funèbre, les
souvenirs l'envahissaient, pêle-mêle, se bousculant
dans sa tête.

Elle était assise sur ce même banc, vingt-deux ans
plus tôt, et assistait à une messe similaire — dite à la
mémoire de son père et de sa mère. Comme celui
d'Adam, leurs corps avaient disparu dans les flammes
quand leur avion s'était écrasé au sol.

Adam était fils unique, et fils de deux parents qui
étaient eux-mêmes enfants uniques.

J'étais une enfant unique, fille de deux enfants
uniques.

Adam avait perdu son père quand il était au lycée,
et sa mère était décédée peu après qu'il fut sorti de
l'université.

Était-ce en partie ce qui l'avait attirée vers lui ? Un
même sentiment de solitude ?

À leur premier rendez-vous Adam lui avait dit : « Je ne retourne plus dans le Dakota du Nord. Je n'y ai aucune famille, et je me sens beaucoup plus proche des amis que je me suis faits à l'université que des gosses avec lesquels j'ai grandi là-bas. »

Après la mort d'Adam, Nell n'avait eu aucune nouvelle de ces amis étudiants. À sa connaissance, aucun d'eux n'assistait à la messe aujourd'hui.

Ma vie était si remplie, songea-t-elle. J'étais tellement occupée. Il y avait toujours du pain sur la planche. J'englobais Adam dans mon existence quotidienne, comme je le faisais d'une nouvelle mission ou d'une nouvelle responsabilité. J'ai toujours trouvé naturel qu'il soit là, en quelque sorte. Je ne l'ai jamais incité à parler de son enfance. Je ne lui ai jamais demandé s'il souhaitait que nous invitions un de ses anciens amis.

Mais Adam avait-il jamais suggéré de les inviter ?

J'aurais accepté, bien sûr.

L'église était pleine de ses amis à elle, des amis de Mac, des électeurs qui les considéraient comme leur famille.

La main de Mac sous son bras l'invita à se lever. Mgr Duncan lisait l'Évangile.

Lazare ressuscitait d'entre les morts.

*Reviens, Adam, je t'en prie, reviens,* implora-t-elle.

L'évêque parla de la violence aveugle qui avait coûté la vie à quatre innocents. Puis il se retourna vers l'autel.

Il va donner la bénédiction finale, pensa Nell, puis elle se rendit compte que Mac s'était avancé dans l'allée et montait les marches de l'autel.

Il s'approcha du lutrin. « Adam était mon petit-fils par alliance », commença-t-il.

Mac prononçait l'éloge funèbre d'Adam. Elle

s'étonna qu'il ne l'eût pas prévenue. Puis une pensée troublante lui vint à l'esprit : personne d'autre ne s'était présenté pour parler. Personne ne connaissait ou n'appréciait suffisamment Adam pour faire son éloge.

Elle se sentit gagnée par un fou rire nerveux, se rappelant une des plaisanteries favorites de Mac lorsqu'il voulait tourner en ridicule un adversaire politique. « Pat Murphy est mort, et à la messe, le prêtre se lève et demande si quelqu'un veut prononcer quelques mots à sa mémoire. Mais Pat, pour des raisons compréhensibles, n'avait pas un seul ami sur terre et personne ne se présente. Le prêtre renouvelle sa demande sans plus de succès. La troisième fois, excédé, il s'écrie : "Nous ne quitterons pas cette église avant que quelqu'un ne parle de Pat Murphy." À ces mots, un homme se lève et dit : "Son frère était pire." »

Adam, pourquoi n'y a-t-il personne pour parler de *toi* ? Pourquoi quelqu'un te haïssait-il au point de te tuer ?

Mac avait repris sa place sur le banc. La bénédiction finale fut donnée, la musique retentit. La messe était terminée.

Au moment où Nell quittait l'église avec Mac et Gert, une femme lui toucha le bras. « Puis-je vous dire un mot ? Je vous en prie. C'est très important.

— Bien sûr. » Nell s'écarta de Mac et Gert. Je connais cette femme. Où l'ai-je vue ?

La femme avait à peu près le même âge que Nell et elle aussi était vêtue de noir. Ses yeux étaient rouges et gonflés, le chagrin ravinait son visage. C'est Lisa Ryan, pensa Nell, se souvenant de la photo parue dans le journal. Son mari, Jimmy, se trouvait à bord du bateau avec Adam. Elle m'a téléphoné après que des articles sont sortis dans la presse laissant entendre que l'explosion était peut-être la conséquence d'un geste suicidaire de la part de Jimmy. Au téléphone, elle avait dit que son mari souffrait en effet de dépression, mais que jamais il n'aurait fait de mal à qui que ce fût.

« Madame Cauliff, commença vivement Lisa, je voudrais vous rencontrer en privé. Le plus vite possible. C'est très important. » Elle jeta un regard inquiet autour d'elle. Soudain ses yeux s'agrandirent, et une expression de panique envahit son visage. « Excusez-moi de vous avoir dérangée », fit-elle brusquement, et elle pivota sur elle-même en dévalant les marches de l'église.

Elle est *terrifiée,* se dit Nell. Mais de quoi a-t-elle peur ? Qu'est-ce que tout ça veut dire ?

Nell jeta un regard derrière elle et vit l'inspecteur Brennan en compagnie d'un autre homme sortir de l'église et s'approcher d'elle. Pourquoi la vue de ces deux hommes avait-elle affolé la veuve de Jimmy Ryan ?

# 26

C E même jeudi après-midi, Bonnie Wilson téléphona à Gert MacDermott et lui demanda si
elle pouvait faire un saut chez elle.

« Bonnie, très franchement, je préférerais vous voir
une autre fois, répondit Gert. Le service funèbre à la
mémoire d'Adam Cauliff a été célébré ce matin, et
ensuite mon frère a invité une partie de l'assistance à
déjeuner au Plaza Athénée. Je viens à peine de rentrer. J'ai cru que cette journée n'en finirait pas.

— Gert, il faut absolument que je vous voie. Je
peux être chez vous dans une vingtaine de minutes,
je vous promets de ne pas m'attarder plus d'une demi-
heure. »

Gert soupira en entendant le déclic du téléphone.
Après toutes ces émotions, elle n'avait qu'une envie :
se retrouver chez elle, passer une robe de chambre et
boire une bonne tasse de thé.

Avec l'âge, j'aurais dû apprendre à être plus ferme,
se dit-elle. D'un autre côté, Cornelius est autoritaire
pour deux.

C'était chic de sa part d'avoir parlé d'Adam en des
termes aussi élogieux, pensa-t-elle. Elle lui en avait fait
la remarque après la cérémonie.

« N'importe quel politicien digne de ce nom sait parler brillamment de n'importe qui, Gert, avait-il répondu d'un ton bourru. Après m'avoir entendu débiter des boniments pendant tant d'années, tu devrais le savoir. »

Choquée par sa rudesse, elle l'avait averti de ne pas s'exprimer ainsi devant Nell, et, grâce lui soit rendue, il était resté muet lorsqu'elle l'avait remercié.

Pauvre Nell, songea-t-elle, se rappelant l'attitude de la jeune femme durant la messe. Si seulement elle avait manifesté une quelconque émotion... Mais non, elle était restée sans bouger à sa place, hébétée. Elle s'était comportée de la même manière lors du service funèbre célébré pour Richard et Joan, des années auparavant.

Ce jour-là Cornelius avait pleuré en silence durant toute la messe. C'était Nell, alors âgée de dix ans, qui avait tenté de le consoler en lui tapotant la main. Comme aujourd'hui, elle n'avait pas versé une larme.

J'aimerais qu'elle me permette de rester avec elle pendant quelque temps, pensa Gert. Elle n'accepte pas la disparition d'Adam, elle refuse la réalité. Pendant le déjeuner, Nell avait dit : « Tout semble encore si irréel. »

D'un pas las, Gert alla à sa penderie. Mon Dieu, j'aurais préféré que Bonnie s'abstienne de venir maintenant, mais au moins j'ai le temps d'enfiler des vêtements un peu plus décontractés avant son arrivée.

Elle choisit un pantalon et un cardigan de coton, chaussa des pantoufles confortables, s'aspergea le visage et se brossa les cheveux. Un peu revigorée, Gert regagna la salle de séjour au moment où l'interphone sonnait. Le portier lui demanda si elle attendait une certaine Mlle Wilson.

« Je sais que vous auriez préféré que je ne vienne pas, dit Bonnie en pénétrant dans l'appartement. Mais c'était nécessaire. » Ses yeux gris au regard aigu étudièrent le visage de Gert. « Ne soyez pas aussi inquiète, dit-elle calmement. Je pense que je peux aider votre nièce. Vous alliez vous faire du thé, n'est-ce pas ? J'en prendrais volontiers une tasse. »

Quelques minutes plus tard les deux femmes étaient assises face à face à la petite table de la cuisine.

« Je me souviens que ma grand-mère lisait dans les feuilles de thé, raconta Bonnie. Elle se trompait rarement. Je suis convaincue qu'elle possédait des dons de télépathie sans le savoir. Après l'avoir entendue prédire avec justesse qu'un de ses cousins allait tomber gravement malade, mon grand-père la supplia de cesser de jouer les voyantes. Il la convainquit que c'était son pouvoir de suggestion qui avait ruiné la santé de son cousin. »

Les longs doigts de Bonnie enveloppaient sa tasse. Quelques feuilles de thé avaient échappé à la passoire et elle les examina d'un air absorbé. Ses cheveux noirs retombaient en avant, masquant son visage. Gert scruta la jeune femme avec une anxiété grandissante. *Elle sait quelque chose.* Elle va m'annoncer une mauvaise nouvelle. Je le sens.

« Gert, vous avez entendu parler du phénomène des voix interférentes, n'est-ce pas ?

— Oui, naturellement. D'après ce que je sais, c'est une manifestation très rare.

— En effet. Une nouvelle cliente est venue me consulter hier. J'ai pu entrer en contact dans l'au-delà avec sa mère récemment décédée, et je crois l'avoir aidée à accepter cette disparition. Mais au moment où, fatiguée, elle décidait de nous quitter, j'ai soudain

140

senti que quelqu'un d'autre essayait d'entrer en contact avec moi. »

Gert reposa sa tasse.

« Ma cliente est partie et je suis restée silencieuse pendant quelques minutes, me demandant si j'allais recevoir un message. C'est alors que je l'ai entendue — une voix d'homme. Si faible que je n'ai pas compris tout de suite ce qu'il disait. J'ai attendu, consciente de son effort, de sa lutte pour parvenir jusqu'à moi, et je me suis rendu compte qu'il répétait un nom : "Nell. Nell. Nell."

— Était-ce... ? » La voix de Gert s'étrangla.

Les yeux de Bonnie étaient subitement devenus immenses, presque lumineux. L'iris gris sombre semblait d'un noir profond. Elle hocha la tête. « Je lui ai demandé son nom. Son énergie était presque épuisée et il parvenait difficilement à communiquer avec moi. Mais juste avant de me quitter, il a murmuré : "Adam, je suis Adam." »

# 27

APRÈS le déjeuner, Nell avait tenu à rentrer seule et à pied depuis le Plaza Athénée. Elle savait que parcourir les dix blocs qui la séparaient de son appartement lui ferait du bien, et elle voulait être seule avec elle-même, réfléchir calmement.

Elle avait rassuré son grand-père : « Mac, je vais bien, cesse de te faire du souci pour moi. »

Finalement, elle était parvenue à s'échapper pendant qu'il s'entretenait avec les derniers convives, de vieux amis qui étaient aussi des grosses pointures du parti. Plusieurs d'entre eux avaient à peine fini de présenter leurs condoléances qu'ils s'étaient mis à discuter ouvertement de politique.

Mike Powers, par exemple, lui avait fait cette confidence : « Nell, pour être franc, Bob Gorman n'a pas fait des étincelles pendant les deux années où il a remplacé Mac. Nous sommes enchantés qu'il aille travailler pour une de ces sociétés Internet. En ce qui me concerne, je dirai bon débarras. Avec vous sur la liste, on peut gagner. »

Est-ce que je peux gagner ? se demanda Nell en remontant Madison Avenue. Quelle sera mon attitude lorsque je verrai les anciens employeurs d'Adam tenter de le rendre responsable, ainsi que Winifred, de leurs propres malversations ? C'est trop facile d'accuser deux personnes qui ne sont plus là pour se défendre ! Et drôlement commode en plus.

Pourtant, Nell devait admettre qu'une pensée hantait son subconscient : se pouvait-il qu'Adam et Winifred soient morts parce qu'ils en savaient trop sur le scandale des marchés truqués qui faisaient l'objet d'une enquête judiciaire ?

Si Adam se trouvait impliqué tant soit peu, elle risquait de faire perdre le siège au parti, à supposer que l'affaire sorte après l'annonce de sa candidature.

Et que signifiait cette scène à la sortie de l'église ? Pourquoi Lisa Ryan avait-elle été prise de panique à la vue des deux inspecteurs qui enquêtaient sur l'explosion du bateau ? Se pouvait-il que son mari fût responsable de l'attentat ? Ou, au contraire, en était-il la cible ? D'après la presse, il était resté longtemps au chômage. Pour la seule raison, disait sa femme, qu'il avait dénoncé des malfaçons sur un chantier. Y avait-il *autre chose* dont il était au courant et qui le rendait dangereux ?

En marchant, Nell sentit la chaleur du soleil sur son visage. Elle regarda autour d'elle, soudain consciente de la perfection de cet après-midi de juin. Adam et moi marchions souvent le long de Madison Avenue, se souvint-elle avec tristesse. Ils aimaient faire du lèche-vitrine. Parfois ils s'offraient un repas dans l'un des restaurants du quartier ; le plus souvent ils s'arrêtaient pour prendre un café. Nell s'étonnait toujours que tant de restaurants puissent survivre à New York. Elle en dépassa deux, très petits, avec quelques tables et chaises de fer forgé sur le trottoir.

Deux femmes étaient installées à une table, leurs

paquets posés à leurs pieds. « Les terrasses des cafés me font penser à Paris », dit l'une d'elles.

Adam et moi avons passé notre lune de miel à Paris, se souvint Nell. C'était son premier voyage en France. J'étais si fière de lui faire visiter la ville.

Mac avait été contrarié qu'ils se marient si vite après leur première rencontre. « Vous devriez attendre un an. Je t'organiserai un mariage qui sera l'événement de l'année. Ça nous fera une excellente publicité, de surcroît. »

Il n'avait pas compris son refus de se marier en grande pompe. C'était pourtant évident pour elle. Grand mariage signifiait grande famille. Il lui aurait fallu des cousines comme demoiselles d'honneur ; des grand-mères pour offrir des cadeaux romantiques ; des nièces pour jeter des pétales de fleurs.

Adam et elle en avaient discuté. Tous les amis du monde ne remplacent pas une famille rassemblée autour de vous dans ces circonstances, et puisque ni l'un ni l'autre n'en avaient, ils étaient tombés d'accord pour faire les choses très simplement.

« Marions-nous dans l'intimité, avait dit Adam. Nous n'avons pas besoin de journalistes qui nous fassent exploser leurs flashes au visage. Et si je commence à inviter mes amis, il n'y aura pas de limite. »

Où se trouvaient ces amis aujourd'hui ? s'étonna Nell.

Mac s'était mis en rage le jour où elle lui avait annoncé la date de son mariage avec Adam.

« Mais d'où sort ce garçon, Nell ? Tu le connais à peine. D'accord, c'est un architecte du Dakota du Nord, qui est venu chercher du boulot à New York. Que sais-tu d'autre à son sujet ? »

Mac, comme toujours, avait mené son enquête. « L'université dont il est diplômé ne vaut pas tripette,

Nell. Crois-moi, ce n'est pas Frank Lloyd Wright. Et les gens pour lesquels il a travaillé sont des bricolos, de minables petits entrepreneurs. Qui construisent des centres commerciaux, des maisons de retraite. Des trucs comme ça. »

Cependant, Mac, comme toujours, aboyait mais ne mordait pas quand il s'agissait de Nell. Une fois qu'il eut accepté sa décision, il présenta Adam à ses amis Robert Walters et Len Arsdale, qui lui offrirent un job.

Elle arriva devant la porte de son immeuble. Elle était fraîche émoulue de l'université quand elle avait acheté son appartement, onze ans plus tôt. Mac n'avait pas compris qu'elle ne continuât pas à vivre sous le même toit que lui.

« Tu vas t'occuper de mon bureau de New York et suivre des cours de droit le soir. Économise ton argent. »

Elle avait insisté : « Le temps est venu, Mac. »

Carlo, le portier, était nouveau à cette époque. Elle se rappela qu'il l'avait aidée à décharger sa voiture et à porter les quelques objets qu'elle avait emportés de chez Mac. Aujourd'hui, il avait une expression peinée en lui ouvrant la porte. « Dure journée pour vous, madame MacDermott, fit-il avec compassion.

— En effet, Carlo. » Nell se sentit étrangement réconfortée par la sollicitude que trahissait sa voix.

« J'espère que vous allez pouvoir vous reposer ce soir.

— C'est bien mon intention.

— Vous savez, je pensais à cette dame qui travaillait avec M. Cauliff.

— Vous voulez dire Winifred Johnson ?

— Oui, c'est ça. Elle est venue la semaine dernière, le jour de l'accident.

145

— En effet.

— Elle était toujours nerveuse lorsqu'elle se présentait ici ; elle avait l'air tellement timide.

— C'est vrai.

— La semaine dernière, quand je lui ai ouvert la porte au moment où elle ressortait, son téléphone portable s'est mis à sonner. Elle s'est arrêtée pour répondre. Je n'ai pu m'empêcher d'entendre sa conversation. C'était sa mère. Je crois qu'elle est dans une maison de retraite, n'est-ce pas ?

— Oui, à Old Woods Manor, à White Plains. Le père d'un de mes amis y a résidé. On ne fait pas mieux dans le genre.

— J'ai cru comprendre que la mère de Mlle Johnson se plaignait d'être déprimée, dit Carlo. J'espère que la vieille dame aura quelqu'un pour lui rendre visite maintenant que Mlle Johnson est morte. »

Une heure plus tard, après avoir pris une douche et enfilé un jean et un blouson, Nell descendit en ascenseur jusqu'au garage et monta dans sa voiture. Elle était honteuse d'avoir omis d'appeler la mère de Winifred, ne serait-ce que pour lui présenter ses condoléances et lui demander si elle pouvait faire quelque chose pour elle.

Mais en remontant le FDR Drive, toujours aussi encombré qu'à l'habitude, elle s'avoua qu'il y avait une autre raison à sa visite à Old Woods Manor. Elle savait par son ami qu'il s'agissait d'une résidence extrêmement coûteuse. Depuis quand Mme Rhoda Johnson habitait-elle là-bas, et comment Winifred s'était-elle débrouillée pour payer les frais ?

Elle avait entendu Adam dire que Winifred connaissait toutes les ficelles des marchés dans le bâtiment. Et Mac avait insinué que Winifred n'était peut-être pas aussi effacée qu'on pouvait le croire à première vue.

Soudain Nell se demanda si les besoins d'une mère malade n'avaient pas incité Winifred à mettre à profit sa connaissance des dessous-de-table dans la passation des marchés. Peut-être était-elle au courant des commissions mentionnées par Walters et Arsdale. Et peut-être était-ce à cause d'*elle* que le bateau avait explosé — et qu'Adam était mort.

# 28

Peter Lang comptait assister à la messe célébrée à la mémoire d'Adam Cauliff, mais à la dernière minute il avait reçu un appel de Curtis Little, l'un des directeurs de la banque Overland, investisseur potentiel dans le projet Vandermeer. Little souhaitait qu'il présente à son associé, John Hilmer, l'état d'avancement des négociations. Le seul moment disponible pour organiser cette rencontre coïncidait avec l'heure du service religieux.

Ils se réunirent dans la salle de conférences des spacieux bureaux de Peter Lang entre la 49ᵉ Rue et l'Avenue of the Americas.

« Mon père n'a cessé de râler lorsqu'on a changé le nom de la Sixième Avenue en Avenue of the Americas, raconta Peter à Hilmer pendant qu'ils prenaient place à la table de conférence. Ces bureaux étaient les siens à l'origine, et jusqu'au jour de sa retraite il a toujours dit qu'il travaillait dans la Sixième Avenue. C'était un esprit très terre à terre. »

Hilmer eut un léger sourire. C'était sa première rencontre avec le légendaire Peter Lang, et il était clair qu'il n'y avait rien de particulièrement « terre à terre » chez lui. En dépit de sa lèvre tuméfiée et des contusions qui marbraient son visage, Lang était un bel homme, plein d'assurance et portant ses coûteux vêtements avec un chic décontracté.

Le ton badin disparut aussitôt que Lang désigna une structure recouverte d'un drap qui trônait au milieu de la table. « Curtis, dans quelques minutes John et vous allez voir la maquette d'un ensemble d'appartements, bureaux et magasins dont les plans sont l'œuvre de Ian Maxwell. Comme vous le savez certainement, Maxwell vient de terminer un complexe résidentiel de cinquante-cinq étages dominant le lac Michigan, qui a obtenu de nombreux prix. Cet ensemble est considéré par beaucoup comme l'un des bâtiments les plus réussis sur le plan esthétique édifiés à Chicago au cours des vingt dernières années. »

Il marqua une pause et ses interlocuteurs virent une grimace douloureuse déformer son visage.

Avec un sourire confus, Lang prit un cachet dans sa poche et l'avala avec une gorgée d'eau.

« Je sais que j'ai l'air de m'être fait tabasser, mais mon vrai problème est ma côte fêlée », expliqua-t-il.

Curtis Little, la cinquantaine, le cheveu gris et débordant d'une énergie farouche, dit d'un ton railleur : « Dans les circonstances présentes, je parie que vous êtes heureux de vous en tirer avec des contusions et une côte fêlée, Peter. Je le serais à votre place. » Ses doigts tambourinaient sur la table. « Ce qui nous amène à l'objet de cette réunion. Où en sommes-nous avec l'immeuble d'Adam Cauliff ?

— Curtis, vous avez suivi cette affaire depuis le début, dit Peter, mais laissez-moi mettre John au courant. Comme vous le savez, les blocs entre la 23$^e$ et la 31$^e$ Rue du West Side forment la prochaine zone

149

appelée à être rénovée dans Manhattan. En réalité, la rénovation est déjà bien entamée. J'avais tenté pendant un certain temps de faire rayer l'hôtel Vandermeer de la liste des bâtiments classés de la ville. Nous convenons tous qu'il est scandaleux que des terrains vitaux pour Manhattan soient gelés à cause d'un attachement sentimental à de vieilles bâtisses qui auraient dû être rasées depuis longtemps. Le Vandermeer était l'illustration parfaite de la stupidité administrative — non seulement cet immeuble délabré choquait la vue, mais il n'avait jamais eu un intérêt architectural particulier, même à l'origine. »

Lang se carra dans son fauteuil, cherchant une position plus confortable. « Malgré ma conviction que cette construction ne méritait pas d'être protégée, j'avoue que je n'avais pas espéré faire déclasser l'hôtel Vandermeer par la Commission de protection des monuments historiques. C'est pourquoi je n'ai jamais vraiment essayé d'acquérir l'immeuble des Kaplan qui lui était contigu. J'ai continué à faire pression sur la Commission, cependant, et j'ai fini par avoir gain de cause. L'ironie de la situation, c'est que l'hôtel est parti en fumée — avec cette malheureuse femme — quelques heures à peine après qu'ils eurent annulé le classement. » Il eut une moue désabusée.

Il prit à nouveau son verre d'eau, y trempa sa lèvre enflée avant de poursuivre. « Bref, tandis que je m'efforçais de régler le problème Vandermeer, Adam Cauliff a acheté la parcelle des Kaplan. Je lui ai offert le double du prix qu'il avait payé, mais ce n'était pas ce qu'il voulait. Il souhaitait être l'architecte du complexe que nous avions l'intention de construire, et il désirait inclure Sam Krause dans l'opération. »

Curtis Little s'agita nerveusement. « Peter, nous n'avons pas l'intention de débloquer des fonds pour le bâtiment qu'Adam Cauliff se proposait de construire. Il est sans originalité, prétentieux, inintéressant — un salmigondis de styles architecturaux.

— C'est bien mon avis, acquiesça vivement Lang. Adam pensait pouvoir lier la vente de l'immeuble à l'obtention d'un contrat pour lui-même. Il croyait que nous serions prêts à tout pour acquérir cette parcelle. Il se trompait. Ce qui m'amène au projet de Ian Maxwell. Plusieurs de mes associés ont travaillé avec Ian dans le passé. Sur leur recommandation, je l'ai donc contacté. »

Peter se pencha et souleva le drap qui recouvrait la structure posée sur la table, dévoilant la maquette d'un ensemble de bâtiments postmodernes à la façade Art déco.

« Ian était en ville il y a une quinzaine de jours. Je l'ai emmené sur le site et lui ai exposé le problème. Ceci est une première approche de la façon dont il envisage de réaliser notre projet sans utiliser la partie Kaplan détenue par Adam Cauliff. Et la semaine dernière, j'ai fait savoir à Adam que nous avions envisagé une solution de remplacement.

— Cauliff savait donc que nous n'avions pas l'intention de donner suite à sa proposition ? demanda Little.

— Oui, il était au courant. Il avait ouvert son agence en pensant que nous ne pourrions pas nous passer de lui, mais il se trompait. J'ai rencontré hier sa femme — sa veuve, devrais-je dire. Je lui ai dit qu'il était important que je la voie dès la semaine prochaine. Je lui expliquerai que nous n'avons pas besoin de sa parcelle — appelons-la la parcelle Kaplan pour plus de clarté — mais que nous sommes prêts à payer le prix du marché si elle désire vendre.

— Et si elle accepte..., commença Curtis Little.

— Si elle accepte, Ian Maxwell tracera les plans d'un ensemble dont la tour sera située sur le côté, comme nous l'avions prévu à l'origine. Faute de quoi, comme je l'avais expliqué à Adam, la tour se dressera à l'arrière de l'édifice, ce qui sera, sinon idéal, du moins satisfaisant.

— Adam Cauliff aurait-il dans ce cas accepté le prix du marché pour l'immeuble Kaplan ? » demanda John Hilmer.

Peter Lang sourit. « Bien entendu. Adam avait un ego démesuré et une très haute opinion de ses talents d'architecte et d'homme d'affaires, mais il n'était pas stupide. C'est peu dire que mon offre ne l'avait pas enchanté. Mais je lui avais aussi suggéré que s'il n'acceptait pas notre proposition, la meilleure utilisation de ce terrain serait d'en faire don à la ville pour un jardin public. » Il accompagna ses propos d'un petit sourire narquois.

Curtis Little examinait attentivement la maquette. « Peter, vous pourriez en effet ériger la tour à l'arrière de l'édifice, mais tout l'ensemble perdrait une grande partie de sa valeur esthétique et aussi une sacrée surface de terrain. Dans ce cas, je ne suis pas sûr que nous investirions de l'argent là-dedans. »

Peter Lang sourit. « Bien sûr. Mais Adam Cauliff l'ignorait. Ce n'était qu'un petit provincial désireux de jouer dans la cour des grands. Croyez-moi, il nous aurait vendu la parcelle — et à nos conditions. »

John Hilmer, qui venait d'être nommé vice-président responsable des investissements et du capital-risque à la banque Overland, avait lui-même gravi les échelons à la force du poignet. Son regard se posa sur Peter Lang, de l'autre côté de la table. L'homme était visiblement né avec une cuillère d'argent dans la bouche, pensa-t-il, et il sentit monter en lui une vague de mépris à son égard.

Un banal accident de la route avait évité à Peter Lang d'être tué dans l'explosion du bateau de Cauliff, mais il n'avait pas exprimé le moindre regret qu'Adam Cauliff et trois autres personnes eussent perdu la vie dans cette affaire.

Lang enrage que Cauliff lui ait damé le pion dans l'achat de l'immeuble Kaplan, pensa Hilmer. Il avait soi-disant convaincu Cauliff qu'il n'avait pas besoin de cette parcelle pour trouver le financement de son projet, et maintenant que le malheureux est mort, le voilà qui se pourlèche les babines en croyant pouvoir acquérir ce même immeuble au prix qu'il a fixé. Pas vraiment un type sympathique, même dans cette profession impitoyable.

Comme Hilmer s'apprêtait à partir, une autre pensée lui vint à l'esprit. Son fils, qui jouait arrière dans l'équipe de football de son collège, sortait souvent d'un match beaucoup plus amoché que Peter Lang, dont la voiture avait emplafonné un semi-remorque.

# 29

LES mains chargées de sandwiches au pastrami et de gobelets de café fumant, Jack Sclafani et George Brennan regagnèrent le bureau de Jack en sortant de la messe. Ils mangèrent sans hâte, plongés dans leurs réflexions personnelles.

Puis, d'un même geste, ils fourrèrent les papiers d'aluminium, les serviettes et le reste de cornichons dans leurs emballages de plastique et jetèrent le tout dans la corbeille à papier. En avalant la dernière gorgée de café, ils échangèrent un regard.

« Ton avis sur la veuve Ryan ? demanda George.

— Elle crève de peur. Se fait un sang d'encre pour je ne sais quelle raison. Elle a détalé comme un lapin en nous apercevant.

— Qu'est-ce qu'elle sait donc pour avoir si peur ?

— Je l'ignore, en tout cas c'est un truc dont elle veut se libérer. »

Brennan sourit. « Culpabilité catholique ? Besoin de se confesser ? »

Catholiques pratiquants, les deux hommes avaient pour credo que tout être élevé dans la foi catholique était habitué à confesser ses péchés et demander le pardon. Parfois, disaient-il en plaisantant, ça leur facilitait la tâche.

À la sortie de l'église, Jack s'était trouvé plus près de Lisa Ryan que son collègue. Elle avait été prise de panique à leur vue. Il aurait donné cher pour savoir ce qu'elle disait — ou plutôt s'apprêtait à dire — à Nell MacDermott. « Je crois qu'on devrait lui faire une petite visite, dit-il lentement. Elle est au courant d'un truc qui la terrorise, et elle ne sait pas comment gérer ça.

— Tu crois qu'elle pourrait détenir une preuve que son mari a provoqué l'explosion ? demanda Brennan.

— Elle détient la preuve de *quelque chose*. Trop tôt pour savoir quoi. Interpol ne nous a rien envoyé concernant Kaplan ? »

Brennan souleva le téléphone. « Je vais les appeler en bas. Ils ont peut-être reçu un rapport depuis mon départ. »

Sclafani sentit son pouls s'accélérer en voyant la tension qui apparaissait sur le visage de Brennan tandis qu'il prenait connaissance de la réponse d'Interpol. Il a des informations, pensa-t-il.

Brennan conclut sa conversation et raccrocha. « Comme nous le suppositons, Kaplan a un casier en Australie aussi long que la Grande Barrière de corail. Des infractions mineures pour la plupart — sauf une qui l'a expédié à l'ombre pour un an. Écoute ça : on l'a pincé alors qu'il transportait des explosifs dans le coffre de sa bagnole. Il travaillait pour une société de démolition à l'époque, et il avait volé les explosifs sur le chantier. Heureusement, ils l'ont arrêté. Malheureusement, ils n'ont jamais découvert ce qu'il comptait faire du butin. Ils ont supposé qu'il avait été payé

155

pour faire sauter un truc quelconque, mais ils n'ont jamais pu le prouver. »

Brennan se leva. « Je crois qu'on devrait aller rendre visite à Kaplan, pas toi ?

— Un mandat de perquisition ?

— Et comment ! Étant donné son passé et son hostilité déclarée envers Adam Cauliff, le juge nous suivra. Nous pourrions obtenir notre mandat dès cet après-midi.

— J'aimerais quand même parler à Lisa Ryan, déclara Jack Sclafani. Même si je voyais Kaplan avec un bâton de dynamite à la main, je n'en penserais pas moins qu'elle a peur de quelque chose et que c'est la clé de ce qui s'est passé sur le bateau. »

# 30

OLD Woods Manor, dans le comté de Westchester, n'était qu'à peu de distance de la
Route 287, au nord de New York, mais lorsque Nell s'engagea dans la longue allée qui menait à
la résidence, le paysage changea radicalement. Plus
rien ne rappelait la banlieue. La superbe construction
de pierre qui se dressait devant elle aurait pu être la
propriété d'un riche gentleman-farmer quelque part
en Angleterre.

Lorsque son grand-père siégeait au Congrès, Nell
l'avait souvent accompagné au cours de ses missions
d'enquête. À ses côtés, elle avait pu observer l'éventail
complet des maisons de retraite, depuis les installa-
tions qui méritaient d'être fermées et les extensions
modestes mais convenables de petits hôpitaux, jusqu'aux établissements de qualité, bien gérés, parfois
même luxueux.

Elle gara sa voiture, pénétra dans le hall élégam-
ment meublé, confortée dans son impression que cet
endroit était le *nec plus ultra* en matière de résidences
médicalisées.

Une femme d'une soixantaine d'années, d'aspect

agréable, accompagna Nell jusqu'à l'ascenseur et monta avec elle au deuxième étage.

Elle se présenta : « Georgina Matthews. Je travaille ici comme bénévole plusieurs après-midi par semaine, expliqua-t-elle. Mme Johnson habite la suite 216. La mort de sa fille a été un choc affreux pour elle. Nous nous efforçons tous de lui remonter le moral, mais je vous préviens, elle est dans un tel état émotionnel qu'elle s'en prend au monde entier autour d'elle. »

Eh bien, nous serons deux dans ce cas, pensa Nell.

Elles quittèrent l'ascenseur au deuxième étage et longèrent le couloir recouvert d'une moquette choisie avec goût. En chemin, elles dépassèrent plusieurs personnes âgées qui se déplaçaient en fauteuil roulant ou au moyen d'un déambulateur. Georgina Matthews avait pour chacune d'entre elles un sourire ou un mot aimable.

Un seul coup d'œil suffit à Nell pour noter que tous, hommes et femmes, semblaient en bonne santé et avaient une mise particulièrement soignée. « Quel est l'effectif du personnel par rapport aux résidents ? demanda-t-elle.

— Bonne question, répondit Georgina Matthews. Il y a deux personnes pour trois résidents. Naturellement, ce chiffre comprend les infirmières et les thérapeutes. » Elle s'interrompit. « Voici l'appartement de Mme Johnson. Elle est prévenue. » Elle frappa à la porte et ouvrit sans attendre de réponse.

Rhoda Johnson se reposait dans une chaise longue, les yeux clos, les pieds surélevés, recouverte d'une couverture légère. Son apparence physique surprit Nell. C'était une vieille dame d'environ quatre-vingts ans, à la forte carrure et l'abondante chevelure poivre et sel.

Le contraste entre la mère et la fille était saisissant.

Winifred était d'une extrême maigreur. Elle avait des cheveux fins et raides. Nell s'était attendue à ce que la mère et la fille se ressemblent. Visiblement, Rhoda Johnson sortait d'un moule différent.

Elle ouvrit les yeux au moment où Nell et Georgina entraient dans sa chambre et fixa son regard sur Nell. « On m'a avertie de votre venue. J'imagine que je devrais vous remercier.

— Allons, allons, madame Johnson », fit Georgina Matthews.

Rhoda Johnson l'ignora. « Tout allait bien pour Winifred à l'époque où elle travaillait chez Walters et Arsdale. Ils l'avaient même suffisamment augmentée pour qu'elle puisse me mettre ici. Je détestais la précédente maison de retraite. Je lui ai dit et redit de rester où elle était au lieu de suivre votre mari quand il a ouvert son agence, mais elle n'a rien voulu entendre. Et voilà !

— Je suis profondément navrée de ce qui est arrivé à Winifred, dit Nell. Je sais combien c'est horrible pour vous. Je suis venue vous demander si je pouvais vous aider d'une manière ou d'une autre. » Elle remarqua le rapide coup d'œil en biais de Georgina Matthews. Elle est au courant pour Adam, pensa-t-elle, pourtant personne n'a semblé faire le rapprochement entre moi et Winifred lorsque j'ai téléphoné.

D'un geste spontané de sympathie, Georgina Matthews effleura le bras de Nell. « Je n'avais pas réalisé, murmura-t-elle. Je vous laisse bavarder toutes les deux. » Elle se tourna vers Rhoda Johnson. « Ne soyez pas désagréable. »

Nell attendit que la porte se fût refermée. « Madame Johnson, vous devez vous sentir horriblement triste et anxieuse. Tout comme moi. Et c'est pourquoi j'ai voulu vous rencontrer. »

Elle rapprocha une chaise et embrassa impulsivement Rhoda Johnson sur la joue. « Si vous préférez me voir partir, je comprendrai, dit-elle.

— Ce n'est pas votre faute. » Le ton de Rhoda Johnson avait perdu un peu de son agressivité. « Mais pourquoi votre mari a-t-il tant insisté pour que Winifred quitte sa place ? Pourquoi n'a-t-il pas ouvert son agence d'abord, attendu que ses affaires démarrent ? Winifred avait une bonne situation, sûre, avec un salaire correct. A-t-elle seulement pensé à moi quand elle a pris ce risque et abandonné son travail pour suivre votre mari ? Non, pas une minute !

— Peut-être avait-elle une assurance qui prenait en charge vos frais ici, suggéra Nell.

— Elle ne m'en a jamais parlé. Winifred pouvait se montrer muette comme un carpe. Comment saurais-je si cette assurance existe ?

— Winifred possédait-elle un coffre à la banque ?

— Pour y mettre quoi, je vous le demande ? »

Nell sourit. « Où gardait-elle ses papiers personnels ?

— Chez elle, dans son secrétaire, je suppose. Elle avait un bel appartement. Avec un loyer modéré. C'est là que nous avons toujours vécu, depuis sa petite enfance. J'y serais encore si je ne souffrais pas d'arthrite. Je suis devenue une véritable infirme.

— Peut-être pourrions-nous demander à un voisin d'aller chercher ces papiers dans le secrétaire et de vous les envoyer ?

— Pas question que les voisins mettent leur nez dans mes affaires !

— Bon, avez-vous un avocat ?

— Pourquoi aurais-je besoin d'un avocat ? » Rhoda Johnson posa sur Nell un regard inquisiteur. « Votre grand-père est bien Cornelius MacDermott, n'est-ce pas ?

160

— En effet.

— Un homme remarquable, un des rares politiciens honnêtes de ce pays.

— Merci.

— Si je vous laissais entrer dans l'appartement pour y chercher ces documents, vous accompagnerait-il ?

— Si je le lui demande, oui.

— Quand Winifred était petite et que nous habitions sa circonscription, nous votions pour lui. Mon mari l'estimait beaucoup. »

Rhoda Johnson se mit à pleurer. « Winifred va me manquer, dit-elle. C'était une gentille fille. Elle ne méritait pas de mourir. Elle manquait juste de jugeote — c'était son problème, la pauvre enfant. Toujours prête à faire plaisir. On ne l'a jamais appréciée à sa juste valeur. Tout comme moi. Elle a travaillé comme une bête pour cette société. Et à la fin ils lui ont donné l'augmentation qu'elle méritait. »

Peut-être, pensa Nell. Ou peut-être pas. « Je vous assure que mon grand-père m'accompagnera dans votre appartement, et si vous désirez que nous rapportions autre chose, nous nous en chargerons également. »

Rhoda Johnson chercha un mouchoir dans la poche de son sweater. En la regardant, Nell remarqua pour la première fois à quel point ses doigts étaient déformés. « Il y a quelques photos encadrées, dit la vieille dame. J'aimerais les avoir ici. Et aussi, pourriez-vous prendre les médailles de natation de Winifred ? Elle remportait tous les prix quand elle était jeune. Son entraîneur disait qu'elle aurait pu être une nouvelle Esther Williams si elle avait persévéré. Mais avec mon arthrite qui empirait d'année en année, et son père qui n'était plus là, elle ne pouvait pas courir aux quatre coins du pays, n'est-ce pas ? »

# 31

Après le départ de Bonnie Wilson, Gert se demanda anxieusement comment rapporter à Nell ce qu'elle venait d'entendre. Comment lui annoncer qu'Adam essayait d'entrer en contact avec elle ? Car Gert était certaine que Bonnie Wilson disait vrai. Elle savait que Nell se montrerait sceptique. Elle refuse d'admettre que certaines personnes ont des dons naturels de médium, des pouvoirs qu'ils utilisent pour aider les autres, songea-t-elle. Sa peur est accrue par le fait qu'elle partage ces mêmes dispositions. Rien d'étonnant à cela, étant donné que Cornelius a toujours traité ces phénomènes d'« inventions ».

Les yeux de Gert se remplirent de larmes au souvenir de Nell, à peine âgée de dix ans, sanglotant dans ses bras : « Tante Gert, maman et papa sont venus me dire au revoir. Tu te souviens comment papa me caressait toujours les cheveux ? C'était à la récréation, il est venu et il l'a fait. Et puis maman m'a embrassée. Je l'ai sentie m'embrasser. Je me suis mise à pleurer. Alors j'ai su qu'ils étaient partis. *Je l'ai su.* Mais grand-père dit que ça n'est pas vrai. Il dit que je l'ai imaginé. »

J'ai demandé à Cornelius comment il expliquait que Nell ait eu cette expérience au moment précis où l'avion de ses parents disparaissait de l'écran radar. Je lui ai demandé comment il pouvait être aussi certain que Nell n'avait fait qu'imaginer cette visite de ses parents. Il m'a répondu que je remplissais la tête de Nell d'âneries.

Et avant ce drame, Nell avait été consciente du moment où Madeline, sa grand-mère, était morte. Elle n'avait que quatre ans alors, se rappela Gert, mais j'étais présente lorsqu'elle a dévalé l'escalier. Elle était si contente que grand-mère soit venue dans sa chambre pendant la nuit. C'était la preuve qu'elle était rentrée de l'hôpital, n'est-ce pas ? Mais Cornelius, comme à son habitude, avait balayé cette idée, déclarant qu'il s'agissait d'un rêve.

Je n'oserai jamais lui raconter ce que Bonnie m'a dit, pensa Gert. Que Nell rencontre ou non Bonnie, je lui ferai promettre de ne pas en parler à Mac.

À huit heures du soir, elle téléphona à Nell. Le répondeur était branché et se mit en marche presque immédiatement. Elle souhaite sans doute être tranquille, pensa Gert. S'efforçant de dissimuler sa nervosité, elle laissa un message : « Nell, je voulais simplement avoir de tes nouvelles », commença-t-elle. Après un moment d'hésitation, elle laissa échapper : « Nell, il faut absolument que je te parle. Je... »

Elle entendit un délic. « Tante Gert, que se passe-t-il ? »

Au son étouffé de sa voix, Gert sut que Nell avait pleuré. Elle lâcha tout à trac : « Nell, je dois te dire quelque chose. Bonnie Wilson, une médium de mes amies, est venue me rendre visite aujourd'hui. Elle met en contact des disparus avec ceux qui les pleurent ici-bas.

« Nell, je peux te faire rencontrer des gens qui ont une foi absolue en elle. Elle n'a rien d'un charlatan, j'en suis convaincue. Lorsque Bonnie se trouvait ici aujourd'hui, elle m'a dit qu'Adam est entré en communication avec elle et qu'il veut te parler. Nell, je t'en prie, laisse-moi t'accompagner chez elle. »

Elle avait parlé avec précipitation, désireuse de s'exprimer avant que Nell ne raccroche, craignant de manquer de courage et de renoncer à raconter à sa nièce la visite de Bonnie.

« Gert, je ne crois pas à toutes ces histoires, dit Nell d'une voix douce. Tu le sais. Je n'ignore pas que tu y attaches beaucoup d'importance, mais avec moi cela ne marche pas, un point c'est tout. Ne m'en reparle pas, s'il te plaît — surtout s'il s'agit d'Adam. »

Gert sursauta en entendant Nell couper la communication. Elle fut tentée de la rappeler, pour s'excuser de l'avoir ainsi importunée, à un moment si douloureux pour elle.

Ce que Gert ignorait, c'est qu'après avoir raccroché, Nell s'était mise à trembler, saisie d'une irrépressible appréhension.

L'an passé, je suis tombée par hasard sur Bonnie Wilson dans un programme de télévision un peu singulier, se souvint-elle, une émission où l'on invite des gens à mettre à l'épreuve les dons de clairvoyance des experts présents sur le plateau. À moins qu'elle ne fût une formidable mystificatrice, Bonnie Wilson s'était identifiée de façon stupéfiante à certaines personnes dans l'assistance. Nell se souvenait en particulier de la scène que Bonnie avait évoquée quand une femme l'avait questionnée au sujet de son mari mort dans un accident de voiture.

« Vous l'attendiez dans le restaurant où vous vous étiez fiancés, avait-elle dit. C'était votre cinquième anniversaire de mariage. Il veut que vous sachiez qu'il vous aime et qu'il est heureux, même s'il est privé de toutes ces années qu'il espérait vivre avec vous. »

Seigneur, pensa Nell, est-il possible qu'Adam essaie réellement d'entrer en contact avec moi ? Je sais que Mac déteste m'entendre en parler, mais je crois vraiment que les morts ont une présence réelle dans notre existence. Après tout, je *sais* que maman et papa sont venus pour me dire adieu au moment de mourir, et je *sais* qu'ils étaient avec moi, qu'ils m'ont aidée à me tirer d'affaire quand j'ai failli me noyer à Hawaii. Pourquoi, alors, serait-il inconcevable qu'Adam cherche à communiquer avec moi ? Mais pourquoi s'adresse-t-il à quelqu'un d'autre au lieu de venir directement à moi comme l'ont fait maman, papa et grand-mère ?

Nell tourna les yeux vers le téléphone, luttant contre l'envie d'appeler Gert pour lui avouer le trouble qui l'agitait.

# 32

Lorsque Dan se retrouva chez lui après son jogging quotidien dans Central Park, son bel optimisme avait fait place à un sentiment d'abattement. Il devait se rendre à l'évidence : ses chances étaient minimes de retrouver sa mère, « Quinny », ainsi que l'avait appelée Lilly Brown, assise sur un banc dans le parc, ou d'entendre la même Lilly lui annoncer un jour : « Elle est réapparue au foyer. »

Une bonne douche, néanmoins, l'aida à reprendre confiance. Il enfila un pantalon de toile, une chemise de sport, des mocassins et se dirigea vers le réfrigérateur du bar. Il ne savait pas encore où il dînerait, mais pour le moment un verre de chardonnay avec du fromage et des crackers serait le bienvenu.

Il s'installa confortablement dans le canapé du coin-salon de la grande pièce haute de plafond, reconnaissant qu'en trois mois et demi l'endroit avait pris fière allure. Je me demande pourquoi je me sens plus chez moi dans un loft à Manhattan que je ne l'ai jamais été lorsque j'habitais Cathedral Parkway à Washington. Il connaissait la réponse.

Il tenait de Quinny. Sa mère était née à Manhattan, et d'après Lilly Brown c'était son « endroit de prédilection », bien que ses grands-parents fussent partis s'installer dans le Maryland quand elle avait douze ans.

Quels souvenirs ai-je réellement conservés d'elle et quelle part en revient à ce que j'ai entendu raconter ?

Il savait que son père était tombé amoureux d'une autre femme alors que lui-même, Dan, avait trois ans. Il n'avait pas souvenir d'avoir vécu avec lui. Dieu soit loué, ce cher père n'avait pas demandé la garde de son enfant après la disparition de sa mère.

Dan connaissait le mépris que ses grands-parents nourrissaient envers son père, mais ils avaient pris soin de ne pas le montrer quand il était plus jeune. « Malheureusement, beaucoup de couples se séparent, Dan, lui avaient-ils dit. Et celui des deux qui ne voulait pas que le mariage prenne fin souffre beaucoup. Au bout d'un certain temps, les gens surmontent leur peine. Ta mère aurait fini par se remettre de son divorce, mais elle n'oubliera jamais ce qui t'est arrivé. »

Comment penser qu'après toutes ces années ma mère et moi pourrions avoir une quelconque relation ? se demanda Dan.

Mais nous le *pourrions*, pensa-t-il. Je *sais* que nous le pourrions. Le détective privé qu'ils avaient engagé pour la retrouver avait recueilli quelques informations. « Elle a travaillé comme aide familiale auprès de gens âgés, avait-il rapporté. Et elle est très appréciée. Mais à la première crise de dépression, elle se remet à boire et retourne dans la rue. »

Le détective avait trouvé une assistante sociale qui s'était longuement entretenue avec Quinny quelques années auparavant. À présent, tout en buvant son verre de vin, Dan se remémorait les propos de cette femme : « J'ai demandé à Quinny ce qu'elle souhaitait plus que tout dans la vie. Elle m'a regardée pendant un moment qui m'a paru très long et a murmuré : "La rédemption." »

Le mot se répercuta comme un écho dans l'esprit de Dan.

La sonnerie du téléphone retentit. Dan s'approcha de l'appareil et vérifia sur l'écran le numéro de la personne qui l'appelait. Il manifesta une certaine surprise en constatant qu'il s'agissait de Penny Maynard, la styliste de mode qui habitait au quatrième étage. Ils avaient bavardé de temps à autre dans l'ascenseur. Du même âge que lui, elle avait un charme raffiné. Il avait été tenté de lui proposer de sortir avec lui, mais s'était ravisé au dernier moment, préférant ne pas se lier trop étroitement à quelqu'un qu'il rencontrait régulièrement dans l'ascenseur.

Il décida de laisser le répondeur enregistrer le message.

La machine se déclencha. « Dan, dit Penny d'un ton ferme, je sais que vous êtes là. J'ai invité chez moi deux amis qui habitent l'immeuble et nous avons décidé qu'il était grand temps de faire la connaissance de notre pédiatre maison. Montez nous rejoindre. Vous pouvez ne rester qu'un quart d'heure, à moins que vous ne désiriez partager une de mes "pastas-surprises". »

En fond sonore, Dan entendait les murmures d'une conversation. Soudain tenté par la perspective de rencontrer d'autres gens, il souleva le téléphone. « Je viendrai avec plaisir », dit-il.

Séduit par les amis de Penny, l'esprit détendu et le moral requinqué, il resta à dîner et regagna son loft à temps pour regarder les informations de dix heures.

Une brève séquence était consacrée au service funèbre célébré à la mémoire d'Adam Cauliff, l'architecte qui avait trouvé la mort lors de l'explosion de son bateau dans la baie de New York.

Rosanna Scotto, de Fox News, présentait les nouvelles : « L'enquête se poursuit sur la déflagration qui a provoqué la mort d'Adam Cauliff et de trois autres personnes. Voici l'ancien parlementaire Cornelius MacDermott au bras de sa petite-fille Nell, la veuve d'Adam Cauliff, à la sortie de l'église. La rumeur se répand que Nell MacDermott chercherait à conquérir le siège que son grand-père a occupé au Congrès pendant presque cinquante ans. Il semble que Bob Gorman, le député sortant, s'apprête à annoncer qu'il a l'intention de quitter la scène politique. »

Un gros plan de Nell apparut à l'écran. Les yeux de Dan Minor s'élargirent — il connaissait cette femme. Bien sûr, se rappela-t-il. Je l'ai rencontrée il y a quatre ou cinq ans. À une réception à la Maison-Blanche. Elle s'y trouvait avec son grand-père, et j'accompagnais la fille du député Dade.

Il se souvint qu'ils avaient bavardé ensemble pendant un moment et découvert qu'ils avaient tous les deux fait leurs études à Georgetown. Et depuis cette rencontre, elle s'était mariée, était devenue veuve, et allait peut-être se lancer dans une carrière politique. Incroyable !

La caméra s'attarda sur le visage de Nell. Les traits figés et le regard plein de tristesse contrastaient étrangement avec la jeune femme brillante et souriante dont il avait gardé le souvenir.

Je vais lui écrire un mot. Elle m'a sans doute oublié, mais qu'importe, elle a l'air si malheureux. Adam Cauliff devait être un type formidable.

*Vendredi 16 juin*

# 33

L'IMMEUBLE où avait vécu Winifred Johnson était situé au coin d'Amsterdam Avenue et de la 81ᵉ Rue. Le vendredi matin à dix heures, Nell y retrouva son grand-père qui l'attendait dans le hall d'entrée.

« Splendeurs du passé, Mac », dit-elle en arrivant.

Il inspecta le hall qui avait visiblement connu des jours meilleurs. Le sol de marbre était taché, l'éclairage chiche. Deux malheureux fauteuils composaient tout le mobilier.

« La mère de Winifred a téléphoné au gérant ce matin pour lui annoncer notre arrivée », expliqua-t-elle, tandis que l'homme chargé de l'entretien de l'immeuble qui semblait faire également office de portier les invitait à monter dans l'unique ascenseur.

« Nell, je crois que c'est une erreur de venir ici, dit Cornelius MacDermott pendant que l'ascenseur montait poussivement jusqu'au cinquième étage. J'ignore à quoi va aboutir l'enquête du procureur, mais si Winifred est mêlée à ces affaires de corruption, en a eu connaissance, ou si... » Il se tut.

« N'essaie pas d'insinuer qu'Adam a trempé dans

ces histoires de pots-de-vin et de marchés truqués, Mac, dit-elle sèchement.

— Je n'insinue rien du tout. Je dis que si la police à un moment quelconque obtient un mandat de perquisition sur les lieux, le fait que nous l'ayons précédée, toi et moi, fera plutôt mauvais effet.

— Mac, *s'il te plaît.* » Nell tenta de dissimuler l'émotion qui entrecoupait sa voix. « J'essaie d'être utile, un point c'est tout. Si j'ai voulu venir ici, c'est avant tout pour vérifier quelles dispositions financières Winifred avait prises pour sa mère ; je suis seulement à la recherche de polices d'assurance, de documents de cette sorte. Mme Johnson redoute de devoir quitter Old Woods Manor. Elle s'y trouve bien. Elle n'est pas particulièrement facile de caractère, mais elle souffre d'arthrite aiguë. Si je souffrais en permanence comme elle, je ne serais sans doute pas un modèle d'amabilité moi non plus.

— Qu'est-ce que toute cette histoire d'arthrite a à voir avec notre venue dans l'appartement de Winifred ? demanda Mac en sortant de l'ascenseur. Allons, Nell. Nous avons toujours été francs l'un envers l'autre. Tu n'es pas une enfant de chœur. Si la pratique des commissions occultes était avérée chez Walters et Arsdale, tu espères trouver un élément qui mouillera Winifred et laissera Adam blanc comme neige. »

Ils longèrent le couloir défraîchi. « L'appartement de Winifred est le 5 E », dit Nell. Elle chercha dans le sac qu'elle portait en bandoulière les clés que Mme Johnson lui avait confiées.

« Serrure à deux tours et verrou de sûreté, constata froidement Mac. Un professionnel ferait sauter tout ça avec un ouvre-boîte. »

Une fois qu'elle eut ouvert la porte, Nell hésita un instant avant de franchir le seuil. Winifred se trouvait encore là une semaine plus tôt et pourtant il régnait déjà une atmosphère d'abandon.

Ils restèrent immobiles dans l'entrée, cherchant à se repérer avant de pénétrer plus avant dans l'appartement. Sur une table à gauche de la porte trônait un vase de fleurs fanées, le genre de bouquet maigrichon que l'on achète dans les supermarchés. La salle de séjour s'ouvrait directement devant eux, une longue pièce étroite et dénuée de chaleur, avec un tapis élimé de style persan, un canapé usé recouvert de velours rouge et un fauteuil assorti, un piano droit et une table rectangulaire.

Un jeté de dentelle recouvrait la table. Dessus étaient disposées plusieurs photos encadrées et une paire de lampes aux abat-jour frangés. Le décor vieillot rappela à Nell ces films qui se situent à l'époque victorienne.

Elle s'approcha de la table et examina les photos. La plupart représentaient Winifred jeune en maillot de bain, en train de recevoir un prix. Sur l'une des plus récentes, elle paraissait âgée d'une vingtaine d'années ; mince et gracieuse, avec un sourire vif, elle ressemblait à une sylphide. « Ce sont probablement les photos que m'a demandées sa mère, dit-elle à Mac. Je les rassemblerai au moment de partir. »

Nell regagna l'entrée et jeta un coup d'œil à la cuisine située sur la gauche. Puis elle tourna à droite et suivit le couloir sombre, son grand-père sur ses talons. La plus grande des deux chambres était meublée d'un lit, d'une commode et d'une coiffeuse. Le dessus-de-lit en chenille lui rappela la courtepointe qu'elle avait toujours vue chez sa grand-mère dans son enfance.

Elle entra dans la deuxième chambre, que Winifred utilisait visiblement comme bureau et petit salon. S'y entassaient un canapé, une télévision, un porte-revues et un meuble pour l'ordinateur. Deux rayonnages bourrés de livres derrière le secrétaire et des rangées de médailles exposées dans leur cadre au-dessus du canapé ajoutèrent à la sensation de claustrophobie éprouvée par Nell. Cet endroit était affreusement déprimant. Winifred y avait passé la plus grande partie de sa vie et il était à parier qu'à l'exception de cette pièce, elle n'avait rien changé au décor depuis le départ de sa mère.

« Nell, si la visite est terminée, je te propose de trouver ce que tu es venue chercher, et de décamper d'ici le plus vite possible. »

Lorsque Mac prenait son ton grincheux, Nell savait que c'était chez lui signe d'inquiétude. Elle dut s'avouer qu'elle n'avait pas imaginé un instant que leur intrusion dans ces lieux risquait d'être mal interprétée par les services du procureur. Depuis que son grand-père l'avait souligné, elle n'était plus aussi tranquille.

« Tu as raison, Mac, dit-elle. Excuse-moi. » Elle s'approcha du secrétaire et, avec un sentiment de gêne, ouvrit le tiroir du milieu.

Ce fut comme si elle découvrait un autre monde. Le tiroir était bourré de papiers de toutes sortes et de toutes dimensions, aussi bien des miniblocs de Post-it que des plans d'architecte. Sur chacun d'eux, tapé à la machine, griffonné, en gros caractères, ou en lettres presque illisibles, partout Winifred avait écrit ces quatre mots : WINIFRED AIME HARRY REYNOLDS.

## 34

L E gérant du salon où travaillait Lisa lui avait donné une semaine de congé. « Tu as besoin de prendre un peu de repos, mon petit, afin de pouvoir commencer le travail de deuil, comme disent les psys. »

*Le travail de deuil*, se moqua Lisa en son for intérieur, contemplant les piles de vêtements sur le lit. L'expression la plus stupide que j'aie entendue. Elle se souvenait de l'agacement de Jimmy chaque fois qu'il entendait ces mots utilisés par un présentateur après l'annonce d'un accident d'avion ou d'un tremblement de terre.

« Les parents sont à peine avertis, les corps n'ont pas encore été découverts, et le premier zozo venu avec un micro à la main vient parler de travail de deuil », disait-il en secouant la tête avec exaspération.

On lui avait dit que bouger, remuer, s'occuper avait une action thérapeutique, et que vider les penderies et les tiroirs de Jimmy lui ferait du bien. Elle était donc là, en train de trier les vêtements de son mari, de les ranger dans des cartons avant de les donner. Mieux valait qu'ils profitent à quelque pauvre diable plutôt que de moisir dans une penderie comme les affaires de son grand-père.

Sa grand-mère avait conservé pratiquement tout ce qui avait appartenu à son grand-père, créant presque — du moins au regard de l'enfant que Lisa était alors — une sorte de sanctuaire à sa mémoire. Lisa revoyait les vestes et les manteaux suspendus avec soin à côté des robes de sa grand-mère.

Je n'ai pas besoin des vêtements de Jimmy pour me souvenir de lui, pensa-t-elle en pliant une chemise de sport que les enfants lui avaient offerte pour Noël — il n'y a pas un instant où je ne pense à lui.

« Modifiez vos habitudes, lui avait conseillé le directeur du funérarium. Changez les meubles de place dans votre chambre. Vous serez la première surprise de voir que de simples détails peuvent aider à traverser la première année de deuil. »

Une fois débarrassée, la commode de Jimmy irait dans la chambre des garçons. Lisa avait déjà déménagé la maquette de leur maison idéale dans la salle de séjour. Elle ne supportait pas sa vue quand elle était allongée seule dans la chambre qu'elle avait partagée avec Jimmy.

Demain elle déplacerait le lit et le mettrait entre les fenêtres, bien qu'elle doutât de l'efficacité de toutes ces transformations. Elle n'imaginait pas pouvoir passer une journée entière sans avoir une pensée pour Jimmy.

Elle jeta un coup d'œil à l'horloge et constata avec consternation qu'il était déjà trois heures moins le quart, ce qui signifiait que les enfants seraient de retour dans vingt minutes. Elle ne voulait pas qu'ils la voient en train de trier les effets de leur père.

*L'argent* — le souvenir lui revint brutalement à l'esprit.

Elle avait tout fait pour l'oublier. La veille, en apercevant les deux policiers à la sortie de l'église, elle avait craint qu'ils ne demandent à lui parler. Que se passera-t-il s'ils découvrent l'existence de cet argent ? S'ils ont des soupçons, obtiennent un mandat de perquisition et le découvrent ici ? S'ils pensent que je sais d'où il provient et m'arrêtent, que ferai-je alors ?

Elle ne put refouler davantage la peur qui l'étreignait. « Que faire ? gémit-elle en secret. Oh, mon Dieu, je ne sais pas quoi faire. »

Le carillon de l'entrée brisa le silence de la maison. Avec une exclamation étouffée, Lisa laissa tomber la chemise qu'elle tenait et se hâta de descendre. C'est Brenda, se dit-elle pour se rassurer. Elle m'a prévenue qu'elle passerait plus tard dans l'après-midi.

Mais, avant même d'avoir ouvert la porte, elle sut avec une certitude résignée qu'elle trouverait devant elle non pas Brenda mais l'un des inspecteurs.


Jack Sclafani eut un élan sincère de compassion à la vue des yeux gonflés et du teint brouillé de la veuve de Jimmy Ryan. On dirait qu'elle a pleuré toute la journée, se dit-il. Le choc a dû être terrible pour elle. Trente-six ans, c'est vraiment jeune pour rester seule avec trois enfants.

Il l'avait rencontrée pour la première fois le jour où il était venu avec Brennan lui annoncer qu'on avait identifié le corps de son mari — ou plutôt, des *fragments* du corps de son mari — et il était sûr qu'elle l'avait reconnu à la sortie de l'église.

« Inspecteur Jack Sclafani, madame Ryan. Vous vous souvenez de moi ? J'aimerais m'entretenir avec vous quelques instants, si vous n'y voyez pas d'inconvénient. »

Il vit la peur remplacer le chagrin dans ses yeux. La tâche sera facile, se dit-il. J'ignore ce qu'elle cache, mais il ne faudra pas longtemps pour qu'elle se mette à table.

« Puis-je entrer ? » demanda-t-il poliment.

Elle semblait pétrifiée, incapable de bouger ou de parler. « Oui, naturellement. Entrez. »

Pardonnez-moi, mon Dieu, parce que j'ai péché, pensa Jack en la suivant à l'intérieur de la maison.

Ils s'assirent, aussi gênés l'un que l'autre, dans le séjour agréable malgré son exiguïté. Jack contempla la grande photo de famille accrochée au-dessus du canapé.

« Elle a été prise dans des temps meilleurs, fit-il remarquer. Jimmy a l'air d'un homme à qui la vie sourit, fier de sa femme et de sa famille. »

Ses paroles eurent l'effet escompté. Les larmes montèrent aux yeux de Lisa, dissipant une partie de la tension qui contractait son visage.

« Tout nous souriait, c'est vrai, dit-elle doucement. Oh, comprenez-moi. Nous attendions avec impatience chaque fin de mois, comme nombre de gens, mais ça allait. La vie était belle et nous faisions des projets. Et des rêves. »

Elle esquissa un geste en direction de la table. « Voilà la maquette de la maison que Jimmy prévoyait de nous construire un jour. »

Jack se leva et s'approcha pour regarder de plus près. « Très, très joli. Serez-vous choquée si je vous appelle Lisa ?

— Non, pas du tout.

— Lisa, votre première réaction en apprenant la mort de Jimmy a été de demander s'il s'était suicidé. Cela signifie que quelque chose le tourmentait, mais quoi ? J'ai le sentiment que ce n'était pas un problème entre vous deux.

— Non, en effet.

— Était-il inquiet pour sa santé ?

— Jimmy n'était jamais malade. Nous disions souvent qu'il était dommage de payer une assurance-maladie pour un costaud comme lui.

— Si nous éliminons les problèmes de couple et de santé, restent les ennuis d'argent », suggéra Jack.

Bingo, pensa-t-il en voyant les mains de Lisa se crisper.

« C'est facile d'accumuler les factures quand on a une famille nombreuse. Vous achetez ce dont vous avez besoin avec la carte de crédit, comptant payer à la fin du mois, puis il faut remplacer les pneus de la voiture, faire des réparations dans la maison ou emmener un enfant chez le dentiste... » Il soupira. « Je suis marié, j'ai des enfants. Je sais ce que c'est.

— Nous n'avons jamais laissé s'accumuler les factures, se récria Lisa, sur la défensive. Du moins jusqu'à ce que Jimmy perde son job. Et savez-vous pourquoi il l'a perdu ? Parce que c'était un homme honnête et qu'il était indigné de voir l'entrepreneur qui l'employait utiliser un béton de qualité inférieure. Oh, bien sûr, il y a des entrepreneurs qui rognent sur les coûts. C'est souvent le cas dans le bâtiment, mais Jimmy disait que ce type-là mettait des vies en danger.

« Eh bien, non seulement il a été licencié pour avoir été consciencieux, mais il a été aussi *mis à l'index*, continua-t-elle. Il lui a été impossible de trouver du travail ailleurs. C'est à partir de là que les ennuis financiers ont commencé. »

Sois prudente, se reprit Lisa. Tu parles trop. Mais la compréhension qu'elle lisait dans les yeux de l'inspecteur Sclafani lui mettait du baume au cœur. À

181

peine une semaine s'est écoulée et je ressens déjà le besoin de me confier à une oreille compatissante.

« Combien de temps Jimmy est-il resté au chômage, Lisa ?

— Presque deux ans. Oh, il dénichait des petits boulots de temps en temps, mais pas le genre de travail stable qui vous assure la sécurité. Le bruit s'était répandu qu'il avait une grande gueule, et ils ont essayé de le détruire.

— Je suppose qu'il s'est senti soulagé d'un grand poids en recevant cet appel de l'agence d'Adam Cauliff. Comment Jimmy l'a-t-il contacté ? Cauliff avait créé sa société depuis peu de temps.

— Jimmy frappait à toutes les portes, répondit Lisa. Adam Cauliff avait eu connaissance de son curriculum vitae par hasard. Il a demandé à son assistante de le transmettre à Sam Krause qui l'a engagé. »

Une hypothèse traversa l'esprit de Lisa. Bien sûr, pensa-t-elle, c'était sûrement l'explication. Jimmy lui avait dit que Krause économisait sur tout. En travaillant pour lui, peut-être avait-il été forcé d'accepter ses méthodes sous peine de perdre sa place.

« Il semble que quelque chose tracassait Jimmy même après qu'il eut retrouvé du travail, insinua Sclafani. La preuve en est que vous l'avez cru capable de s'être suicidé. Je crois que vous savez de quoi il s'agissait, Lisa. Pourquoi ne pas me parler franchement ? Jimmy aurait peut-être aimé que vous nous mettiez au courant, maintenant qu'il n'est plus là pour le révéler en personne. »

C'est ça, réfléchit Lisa, sans entendre les paroles de l'inspecteur. J'en mettrais ma main au feu. Jimmy avait repéré un truc anormal sur un des chantiers de Krause. On lui a donné le choix : être viré ou recevoir une somme d'argent pour regarder ailleurs. Et lui a pensé qu'il n'avait pas le choix, mais il n'ignorait pas qu'à partir du moment où il accepterait un dessous-de-table, ils le tiendraient.

«Jimmy était un garçon bien, honnête», commença-t-elle.

Sclafani fit un signe de tête vers la photo de famille. « Cela se voit », dit-il.

Ça y est, pensa-t-il. Elle va parler.

« L'autre jour après les funérailles... », commença Lisa, mais elle s'interrompit brusquement en entendant la porte de la cuisine s'ouvrir et la galopade des enfants dans la maison.

« Maman, on est rentrés ! cria Kelly.

— Je suis là. » Lisa se leva d'un bond, soudain consternée à la pensée qu'elle avait failli raconter à un policier que, caché au sous-sol, il y avait un paquet de ce qu'il fallait bien appeler de l'argent sale.

*Il faut que je m'en débarrasse.* J'avais raison de vouloir parler à Nell MacDermott hier. Je peux lui faire confiance. Elle pourra peut-être m'aider à rendre cet argent à qui de droit chez Krause. Après tout, c'est son mari qui leur avait recommandé Jimmy.

Déjà les enfants se pressaient autour d'elle, se bousculaient pour l'embrasser. Lisa regarda Jack Sclafani. «Jimmy était très fier de ces trois-là, dit-elle, d'une voix plus assurée. Et ils étaient très fiers de lui. Comme je vous le disais, Jimmy Ryan était un garçon bien. »

# 35

« Ainsi, Winifred avait un petit ami ?

— Je suis stupéfaite. » Nell et son grand-père étaient dans un taxi qui les ramenait chez eux après leur visite à l'appartement de Winifred. « Je taquinais souvent Adam en lui disant qu'elle avait le béguin pour lui.

— Elle avait le béguin pour lui comme les femmes ont le béguin pour les Beatles ou Elvis Presley, dit Cornelius MacDermott d'un ton sec. Adam lui a fait du charme pour qu'elle quitte Walters et Arsdale et le suive quand il a ouvert son agence.

— *Mac !*

— Pardonne-moi, dit-il hâtivement. Adam était beaucoup plus jeune qu'elle, marié à une très jolie femme. Quoi qu'on puisse raconter de Winifred, elle n'était pas idiote. Elle avait manifestement une aventure avec un dénommé Harry Reynolds. En tout cas elle en était raide dingue.

— Je trouve curieux qu'il ne se soit pas manifesté, dit Nell. Comme si Winifred avait disparu de la surface de la terre. Sa mère dit que personne ne l'a contactée, si ce n'est le gérant de l'immeuble pour lui

184

signifier qu'à moins qu'elle n'ait prévu de revenir, il espérait qu'elle donnerait congé de son appartement. Lui indiquant par là de ne pas s'aviser de le sous-louer.

— Je continue de penser que nous n'aurions pas dû le visiter. Surtout pour découvrir qu'elle n'y gardait aucun document. Tu aurais mieux fait d'aller vérifier dans son bureau d'abord.

— Mac, je suis allée chez Winifred à la demande de sa mère. »

Le paquet de photos que Nell avait rassemblées était posé sur ses genoux. Cornelius MacDermott leur jeta un coup d'œil distrait. « Veux-tu que Liz poste ces trucs à la maison de retraite ? »

Nell hésita. Elle irait peut-être revoir Mme Johnson, mais pas tout de suite. « D'accord, que Liz les poste, accepta-t-elle. Je préviendrai Mme Johnson qu'elle les recevra au courrier. Et que nous irons chercher à son bureau les documents de Winifred. »

Le taxi ralentissait devant l'immeuble de Nell. Elle sentit le bras de Mac l'entourer. « Je suis là pour t'aider, dit-il en la serrant doucement contre lui.

— Je sais, Mac.

— Si tu as besoin de parler, téléphone-moi, de jour comme de nuit. N'oublie pas — j'ai traversé des épreuves moi aussi. »

C'est vrai, songea Nell. Sa femme, son fils unique, sa belle-fille — tous emportés brutalement. Pour ce qui est du chagrin, personne ne peut lui en remontrer.

Comme elle s'apprêtait à descendre de la voiture, Carlo lui ouvrit la portière. Puis elle entendit la voix de Mac :

« Nell, encore une chose. »

Il avait un ton hésitant, ce qui ne lui ressemblait

guère. Un pied hors du taxi, elle se tourna à demi vers lui et attendit.

« Nell, tu n'as jamais rempli de déclaration commune de revenus avec Adam, n'est-ce pas ? »

Elle faillit s'emporter, quand elle vit l'expression de réelle inquiétude sur son visage. Le cœur serré, elle dut reconnaître qu'au fil des jours Mac paraissait de plus en plus son âge.

Lorsqu'elle avait épousé Adam, Mac lui avait conseillé d'établir une déclaration de revenus séparée. « Nell, avait-il dit à l'époque, tu as l'intention de te lancer dans une carrière publique. Cela signifie que les vautours planeront sans relâche autour de toi, attentifs au moindre faux pas de ta part. Tu ne peux te permettre de leur donner une seule occasion d'attaquer ta réputation. Laisse Adam remplir sa propre déclaration. Il pourrait en toute bonne foi avoir fait des déductions qui risqueraient plus tard d'être utilisées contre toi. De ton côté, rédige la tienne de la manière la plus simple qui soit. Ne ne te lance pas dans des tentatives d'exonérations compliquées. »

« Non, Mac, je l'ai remplie séparément, lui répondit-elle d'un ton cassant. Cesse donc de te faire de la bile. » Elle sortit du taxi, puis se retourna à nouveau. « Mais parle-moi franchement, Mac. Est-ce que tu sais quelque chose — je dis bien *sais* — qui laisserait supposer qu'Adam n'était pas tout à fait net ?

— Non, fit-il comme à regret en secouant la tête. Rien.

— Donc, c'est en te basant sur des on-dit et sur les dénégations de Walters et Arsdale, sans compter ta fameuse intuition, que tu es persuadé qu'Adam était mouillé dans l'affaire sur laquelle enquête le procureur. Sans savoir d'ailleurs de quelle affaire il s'agit exactement. »

Il hocha la tête.

« Mac, je sais que tu cherches à me protéger, et je devrais certes t'en aimer davantage, mais...

— Je n'ai pas l'impression que tu m'aimes beaucoup en ce moment, Nell. »

Elle parvint à sourire. « Je t'aime et je ne t'aime pas, ça dépend. » Avec un coup d'œil confus à l'adresse de Carlo, elle sortit enfin du taxi. Lorsqu'elle pénétra dans l'ascenseur qui la conduisait vers le refuge de son appartement, Nell avait pris sa décision.

Elle n'avait jamais vraiment compris d'où lui venait son don de « voir » certains événements. Elle ne comprenait pas non plus — ni n'acceptait — l'idée que les médiums puissent communiquer avec les morts. Mais si Bonnie Wilson affirmait être en contact avec Adam, Nell savait qu'elle devait explorer cette piste.

Il le faut. Sinon pour moi, du moins pour Adam.

# 36

DEPUIS l'explosion du *Cornelia II*, la flottille des garde-côtes poursuivait quotidiennement la fastidieuse recherche des restes du bateau et de ses passagers. Le vendredi après-midi, pour la première fois en quatre jours, une découverte importante avait été faite. Dans la zone du pont Verrazano, une planche déchiquetée d'un mètre de long qui flottait dans l'eau s'était échouée sur la rive. Des lambeaux d'une chemise de sport bleue et des fragments d'os humains étaient pris entre les interstices du bois.

Cette macabre trouvaille confirma à l'équipe de recherche que d'autres restes, appartenant à une autre victime, pourraient être récupérés. On avait demandé à la secrétaire de Sam Krause de décrire ce qu'il portait lorsqu'il avait quitté son bureau pour se rendre à bord du bateau. Elle avait affirmé qu'il était vêtu d'un pantalon de toile kaki et d'une chemise de sport bleue à manches longues.

George Brennan fut averti au moment où il s'apprêtait à aller retrouver Jack Sclafani au 405, 14e Rue Est. Il avait dans sa poche un mandat l'autorisant à perquisitionner le domicile d'Ada Kaplan, dont le fils, Jed, était devenu un suspect majeur dans l'explosion du *Cornelia II.*

Ils se rencontrèrent dans l'entrée de l'immeuble, et Brennan mit Jack au courant des derniers événements. « Jack, celui qui a fait le coup a utilisé une charge d'explosif capable de faire sauter la moitié d'un paquebot. Ce vendredi-là, il faisait un temps idéal pour sortir en mer. D'après ce qu'on m'a dit, il y avait quantité de bateaux dans les Narrows. Dieu soit loué, la plupart étaient en train de rentrer au port quand le yacht de Cauliff a volé en éclats. On peut imaginer l'ampleur des dégâts si l'un d'eux s'était trouvé à proximité.

— Crois-tu que l'explosion a pu être déclenchée à distance, ou par un système à retardement ? Le mec qui a exécuté le boulot devait être rudement habile.

— Ouais, s'il s'agit d'un type qui avait l'expérience des explosifs comme Jed Kaplan par exemple, ou rudement veinard si c'était un simple amateur. Il risquait de sauter lui-même en réglant sa bombe. »


Ada Kaplan était en larmes, affolée à la pensée de ce que diraient les voisins en apprenant que son quatre pièces était perquisitionné, fouillé de fond en comble. Son fils Jed était assis à la table du coin-repas dans la cuisine, le visage fermé et méprisant.

Il n'est pas inquiet, pensa Jack. S'il a fait sauter le bateau, ce n'est pas ici qu'on trouvera le moindre indice.

Ils remportèrent malgré tout une petite victoire — la découverte d'un sachet de marijuana dans un sac de voyage coincé au fond d'un placard. « Allons, vous voyez bien que ce machin date de Mathusalem, protesta Jed. Je ne l'ai même jamais vu et, de toute façon, la dernière fois que je suis venu ici c'était il y a cinq ans.

— C'est vrai, renchérit Ada Kaplan. J'ai fourré ses vieux sacs dans le placard au cas où il les réclamerait un jour, mais il n'y a pas touché depuis son retour à la maison. Je le jure.

— Je regrette, madame Kaplan, lui dit Brennan. Et je regrette pour toi aussi, Jed, mais il y en a assez pour te boucler pour détention de drogue avec intention de la revendre. »

Trois heures plus tard, Sclafani et Brennan laissaient Jed dans une cellule du poste de police. « Sa mère va verser la caution, mais le juge lui a tout de même retiré son passeport, fit remarquer Brennan. Il n'avait pas l'air content.

— Il a probablement retenu la leçon lorsqu'il s'est fait épingler en Australie avec des explosifs dans sa voiture, dit Jack Sclafani. Il n'y avait que dalle dans l'appartement qui puisse le compromettre dans l'affaire du bateau. »

Ils se dirigèrent vers leurs voitures respectives. « Est-ce que tu as eu plus de chance avec Lisa Ryan ? demanda Brennan.

— Malheureusement non. Mais je suis sûr qu'elle était à deux doigts de cracher le morceau quand ses gosses sont rentrés de l'école. » Jack secoua la tête. « Deux minutes de plus et j'aurais appris ce qu'elle sait. Je me suis même attardé un moment à parler avec les mômes.

— Tu as pris ton goûter avec eux ?

— Et un café avec elle quand ils sont sortis. Crois-moi, j'ai tout essayé. Mais le baratin du style "dites-moi tout, faites-moi confiance" n'a plus marché.

— Pourquoi s'est-elle méfiée tout à coup ?

— Je n'en sais rien, mais mon hypothèse est qu'elle ne veut rien dire qui pourrait nuire à la mémoire de Jimmy Ryan aux yeux de ses enfants, si jamais ça s'ébruitait.

— Tu as sans doute raison. Bon, à demain. On aura peut-être plus de veine. »

Avant d'arriver à l'emplacement où étaient garées leurs voitures, George Brennan prit un appel sur son portable l'informant qu'un sac de femme avait été trouvé sur la rive près du pont Verrazano, dans la même zone que la planche et le lambeau de chemise bleue.

A l'intérieur, le portefeuille imbibé d'eau contenait les cartes de crédit et le permis de conduire de Winifred Johnson.

« Il paraît qu'ils sont à peine roussis, dit Brennan quand il eut refermé son appareil. C'est incroyable ce qui se passe parfois. Le sac a sans doute été projeté verticalement en l'air avant de retomber dans l'eau.

— À moins qu'il n'ait pas été sur le bateau quand la bombe a explosé », suggéra Sclafani après un instant de réflexion.

# 37

NELL passa l'après-midi à répondre aux lettres de condoléances qui s'étaient accumulées sur son bureau pendant la semaine. Sa tâche terminée, il était déjà cinq heures. Il faut que je mette le nez dehors, pensa-t-elle. Cela fait huit jours que je n'ai pas fait le moindre exercice.

Elle enfila un short et un T-shirt, fourra une carte de crédit et un billet de dix dollars dans sa poche et parcourut au pas de course les trois rues qui la séparaient de Central Park. Elle pénétra dans le parc à la hauteur de la 72e Rue et commença son jogging en direction du sud. Je courais trois ou quatre fois par semaine autrefois, se rappela-t-elle. Pourquoi me suis-je arrêtée ?

Retrouvant naturellement son allure habituelle, savourant la sensation de liberté que procure la cadence régulière de chaque mouvement, Nell songea aux lettres de sympathie qu'elle avait reçues. « Vous paraissiez si heureuse avec Adam... » « Nous sommes profondément attristés par cette tragédie... » « Nous pensons à vous... »

Pourquoi n'ai-je pas lu une *seule* lettre disant

qu'Adam était un être merveilleux que tout le monde regretterait ? Pourquoi suis-je comme hébétée, incapable de pleurer ?

Nell accéléra son rythme, mais elle ne pouvait chasser ces interrogations de son esprit. Où avait-elle lu qu'on ne peut aller plus vite que ses pensées ?

Dan Minor fit le tour de Central Park South, entra à nouveau dans le parc, et commença à courir vers le nord. Un jour idéal pour faire du jogging. Le soleil rasant de la fin de l'après-midi était agréablement chaud, la brise rafraîchissante. Le parc était bondé de joggeurs, de patineurs en rollers, de promeneurs. La plupart des bancs étaient occupés ; les gens contemplaient le paysage autour d'eux ou étaient plongés dans leur lecture.

Dan eut un serrement de cœur en passant devant une jeune femme à l'aspect misérable dans une robe élimée. Elle était seule sur un banc, ses sacs de plastique débordants posés à ses pieds.

Est-ce ainsi que Quinny a passé la plus grande partie de son existence ? L'évitait-on ou l'ignorait-on de la même façon ?

Pourquoi lui donnait-il si facilement ce surnom de « Quinny » ? Sa mère était quelqu'un d'autre — c'était une jolie femme aux beaux cheveux bruns qui le prenait dans ses bras, l'appelait son petit Danny.

C'était aussi une femme qui se mettait à boire dès qu'il était au lit. Il lui arrivait de se réveiller au milieu de la nuit et de descendre la recouvrir d'un plaid quand elle avait perdu conscience.

Poursuivant son jogging, il eut fugitivement la vision d'une grande femme aux cheveux châtains qui courait en sens inverse du sien.

Je la connais, pensa-t-il.

Ce fut une réaction immédiate, comme un réflexe de la mémoire à une impression familière. Dan s'arrêta et se retourna. Qui était cette femme ? Pourquoi se souvenait-il d'elle ?

Il avait vu ce visage très récemment.

*Bien sûr.* C'était Nell MacDermott. Je l'ai vue hier soir, au bulletin d'informations de dix heures. Dans un reportage qui la montrait devant l'église, après la messe à la mémoire de son mari.

Poussé par une impulsion irrésistible, il fit demi-tour et se mit à courir vers le sud du parc, suivant Nell MacDermott et ses cheveux qui volaient au vent.


En approchant de Broadway, Nell ralentit la cadence. La librairie du Coliseum se trouvait à l'angle de Broadway et de la 57ᵉ Rue. C'était le moment ou jamais de se décider.

Elle n'hésita pas plus longtemps. Si je veux m'entretenir avec Bonnie Wilson et me faire une idée précise de son soi-disant contact avec Adam, je dois m'instruire sur les phénomènes parapsychologiques. Mac se moquerait à coup sûr de cette idée, il me dirait que seuls les débiles mentaux et les vieilles toquées — tante Gert, notamment — ajoutent foi à ces boniments. Du reste, c'est à cause de lui que j'ai repoussé la suggestion de tante Gert. Mais si l'expérience à laquelle s'est livrée Bonnie Wilson à la télévision n'était pas truquée, peut-être est-elle réellement capable de communiquer avec Adam. De toute façon, à partir du moment où je suis résolue à aller la voir, je veux en savoir un minimum sur la question.

Dan suivit Nell le long de Broadway et la vit s'engouffrer dans la librairie. Indécis, il resta sur le trottoir à regarder la vitrine, feignant d'être absorbé par la contemplation des livres à l'étalage. Devait-il la suivre à l'intérieur ? Il n'avait pas un sou sur lui et ne pouvait jouer à l'acheteur. Par ailleurs, il avait couru et savait qu'il avait besoin d'une bonne douche et de changer de vêtements.

Soulevant le pan de sa chemise, il épongea son front en sueur. Peut-être devrait-il se contenter de lui écrire une carte de condoléances, réfléchit-il.

Mais j'ai envie de lui parler maintenant. Son téléphone est sans doute sur liste rouge, et actuellement je suis sûr qu'elle reçoit trop de lettres pour pouvoir répondre à toutes. Allez, courage.

À travers la vitre il l'aperçut qui marchait entre les rayonnages de livres. Puis, avec un mélange de soulagement et de vague appréhension, il la vit se diriger vers la caisse.

En sortant du magasin, elle se dirigea à grandes enjambées jusqu'au coin de la rue et héla un taxi qui descendait Broadway.

C'était maintenant ou jamais.

« Nell. »

Nell s'immobilisa. Ce grand blond en tenue de jogging lui était vaguement familier.

« Dan Minor. Nous nous sommes rencontrés à la Maison-Blanche, il y a quelques années. »

Ils échangèrent un sourire. « Admettez que c'est un peu plus original que l'habituel "Il me semble que nous nous sommes déjà vus" », dit Dan, ajoutant rapidement : « Vous accompagniez votre grand-père. J'étais invité par le député Dade. »

Perplexe, Nell examina le visage séduisant qui lui faisait face. Puis la mémoire lui revint. « Bien sûr, je me souviens. Vous êtes médecin, chirurgien-pédiatre. Vous avez fait vos études à Georgetown.

— Exactement. » Et maintenant, qu'ajouter ? se demanda Dan. Il vit le sourire spontané déserter les lèvres de Nell. « Je voulais seulement vous dire combien m'afflige la mort de votre mari, fit-il vivement.

— Merci.

— Ma petite dame, vous avez besoin d'un taxi, oui ou non ? » La voiture que Nell avait hélée s'était garée au bord du trottoir.

« Oui, attendez une seconde, s'il vous plaît. » Elle tendit la main à Dan. « Merci de vous être si gentiment arrêté pour me parler, Dan. Je suis contente de vous avoir revu. »

Dan resta planté sur place à regarder le taxi qui traversait Broadway et tournait en direction de l'est dans la 57e Rue. Comment faut-il s'y prendre pour inviter à dîner une femme qui est veuve depuis exactement une semaine ? se demanda-t-il.

# 38

LE vendredi après-midi, à Philadelphie, Ben Tucker se rendit à la consultation du Dr Megan Crowley, psychologue pour enfants.

Il resta seul dans la salle d'attente pendant que sa mère s'entretenait avec le docteur dans une autre pièce. Il savait que lui aussi serait obligé de parler avec elle, et il n'en avait pas envie, car il était certain qu'elle allait le questionner à propos du rêve. Or c'était quelque chose dont il n'avait pas envie de discuter.

Il se reproduisait toutes les nuits et, certains jours, Ben s'attendait à voir le serpent tapi au coin de la rue, prêt à lui sauter dessus.

Maman et papa s'efforçaient de lui expliquer que ce qu'il voyait dans ses rêves n'était pas réel, et qu'il était encore sous le choc. Ils disaient que c'était très dur pour un enfant d'assister à une explosion où des gens avaient trouvé la mort. Ils disaient que le docteur l'aiderait à l'oublier.

Mais ils ne comprenaient pas : ce n'était pas l'explosion qui le terrifiait, c'était le *serpent*.

Lorsqu'il se remémorait leur voyage à New York,

papa lui disait de se concentrer sur leur visite à la statue de la Liberté. Il lui disait de se rappeler toutes ces marches qu'il avait fallu grimper, et la vue depuis la couronne de la statue.

Ben s'était efforcé de lui obéir. Il s'était même obligé à repenser à cette histoire rasoir que lui avait racontée son père à propos de son arrière-arrière-grand-père qui récoltait des pièces de monnaie pour l'édification de la statue. Il imaginait tous ces gens venus d'autres pays, qui étaient passés en bateau devant la statue et avaient levé les yeux vers elle, tout excités d'arriver aux États-Unis. Il avait beau évoquer tout ça, rien n'y faisait — il ne pouvait s'empêcher de penser au serpent.

La porte s'ouvrit et sa mère apparut avec une autre dame.

« Bonjour, Ben, dit la dame. Je suis le Dr Megan. »

Elle était jeune, contrairement au Dr Peterson, son pédiatre, qui était carrément un vieux monsieur.

« Le Dr Megan voudrait s'entretenir avec toi, Ben, dit sa mère.

— Est-ce que tu viendras, toi aussi ? demanda-t-il, soudain apeuré.

— Non, j'attendrai ici. Mais ne crains rien, tout se passera très bien. Et sitôt que tu seras revenu, nous irons manger quelque chose que tu aimes. »

Il dévisagea le Dr Megan. Il n'y couperait pas ; il devait la suivre. Je ne lui dirai rien du serpent, se promit-il.

Mais, contrairement à ce qu'il s'imaginait, le Dr Megan ne semblait pas désireuse d'entendre l'histoire du serpent. Elle l'interrogea sur l'école, et il lui dit qu'il était en cours élémentaire. Ensuite elle lui posa des questions sur les sports qu'il pratiquait, et il raconta que son préféré était la lutte et que l'autre jour il avait gagné un match en plaquant son adversaire au sol au bout de trente secondes. Puis ils parlèrent des cours de musique, et il dit qu'il ne répétait pas assez. D'ailleurs il avait fait un sacré couac aujourd'hui en jouant de la flûte à bec.

Ils parlèrent d'une foule de choses, mais elle ne lui posa pas une seule question sur le serpent. Elle dit seulement qu'ils se reverraient lundi.

« Le Dr Megan est gentille, annonça-t-il à sa mère quand ils se retrouvèrent dans l'ascenseur. Est-ce que je peux avoir une glace maintenant ? »

*Samedi 17 et dimanche 18 juin*

# 39

NELL avait passé toute la soirée de vendredi à lire les ouvrages de parapsychologie qu'elle avait achetés après son jogging dans le parc. Le samedi, elle avait terminé les chapitres traitant des phénomènes qu'elle voulait explorer. Dans quelle mesure est-ce que je crois à tout ça ? se demandait-elle, lisant et relisant de nombreux passages.

J'ai su exactement quand sont morts grand-mère, papa et maman. Et je sais qu'à Hawaii, papa et maman m'ont forcée à nager alors que j'allais renoncer à lutter. Ce sont mes expériences personnelles de phénomènes paranormaux.

Nell nota que dans certains ouvrages l'auteur parlait de l'*aura* d'un individu. Le jour de l'explosion, lorsque j'ai vu Winifred, il m'a semblé qu'un halo sombre l'enveloppait. D'après ce que je viens de lire, il s'agirait de son aura. Ce halo symboliserait la mort.

Nell se remémora l'émission de télévision où elle avait vu Bonnie Wilson à l'œuvre. Elle avait été stupéfiante dans sa façon d'expliquer à cette femme les circonstances de la mort de son mari.

À écouter les sceptiques, tous ces gens qui se prétendent doués de pouvoirs parapsychiques se bornent à émettre des suppositions fondées sur les informations qu'ils ont su soutirer au sujet lui-même. Je suis sceptique, soit, pensa Nell, mais force est de reconnaître que si Bonnie Wilson est une mystificatrice, elle m'a eue comme les autres.

Comment Bonnie Wilson aurait-elle pu deviner tout ce qu'elle a dit à cette femme ? Et que penser de la transmission de pensée ? s'interrogea Nell. Lorsque vous songez à une personne et qu'une minute plus tard cette dernière vous appelle. C'est comme quelqu'un qui vous envoie un fax que vous recevez à la seconde même. C'est ce qu'on appelle le synchronisme.

Voilà qui pourrait expliquer pour une bonne partie le phénomène auquel elle avait assisté en regardant Bonnie Wilson à la télévision. Qui sait, les médiums qui disent entrer en communication avec les morts jouent peut-être le rôle de fax en transmettant les pensées de ceux qui les consultent...

Oh, Adam, pourquoi t'ai-je dit de ne pas rentrer à la maison ce soir-là ? se désespérait Nell. Accepterais-je mieux ta disparition si je ne m'étais pas conduite ainsi ?

Pourtant, même sans cette querelle, ta mort aurait laissé trop de questions irrésolues. Qui t'a fait ça, Adam ? Et pourquoi ?

J'ai cru que cette pauvre Winifred avait le béguin pour toi, mais je sais désormais qu'il y avait quelqu'un d'autre dans sa vie. Je suis contente de l'avoir appris, et j'espère qu'elle a été heureuse en amour.

Mac redoute de voir ton nom cité dans l'enquête sur la corruption et les marchés truqués que mènent les services du procureur auprès de Walters et Arsdale. Même si ces malversations ont eu lieu pendant que tu étais chez eux, est-il juste que tu sois accusé maintenant que tu n'es plus là pour te défendre ?

Tu as travaillé dans leur agence pendant plus de deux ans, cependant aucun des principaux associés n'a assisté au service funèbre. Je n'ignore pas qu'ils t'en voulaient d'avoir acheté l'immeuble Kaplan et de les avoir quittés ensuite pour créer ta propre agence. Mais n'était-ce pas une ambition légitime de ta part ? On m'a toujours appris que l'ambition est bonne conseillère, pensa Nell.

L'individu qui a posé la bombe voulait-il te faire disparaître ? Étais-tu la cible ? Ou était-ce Sam Krause ? Ou peut-être Winifred ? La veuve de Jimmy Ryan a commencé à me parler en sortant de l'église, mais elle s'est enfuie pour je ne sais quelle raison. Était-elle sur le point de me révéler une information importante concernant la réunion à bord du bateau ? Jimmy Ryan était-il averti d'un danger ? Était-ce lui que l'on visait ?

Ce matin-là, Adam avait dit qu'il existait différents degrés d'honnêteté dans le milieu du bâtiment. Qu'entendait-il par là ?

Nell resta sans dormir une grande partie de la nuit. J'ai parfois l'impression qu'Adam va revenir d'une minute à l'autre, pensait-elle. Elle finit par s'assoupir à l'aube, pour se réveiller à six heures du matin. On était dimanche et la matinée s'annonçait resplendissante. Elle prit une douche, s'habilla et se rendit à la messe de sept heures.

Que l'âme d'Adam et celle de tous les fidèles disparus reposent en paix... Sa prière était la même que celle de la semaine précédente. Et elle resterait identique pendant les dimanches à venir, tant qu'elle ne trouverait pas une réponse, une explication à tout ce qui était arrivé.

Mais si Adam essaie d'entrer en communication avec moi, se dit Nell, c'est qu'une raison l'empêche de trouver le repos.

Que croire ?

En rentrant de la messe, elle s'arrêta pour acheter un bagel au coin de la rue. Il sortait du four. J'aime New York le dimanche matin, pensa-t-elle en descendant Lexington Avenue. Par un matin comme aujourd'hui, on dirait une petite ville qui s'éveille à peine. Les rues sont désertes et si calmes.

Cette partie de Manhattan avait été la circonscription électorale de Mac, ces rues avaient été les siennes. Seront-elles les *miennes* un jour ? se demanda-t-elle, son cœur battant soudain plus fort.

Adam disparu, plus rien ne la retenait de se présenter aux élections.

Elle se détesta d'avoir pu ressentir, ne serait-ce qu'un bref instant, un éclair de soulagement à la pensée que ce problème-là était désormais résolu.

# 40

PETER Lang passa le week-end seul à Southampton, après avoir refusé une demi-douzaine d'invitations à une partie de golf, un cocktail ou un dîner. Toute son énergie, toutes ses pensées étaient concentrées sur la situation à laquelle il était confronté concernant le financement de son nouveau projet Vandermeer, et sur la nécessité de convaincre Nell MacDermott de lui vendre la parcelle de terrain achetée par son mari à Mme Kaplan.

Il n'avait jamais imaginé que la Commission de protection des monuments historiques pourrait un jour déclasser l'hôtel Vandermeer et se reprochait amèrement d'avoir commis une telle erreur de calcul. Ensuite, quand la rumeur s'était répandue que la décision était prise, il était trop tard — Cauliff l'avait coiffé sur le poteau auprès d'Ada Kaplan.

Sans cette parcelle, le complexe qu'ils construiraient n'aurait aucun caractère particulier, mais s'il disposait du terrain de Kaplan, il pourrait être l'initiateur d'un vrai chef-d'œuvre architectural, d'une addition magistrale à la liste des gratte-ciel de Manhattan.

Il n'avait jamais donné son nom à aucun de ses buildings. Il avait attendu, convaincu qu'il trouverait un jour la parfaite combinaison de lieu et de concept digne de porter le nom de sa famille. Le résultat serait un monument célébrant trois générations de Lang.

Comme il l'avait craint quand il avait proposé ce rachat à Adam Cauliff, celui-ci lui avait répondu sans détour qu'il attendrait d'abord que Peter soit en enfer avant de lui céder la parcelle, d'où cette association forcée.

Bon, il est probable qu'Adam m'a précédé en enfer, songea Peter, non sans satisfaction.

À présent il lui restait à envisager la meilleure façon d'approcher la veuve de Cauliff pour la convaincre de vendre cette propriété. Il en savait assez à son sujet pour être certain que dans l'avenir immédiat elle ne vendrait pas pour des raisons financières — elle semblait subvenir largement à ses besoins et avait toujours été indépendante de son mari. Cependant Peter avait une carte dans sa manche, un atout qui lui garantissait de gagner la partie, s'il le jouait.

C'était un secret de Polichinelle que le grand Cornelius MacDermott avait été très déçu lorsque sa petite-fille avait renoncé à se présenter à son siège deux ans plus tôt.

Elle a l'expérience voulue, réfléchissait Peter Lang en ce dimanche après-midi, longeant le sentier fleuri qui menait de sa maison à la mer. Dommage qu'elle ne se soit pas présentée la dernière fois. Gorman était un nul, et s'il se retire vraiment, elle devra regagner les électeurs qui ont été déçus par le peu qu'il a accompli.

Certes, Nell MacDermott a de qui tenir et, comme son grand-père, c'est une politicienne accomplie. Elle est également assez intelligente pour savoir que je peux beaucoup pour la faire élire, et qu'il serait judicieux de sa part de m'avoir de son côté. Non seulement je peux l'aider, mais quand la justice s'intéressera aux affaires dans lesquelles Adam a trempé, Nell viendra me supplier de venir défendre l'honneur de son mari.

Peter Lang laissa tomber la serviette qu'il portait à la main, courut à grandes foulées vers la mer et plongea dans les rouleaux.

L'eau était d'un froid paralysant mais, les premiers mètres franchis, son organisme commença à s'adapter. Tandis qu'il nageait rapidement, avec de longs mouvements réguliers, Lang songea à son rendez-vous manqué avec le destin, et se demanda si Adam Cauliff était encore en vie et conscient à l'instant où l'eau s'était refermée sur lui après l'explosion du bateau.

# *41*

BONNIE Wilson avait dit à Gert de la prévenir à n'importe quelle heure si Nell MacDermott décidait de faire appel à elle. Elle comprenait parfaitement les hésitations de Nell, même en sachant qu'elle était désireuse de la voir. Pour une journaliste en vue et connue du grand public, le fait de consulter une voyante pouvait nuire à son image. On commençait aussi à parler de son éventuelle candidature à l'élection au Congrès — la presse cherchait toujours un moyen ou un autre de discréditer un candidat et la rumeur d'une visite chez un médium aussi célèbre que Bonnie pourrait être utilisée contre elle.

Les médias s'étaient copieusement moqués d'Hillary Clinton en apprenant qu'elle avait cherché à entrer en contact avec Eleanor Roosevelt par l'intermédiaire d'un médium, et Nancy Reagan n'avait cessé d'être critiquée pour avoir eu recours aux services d'un astrologue.

Malgré tout, le dimanche soir à dix heures, Bonnie reçut l'appel téléphonique de Gert MacDermott qu'elle avait attendu avec tant d'impatience. « Nell aimerait vous rencontrer, dit Gert d'une voix assourdie.

— Que se passe-t-il, Gert ? Point besoin d'être devin pour percevoir la tension dans votre voix.

— Oh, je crains que mon frère ne soit furieux contre moi. Il nous a emmenées dîner ce soir, Nell et moi, et j'ai laissé échapper que je vous avais parlé, j'ai même rapporté quelques bribes de notre conversation. Il est alors sorti de ses gonds et a commis l'erreur d'interdire à Nell de vous voir.

— Ce qui signifie naturellement qu'elle va venir.

— Peut-être l'aurait-elle fait de toute manière, dit Gert, encore que j'ignore si elle est réellement convaincue. Mais à présent elle est décidée à vous consulter, et le plus tôt possible.

— Très bien, Gert, dites-lui d'être chez moi demain à trois heures. »

*Lundi 19 juin*

## 42

COMME tous les lundis, le salon était fermé. D'un côté, Lisa Ryan était plutôt heureuse d'avoir ce jour supplémentaire pour se préparer émotionnellement à affronter la réalité et la vie nouvelles qui l'attendaient. De l'autre, elle aurait souhaité avoir déjà repris son travail. Elle redoutait cette première semaine, les condoléances que lui présenteraient ses clientes, qui voudraient connaître tous les détails de l'explosion au cours de laquelle Jimmy avait trouvé la mort.

Beaucoup d'entre elles avaient assisté aux funérailles. Les autres avaient envoyé des fleurs et des lettres exprimant leur sympathie.

Pourtant Lisa savait que le choc de l'événement était passé, pour tout le monde sauf pour elle. À présent, ses clientes avaient repris le cours de leur existence, sans plus se préoccuper du deuil de Lisa. Pendant quelque temps, certaines remercieraient peut-être le ciel en entendant le bruit familier de la voiture de leur mari rentrant à la maison le soir. Mais la routine reprendrait vite le dessus. Et si toutes étaient sincèrement peinées pour elle, chacune se réjouissait aussi en secret de ne pas être à sa place.

Lisa n'ignorait rien de ces sentiments. Elles les avait elle-même éprouvés un an plus tôt, lorsque le mari d'une de ses clientes avait été tué dans un accident de voiture.

Elle en avait parlé à Jimmy à cette époque. Je n'oublierai jamais ce qu'il m'a dit alors, pensa Lisa : « Lissy, nous sommes tous un peu superstitieux. Nous nous imaginons que si un malheur arrive à quelqu'un d'autre, les dieux seront satisfaits pendant un moment et nous laisseront en paix. »

À neuf heures, la maison était rangée. Il restait encore quantité de lettres d'amis et de connaissances auxquelles Lisa n'avait pas encore répondu, mais elle hésitait à s'y mettre.

Beaucoup de leurs anciennes relations qui avaient aujourd'hui quitté le quartier lui avaient écrit, exprimant leur émotion et leur chagrin. L'une des lettres les plus touchantes provenait d'un homme qu'ils avaient connu dans leur jeunesse et qui était devenu un ponte des studios de cinéma de Hollywood.

« Je revois Jimmy lorsque nous étions ensemble au lycée, avait-il écrit. Nous avions à réaliser un de ces exercices dont je sais, étant aujourd'hui moi-même parent, que les professeurs les donnent dans l'unique but de jeter le trouble dans les familles. La veille, je n'avais toujours pas fini le mien, mais comme toujours Jimmy avait trouvé toutes les solutions et proposé de me donner un coup de main. Il était passé chez moi et m'avait aidé à terminer la maquette d'un pont, ainsi que le commentaire expliquant le degré de flexibilité nécessaire à sa construction. C'était un type épatant. »

Et j'ai failli salir sa réputation devant un flic, se

reprocha Lisa au souvenir de la visite de l'inspecteur Sclafani. Mais il ne suffisait pas d'avoir tu la présence de l'argent, encore fallait-il le rendre. Elle était certaine que Jimmy ne l'avait pas pris volontairement, qu'il avait été forcé de l'accepter. Il ne pouvait pas y avoir d'autre explication. On avait sans doute offert à Jimmy le choix entre perdre son job ou fermer les yeux sur une malfaçon. Et ensuite il avait été contraint de prendre cette somme — ce qui leur donnait un moyen de pression sur lui.

Lisa repensa à Nell MacDermott. Elle ne la connaissait pas personnellement mais elle était sûre de pouvoir lui faire confiance. Par ailleurs, Nell était peut-être au courant des projets sur lesquels travaillait Jimmy. Après tout, c'était son mari qui avait recommandé Jimmy à Sam Krause. Ce qui pouvait paraître une faveur à l'égard de Jimmy s'était terminé par sa mort.

Ces liasses de billets enfouies au fond du tiroir étaient la clé de tout. Et même si elle en avait besoin — pour payer les factures et remplir le réfrigérateur —, Lisa savait qu'elle serait incapable d'en soustraire un centime. C'était de l'argent sale, souillé du sang de Jimmy.

À dix heures, Lisa tenta de téléphoner à Nell Mac-Dermott. Elle savait qu'elle habitait Manhattan, dans l'East Side, approximativement entre la 70e et la 80e Rue. Mais son numéro était sur liste rouge.

Elle se souvint alors d'avoir lu dans la presse que le grand-père de Nell, Cornelius MacDermott, dirigeait maintenant un cabinet de consultants. Elle obtint le numéro du bureau par l'intermédiaire des renseignements et tenta sa chance ; quelqu'un pourrait peut-être la mettre en contact avec Nell.

Elle se trouva immédiatement en ligne avec une

217

personne à la voix agréable qui lui dit s'appeler Liz Hanley, l'assistante de l'ancien député.

Lisa fut brève : « Mon nom est Lisa Ryan. Je suis la veuve de Jimmy Ryan. Je voudrais parler à Nell Mac-Dermott. »

Liz Hanley lui demanda de patienter un moment. Deux minutes plus tard elle reprenait la commmunication. « Vous pouvez joindre Nell au 212-555-6784. Elle attend votre appel. »

Lisa la remercia, raccrocha, et composa sans attendre le numéro. On décrocha à la première sonnerie. Quelques instants plus tard, Lisa Ryan était en chemin pour rencontrer Nell MacDermott, devenue veuve comme elle à la suite de l'explosion du bateau de son mari.

# 43

URANT les trente-huit années de son existence, Jed Kaplan avait eu assez de démêlés avec la justice pour savoir quand il était pris en filature. Il avait développé une sorte de sixième sens le prévenant qu'un type le suivait.

Je peux flairer un flic à trois kilomètres, pensait-il avec amertume ce lundi matin en claquant la porte du petit immeuble où habitait sa mère avant de se mettre en marche vers le bas de la ville. J'espère que tu as de bonnes chaussures, mon pote, car nous voilà partis pour une longue balade.

Jed avait l'intention de quitter New York. Il lui était impossible de vivre chez sa mère une minute de plus. Il s'était réveillé une heure auparavant, le dos à moitié paralysé à force de dormir sur le méchant matelas du canapé-lit défoncé. Ensuite il était allé dans la cuisine se préparer du café et y avait trouvé sa mère assise à la table, pleurant à chaudes larmes.

« Ton père aurait eu quatre-vingts ans aujourd'hui, avait-elle dit d'une voix entrecoupée. S'il était encore en vie, j'aurais organisé une petite fête pour lui. Au lieu de quoi, je suis enfermée ici, seule, n'osant regarder mes voisins en face. »

Jed avait tenté d'apaiser ses inquiétudes, protestant une fois de plus de son innocence. Il n'y avait eu aucun moyen de la faire taire, elle avait continué sur le même mode.

« Tu te rappelles ce vieux film où jouait Edward G. Robinson ? avait-elle pleurniché. Quand sa femme meurt, la seule chose qu'elle lègue à leur fils est sa chaise de bébé. Parce que, disait-elle, les uniques moments où il l'avait rendue heureuse étaient ceux où il y était assis. »

Elle avait tendu le poing vers son fils. « Je pourrais en dire autant à ton sujet, Jed. Ta conduite est une humiliation pour moi. Tu fais honte à la mémoire de ton père. »

Il en avait encaissé le maximum, puis avait fui l'appartement et son atmosphère étouffante. Il devait déguerpir d'ici, mais pour quitter ce putain de pays il avait besoin de son passeport. Les flics savaient que leur inculpation bidon pour détention de drogue ne tiendrait pas devant un tribunal, c'est pourquoi ils avaient confisqué son passeport, pour s'assurer qu'il demeurerait sur le territoire.

J'ai nié que cette foutue herbe planquée dans la penderie était à moi, se félicita-t-il. Je leur ai dit que je n'avais même pas touché à ce sac depuis cinq ans, et c'était vrai.

Mais une fois cette accusation rejetée, il ne serait pas pour autant tiré d'affaire. Les flics concocteraient autre chose pour le forcer à traîner dans le coin.

L'ennui, pensa Jed en s'arrêtant dans un café sur Broadway, c'est que le seul tuyau que je pourrais leur refiler risque de m'impliquer dans l'explosion du bateau.

# 44

« J E suis désolée d'être en retard, s'excusa Lisa
Ryan en suivant Nell dans son appartement.
J'aurais dû me douter que je ne trouverais pas
de place de stationnement. J'ai été obligée d'aller
dans un garage. »

Elle aurait voulu dissimuler son trouble et son éner-
vement. La circulation en ville la mettait toujours dans
tous ses états et l'obligation de garer sa voiture dans
un parking payant — et de dépenser un minimum de
vingt-cinq dollars — l'avait contrariée.

Vingt-cinq dollars, cela représentait une somme
pour Lisa, l'équivalent des pourboires qu'elle obte-
nait pour cinq ou six manucures. Tout cet argent gâché
pour une vieille guimbarde de dix ans d'âge ! Sans la
nécessité de rencontrer Nell MacDermott, elle serait
repartie sur-le-champ à Queens.

En sortant sur le trottoir, elle avait senti des larmes
de frustration lui monter aux yeux et s'était arrêtée
pour chercher un mouchoir dans son sac. Elle refusait
de se donner en spectacle dans les rues de Manhattan.

Lisa s'était toujours sentie plutôt élégante dans son
tailleur-pantalon bleu marine, mais à la vue de la

femme qui lui ouvrait la porte, son ensemble lui parut désespérément ordinaire comparé au pantalon brun de belle coupe et à la blouse crème que portait Nell MacDermott.

Les photos ne lui rendent pas justice, pensa Lisa. Elle est ravissante. Et elle a bien meilleure mine aujourd'hui que le jour où je l'ai vue, après la messe à la mémoire de son mari.

L'accueil de Nell fut aimable et chaleureux. Elle proposa tout de suite à Lisa de l'appeler Nell, et Lisa sut que son intuition ne l'avait pas trompée et qu'elle pouvait se fier à elle, un point essentiel dans les circonstances actuelles.

En suivant Nell dans le salon, elle songea de nouveau à Jimmy, à son air gentiment moqueur lorsqu'il la voyait plongée dans des magazines de décoration. Elle avait passé tant d'heures à se représenter l'aménagement de leur maison idéale. Tantôt elle imaginait un décor très classique, avec des meubles anciens et des tapis persans, tantôt un style rustique anglais, ou Art déco, ou contemporain, bien qu'elle sût que Jimmy n'accepterait jamais de vivre dans un tel cadre. Le cœur empli de tristesse, elle se rappela lui avoir dit qu'elle aimerait retourner à l'école pour étudier les arts décoratifs quand les enfants seraient plus grands. Un rêve qu'elle ne réaliserait jamais.

« C'est très beau chez vous, dit-elle doucement, regardant autour d'elle les meubles et objets choisis avec éclectisme.

— Merci, dit Nell d'un ton empreint de mélancolie. Ma mère et mon père voyageaient beaucoup. Ils étaient anthropologues. Ils rapportaient quantité d'objets de toutes les parties du globe. Ajoutez deux ou trois fauteuils et canapés confortables, et le tour est joué. J'avoue que cet endroit a été un véritable refuge pour moi ces derniers temps. »

En parlant, Nell étudiait sa visiteuse. Le maquillage ne suffisait pas à dissimuler ses yeux gonflés et les traces du chagrin sur son visage. Il en faudrait sans doute peu pour déclencher un flot de larmes.

« J'ai préparé du café, dit-elle. Voulez-vous en prendre une tasse avec moi ? »

Quelques minutes plus tard, elles étaient assises l'une en face de l'autre à la table de la cuisine. Lisa savait que c'était à elle de rompre le silence. C'est moi qui ai demandé à être reçue, pensa-t-elle, c'est à moi de commencer. Mais par où ?

Prenant une longue inspiration, elle se lança : « Nell, mon mari est resté au chômage pendant presque deux ans. Il avait envoyé sa candidature à l'agence de votre mari, puis, sans raison apparente, il a été engagé par l'un de ses associés, Sam Krause.

— Sam Krause était plus une relation d'affaires qu'un associé, rectifia Nell. Adam travaillait à ses projets avec plusieurs personnes, mais il ne les considérait pas réellement comme des associés. Chez Walters et Arsdale, il était l'architecte chargé des réhabilitations, et Sam Krause l'entrepreneur. Puis Adam a créé sa propre société et il avait l'intention de travailler avec Krause pour la réalisation de la tour Vandermeer.

— Je sais. Jimmy rénovait souvent de vieux immeubles, mais il m'avait dit récemment qu'ils avaient un gros chantier en perspective, une tour d'habitation, dont il devait diriger les travaux. »

Lisa marqua une pause. Quand elle voulut reprendre la parole, sa voix s'étrangla. « Nell... » Elle se tut, puis les mots s'échappèrent de ses lèvres : « Nell, il y a deux ans Jimmy a perdu son emploi parce que c'était un homme honnête et qu'il avait révélé que son employeur utilisait des matériaux défectueux. C'est pour cette raison qu'il a été mis à l'index et qu'il est resté longtemps sans retrouver du travail. Quand il a reçu cet appel de Sam Krause, il était si heureux. Rétrospectivement, cependant, je me rends compte qu'à la minute même où ils l'ont engagé, il s'est passé quelque chose d'anormal. Je l'aimais tant et j'étais si proche de lui que je l'ai remarqué tout de suite — Jimmy avait changé, presque du jour au lendemain.

— Que voulez-vous dire par "changé"? interrogea doucement Nell.

— Il ne dormait plus. Il avait perdu l'appétit. Il avait toujours l'air absent.

— Quelle en était la raison selon vous? »

Lisa Ryan reposa sa tasse de café et regarda franchement son interlocutrice. « Je pense que Jimmy avait pour consigne de détourner les yeux quand il s'apercevait d'une malfaçon importante sur un chantier. Il n'aurait jamais rien fait de répréhensible personnellement, mais il était alors si abattu que s'il avait eu à choisir entre deux solutions : feindre de ne rien voir ou se retrouver au chômage, je pense qu'il aurait choisi la première. Naturellement c'était la mauvaise décision, surtout pour lui. Jimmy était trop honnête pour vivre avec un tel poids sur la conscience. C'est sûrement ce qui s'est produit, et ce qui le rendait malade.

— Jimmy vous en avait-il parlé?

— Non. » Lisa hésita puis reprit, d'une voix nerveuse et précipitée : « Nell, je ne vous connais pas, mais j'ai besoin de me confier à quelqu'un, aussi je m'en remets à vous. J'ai trouvé des liasses de billets cachées dans l'atelier de Jimmy au sous-sol. Je suppose que c'est de l'argent qu'il a reçu pour prix de son silence. À la façon dont il était emballé, je peux jurer qu'il n'y a jamais touché. C'était lui tout craché ; il avait cet argent à sa disposition mais son honnêteté lui interdisait de l'utiliser.

— Quelle somme y a-t-il ? »

La voix de Lisa se transforma en murmure : « Cinquante mille dollars. »

*Cinquante mille dollars !* Jimmy Ryan était manifestement mêlé à un gros coup, pensa Nell. Adam avait-il eu des soupçons ? Était-ce pour cette raison que Jimmy avait été invité à la réunion sur le bateau ?

« Je veux les rendre, continua Lisa, et je veux le faire discrètement. Même s'il risquait de perdre à nouveau son job, Jimmy n'aurait jamais dû accepter cet argent. Il le savait. Et c'est pour cela qu'il était si déprimé ces derniers mois, malgré le fait qu'il avait retrouvé du travail. Lui-même ne peut plus le restituer, mais je peux le faire à sa place. Cet argent provient forcément de quelqu'un de chez Krause. Je dois le leur rapporter. Voilà pourquoi je suis venue vous trouver. »

Dans un dernier sursaut de courage qui l'étonna elle-même, Lisa tendit la main par-dessus la table et prit celle de Nell. « Nell, lorsque Jimmy a envoyé sa candidature à l'agence de votre mari, ils ne s'étaient jamais rencontrés — j'en suis sûre. Ensuite, très peu de temps après que votre mari l'a fait engager par Sam Krause, il s'est passé quelque chose de grave, de terrible. J'ignore quoi, mais je pense que c'était lié à un projet auquel Jimmy et votre mari collaboraient. Je voudrais que vous découvriez de quoi il retournait et que vous m'aidiez ensuite à réparer les torts qui ont pu être causés. »

# 45

GEORGE Brennan et Jack Sclafani étaient tous deux présents quand Robert Walters arriva, accompagné de l'avocat de la société, au bureau du procureur adjoint, Cal Thompson. Thompson faisait partie de l'équipe récemment mise sur pied pour enquêter sur les affaires de corruption et de marchés truqués dans l'industrie du bâtiment.

Tous dans la salle savaient que Walters bénéficiait d'un accord lui assurant une immunité partielle pour tout ce qu'il pourrait révéler durant cette réunion.

Son avocat avait déjà rédigé une déclaration préliminaire pour la presse : « Walters et Arsdale et ses dirigeants réfutent toute accusation de malversation, et sont convaincus qu'aucune charge ne sera retenue contre eux. »

Derrière la façade d'arrogance et d'indifférence, il était clair pour Brennan et Sclafani que Robert Walters se sentait nerveux. Chacun de ses gestes était trop précis, trop parfait, pour ne pas faire partie d'un numéro bien rodé.

Moi aussi je serais nerveux à sa place, se dit Brennan. Les manitous d'une vingtaine de sociétés comme la sienne avaient déjà choisi la négociation, c'est-à-dire le moyen le plus simple d'échapper à l'enquête. Il savait qu'en conséquence la plupart s'en tireraient avec un simple blâme accompagné d'une amende. La belle affaire ! Vous allongez un million de dollars pendant que votre société encaisse un demi-milliard. Parfois, si le procureur avait vraiment des preuves en béton contre eux, certains de ces types étaient condamnés à des travaux d'intérêt général. Dans un ou deux cas, des dirigeants avaient fait quelques mois de prison. Mais ils en étaient ressortis... et devinez la suite : tout avait recommencé de plus belle !

C'est un racket extrêmement simple, pensa-t-il. Les grosses entreprises du bâtiment se concertent pour décider qui va obtenir le contrat. L'offre la plus basse laisse quand même un bénéfice juteux, mais l'architecte ou le maître d'œuvre ferme les yeux — et reçoit une enveloppe en échange. Un autre projet se présente, et bingo ! — c'est à la grosse entreprise suivante de présenter l'offre la plus intéressante. Un échange de bons procédés. Tout est arrangé à l'avance, entre gens de bonne compagnie !

Malgré l'apparente inanité des tentatives précédentes, Brennan avait la conviction qu'il fallait continuer à s'attaquer à ces pratiques. Si nous parvenons à faire cracher le morceau à quelques-uns de ces gros bonnets, les plus petites entreprises auront peut-être une chance de récolter quelques affaires valables, pensait-il. Parfois, pourtant, il se demandait s'il ne se montrait pas un peu trop optimiste.

« Nous appartenons à un secteur où des commissions parfaitement légitimes ont fait l'objet de soupçons injustifiés, était en train d'expliquer Robert Walters.

— Ce que mon client veut dire... », l'interrompit son avocat.

L'interrogatoire porta enfin sur le point qui intéressait particulièrement George Brennan et Jack Sclafani : « Monsieur Walters, Adam Cauliff a-t-il fait partie de votre société ? »

Tiens, voilà un nom qu'il n'aime pas, pensa Sclafani en voyant le visage de Walters s'empourprer.

« Adam Cauliff a été notre employé pendant deux ans et demi », répondit-il. Son ton était sec, glacial, comme s'il éprouvait le plus grand dédain pour le sujet.

« Quelles étaient les responsabilités de M. Cauliff chez Walters et Arsdale ?

— Il avait débuté dans notre équipe d'architectes. Plus tard on lui a confié ce que nous appelons des projets de rénovation et de réhabilitation d'importance moyenne.

— Qu'entendez-vous par importance moyenne ?

— Des projets dont le coût est inférieur à cent millions de dollars.

— Donnait-il satisfaction dans son travail ?

— Sans aucun doute.

— Vous dites que Cauliff est resté chez vous pendant plus de deux ans. Pourquoi vous a-t-il quittés ?

— Pour créer sa propre agence. » Robert Walters eut un sourire pincé. « Adam Cauliff était un homme qui avait le goût du détail et l'esprit pratique. Nous nous trouvons parfois en présence d'architectes qui sont incapables de voir la réalité en face, d'accepter le fait qu'un immeuble de bureaux, par exemple, se loue au mètre carré. Même s'ils reconnaissent que les économies sont un facteur important — voire essentiel —, ils gaspillent l'espace en concevant des aménagements inutiles, tels que des couloirs trop larges qui,

228

multipliés par trente ou quarante étages, réduisent de manière dramatique la surface génératrice de revenus.

— Il semble donc qu'Adam Cauliff ait été un collaborateur apprécié, qui ne faisait pas ce genre d'erreurs.

— Il était efficace. Il savait mener à bien un chantier. Et il apprenait vite. Il a été assez malin pour acheter l'immeuble mitoyen de l'hôtel Vandermeer, alors classé monument historique. Lorsque l'hôtel a été déclassé, cette parcelle a pris une valeur considérable.

— L'hôtel a été détruit dans un incendie, n'est-ce pas ?

— Oui, en effet. Mais seulement après avoir perdu son statut de bâtiment classé. Même s'il n'avait pas pris feu, il aurait été rasé. Peter Lang l'avait acheté et il projetait de construire sur son emplacement un ensemble résidentiel et commercial. »

Walters eut un sourire ironique. « Adam Cauliff croyait que Lang était prêt à tout pour acquérir la parcelle dont il était devenu propriétaire et qu'il accepterait les plans que lui-même avait proposés pour l'ensemble en question. Mais les choses se sont présentées autrement. Si Adam était resté chez nous, et avait accepté de collaborer avec nos architectes, il aurait sans doute obtenu ce contrat.

— Vous voulez dire que votre société aurait obtenu le contrat ?

— Je veux dire qu'une équipe d'architectes d'avant-garde, couronnés par de nombreux prix, capables de concevoir le *nec plus ultra* de l'architecture urbaine, aurait travaillé avec lui. Le projet de Cauliff était banal, sans invention. Les investisseurs n'en voulaient pas, et je crois que Lang le lui avait dit.

« Cauliff était dans une impasse. Tôt ou tard il

aurait été obligé de vendre sa parcelle à Lang pour le prix proposé. Sans quoi, Lang aurait fait construire un ensemble moins ambitieux, indépendamment de Cauliff. Dans ce cas, la propriété de ce dernier se serait retrouvée enclavée et dépourvue de valeur. Comme vous le voyez, Cauliff était dans une situation délicate.

— Vous n'étiez pas tellement fâché de voir Adam Cauliff pris ainsi au piège, monsieur Walters ? demanda Cal Thompson.

— J'avais engagé Adam Cauliff à cause de mon amitié pour l'ancien parlementaire Cornelius McDermott, dont il avait épousé la petite-fille. Cauliff m'a récompensé de mes efforts en lâchant notre entreprise et en emmenant avec lui Winifred Johnson, mon assistante qui était devenue en quelque sorte mon bras droit après avoir travaillé pour moi pendant vingt-deux ans. Suis-je fâché qu'il soit mort ? Oui, comme tout être humain normal, je regrette sa disparition. Il était le mari de Nell MacDermott que je connais depuis sa petite enfance. Nell est une merveilleuse jeune femme, et je compatis à sa douleur. »

La porte du bureau s'ouvrit et entra Joe Mayes, un des assistants du procureur. À l'expression de son visage, Brennan et Sclafani se doutèrent qu'il était arrivé quelque chose d'important.

« Monsieur Walters, demanda Mayes abruptement, n'est-ce pas votre société qui doit procéder à des vérifications dans un immeuble de bureaux à l'angle de Lexington et de la 47e Rue, immeuble que vous avez vous-même rénové il y a plusieurs années ?

— Si, ce matin nous avons été avertis que plusieurs briques de la façade paraissaient descellées. Nous avons envoyé immédiatement une équipe sur le site.

— Je crains que ces briques ne soient plus que descellées, monsieur Walters. La façade tout entière s'est écroulée dans la rue ce matin. Trois passants ont été sérieusement blessés, l'un d'eux est dans un état grave. »

George Brennan vit le visage congestionné de Robert Walters pâlir subitement. S'agit-il d'un problème de matériaux défectueux ? se demanda-t-il. Ou de malfaçon dans l'exécution des travaux ? Dans ce cas, de qui avait-on rempli les poches pour qu'il ferme les yeux ?

# *46*

À trois heures précises, Nell sonna à la porte de l'appartement de Bonnie Wilson dans la 73e Rue, West End Avenue. En entendant le frôlement de pas derrière la porte, elle songea un court instant à regagner précipitamment l'ascenseur pendant qu'il était encore temps.

Qu'est-ce qu'elle fabriquait là ? Mac a raison. Toutes ces histoires de médiums et de communication avec les chers disparus ne sont que fadaises, et je suis une idiote de m'exposer au ridicule si jamais on apprenait ma présence ici.

La porte s'ouvrit.

« Nell, entrez donc. »

La première impression de Nell fut que Bonnie Wilson était plus attirante dans la réalité qu'à la télévision. Ses cheveux noir de jais faisaient admirablement ressortir la pâleur de son teint. Ses grands yeux gris étaient frangés de longs cils épais. Les deux femmes étaient à peu près de même taille, mais Bonnie était mince comme un fil, presque décharnée.

Elle eut un sourire confus. « C'est une expérience que je n'ai jamais faite, expliqua-t-elle en conduisant

Nell dans un petit bureau à mi-chemin d'un long couloir. Il m'est arrivé parfois, lorsque je suis en communication avec quelqu'un dans l'au-delà, qu'une autre personne manifeste son désir d'entrer en contact avec moi. Mais la situation est différente cette fois-ci. »

Elle lui indiqua un fauteuil. « Asseyez-vous, Nell. Sachez pourtant que si, après avoir bavardé quelques minutes avec moi, vous souhaitez vous en aller, je ne m'en formaliserai pas. D'après votre tante, vous éprouvez une certaine réticence envers l'idée de communication avec des êtres disparus.

— Pour parler franchement, il se peut que je m'en aille en effet, et je suis heureuse que vous en soyez prévenue, répondit Nell d'un ton sec. Mais après ce que ma tante m'a raconté, j'ai ressenti le besoin de vous rencontrer. Dans mon existence, j'ai eu ce que l'on pourrait sans doute appeler des expériences parapsychiques. Gert vous en a probablement parlé.

— En fait, non, elle ne m'en a rien dit. Au cours des dernières années, je l'ai vue à des réunions de notre Association parapsychique, et j'ai assisté à une petite réception dans son appartement, mais je n'ai jamais eu de discussion avec elle à votre sujet.

— Bonnie, je vais être très claire avec vous, dit Nell. Je n'adhère tout simplement pas à l'idée que vous pouvez communiquer avec un mort aussi naturellement que s'il s'agissait de décrocher le téléphone pour entrer en contact avec lui. De même que je ne crois pas que quelqu'un de l'"au-delà" n'ait pour ainsi dire qu'à décrocher un téléphone pour entrer en contact avec vous. »

Bonnie Wilson sourit. « J'apprécie votre franchise. Néanmoins, nous sommes un certain nombre dans le monde à être doués de pouvoirs parapsychiques — pour des raisons qui nous échappent — et à jouer le rôle de médiateurs entre les disparus et leurs proches demeurés ici-bas. En général c'est à la demande de ces proches que j'essaie de contacter les personnes qui sont dans l'au-delà.

« Mais parfois — rarement —, les choses se passent différemment. Un jour où je servais d'intermédiaire entre un mari mort depuis peu et sa femme, j'ai été contactée par un dénommé Jackie, un jeune homme qui s'était tué en voiture. Il me demandait de l'aider et je ne savais pas comment. Puis, moins d'une semaine plus tard, j'ai reçu un appel téléphonique d'une femme que je ne connaissais pas. »

Il sembla à Nell que les yeux de Bonnie Wilson s'assombrissaient pendant qu'elle parlait. « Cette femme m'avait vue à la télévision et voulait me rencontrer en privé. Son fils, Jackie, était mort dans un accident de voiture. C'était la mère de ce jeune homme qui m'avait parlé précédemment.

— Mais la coïncidence est beaucoup moins frappante dans mon cas, protesta Nell. Pour commencer, vous connaissez Gert. Ensuite, les journaux ont fait leurs gros titres sur l'explosion du *Cornelia II*, et chaque article précisait qu'Adam était marié à la petite-fille de Cornelius MacDermott.

— C'est précisément pourquoi, quand Adam s'est infiltré dans une communication et a prononcé votre nom, j'ai compris que je devais m'adresser à Gert. »

Nell se leva. « Bonnie, je regrette, mais je n'y crois pas. J'ai peur de vous avoir déjà fait perdre trop de temps. Je dois m'en aller.

— Je n'aurai pas perdu mon temps si vous me laissez seulement demander à Adam quel message il désire vous transmettre. »

À regret, Nell se rassit. Je lui dois au moins ça, pensa-t-elle.

Plusieurs minutes s'écoulèrent. Bonnie était comme figée, les yeux clos, sa joue reposant sur une main. Soudain elle renversa la tête en arrière, comme si elle s'efforçait d'entendre quelqu'un ou quelque chose. Un long moment plus tard, elle laissa retomber sa main, ouvrit les yeux et regarda Nell.

« Adam est ici », dit-elle doucement.

Malgré son incrédulité, Nell sentit un frisson la parcourir. Garde ton sang-froid, s'intima-t-elle. Toute cette histoire est absurde. Elle parla d'une voix à la fois précise et calme. « Pouvez-vous le voir ?

— Oui, en esprit. Il vous regarde avec tellement d'amour, Nell. Il vous sourit. Il dit que vous ne croyez pas à sa présence. Que c'est normal car vous êtes une fille du Missouri. »

Nell sursauta. « Je suis une fille du Missouri » était une formule qu'elle utilisait en riant chaque fois qu'Adam cherchait à la convaincre qu'elle aimerait un jour faire du bateau.

« Cela a-t-il un sens pour vous ? » demanda Bonnie Wilson.

Nell hocha la tête.

« Adam veut vous demander pardon, Nell. Il me dit que vous vous êtes querellés juste avant qu'il ne disparaisse. »

Je n'ai jamais confié à personne que nous nous étions disputés, pensa Nell. À personne !

« Adam me dit que c'était lui le fautif. D'après ce que je comprends, il y avait quelque chose que vous vouliez faire et à quoi il s'opposait. »

Nell sentit des larmes brûlantes monter à ses yeux.

Bonnie Wilson se tenait complètement immobile. « Je commence à perdre le contact. Mais Adam ne veut pas encore vous quitter. Nell, je vois des roses blanches autour de votre tête. Elles symbolisent son amour pour vous. »

Nell n'en crut pas ses oreilles quand elle s'entendit répondre : « Dites-lui que je l'aime moi aussi. Dites-lui que je suis si triste que nous nous soyons disputés.

— Je le vois à nouveau un peu plus clairement. Il a l'air heureux, Nell. Il veut que vous tourniez la page, que vous commenciez une nouvelle vie. Y a-t-il une activité à laquelle vous pourriez consacrer votre énergie et votre temps ? »

La campagne électorale, pensa Nell.

Bonnie n'attendit pas sa réponse. « Oui, je comprends, murmurait-elle. Il dit : "Conseillez à Nell de donner tous mes vêtements." Je vois une pièce avec des casiers et des corbeilles...

— J'apporte toujours les vêtements dont nous ne voulons plus à une église de notre quartier, dit Nell. Il y a une pièce comme celle que vous décrivez où ils trient les vêtements.

— Adam dit que vous devriez les donner sans attendre. En secourant en son nom des gens dans le besoin, vous l'aiderez à s'accomplir spirituellement. Et il vous demande de prier pour lui. Souvenez-vous de lui dans vos prières. Ensuite, laissez-le partir. »

Bonnie s'interrompit, les yeux fixés droit devant elle dans le vague. « Il nous quitte, murmura-t-elle.

— *Retenez-le !* s'écria Nell. Quelqu'un a fait sauter son bateau. Demandez-lui s'il sait qui lui voulait du mal. »

Bonnie attendit. « Je ne crois pas qu'il nous le dira, Nell. Cela signifie soit qu'il l'ignore, soit qu'il a pardonné à son agresseur et désire que vous en fassiez autant. »

Au bout d'un moment Bonnie secoua la tête et regarda Nell. « Il est parti », dit-elle avec un sourire.

Puis, soudain, elle pressa sa main sur sa poitrine. « Attendez, il me transmet ce qu'il pense. Le nom de Peter vous dit-il quelque chose ? »

*Peter Lang.* « Oui, répondit Nell doucement.

— Nell, il y a du sang autour de lui. Est-ce le signe que ce dénommé Peter est l'auteur de l'explosion ? Je l'ignore. Ce que je sais, en revanche, c'est qu'Adam tente de vous mettre en garde contre quelque chose le concernant. Il vous supplie de vous méfier de lui, d'être prudente... »

# 47

E<small>N</small> rentrant chez lui le lundi après-midi, Dan
Minor trouva un message de Lilly Brown sur
son répondeur. Mais elle ne lui annonçait pas
ce qu'il avait espéré apprendre.

La voix de Lilly était tendue, son débit saccadé.
« Docteur Dan, commençait-elle, j'ai demandé partout autour de moi si quelqu'un avait des nouvelles
de Quinny. Elle a beaucoup d'amis mais personne ne
l'a vue ni n'a entendu parler d'elle depuis des mois.
C'est pas normal. Il y a un groupe de SDF avec qui
elle habite quelquefois dans la 4e Rue Est, dans un de
ces taudis du quartier. Ils pensent qu'elle est peut-être
tombée malade, et qu'on l'a emmenée à l'hôpital.
Quand Quinny était déprimée, elle restait sans parler
ni manger pendant des jours. »

Est-ce là que je vais la trouver ? se demanda Dan, le
cœur serré. Enfermée dans un asile psychiatrique ou
pire ? L'hiver passé avait été d'un froid redoutable à
New York. Supposons qu'elle n'ait pas quitté la ville
en automne ? Si Quinny avait fait une crise profonde
de dépression, si on ne l'avait pas emmenée de force
dans un foyer, alors n'importe quoi avait pu lui
arriver.

Comment puis-je être aussi persuadé que je vais la retrouver ? se demanda-t-il, sentant pour la première fois sa détermination flancher. Pourtant rien n'est encore perdu. Seulement je ne peux plus rester comme ça, à attendre qu'elle réapparaisse. À partir de demain je ferai le tour des hôpitaux. Malgré sa répugnance, il lui faudrait aussi chercher quel organisme municipal tenait la liste des morts non identifiés.

Lilly s'était adressée aux sans-abri qui squattaient les immeubles abandonnés du côté de la 4ᵉ Rue Est. Le week-end prochain il irait par là-bas et tâcherait de parler à quelques-uns d'entre eux.

Il lui restait encore une possibilité. Lilly avait décrit Quinny telle qu'elle était aujourd'hui. Elle avait précisé que ses cheveux étaient devenus complètement gris, qu'ils lui tombaient sur les épaules. « Elle est beaucoup plus maigre que sur cette vieille photo que vous m'avez montrée. Elle a les joues creuses. Mais on voit encore qu'elle a été très jolie quand elle était jeune. »

Il existe des endroits où l'on sait vieillir un portrait par ordinateur, pensa Dan. La police le fait couramment.

Il était décidé à employer les moyens les plus efficaces pour retrouver Quinny. Et même s'il s'agissait d'une nouvelle douloureuse, à découvrir exactement ce qui lui était arrivé.

Comme il enfilait sa tenue de jogging pour aller courir dans le parc, il dut s'avouer qu'il espérait tomber à nouveau sur Nell MacDermott.

Cette perspective l'aida à surmonter l'anxiété grandissante qui l'étreignait lorsqu'il songeait à Quinny. Je suis devenu ce que je suis par amour pour elle. *Je vous en prie, faites que je puisse le lui dire,* implora-t-il.

# 48

CE même lundi, Cornelius MacDermott reçut la
visite de Tom Shea, le président du parti
pour la ville de New York. En réalité, Tom
désirait savoir si oui ou non Nell avait décidé de se
présenter au siège laissé vacant par Bob Gorman.

« Je n'ai pas besoin de te rappeler que nous sommes dans une année d'élection présidentielle, Mac,
dit-il. Un candidat brillant à ce siège nous aidera à
rassembler les électeurs à l'échelon national et à installer l'homme de notre choix à la Maison-Blanche.
Tu es une légende dans cette circonscription. Ta présence aux côtés de Nell durant la campagne sera pour
les électeurs un rappel constant de ce que tu as fait
pour eux.

— Est-ce que tu connais le conseil que l'on donne
à la mère du marié avant le mariage ? répliqua Mac.
"Portez du beige et fermez-la." C'est mon intention si
Nell se présente. Elle est intelligente, jolie, rapide à la
détente, elle a toutes les compétences requises et je
ne vois personne capable de faire mieux qu'elle. Et
surtout, elle s'intéresse aux gens. C'est la raison pour
laquelle elle doit se présenter. Et c'est la raison pour

240

laquelle les gens voteront pour elle — pas parce qu'on me considère comme une sorte de légende. »

Liz Hanley se trouvait dans le bureau avec les deux hommes, occupée à prendre des notes. Mon Dieu, comme il est nerveux aujourd'hui ! se dit-elle. Elle savait pourquoi. Mac s'inquiétait du moral de Nell et, en outre, il était rongé d'angoisse à l'idée que quelqu'un apprenne qu'elle avait consulté un médium et en informe la presse.

« Allons, Mac, tu sais très bien ce qu'il en est, disait Tom Shea d'un ton jovial. Les gens tombent amoureux de Nell quand ils voient cette photo d'elle à l'âge de dix ans, essayant de sécher tes larmes à l'enterrement de ses parents. Elle a grandi sous l'œil du public. Nous pouvons retarder l'annonce jusqu'au dîner du 30, mais il faut que nous soyons certains qu'elle ne renoncera pas à faire campagne à cause de la mort de son mari.

— Nell ne renoncera pas. C'est une pro. »

Mais une fois que Tom Shea fut parti, l'assurance de façade affichée par Mac s'effondra. « Liz, je me suis fichu en rogne contre Nell lorsque j'ai su qu'elle était décidée à aller consulter cette médium de malheur. Appelez-la et aidez-moi à faire la paix. Dites-lui que je voudrais dîner avec elle.

— Bénis soient les émissaires de paix, psalmodia ironiquement Liz, ils seront appelés les enfants de Dieu.

— Vous me l'avez déjà dit.

— Parce que ce n'est pas la première fois que vous me demandez ce genre de chose. Où dois-je la prier de vous retrouver pour dîner ?

— Chez Neary. À sept heures et demie. Vous serez des nôtres, d'accord ? »

# 49

À sa deuxième rencontre avec Ben Tucker, le Dr Megan Crowley amena habilement la conversation sur la journée où il avait vu le bateau exploser dans la baie de New York. Elle eût préféré attendre une ou deux séances de plus avant d'aborder le sujet, mais Ben avait refait des cauchemars pendant le week-end, et il était clair qu'ils pesaient sur son comportement.

Elle commença la séance en lui parlant de bateaux d'excursion. « Lorsque j'étais petite, nous allions dans une île appelée Martha's Vineyard, raconta-t-elle. J'aimais beaucoup cet endroit, mais le voyage me paraissait si long, du moins depuis la maison. Six heures de voiture, et plus d'une heure de ferry.

— Ça sent mauvais sur ces bateaux, dit Ben. Celui qu'on avait pris me donnait envie de vomir. Je ne veux plus jamais remonter sur un machin pareil.

— Oh, et où en as-tu pris un ?

— À New York. Mon papa m'avait emmené voir la statue de la Liberté. » Il se tut, puis reprit : « C'était le jour où le bateau a explosé. »

Megan attendit.

Ben devint pensif. « Je le regardais. Il était drôlement chouette. J'aurais voulu être dessus plutôt que sur le nôtre, mais maintenant je suis content de ne pas y avoir été. » Il fronça les sourcils. « Je n'ai pas envie d'en parler. »

Megan vit une expression de terreur se répandre sur le visage de l'enfant. Elle savait qu'il pensait au serpent, mais elle ne discernait pas encore le lien entre les deux éléments. « Ben, parler d'une chose qui vous tracasse peut parfois faire du bien. C'est affreux de voir un bateau sauter.

— Il y avait des gens aussi, murmura-t-il.

— J'ai une idée. Si tu dessinais ce que tu as vu, je suis sûre que cela t'aiderait à sortir ces images de ton esprit. Aimes-tu dessiner ?

— Oh oui, j'aime drôlement ça. »

Megan avait préparé des feuilles de papier, des marqueurs et des crayons de couleur. Quelques minutes après, Ben était penché sur la table, complètement concentré sur sa tâche.

En le regardant s'appliquer à son dessin, Megan se rendit compte que Ben avait vu l'accident plus précisément que ne l'avait cru son père. Le ciel qu'il représentait se remplissait peu à peu de débris colorés, certains en flammes. D'autres objets ressemblaient à des fragments de meubles ou de vaisselle.

Le visage de Ben se crispa tandis qu'il traçait la forme d'une main.

Il reposa son crayon. « Je n'ai pas envie de dessiner le serpent », dit-il.

# 50

À l'heure dite, Nell était installée à une table d'angle devant un verre de vin et quelques bretzels quand Cornelius MacDermott, accompagné de Liz, entra dans le restaurant.

Notant l'air étonné de son grand-père, elle dit d'un ton désinvolte : « J'ai eu envie de jouer ton jeu, Mac. Fixer un rendez-vous à sept heures trente, arriver à sept heures quinze, puis faire remarquer à l'autre qu'il est en retard dans le but de le déstabiliser.

— Dommage que ce soit la seule chose que je t'aie apprise, fit sèchement Mac en se glissant sur la banquette à côté d'elle. »

Nell l'embrassa sur la joue. En lui téléphonant, un peu plus tôt, Liz l'avait mise au courant. « Nell, je n'ai pas besoin de vous expliquer comment fonctionne Mac. Il marche aux sentiments. Il sait ce que signifie pour vous la mort d'Adam et il en est profondément malheureux. Il ne supporte pas de vous voir souffrir. Il serait prêt à n'importe quoi pour vous. Il aurait été jusqu'à prendre la place d'Adam sur le bateau pour vous éviter cette douleur. »

En écoutant les propos de Liz, Nell avait eu des

remords. Certes, elle était souvent en désaccord avec lui, mais Mac avait toujours été un roc pour elle, toujours présent, toujours prêt à l'aider. Elle ne pouvait décidément pas lui en vouloir. « Bonsoir, mon cher grand-père », dit-elle.

Leurs doigts s'entrelacèrent. « Toujours ma meilleure amie, Nell ?

— Naturellement. »

Liz s'était assise en face d'eux. « Désirez-vous que je vous laisse seuls pendant que vous vous rabibochez ?

— Non. Il y a de l'émincé de bœuf au menu de ce soir, votre plat préféré. Ainsi que le mien. » Nell sourit à Liz et fit un signe de tête en direction de son grand-père. « Bien sûr, Dieu seul sait ce que notre Légende va choisir.

— Dans ce cas je reste. Mais serait-il possible de parler du temps qu'il fait ou des Yankees jusqu'à ce que notre commande arrive ?

— On peut toujours essayer », répondirent les deux MacDermott à l'unisson avec un large sourire. Et inévitablement, en attaquant leur cocktail de crabe, ils se mirent à discuter des élections. « Rien n'est jamais joué tant que tout n'est pas joué, Nell, dit Mac. En période d'élection présidentielle, la ville aussi bien que l'État de New York sont imprévisibles. C'est pour cette raison que chaque circonscription compte. Les électeurs qui soutiennent à fond un candidat local n'hésiteront pas à voter pour tout ce qui porte la même étiquette. Tu es la mieux placée pour les entraîner.

— Tu le crois sincèrement ?

— Je le sais. Je n'ai pas fait ça toute ma vie pour rien. Mettons ton nom sur les bulletins de vote et tu verras.

245

— Je vais bientôt me décider, Mac. Laisse-moi deux jours pour rassembler mes idées. »

Le sujet de l'élection étant temporairement clos, elle se douta de ce qui allait suivre.

« Tu es allée voir cette médium ?

— Oui.

— Est-ce que tu as pu parler à Jésus-Christ ou à la Sainte Vierge ?

— *Mac* », protesta Liz.

C'est plus fort que lui, songea Nell, résignée. Elle pesa ses mots. « Oui, Mac, j'y suis allée. Elle m'a dit qu'Adam regrettait de s'être opposé à ce que je désirais profondément. C'est-à-dire, j'en suis sûre, à ce que je fasse de la politique. Elle a dit qu'Adam voulait que ma vie continue et que je prie pour lui. Elle m'a aussi conseillé de donner ses vêtements afin d'en faire profiter des gens démunis.

— Voilà au moins un conseil sensé.

— Pas très différent de ce qu'aurait pu me suggérer Mgr Duncan si je m'étais adressée à lui. La seule différence, ajouta-t-elle délibérément, *c'est qu'Adam s'adresse directement à Bonnie Wilson.* »

Nell vit l'ahurissement se peindre sur les visages de son grand-père et de Liz. « Je sais que cela paraît insensé, mais pendant que j'étais avec elle, j'y ai vraiment cru.

— Maintenant aussi ?

— Je crois que ce sont de bons conseils. Pourtant, Mac, il s'est passé autre chose. Le nom de Peter Lang a été prononcé. Encore une fois, je ne sais que penser, mais, d'après Bonnie Wilson, Adam — depuis l'au-delà — me met en garde contre lui.

— Nell, pour l'amour du ciel ! Tu ne peux pas prendre tout ça au sérieux !

— Bien sûr. Mais Adam et Peter Lang *collaboraient*

246

sur ce projet immobilier de la 28ᵉ Rue. Adam en avait dessiné les plans. Peter m'a téléphoné aujourd'hui en fin d'après-midi, disant qu'il avait une affaire importante à discuter avec moi. J'ai rendez-vous avec lui demain matin.

— Écoute, dit Mac, Lang n'est pas arrivé là où il est sans en avoir roulé plus d'un, il est probable qu'il n'est pas blanc comme neige lui non plus. Je vais charger quelqu'un de mettre son nez là-dedans. » Il s'interrompit, hésitant à aborder un autre problème pendant le dîner, puis il se jeta à l'eau : « Lang n'est pas notre souci principal en ce moment. Nell, tu as dû entendre parler de l'immeuble dans Lexington Avenue dont la façade s'est écroulée ?

— Oui, ils l'ont annoncé aux infos de dix-huit heures.

— C'est une histoire embêtante, Nell. Avant de quitter mon bureau ce soir, j'ai reçu un coup de fil de Robert Walters. Sam Krause était l'entrepreneur chargé des travaux. Mais c'est Adam, alors chez Walters et Arsdale, qui a réalisé les plans de rénovation. Si l'on a cherché à rogner sur les coûts — tu sais, le genre d'escroquerie dont on parle tant, avec utilisation de matériaux de moindre qualité et manque de rigueur dans l'application des normes de sécurité —, on pourrait prétendre qu'Adam était dans le coup. Plusieurs passants ont été blessés dans cette affaire, dont un grièvement. » Il marqua une pause. « Ce que je veux dire, Nell, c'est que le nom d'Adam pourrait être cité dans le cadre d'une nouvelle enquête criminelle. »

Mac vit l'éclair de colère briller dans les yeux de sa petite-fille. « Nell, implora-t-il presque. C'est mon devoir de te prévenir. Je ne le fais pas de gaieté de cœur. Je ne veux pas que cette affaire te porte tort, c'est tout. »

Nell revécut soudain le moment où Bonnie était en communication avec Adam : *Il vous regarde avec tant d'amour...*, avait-elle dit, *il a pardonné à son agresseur...*

« Mac, je veux être tenue au courant de tout ce qu'on dit sur mon mari. Même si ça doit ruiner ma carrière, je découvrirai la vérité. Quelqu'un a posé une bombe dans le bateau et mis fin aux jours d'Adam. Crois-moi : je me débrouillerai pour trouver le coupable, et je peux t'assurer qu'il regrettera de ne pas déjà rôtir en enfer. Quant à Walters et Arsdale, je les poursuivrai et leur ferai cracher jusqu'à leur dernier sou s'ils essaient encore de coller sur le dos d'Adam leurs malversations et leurs erreurs. Quand tu parleras à tes vieux copains, dis-le-leur de ma part. »

Dans le silence qui suivit, Liz s'éclaircit la voix et dit doucement : « Nos plats arrivent. Pourrions-nous parler d'autre chose, de la composition de l'équipe des Yankees, par exemple ? »

*Mardi 20 juin*

# 51

Tandis que son chauffeur se frayait un chemin à travers les encombrements matinaux de Madison Avenue, c'est un Peter Lang passablement nerveux qui réfléchissait à la meilleure façon de présenter à Nell MacDermott l'offre de rachat de la parcelle détenue par feu son mari. Il avait l'intuition qu'il devrait faire preuve de tact, car il avait perçu une note d'hostilité dans la voix de Nell au téléphone.

Pourtant, elle m'a paru plutôt amicale lorsque je l'ai rencontrée la semaine dernière, pensa-t-il. Nell lui avait alors confié qu'Adam était impatient de travailler avec lui sur le projet dont il avait dessiné les plans.

Si Cauliff n'a pas dit à sa femme que le projet lui avait été retiré, il est inutile de la mettre au courant maintenant. Je vais lui offrir un prix intéressant, décida-t-il ; un prix qu'elle n'aura aucune raison de refuser. Mais il avait beau se raisonner, il ne se sentait pas totalement rassuré. Son instinct lui disait que cette réunion n'allait pas se dérouler comme il le souhaitait.

La voiture avançait à une allure d'escargot. Peter Lang consulta sa montre : dix heures moins dix. Il se pencha en avant et donna une tape sur l'épaule du chauffeur. « Est-ce que vous pourriez m'expliquer pourquoi vous restez collé dans cette file ? » lui lança-t-il impatiemment.


En ouvrant la porte, Nell s'interrogea malgré elle sur la gravité de l'accident qui avait empêché Peter Lang d'assister à la réunion fatale sur le bateau d'Adam. Moins d'une semaine après, on ne voyait plus la moindre trace de contusion sur son visage. Même sa lèvre, pourtant sérieusement tuméfiée, était complètement guérie.

« Courtois ». « Bel homme ». « Raffiné ». « Un pro-moteur immmobilier visionnaire ». Tels étaient les mots qui décrivaient Peter Lang dans les chroniques mondaines.

*Il y a du sang autour de lui. Adam tente de vous mettre en garde.* Les mots de Bonnie Wilson lui traversèrent l'esprit.

Il l'embrassa sur la joue. « J'ai beaucoup pensé à vous, Nell. Comment vous sentez-vous ?

— Aussi bien que possible dans les circonstances présentes », répondit-elle d'un ton où perçait une note d'irritation.

Il prit ses deux mains entre les siennes. « Vous sem-blez très en forme, en effet, fit-il avec un sourire désar-mant. Je ne devrais pas vous dire ça, mais c'est la vérité.

— Il faut sauver les apparences, n'est-ce pas, Peter ? » répliqua Nell en retirant ses mains. Elle le conduisit dans la salle de séjour.

« Oh, je ne doute pas que vous soyez une femme forte qui met un point d'honneur à sauver les appa-rences. » Il regarda autour de lui. « Cet appartement est ravissant, Nell. Depuis combien de temps l'habitez-vous ?

— Onze ans. » La réponse jaillit spontanément — les dates lui avaient beaucoup occupé l'esprit récemment. J'avais vingt et un ans lorsque je l'ai acheté, se souvint-elle. Je percevais les revenus du fonds de placement de maman, plus le capital de l'assurance-vie de mes deux parents. J'avais vécu chez Mac pendant la durée de mes études, mais une fois diplômée de l'université, j'ai eu envie d'un peu de liberté. Mac voulait que je m'occupe de son bureau de New York, et j'avais décidé de suivre les cours du soir de la Fordham Law. Mac avait essayé de me dissuader d'acheter cet appartement, tout en admettant finalement que c'était une affaire.

« Il y a onze ans, hum ? disait Lang. Le marché immobilier de New York était en plein marasme à cette époque. Je suis convaincu qu'il vaut aujourd'hui trois fois le prix que vous l'avez payé.

— Il n'est pas à vendre. »

Lang perçut de la froideur dans sa voix et il comprit qu'elle n'avait pas l'intention de poursuivre avec lui une conversation à bâtons rompus.

« Nell, Adam et moi étions associés sur un projet, commença-t-il.

— Je suis au courant. »

Jusqu'à quel point au juste ? Après un bref silence, il reprit : « Comme vous le savez sans doute, Adam avait dessiné les plans de la tour résidentielle et commerciale que nous avions l'intention de construire.

— Oui, ce projet l'enthousiasmait.

— Nous étions très satisfaits du travail d'Adam. C'était un architecte original et créatif. Il va beaucoup nous manquer. Malheureusement, maintenant qu'il n'est plus là, je crains qu'il ne faille tout recommencer à zéro. Un autre architecte apportera certainement sa propre vision.

— Je comprends. »

Ainsi Adam ne lui a rien dit, triompha Lang. Il la regarda longuement. Elle était assise en face de lui, la tête baissée. Peut-être s'était-il trompé, après tout, en croyant sentir chez elle de l'hostilité. Peut-être était-elle encore fragile nerveusement ?

« Vous n'ignorez pas qu'en août dernier Adam avait acheté un immeuble en bas de la ville à une certaine Mme Kaplan, pour un peu moins d'un million de dollars. Il est contigu à une parcelle que j'ai acquise depuis, et il représentait une partie du capital qu'il apportait dans notre opération conjointe. La valeur de cette propriété a été estimée à huit cent mille dollars, mais je suis prêt à vous en offrir trois millions. C'est, vous en conviendrez, un joli retour sur investissement en seulement dix mois. »

Nell dévisagea l'homme qui était assis en face d'elle. « Pourquoi êtes-vous prêt à payer une telle somme pour cette parcelle ?

— Parce que grâce à elle nous aurons l'espace nécessaire pour donner à ce complexe immobilier un aspect spectaculaire. Elle nous permettra d'y inclure plusieurs améliorations d'ordre esthétique, comme un accès en courbe pour les voitures et un jardin paysager, le tout destiné à accroître la valeur de l'ensemble. J'ajouterai que le jour où notre tour sortira de terre, elle aura un tel impact visuel que votre parcelle, si vous décidiez de la conserver, pourrait perdre de son intérêt. »

Il ment, pensa Nell. Elle se souvint d'une remarque que lui avait faite Adam. Selon lui, la parcelle Kaplan était indispensable à Lang s'il voulait édifier son programme immobilier. « Je vais réfléchir », dit-elle avec une expression un peu amusée.

Lang lui rendit son sourire. « C'est naturel, je comprends. Vous voulez sans doute en discuter avec votre grand-père. » Il ajouta après un silence : « Nell, je m'avance peut-être en pensant que nous sommes amis et que vous pouvez me parler en toute franchise, mais beaucoup de rumeurs courent en ville à votre sujet.

— Vraiment ? Quelle sorte de rumeurs ?

— J'ai entendu dire — et j'espère que c'est exact — que vous étiez sur le point d'annoncer votre candidature au siège de votre grand-père au Congrès. »

Nell se leva, signifiant qu'elle désirait mettre fin à la conversation. « Je ne discute jamais de rumeurs, Peter, dit-elle sans que son visage trahisse la moindre émotion.

— Ce qui veut dire que *si* vous prenez cette décision, c'est vous qui choisirez le moment de l'annoncer. » Suivant l'exemple de Nell, il se leva à son tour. La prenant de court, il lui saisit la main. « Nell, je veux seulement vous assurer que je vous soutiendrai de tout mon cœur, par tous les moyens.

— Merci », dit-elle en retirant sa main.

Cet homme est aussi subtil qu'un marteau-pilon, conclut-elle en son for intérieur.

La porte s'était à peine refermée que le téléphone sonna. C'était l'inspecteur Jack Sclafani. Il souhaitait que Nell les conduise, son collègue Brennan et lui, à l'agence d'Adam, afin d'y examiner le contenu du bureau et des classeurs de Winifred Johnson.

« Nous pourrions obtenir un mandat de perquisition, expliqua Sclafani, mais si vous n'y voyez pas d'inconvénient il me paraît plus facile de procéder ainsi.

— Peu m'importe. Je vous retrouverai sur place »,
lui dit Nell. Prudemment elle ajouta : « Je préfère que
vous sachiez qu'à la demande de sa mère, je suis allée
dans l'appartement de Winifred et que j'ai fouillé son
secrétaire. J'étais chargée de rechercher des polices
d'assurance ou autres documents indiquant les dispositions prises par Winifred pour assurer l'avenir de la
vieille dame. N'ayant rien trouvé, j'avais également
l'intention de me rendre à son bureau et de vérifier
si elle y avait laissé des papiers personnels. »

Les deux inspecteurs arrivèrent 27e Rue quelques
minutes avant Nell. Ils attendirent devant l'immeuble
et examinèrent la maquette qui trônait dans la vitrine.

« Plutôt tape-à-l'œil, fit remarquer Sclafani. On doit
vous payer des fortunes pour imaginer un truc aussi
grandiose.

— Si Walters a dit vrai hier, répliqua George Brennan, ce truc, comme tu dis, nous paraît plus beau à
nous qu'aux types qui s'y connaissent en architecture.
D'après lui, les plans ont été refusés. »

Nell venait de descendre d'un taxi et elle rejoignit
les deux hommes à temps pour entendre la réflexion
de Brennan.

« Comment ? Vous dites que le projet d'Adam avait
été refusé ? » demanda-t-elle.

Sclafani et Brennan se retournèrent brusquement.
Voyant la stupéfaction se peindre sur le visage de Nell,
Sclafani comprit qu'elle ignorait l'éviction de son
mari. D'ailleurs, quand Cauliff en avait-il été lui-même
averti ?

« Robert Walters était hier dans les bureaux du procureur, madame. C'est de lui que nous tenons l'information. »

L'expression de Nell se durcit. « Je n'ajoute aucun crédit aux propos de M. Walters. » Sur ces mots, elle pivota sur elle-même, se dirigea vers la porte de l'immeuble, et sonna pour appeler le gérant. « Je n'ai pas la clé, expliqua-t-elle. Adam l'avait sans doute emportée avec lui sur le bateau. »

Elle attendit, le dos tourné aux deux hommes, s'efforçant de retrouver son calme. Si ce qu'ils affirment est exact, pourquoi Peter Lang m'a-t-il menti il y a moins d'une heure ? Et dans ce cas, pourquoi Adam ne m'en a-t-il jamais parlé ? Est-ce pour cette raison qu'il était tellement préoccupé, tellement nerveux ces dernières semaines ? Il aurait dû se confier à moi. J'aurais pu l'aider. J'aurais partagé sa déception.

Le gérant, un homme corpulent d'une cinquantaine d'années, vint leur ouvrir. Profitant de l'occasion, il présenta ses condoléances à Nell, et ajouta qu'il avait eu des demandes pour le local. Envisageait-elle de le céder ?

Devant l'air perplexe de son collègue, Jack Sclafani comprit que tous deux éprouvaient le même étonnement en découvrant les bureaux d'Adam Cauliff : plutôt bien meublés mais étonnamment exigus. Il y avait en tout et pour tout un coin pour la réception et deux bureaux individuels, l'un spacieux, l'autre réduit à une simple enclave. L'aspect général était froid et impersonnel. Pas vraiment accueillant, songea Sclafani, et ça ne vous rassurait pas sur la créativité des gens qui y travaillaient. L'unique tableau accroché au mur était un dessin d'architecte de l'édifice en vitrine, et dans ce contexte, même ce croquis avait piètre allure.

« Combien de personnes employait votre mari ? demanda Sclafani.

— Il n'y avait que Winifred et lui. Aujourd'hui, l'ordinateur permet à un architecte d'ouvrir sa propre agence sans avoir à engager de gros frais fixes. Adam sous-traitait une partie de ses projets à l'extérieur, à des ingénieurs des travaux publics, par exemple.

— Les bureaux sont donc fermés depuis..., dit Brennan avec hésitation. Depuis l'accident ?

— Oui. »

Nell se rendit compte qu'elle avait passé la plus grande partie de ces dix derniers jours à feindre un calme qu'elle n'éprouvait pas. *Maintenant, il faut passer à la vitesse supérieure...* C'était la pensée qui l'avait tracassée toute la nuit, la tenant éveillée. Sauver les apparences devenait de plus en plus difficile.

Quelle serait la réaction de ces inspecteurs s'ils étaient mis au courant de l'énigme que Lisa Ryan lui avait demandé de résoudre ? Car il s'agissait bien d'une énigme : *Découvrez où et pourquoi quelqu'un a obligé mon mari à accepter cinquante mille dollars pour garder le silence, et aidez-moi à réparer les torts qui ont été causés.* Je ne sais même pas par où commencer.

Que penseraient de Bonnie Wilson ces deux inspecteurs qui ont assurément les pieds sur terre et l'esprit rationnel ? Une heure après avoir retrouvé l'atmosphère normale de mon appartement, j'ai commencé à douter de ce qu'elle m'avait raconté. A-t-elle réellement parlé à Adam ? Sans doute peut-elle lire dans mes pensées. Pourtant, je ne pensais pas « Je suis une fille du Missouri » au moment où elle a cité cette expression. Et seul Adam savait que nous nous étions querellés. Et à présent il y a cette façade qui vient de s'écrouler dans Lexington Avenue. Peuvent-ils en rejeter la responsabilité sur Adam ?

Tant de questions, tant de sentiments contradictoires la tourmentaient. Elle avait besoin de temps pour réfléchir, pour rassembler toutes les pièces du puzzle. Elle ne savait plus vers où se tourner.

Soudain, elle se rendit compte que les inspecteurs la regardaient avec un mélange d'embarras et d'expectative. « Excusez-moi, dit-elle. J'étais ailleurs. Me retrouver ici m'est plus pénible que je ne l'imaginais. »

Ce qu'elle ignorait, cependant, c'est que l'expression de compréhension et de sympathie affichée par les deux hommes masquait une conviction soudaine : comme Lisa Ryan, Nell MacDermott savait quelque chose qu'elle craignait de leur confier.

Le bureau de Winifred était fermé à clé, mais George Brennan sortit un trousseau de sa poche et ouvrit la serrure. « On a retrouvé son sac, dit-il à Nell. Ces clés étaient à l'intérieur. Curieusement, le sac était à peine brûlé. C'est une des bizarreries qui se produisent parfois dans les explosions.

— On a assisté à beaucoup de bizarreries ces derniers temps, dit Nell. Y compris les tentatives de Walters et Arsdale pour accuser mon mari des irrégularités que l'on pourrait découvrir dans leur société. Ce matin, je me suis entretenue avec le comptable d'Adam. Il m'assure qu'il n'y a absolument rien dans ses affaires qui ne puisse résister à l'examen le plus scrupuleux. »

Espérons-le, pensa George Brennan. Car il y avait sûrement quelqu'un chez Walters et Arsdale qui était de mèche avec Sam Krause, à en juger par la mauvaise qualité des matériaux de la façade qui s'était retrouvée par terre la veille. Ce genre d'accident n'est jamais dû à une erreur — il y a quelqu'un qui est au courant et qui touche du fric.

« Je ne veux pas vous retenir trop longtemps, dit

Brennan à Nell. Nous allons jeter un coup d'œil au bureau de Mlle Johnson, puis nous partirons. »

Il leur fallut à peine quelques minutes pour constater qu'il n'y avait rien d'extraordinaire à découvrir. « C'est exactement comme le contenu de son secrétaire chez elle, leur dit Nell. Des factures sans intérêt, des reçus, des mémos. Sauf qu'ici j'ai enfin trouvé l'enveloppe contenant les polices d'assurance que je recherchais, avec en plus l'acte de la concession funéraire de son père. »

Les deux tiroirs supérieurs du classeur à côté du bureau contenaient des dossiers. Celui du bas renfermait des ramettes de papier pour l'imprimante et la photocopieuse, du papier d'emballage et des pelotes de ficelle.

Jack Sclafani parcourut les dossiers. « De la correspondance très ordinaire », fit-il. Il feuilleta le carnet d'adresses de Winifred. « Voyez-vous un inconvénient à ce que je l'emporte ? demanda-t-il à Nell.

— Non, bien sûr. Il faudra le remettre à sa mère, de toute façon. »

Il y a une différence avec le secrétaire de son appartement, pensa Nell — rien ici ne mentionne Harry Reynolds. Qui est cet homme ? Peut-être aidait-il Winifred à payer les frais de la maison de retraite de sa mère ?

« Madame MacDermott, on a trouvé cette clé de coffre-fort dans le portefeuille de Mlle Johnson. » Tout en parlant, George Brennan sortit une clé d'une petite enveloppe de papier kraft, et la déposa sur le bureau de Winifred. « Elle porte un numéro, le 332. Savez-vous si cette clé appartient à l'agence ou si c'est une clé personnelle de Mlle Johnson ? »

Nell l'examina. « Je n'en ai pas la moindre idée. Si elle vient de ce bureau, je ne l'ai jamais vue. Je possède mon propre coffre à la banque depuis longtemps et, autant que je sache, Adam n'en avait pas, ni personnel ni professionnel. Pouvez-vous l'apporter à la banque et leur demander à qui elle appartient ? »

Brennan secoua la tête. « Malheureusement, toutes les clés de coffre se ressemblent, et ne portent aucune identification bancaire. Les plus récentes n'ont même pas de numéro. Nous ne pourrons connaître le propriétaire de cette clé qu'en trouvant la banque dont elle provient, et cela risque de prendre du temps.

— Une aiguille dans une meule de foin, n'est-ce pas ?

— À peu près. Mais il y a des chances qu'elle provienne d'une banque située dans un rayon d'une dizaine de rues autour du domicile de Winifred Johnson ou de cet immeuble. »

Nell resta songeuse avant de reprendre la parole. « Écoutez, j'ignore si cela a une quelconque importance, mais il semble que Winifred avait une liaison avec un certain Harry Reynolds.

— Comment le savez-vous ? demanda vivement Brennan.

— Lorsque j'ai fouillé son secrétaire, chez elle, l'un des tiroirs était rempli d'un incroyable fouillis de papiers, il y en avait de toutes sortes, plans d'architectes, blocs de Post-it... Sur chacun elle avait griffonné : "Winifred aime Harry Reynolds." Exactement ce qu'une adolescente de quinze ans follement amoureuse pourrait écrire.

— Pour moi, ça ressemble plus à une obsession qu'à une passion de jeune fille, dit Brennan. D'après ce que je sais d'elle, Winifred Johnson était une femme discrète ayant toujours vécu auprès de sa mère jusqu'à ce que cette dernière parte dans une maison de retraite.

— En effet.

— À tous les coups, ce genre de femme tombe

261

raide dingue du type qui n'est pas pour elle. » Il haussa les sourcils. « Nous allons creuser la piste de Harry Reynolds. » D'une poussée énergique, il referma le tiroir du classeur. « Madame MacDermott, nous n'avons plus rien à chercher ici. Nous allons prendre un café, voulez-vous venir avec nous ? »

Nell eut une seconde d'hésitation avant d'accepter. Pour une raison confuse, elle n'avait pas envie de rester seule dans ce bureau. Dans le taxi qui l'avait amenée, elle s'était imaginé qu'elle pourrait jeter un coup d'œil dans le bureau d'Adam, mais un simple regard autour d'elle lui fit comprendre qu'elle n'y était pas prête. Elle éprouvait encore un tel sentiment d'irréalité. Et, pour une raison étrange, sa visite à Bonnie Wilson avait renforcé cette impression.

Depuis combien de temps Adam savait-il que ses plans de la tour Vandermeer avaient été refusés ? Elle se souvenait de son enthousiasme quand il l'avait mise au courant. Il lui avait dit que Peter Lang était venu le voir, qu'il venait d'acquérir la propriété Vandermeer et désirait racheter la parcelle Kaplan. Adam avait déclaré qu'il la lui vendrait à condition d'être l'architecte du projet. « Les financiers de Lang m'ont chargé de réaliser les plans et une maquette. »

Je lui ai demandé ce qu'il adviendrait s'ils n'acceptaient pas ses plans. Je me souviens mot pour mot de sa réponse : *La parcelle Kaplan est indispensable à la construction de cette tour. Ils les accepteront.*

« Je vous accompagnerai avec plaisir, dit-elle à Brennan. Une tasse de café me fera du bien. J'ai eu ce matin une réunion avec Peter Lang dont j'aimerais vous entretenir. Peut-être tomberez-vous d'accord avec moi pour penser que cet homme est un manipulateur et un menteur, et que la mort de mon mari ne pouvait que l'arranger. »

# 52

COMME sa petite-fille, Cornelius MacDermott avait passé une nuit blanche. Le mardi il n'arriva à son bureau qu'à midi et Liz Hanley s'inquiéta en le voyant : son teint généralement coloré était blafard.

Il ne mit pas longtemps à lui avouer la raison de son agitation. Mais tandis qu'il s'évertuait à lui expliquer les risques que Nell faisait courir à son propre avenir politique, Liz comprit que pour préserver la santé de Mac, elle devait l'aider à démontrer que Bonnie Wilson n'était qu'une simple mystificatrice.

« Demandez un rendez-vous à cette bonne femme, lui enjoignit Mac. Utilisez le nom de votre sœur, au cas où Gert aurait mentionné le vôtre devant elle. Je ne crois pas un mot de ce qu'elle raconte, et je veux avoir votre opinion sur elle. » Sa voix était tendue, différente de son ton habituel.

« Si je téléphone de ce bureau et qu'elle dispose d'un identificateur d'appels, elle saura immédiatement qui je suis, fit remarquer Liz.

— Bien vu. Votre sœur habite Beekman Place, n'est-ce pas ?

« — Oui.

— Faites un saut chez elle et téléphonez de là-bas. C'est très important. »

Liz revint à trois heures.

« Et voilà, je m'appelle désormais Moira Callahan et j'ai rendez-vous avec Bonnie Wilson demain à trois heures de l'après-midi.

— Parfait. Maintenant, si vous avez l'occasion de parler à Nell ou à Gert...

— Mac, vous n'alliez quand même pas me recommander de garder le secret, j'espère ?

— Non, fit-il d'un air penaud. Merci, Liz. Je savais que je pouvais compter sur vous. »

# 53

L E mardi, Lisa Ryan reprit son travail au salon. Elle affronta les réactions auxquelles elle s'attendait de la part de ses collègues et de ses clientes — un mélange de sincère compassion et d'envie d'en savoir plus sur l'explosion qui avait coûté la vie à Jimmy.

À six heures elle rentra chez elle et trouva son amie Brenda dans la cuisine. Une odeur alléchante de poulet rôti emplissait l'air. La table était mise pour six et le mari de Brenda, Ed, aidait Charley à préparer sa leçon de lecture.

« Vous êtes tous trop gentils, murmura Lisa.

— Rien de plus normal, dit vivement Brenda. Nous avons pensé qu'un peu de compagnie te ferait plaisir après ce premier jour de reprise de ton travail.

— C'est vrai. » Lisa alla à la salle de bains et s'aspergea le visage. Je n'ai pas versé une larme de la journée, se dit-elle farouchement, pas question de commencer maintenant.

Pendant le dîner, Ed aborda le sujet du matériel de Jimmy qui était resté dans son atelier. « Lisa, je suis un peu au courant de ce que faisait Jimmy, et je sais qu'il avait des outils très perfectionnés. Je crois que tu devrais les vendre le plus rapidement possible. Sinon, ils risquent de perdre de leur valeur. »

Il entreprit de découper le poulet. « Si tu le désires, je peux aller jeter un coup d'œil en bas et trier ce qui me paraît intéressant.

— Non ! » s'écria Lisa. Voyant l'expression étonnée de ses amis et de ses enfants, elle se rendit compte de la véhémence de son refus devant ce qui n'était qu'une proposition amicale de la part de son voisin.

« Excusez-moi, dit-elle. Mais la simple pensée de vendre les affaires de Jimmy me rappelle qu'il ne reviendra jamais. Je n'ai pas le courage de m'en occuper tout de suite. »

Elle vit la tristesse se peindre sur le visage de ses enfants et feignit de plaisanter : « Vous vous imaginez si papa revenait pour trouver son atelier entièrement vidé ? »

Mais plus tard, lorsque les Curren furent partis et qu'elle se fut assurée que les enfants dormaient, elle descendit furtivement au sous-sol, ouvrit le tiroir du classeur, et contempla les liasses de billets. C'est une bombe à retardement, il faut absolument que je m'en débarrasse !

# 54

Dan Minor organisa son après-midi du mardi afin d'avoir le temps de se rendre au Bureau des disparitions au 1 Police Plaza, le quartier général de la police de New York.

Il comprit rapidement que ce n'était pas là qu'il obtiendrait des renseignements sur Quinny.

L'inspecteur auquel il s'adressa se montra très compréhensif, mais ne lui cacha pas la réalité des faits. « Je regrette sincèrement, docteur Minor, mais vous n'êtes pas certain que votre mère se trouvait à New York lorsque vous avez démarré vos investigations. Ni même qu'elle a disparu. Vous savez seulement que vos recherches ont été vaines jusqu'à présent. Avez-vous la moindre idée du nombre de personnes portées disparues chaque année dans cette ville ? »

Dan sortit du bâtiment et prit un taxi pour rentrer chez lui, en proie à un sentiment de totale impuissance. Il aurait plus de chance, décida-t-il, en parcourant à pied le quartier avoisinant la 4e Rue Est.

Il ne savait pas exactement comment s'y prendre pour aborder les petits groupes de sans-abri qui vivaient dans les immeubles abandonnés. Je ne peux pas m'y introduire carrément, réfléchit-il. Le mieux serait de m'adresser aimablement à l'un d'eux au-dehors, de mentionner ensuite le nom de Quinny et de voir ce qui s'ensuivra. Avec Lilly, il m'a suffi de montrer une vieille photo, se rassura-t-il. Maintenant, au moins, je sais comment l'appelaient ses amis.

Il se changea, enfila un training gris et des baskets. Au moment où il sortait de son immeuble, il se retrouva nez à nez avec Penny Maynard, qui arrivait en sens inverse.

« Que diriez-vous d'un verre à sept heures chez moi ? » lança-t-elle avec un sourire enjôleur.

Elle était très séduisante et il avait passé un moment agréable chez elle quelques jours auparavant. Pourtant il déclina son invitation, prétextant avoir déjà des projets pour la soirée. Il ne voulait pas prendre l'habitude de la « visite impromptue » avec quelqu'un qui habitait la porte à côté.

Il commença son périple et, tandis qu'il marchait d'un bon pas, le visage de Nell MacDermott traversa son esprit — chose qui se produisait fréquemment depuis leur rencontre dans le parc. Son numéro n'était pas dans l'annuaire ; il l'avait vérifié. Mais le cabinet de son grand-père y figurait, et il avait songé à la contacter par ce biais.

Je pourrais téléphoner pour obtenir son numéro. Ou me rendre sur place et demander à rencontrer MacDermott. Je l'ai vu une fois, lors de cette réception à la Maison-Blanche. Au moins verra-t-il que je ne suis ni un dragueur ni un imposteur.

La perspective de revoir Nell donna à Dan un regain d'énergie durant les deux heures suivantes, pendant qu'il parcourait chaque rue, l'une après l'autre, dans le voisinage de la 4ᵉ Rue Est, s'évertuant à recueillir des informations sur Quinny.

Il s'était armé d'une liasse de cartes de visite portant son numéro de téléphone, à l'intention des personnes auxquelles il s'adressait. « Cinquante dollars pour quiconque me conduira à elle », promettait-il.

À sept heures, il abandonna ses recherches, prit un taxi pour remonter vers Central Park, et commença à courir. À hauteur de la 72ᵉ Rue, il croisa à nouveau Nell.

# 55

APRÈS avoir quitté Nell MacDermott, Jack Sclafani et George Brennan regagnèrent directement les locaux de la brigade du procureur. D'un commun accord, ils attendirent d'être installés à leur bureau pour passer en revue ce qu'elle leur avait appris.

Jack se mit à tambouriner sur le bras de son fauteuil. « Nell MacDermott nous a pratiquement dit qu'à ses yeux, Lang avait quelque chose à voir dans l'explosion du bateau. Quand on l'a interrogé, pourtant, son histoire d'accident de la route semblait tenir.

— Si mes souvenirs sont exacts, il prétend qu'il était en train de téléphoner avec son portable et que le soleil l'a ébloui. Il a percuté un camion. Quand nous l'avons vu, il avait le visage sérieusement amoché.

— Peut-être, mais c'est lui qui est rentré dans le camion, et non le contraire, dit Brennan. Donc, l'accident aurait pu être intentionnel. Quoi qu'il en soit, Nell MacDermott a soulevé quantité de questions intéressantes. » Il prit un bloc de papier et y jeta quelques notes. « En voilà une qui me vient spontanément à l'esprit et qui vaudrait la peine d'être creusée : quel genre de building Lang avait-il *réellement* l'intention de construire à l'emplacement de l'hôtel Vandermeer et dans quelle mesure la parcelle Kaplan était-elle essentielle à son projet ? On pourrait trouver là un mobile.

— Ajoute celle-ci, dit Sclafani : à quel moment Lang a-t-il averti Cauliff que ses plans étaient refusés ?

— Ce qui mène à *ma* question suivante : pourquoi Cauliff n'a-t-il pas dit à sa femme que Lang l'avait laissé tomber ? Ç'aurait été normal de sa part, à supposer qu'ils aient formé un couple uni.

— En parlant de couple, que veut dire cette incroyable histoire d'amour entre Winifred et ce dénommé Harry Reynolds ?

— Je vais ajouter une nouvelle suggestion à toutes les autres, dit Brennan. Nous pourrions fouiller davantage, voir si on peut établir un lien entre Lang et notre vieille connaissance, Jed Kaplan. »

Sclafani acquiesça d'un signe de tête, repoussa sa chaise et alla à la fenêtre. « Belle journée, fit-il remarquer. Ma femme trouverait formidable de passer un long week-end chez ses parents à Cape May. Je n'ai pas l'impression que ce soit pour demain.

— Moi non plus.

— Tant qu'à nous inventer du boulot, j'ai un nom supplémentaire à ajouter à notre liste.

— Laisse-moi deviner : Adam Cauliff.

— Tout juste. Kaplan le haïssait. Son ancien employeur, Robert Walters, le détestait. Lang l'avait viré. Ce n'était pas le plus aimé des hommes, semble-t-il. Je me demande qui d'autre aurait pu se réjouir à l'idée que son bateau ne rentre pas au port.

— OK. Au travail. Je vais commencer par passer quelques coups de fil afin d'en apprendre un peu plus sur le passé de Cauliff. »

Deux heures plus tard, Brennan entrouvrit la porte du bureau de Sclafani. «J'ai quelques informations d'un type que j'ai appelé dans le Dakota du Nord. Il semble que Cauliff était aussi apprécié de son ancien employeur que des fourmis à un pique-nique. C'est un début. »

# 56

PENDANT qu'ils couraient ensemble dans les allées de Central Park, Nell s'aperçut qu'elle éprouvait un profond réconfort à faire du jogging avec Dan Minor. Il émanait de lui une force naturelle, une énergie que dénotaient sa mâchoire fermement dessinée, le rythme régulier de ses mouvements et l'étreinte de sa main sur son épaule la retenant de tomber au moment où elle avait trébuché.

Ils coururent jusqu'au Réservoir en direction du nord, puis firent le tour du parc en sens inverse, et se retrouvèrent à la hauteur de la 72e Rue Est.

Essoufflée, Nell s'arrêta. « C'est ici que je vous quitte », annonça-t-elle.

Cette fois-ci, Dan n'avait pas l'intention de laisser le hasard décider seul de leur prochaine rencontre et de la regarder filer sans avoir appris où elle vivait ni lui avoir extorqué son numéro de téléphone. « Je vous raccompagne », dit-il vivement.

En chemin, il dit d'un ton détaché : « Je ne sais pas ce qu'il en est pour vous, Nell, mais je commence à avoir faim. Je serai sans doute plus présentable après avoir pris une douche et m'être changé. Accepteriez-vous de dîner avec moi dans une petite heure ?

— Oh, je ne crois pas... »

Il la coupa : « Avez-vous d'autres projets ?

— Non.

— N'oubliez pas, je suis médecin. Même si vous n'avez pas faim, vous devez manger. »

Il ne mit pas très longtemps à la convaincre et ils se séparèrent, après être convenus de se retrouver au Il Tinello, dans la 56ᵉ Rue Ouest. « Disons plutôt dans une heure et demie, proposa Nell. À moins que tous les feux ne passent au vert en vous voyant arriver. »


Plus tôt dans la journée, en revenant de l'agence d'Adam, Nell avait passé plusieurs heures à trier et plier les effets de son mari. Le lit et les sièges de la chambre d'amis étaient à présent recouverts de chaussettes, cravates, caleçons et T-shirts. Elle avait rangé ses costumes, ses vestes et ses pantalons dans la penderie.

À quoi bon me donner tout ce mal ? se dit-elle en faisant des allers et retours, les bras chargés de cintres. Mais elle avait commencé à déménager leur chambre et voulait aller jusqu'au bout.

Une fois la commode vidée, elle avait demandé aux hommes chargés de l'entretien de l'immeuble de la descendre à la cave. Puis elle avait réaménagé la pièce, disposant les meubles ainsi qu'ils l'étaient avant son mariage.

En revenant du parc et en ôtant à la hâte sa tenue de jogging, Nell eut subitement l'impression de se retrouver dans un univers familier — un univers qui lui procurait cette sensation de refuge qu'elle y avait si souvent éprouvée.

Voir la commode d'Adam, ouvrir la penderie et toucher ses vêtements évoquait immédiatement les circonstances de sa mort — une mort si brutale, songea-t-elle, sans que j'aie pu le revoir... Cela lui rappelait aussi cette vive discussion qui les avait opposés avant qu'il ne quitte brusquement la maison, et ma vie à jamais.

Tous ces douloureux rappels du passé désormais soustraits à sa vue, elle savait qu'en rentrant chez elle après dîner, elle pourrait au moins retrouver le sommeil.

Après une douche rapide, elle inspecta l'intérieur de la penderie, qui paraissait maintenant plus vaste, et choisit un tailleur-pantalon de soie bleu pervenche qu'elle avait acheté en fin de saison l'année précédente et qu'elle n'avait jamais porté. Elle l'avait retrouvé en mettant de l'ordre et se souvenait maintenant qu'il lui avait paru particulièrement seyant lorsqu'elle l'avait essayé dans le magasin.

Et, qui plus est, il n'était en rien lié à Adam qui remarquait toujours tout ce qu'elle portait.


Dan Minor l'attendait à la table qu'il avait réservée quand Nell arriva au Il Tinello. Plongé dans ses pensées, il ne la remarqua pas avant qu'elle ne soit à sa hauteur. Il a l'air soucieux, pensa Nell, comme le maître d'hôtel l'aidait à s'installer. Dan se leva d'un bond et sourit.

« Décidément, tous les feux ont dû se mettre au vert pour vous, dit-elle.

— Presque tous. Vous êtes ravissante, Nell. Merci d'avoir accepté mon invitation. Je crains de vous avoir un peu forcé la main. C'est le problème des médecins. Nous imaginons que les gens vont obligatoirement nous obéir.

— Vous ne m'avez pas forcée. Je suis heureuse que

vous m'ayez persuadée de sortir et, pour être franche, je meurs de faim. »

C'était la vérité. Les effluves d'une savoureuse cuisine italienne se répandaient dans le restaurant, aiguisant l'appétit de Nell qui regarda d'un air gourmand le serveur apporter un plat de pâtes à la table voisine. Elle se tourna vers Dan et rit. « J'ai failli dire au garçon : "Apportez-moi la même chose." »

En buvant un verre de vin, ils firent la liste de leurs amis communs à Washington. Devant une assiette de melon et de jambon de Parme, ils parlèrent de l'élection présidentielle et découvrirent que leurs votes respectifs allaient s'annuler. Lorsque les pâtes arrivèrent, Dan lui raconta comment il avait décidé de venir s'installer à New York, et pourquoi.

« L'hôpital est en train de devenir un centre important de chirurgie pour les enfants brûlés, ce qui est ma spécialité. C'était pour moi l'occasion de contribuer à son développement. »

Il lui parla également des recherches qu'il avait entreprises pour retrouver sa mère.

« Ne me dites pas qu'elle a simplement disparu de votre vie ! s'exclama Nell.

— Elle souffrait de dépression majeure. Elle était devenue alcoolique et avait jugé préférable de me laisser aux soins de mes grands-parents. » Il hésita. « C'est une longue histoire. Un jour, si vous êtes intéressée, je vous en ferai le récit complet. Bref, ma mère est maintenant âgée. Le fait de m'installer à New York facilitera mes recherches. Pendant un certain temps, j'ai cru avoir une piste, mais elle reste introuvable et personne n'a eu de ses nouvelles depuis l'automne dernier.

— Êtes-vous certain qu'elle souhaite que vous la retrouviez, Dan ?

— Elle est partie car elle se croyait coupable d'un accident qui a failli me coûter la vie. Je veux lui montrer que cet accident n'a pas été dramatique pour moi, mais qu'au contraire il a eu un effet bénéfique sur ma vie. »

Il lui raconta ses démarches auprès du Bureau des disparitions, ajoutant : « Je pense qu'il n'en sortira pas grand-chose.

— Mac pourrait vous aider, lui dit Nell. Il a le bras long, et je sais que les services concernés plongeraient immédiatement dans leurs archives sur quelques coups de fil de sa part. Je lui en parlerai, mais je pense qu'il serait bon que vous passiez en personne le voir à son bureau. Voici sa carte. »

Au café, Dan lui dit : « Nell, je vous ai rebattu les oreilles avec mes problèmes. Si vous ne voulez pas en parler, je n'insisterai pas, mais dites-moi : *en vrai*, comment vous en sortez-vous ?

— *En vrai ?* » Nell laissa tomber le zeste de citron dans son café. « Je ne sais comment vous répondre. Vous savez, lorsque quelqu'un meurt et qu'il n'y a ni corps, ni cercueil, ni cortège, la mort a quelque chose d'inachevé. Comme si la personne disparue était encore quelque part, même si vous savez qu'il n'en est rien. Voilà ce que je ressens, et je suis presque hantée par ce sentiment d'irréalité. Je ne cesse de me répéter : "Adam est mort, Adam est mort", mais ce sont des mots qui n'ont pas de sens.

— Avez-vous eu cette même impression à la mort de vos parents ?

— Non, je savais qu'ils n'étaient plus là. La différence tient au fait qu'ils sont morts dans un accident. Pas Adam. Réfléchissez. Quatre personnes ont perdu la vie sur ce bateau. Quelqu'un voulait se débarrasser de l'une d'elles, peut-être des quatre, qui sait... Cet

277

individu se promène en liberté, profite de la vie, peut-être est-il en train de dîner quelque part en ce moment même, exactement comme nous. » Elle baissa les yeux sur ses mains, puis releva la tête et le regarda. « Dan, je découvrirai le coupable — et pas uniquement pour moi. Lisa Ryan, une jeune femme avec trois petits enfants, a le droit de connaître la vérité elle aussi. Son mari était un des quatre passagers du bateau.

— Vous rendez-vous compte, Nell, que celui qui a pu préméditer de supprimer ainsi quatre personnes est un être particulièrement dangereux ? »

En face de lui, le visage de Nell MacDermott se tordit en une sorte de grimace, et une expression de panique traversa ses yeux.

Dan s'alarma. « Nell, que se passe-t-il ? »

Elle secoua la tête. « Ce n'est rien, dit-elle, autant pour se convaincre elle-même que pour le rassurer.

— Il y *a* quelque chose, Nell ! Quoi ? »

*Pendant un instant elle avait ressenti cette terrible impression qui s'était emparée d'elle lorsqu'elle avait failli être emportée par le contre-courant. Elle s'était sentie prise au piège, luttant pour respirer. Mais cette fois-ci, au lieu de s'efforcer de nager, elle luttait pour ouvrir une porte. Et l'eau froide avait fait place à une impression de chaleur — de fournaise. Elle avait eu la prémonition qu'elle allait mourir.*

*Mercredi 21 juin*

# 57

« L E complexe qui doit être édifié sur le site de l'hôtel Vandermeer n'est qu'un des nombreux projets immobiliers en cours de la société Lang Enterprises », déclara Peter Lang d'un ton froid.

Manifestement, il goûtait peu la visite des inspecteurs Sclafani et Brennan à son bureau au dernier étage du 1200 Avenue of the Americas.

« Nous sommes propriétaires de cet immeuble, continua-t-il avec condescendance. Je pourrais aussi vous faire visiter la moitié de Manhattan et vous montrer l'importance des autres complexes d'habitation et de bureaux que nous possédons, plus ceux que nous gérons comme agents immobiliers. Mais je n'ai pas de temps à perdre, je vous demanderai donc, messieurs, la raison de votre visite. »

Notre visite, mon vieux, pensa Sclafani, a pour raison d'être que tu commences à ressembler au suspect numéro un de quatre meurtres. Donc, inutile de monter sur tes grands chevaux.

« Monsieur Lang, nous n'ignorons pas que vous êtes un homme très occupé, dit George Brennan d'un ton apaisant. Mais vous comprendrez que nous avons besoin de vous poser certaines questions. Vous avez rendu visite hier à Nell MacDermott, n'est-ce pas ? »

Lang haussa les sourcils. « Oui, en effet. Et alors ? »

Il n'a pas envie d'aborder ce sujet-là, pensa Sclafani. Jusqu'alors, il s'est senti sur son terrain, plutôt sûr de lui. Mais son fric, sa belle apparence et ses relations ne vaudront pas un kopeck si nous parvenons à lui coller un quadruple meurtre sur le dos, et il le *sait*.

« Pouvez-vous nous dire ce qui vous amenait chez Mme MacDermott ?

— Une simple discussion d'affaires, répondit Lang en regardant ostensiblement sa montre. Messieurs, vous m'excuserez. Je dois vous quitter pour me rendre à une réunion.

— Vous *êtes* en réunion, monsieur Lang. » La voix de Brennan était coupante comme une lame d'acier. « Lors de notre entretien, il y a une dizaine de jours, vous avez dit qu'Adam Cauliff et vous-même aviez un projet commun dans lequel il aurait joué le rôle d'architecte.

— Ce qui était et reste exact.

— Pouvez-vous nous décrire quel était ce projet commun ?

— Je crois l'avoir déjà fait lors de notre précédente rencontre. Adam Cauliff et moi possédions des parcelles de terrain contiguës dans la 28e Rue. Nous envisagions de les réunir afin de construire un ensemble qui aurait abrité des appartements en copropriété ainsi que des bureaux.

— M. Cauliff devait être l'architecte de ce projet ?

— Adam Cauliff avait été invité à soumettre ses plans pour ce building.

— Quand les avez-vous refusés ?

— Je ne dirais pas qu'ils ont été refusés, je dirais

plutôt qu'ils avaient besoin d'être considérablement repensés.

— Ce n'est pas ce que vous avez dit à son épouse, pourtant. »

Peter Lang se leva. « J'ai essayé de me montrer coopératif. Je vois que mes efforts sont vains et qu'il est impossible de discuter courtoisement avec vous. Je ne peux accepter ni votre ton ni votre attitude. Si vous désirez poursuivre, j'exige la présence de mon avocat.

— Monsieur Lang, une dernière question, dit Sclafani. Vous avez fait une offre pour l'hôtel Vandermeer après son déclassement par la Commission de protection des monuments historiques, n'est-ce pas ?

— La ville tenait à acquérir d'autres terrains dont j'étais propriétaire. J'ai fait un échange. Ce n'est pas moi qui ai fait la meilleure affaire.

— Encore un moment, s'il vous plaît. Si vous n'aviez pas engagé Adam Cauliff comme architecte du projet, vous aurait-il vendu sa parcelle ?

— Il aurait été franchement stupide de refuser. Mais, bien entendu, il est mort avant que la transaction ait pu avoir lieu.

— Et je présume que c'était la raison de votre visite à sa veuve. Supposons que Nell MacDermott ne veuille pas vous vendre cette propriété ?

— C'est naturellement une décision qui n'appartient qu'à elle. » Peter Lang se leva. « Messieurs, vous m'excuserez. Si vous avez d'autres questions, vous pouvez joindre mon avocat. » Lang appuya sur le bouton de l'interphone. « MM. Brennan et Sclafani sont prêts à partir, dit-il à sa secrétaire. Soyez gentille de les raccompagner jusqu'à l'ascenseur. »

# 58

GERT MacDermott téléphona à Nell le mercredi matin. « Est-ce que tu comptes rester chez toi ? demanda-t-elle. J'ai fait une charlotte aux pommes ce matin, et je sais que c'était un de tes desserts préférés. »

Nell était à sa table de travail. « C'était et c'est toujours mon dessert préféré, tante Gert. Bien sûr, viens quand tu veux.

— Si tu es trop occupée...

— J'ai presque fini de rédiger ma chronique.

— Je serai là à onze heures.

— Le thé sera prêt. »

À onze heures moins le quart, Nell éteignit son ordinateur. L'article était presque terminé, mais elle voulait le laisser un peu reposer avant de le relire une dernière fois.

J'ai éprouvé un réel plaisir à tenir cette rubrique pendant deux ans, pensa-t-elle. Mais il est définitivement temps de passer à autre chose.

De revenir en arrière, plus exactement, se dit-elle en sortant la théière du placard. Retrouver cet univers qui était son élément naturel — la campagne électorale, la fièvre des soirs d'élections, le Capitole — à supposer qu'elle l'emporte, naturellement. Et les longues journées de travail, les allers-retours entre Washington et Manhattan.

Je sais en tout cas à quoi m'attendre si je gagne. Des Bob Gorman ne sont pas faits pour ça. À moins que Mac n'ait eu raison et que Gorman ne se soit servi de sa fonction comme d'un tremplin pour d'autres ambitions...

À onze heures précises, le portier téléphona pour annoncer l'arrivée de Miss MacDermott. Mac nous a appris à être ponctuelles, pensa Nell. Adam, lui, était toujours en retard. Ce qui avait le don de mettre Mac en rage.

Elle regretta cette pensée, se sentant déloyale envers Adam.

« Tu as meilleure mine », dit aussitôt Gert en l'embrassant. Elle tenait avec précaution un gâteau encore dans son moule.

« C'est la première fois que je dors correctement depuis presque deux semaines, dit Nell. Ça aide.

— Sûrement, acquiesça Gert. J'ai voulu te téléphoner hier soir, mais tu étais sortie. Bonnie Wilson a appelé pour avoir de tes nouvelles.

— Gentil de sa part. » Nell lui ôta le gâteau des mains. « Entre. Allons prendre le thé. »

Tout en portant sa tasse à ses lèvres, Nell remarqua que les mains de Gert tremblaient légèrement. Ce n'est pas rare chez une personne de son âge, pensa-t-elle, mais je vous en prie, mon Dieu, faites qu'elle et Mac vivent encore longtemps !

Elle se rappela une réflexion qu'avait faite Dan Minor pendant le dîner : « J'aurais aimé avoir des frères et des sœurs. Je ne retrouverai peut-être jamais ma mère, et lorsque mes grands-parents auront disparu, je n'aurai plus de famille. » Il avait ajouté : « Mon père ne compte pas. Malheureusement, il ne fait pas partie de ma vie. Nous nous sommes perdus de vue depuis un certain temps. » Puis il avait souri. « Par contre, j'ai une jolie belle-mère, plus deux ex. »

Elle avait noté mentalement de prévenir Mac qu'il recevrait un appel de Dan.

À onze heures et demie, Gert se leva. « Je dois m'en aller. À propos, Nell, si jamais tu te sens cafardeuse et que tu as besoin de compagnie, tu sais qui appeler. »

Nell la serra dans ses bras. « Toi.

— Exactement. Encore une chose : j'espère que tu n'as pas renoncé à donner les vêtements d'Adam. Bonnie estime que c'est important.

— J'ai commencé à emballer ses affaires.

— As-tu besoin d'aide ?

— Non, je ne crois pas. Le gérant va m'apporter des cartons. Je les chargerai dans la voiture et j'irai les déposer samedi matin. C'est le jour où ils reçoivent les dépôts, n'est-ce pas ?

— Oui. Et je serai là. Le samedi, c'est moi qui vérifie ce qu'on nous apporte. »

Une petite église dans la Première Avenue à la hauteur de la 85ᵉ Rue gérait une boutique de vêtements d'occasion à laquelle Gert prêtait son concours bénévole. N'y étaient acceptés que des vêtements « à peine usagés » qui étaient revendus à bas prix.

Le cœur soudain serré, Nell se souvint de ce samedi qui avait précédé Thanksgiving. Elle avait passé en revue sa garde-robe, rassemblé les vêtements qu'elle ne portait plus, et insisté auprès d'Adam pour qu'il en fasse autant. Ensuite ils avaient emballé le tout et l'avaient apporté à l'église.

Puis, le cœur léger, ils étaient allés déjeuner dans un nouveau restaurant thaïlandais entre la Deuxième Avenue et la 81ᵉ Rue. Pendant le déjeuner Adam avait reconnu qu'il lui était difficile de se séparer de vêtements encore mettables. Il disait tenir ce trait de caractère de sa mère, qui ne jetait jamais rien, « au cas où ça pourrait servir ».

« J'avoue que je lui ressemble sur ce point. Si tu n'étais pas là, ces affaires resteraient là jusqu'à ce que la maison s'écroule. »

Ce n'était pas le meilleur souvenir que Nell gardait de lui.

# 59

Liz Hanley frappa trois coups à la porte du bureau de Cornelius MacDermott et l'ouvrit. « J'y vais, annonça-t-elle.

— Je m'apprêtais à vous dire de partir. Il est deux heures et demie.

— Et j'ai rendez-vous à trois heures.

— Écoutez, Liz, je me sens un peu coupable de vous envoyer là-bas, mais c'est vraiment important.

— Mac, si cette femme me jette un sort, ce sera *votre* faute.

— Revenez directement quand vous en aurez terminé avec elle.

— Ou qu'elle en aura fini avec moi. »


Liz donna au taxi l'adresse de Bonnie Wilson dans le West Side, puis appuya sa tête au dossier de la banquette et tâcha de se calmer.

Le problème, devait-elle admettre, c'était qu'elle croyait sincèrement que certaines personnes possédaient des pouvoirs parapsychiques — ou des dons de perception extrasensorielle, appelez ça comme vous voulez. Elle s'en était ouverte à Mac, qui, comme toujours, avait eu une réponse toute prête :

« Ma mère ne communiquait pas avec les esprits, Dieu merci, mais elle était convaincue de savoir interpréter les signes paranormaux. Trois coups à la porte au milieu de la nuit, un tableau qui se décrochait du mur, un pigeon qui se cognait au carreau, et la voilà qui sortait son rosaire. Elle jurait que ces événements étaient un présage funeste. » Il s'interrompit, prenant visiblement plaisir à son monologue. « Six mois plus tard elle recevait une lettre d'Irlande lui annonçant que la tante de quatre-vingt-dix-huit ans était morte et elle disait à mon père : "Tu vois, Patrick, je n'avais pas tort lorsque j'ai entendu ces trois coups à la porte et que j'ai dit que nous allions apprendre une mauvaise nouvelle." »

Mac est certes convaincant, et il sait tourner ces phénomènes en ridicule, pensa Liz, mais il existe des centaines de cas où, à l'instant de leur mort, des gens se sont manifestés auprès de leur famille pour leur dire adieu. Voilà des années, le *Reader's Digest* avait rapporté l'histoire d'Arthur Godfrey, l'ancienne star de la télévision. Il était jeune marin à bord d'un bateau de guerre pendant la Seconde Guerre mondiale et avait rêvé que son père se tenait debout au pied de sa couchette. Le lendemain matin il avait appris que son père était mort à cet instant précis. Je pourrais retrouver cet article et le montrer à Mac, songea Liz. Peut-être croirait-il Arthur Godfrey ?

Mais cela ne changerait rien, mieux valait s'y résigner, se dit-elle au moment où le taxi s'arrêtait. D'une pirouette, Mac réduirait à néant tous ses arguments.

Sa première réaction devant Bonnie Wilson fut similaire à celle de Nell, qu'elle avait décrite durant leur dîner chez Neary. Bonnie était une femme extrêmement séduisante et plus jeune que Liz ne s'y était attendue. L'atmosphère de l'appartement, toutefois, était conforme à ce qu'elle avait imaginé. L'entrée plongée dans la pénombre contrastait avec la gaieté ensoleillée de la rue.

« La climatisation est en panne, s'excusa Bonnie Wilson, et le seul moyen de ne pas suffoquer à l'intérieur est d'empêcher le soleil d'entrer. Ces vieux immeubles ont de belles et vastes pièces, mais ils commencent à se dégrader. »

Liz s'apprêtait à dire qu'elle résidait dans un immeuble semblable dans York Avenue, quand elle se souvint à temps qu'elle avait pris rendez-vous sous le nom de Moira Callahan et qu'elle était censée habiter Beekman Place. Je n'ai jamais su mentir, pensa-t-elle nerveusement, et ce n'est pas à mon âge que je vais apprendre.

Elle suivit docilement Bonnie Wilson depuis l'entrée jusqu'à un petit bureau situé sur la droite d'un long couloir.

« Installez-vous sur le canapé, proposa Bonnie. Je pourrai ainsi rapprocher ma chaise. J'aimerais tenir vos mains entre les miennes pendant un instant. »

Se sentant de plus en plus nerveuse, Liz lui obéit.

Bonnie Wilson ferma les yeux. « Vous portez encore votre alliance, mais vous êtes veuve depuis longtemps. N'est-ce pas ?

— Oui. » Mon Dieu, comment peut-elle le savoir si vite ? se demanda Liz.

« Récemment, vous avez traversé un moment douloureux, il s'agissait d'un anniversaire très spécial. Je vois le nombre quarante. Vous vous êtes sentie mélancolique ces dernières semaines parce que c'était votre quarantième anniversaire de mariage. Vous vous êtes mariée en juin. »

Stupéfaite, Liz ne put que hocher la tête.

« J'entends le nom de "Sean". Y avait-il un Sean dans votre famille ? Ce n'est pas votre mari, non, plutôt un frère. Un jeune frère. » Bonnie Wilson porta la main sur le côté de sa tête. « Je ressens une douleur intense ici, murmura-t-elle. Cela signifie sans doute que Sean a perdu la vie dans un accident. Il était en voiture, n'est-ce pas ?

— Sean avait à peine dix-sept ans, dit Liz, la voix assourdie par l'émotion. Il roulait trop vite et il a perdu le contrôle de sa voiture. Il a eu une fracture du crâne.

— Il est dans l'au-delà, avec votre mari et tous les autres membres de votre famille qui sont décédés. Il veut que vous sachiez que tous vous transmettent leur amour. Vous n'irez pas les rejoindre avant longtemps. Mais il n'empêche que nous sommes constamment entourés de nos proches disparus, et qu'ils sont nos guides spirituels pendant notre passage ici-bas. Soyez réconfortée, car c'est la vérité. »

Plus tard, comme hébétée, Liz Hanley regagna à la suite de Bonnie Wilson le couloir à demi éclairé. Une table surmontée d'un miroir était placée contre le mur du fond, à l'angle de l'entrée. Sur la table un plateau d'argent contenait les cartes de visite de Bonnie. Liz s'arrêta et tendit la main pour en prendre une. Soudain son sang se glaça et elle se figea. Elle regardait dans le miroir, mais il y avait un autre visage, derrière le reflet du sien, qui la fixait. Ce n'était naturellement qu'une impression, fugitive, qui s'effaça avant même de s'être formée dans son esprit.

Pourtant, dans le taxi qui la ramenait au bureau,

Liz se sentit complètement désemparée et forcée de reconnaître que c'était le visage d'Adam Cauliff qu'elle avait vu se matérialiser dans le miroir.

Elle en était sûre, tout comme elle était sûre que jamais, *jamais*, elle ne ferait la plus petite allusion à cette apparition.

# 60

**B**EN Tucker fit à nouveau des cauchemars durant les nuits de lundi et mardi, mais ils l'effrayèrent moins que ceux des nuits précédentes. Depuis qu'il avait dessiné le bateau en train d'exploser et que lui et le Dr Megan étaient convenus que n'importe quel enfant de son âge serait rempli de terreur après avoir assisté à quelque chose d'aussi horrible, il avait commencé à se sentir un peu mieux.

Et tant pis si sa visite d'aujourd'hui le mettait en retard pour son match de base-ball de la Little League — même qu'ils jouaient contre la deuxième meilleure équipe de leur division. Lorsqu'il entra dans le cabinet du Dr Megan, c'est la première chose qu'il lui annonça.

« Je suis très contente de l'entendre, Ben, dit-elle. Veux-tu me faire d'autres dessins aujourd'hui ? »

Cette fois-ci, tout lui parut plus facile parce que le serpent semblait moins terrifiant. D'ailleurs, Ben se rendait compte que le « serpent » ne ressemblait pas vraiment à un serpent. Dans ses rêves des deux nuits précédentes, il n'avait pas eu si peur que ça, et il l'avait distingué clairement.

Il était tellement absorbé dans son dessin qu'il se mordit la langue. La sensation désagréable le fit crachoter. « Ma maman se moque toujours de moi quand je fais ça, dit-il au docteur.

— Quand tu fais quoi, Ben ?

— Quand je me mords la langue. Elle dit que ça arrivait tout le temps à son père lorsqu'il se concentrait très fort.

— C'est bien de ressembler à ton grand-père. Continue à te concentrer. »

La main de Ben courut sur la feuille avec des gestes rapides, assurés. Il aimait dessiner, et il était très doué, ce dont il n'était pas peu fier. Il ne ressemblait pas à certains enfants de sa classe, qui s'en fichaient et dessinaient n'importe quoi au lieu d'essayer de représenter des choses qui aient l'air vraies. C'étaient des crétins.

Il était content que le Dr Megan se tienne à l'écart, en train d'écrire sur des papiers, et qu'elle ne fasse pas attention à lui. C'était beaucoup plus facile ainsi.

Il termina son dessin et reposa son crayon. Se redressant, il contempla son œuvre.

C'était drôlement réussi, bien qu'il ait dessiné un truc surprenant. Il voyait maintenant que le « serpent » n'était pas un serpent. C'était ce qu'il avait cru voir au moment de l'explosion. Il était troublé alors, parce que tout lui paraissait tellement épouvantable.

Ce n'était pas un serpent qu'il avait vu glisser hors du bateau. Cela ressemblait plutôt à quelqu'un vêtu d'un costume moulant, noir et brillant, avec un masque, et qui serrait contre lui quelque chose qui ressemblait à un sac à main.

# 61

MERCREDI après-midi, au salon, Lisa Ryan reçut un appel téléphonique de la conseillère pédagogique de Kelly, Mme Evans. « Votre fille est bouleversée par la mort de son père, lui dit-elle. Encore aujourd'hui, elle a éclaté en sanglots. »

Le cœur serré, Lisa fit remarquer : « Des trois, je croyais que c'était elle qui s'en sortait le mieux. À la maison, elle a l'air calme.

— J'ai essayé de lui parler, mais elle reste silencieuse. C'est une enfant très mûre pour ses dix ans. J'ai l'impression qu'elle s'efforce de vous épargner du chagrin, madame Ryan. »

Ce n'est pas le rôle de Kelly de m'épargner du chagrin, se dit Lisa avec désespoir. C'est à *moi* de la protéger *elle.* Je me suis trop appesantie sur moi-même, trop souciée de ce maudit argent. Bon, il faut que j'aie mis fin à cette situation avant la fin de la journée.

Elle fouilla dans son sac, trouva le numéro qu'elle cherchait, et se dirigea vers le téléphone payant. Puis, tandis que sa cliente consultait ostensiblement sa montre, elle se précipita dans le bureau de son patron et lui annonça qu'elle était obligée d'annuler ses deux derniers rendez-vous.

Interrompant ses protestations, elle lui déclara d'un ton sans réplique : « J'ai une affaire à régler ce soir même et il m'est impossible de reporter le rendez-vous. Et avant, je dois faire dîner les enfants.

— Lisa, je te donne une semaine pour mettre tes affaires en ordre. Que cela ne devienne pas une habitude. »

Elle alla à la hâte retrouver sa cliente, sourit pour s'excuser. « Je suis vraiment désolée. On m'a appelée de l'école. Un de mes enfants a des problèmes en classe.

— C'est malheureux, Lisa, mais finissez de me faire les mains, je vous prie. Moi aussi j'ai un million de choses à faire. »


Morgan Curren devait venir garder les enfants à sept heures. À cinq heures et demie, Lisa avait apporté le dîner sur la table. Suivant les conseils du directeur du funérarium, elle avait changé la place des sièges. Puisqu'ils n'étaient plus que quatre désormais, elle avait ôté la rallonge de la table qui était redevenue circulaire, comme à l'époque où Charley utilisait encore sa chaise haute de bébé. Avec un pincement au cœur, elle se rappela sa fierté le jour où ils lui avaient attribué une « chaise de grand garçon ».

Devenue depuis peu plus attentive à la peine éprouvée par ses enfants, elle remarqua l'expression désemparée de Kyle, la véritable détresse que reflétaient les yeux de Kelly, et elle prit conscience du silence inhabituel du petit Charley.

« Comment était l'école aujourd'hui ? demanda-t-elle, s'évertuant à paraître gaie, sans s'adresser à l'un d'entre eux en particulier.

— Pas mal, fit Kyle laconiquement. Tu te souviens

de cette excursion que doivent faire mes copains le week-end prochain ? »

Lisa se mordit les lèvres. L'excursion en question était un week-end « père-fils » au bord du lac Greenwood où l'un des amis de Kyle possédait une maison d'été. « Oui, et alors ?

— Le père de Bobby va t'appeler pour te dire qu'il voudrait que je les accompagne, Bobby et lui, mais je n'ai pas envie d'y aller. S'il te plaît, maman, ne me force pas. »

Lisa retint ses larmes. Kyle serait le seul garçon à ne pas être accompagné par son père durant cette sortie. « Tu risques de ne pas beaucoup t'amuser, en effet, reconnut-elle. Je dirai au père de Bobby que tu préfères attendre une autre occasion. »

Elle se souvint d'un autre conseil du directeur du funérarium. « Donnez aux enfants une occasion de rêver », avait-il dit. Grâce à Brenda Curren, cette possibilité lui était offerte.

« J'ai une bonne nouvelle, leur annonça-t-elle d'un ton enjoué. Les Curren vont louer une grande maison à Breezy Point cette année et ils voudraient que nous passions les week-ends ensemble. Et vous vous rendez compte ! La maison *donne directement sur la mer* !

— C'est vrai, maman ? Quelle chance ! » s'exclama Charley avec un gros soupir.

Charley, mon petit rat musqué, pensa Lisa, récompensée par le sourire qui illuminait le visage de son fils.

« C'est drôlement chouette. » Kyle, soudain détendu, semblait très content.

Lisa regarda Kelly. Elle paraissait indifférente à la nouvelle ; comme si elle n'écoutait pas. L'assiette de pâtes devant elle était à peine entamée.

Ce n'était pas le moment de la bousculer. Lisa le

savait. Elle avait besoin de plus de temps pour accepter son chagrin. Et Lisa ne pouvait pas s'en occuper maintenant, car il lui restait à débarrasser la table, aider les enfants à commencer leurs devoirs, et elle devait être à Manhattan à sept heures et demie.

« Kyle, dit-elle, dès la fin du dîner, je voudrais que tu m'aides à remonter deux paquets de l'atelier de ton papa. Ils appartiennent à quelqu'un avec qui il travaillait, et je dois les déposer chez une dame qui s'occupera de les rendre. »

# 62

En quittant l'hôpital, Dan Minor se rendit directement au bureau de Cornelius MacDermott. Lorsqu'il avait demandé un rendez-vous, il avait appris que Nell avait déjà prévenu son grand-père de son appel.

MacDermott l'accueillit cordialement. « Il paraît que vous étiez tous les deux étudiants à Georgetown, Nell et vous.

— Effectivement, sauf que j'avais six ou sept ans d'avance sur elle.

— Comment vous plaisez-vous à New York ?

— Mes deux grand-mères y sont nées, ma mère a grandi à Manhattan et y a vécu jusqu'à l'âge de douze ans. Jusqu'à ce que la famille aille s'installer dans les environs de Washington. J'ai toujours eu l'impression d'être né avec un pied à New York, un autre à Washington.

— Comme moi, dit MacDermott. Je suis né dans cette maison, quand le quartier n'était pas encore à la mode. En fait, la plaisanterie qui courait à l'époque, c'était qu'on pouvait se cuiter rien qu'en respirant les vapeurs qui sortaient de la brasserie Jacob Rupert. »

Dan sourit. « Plus économique que d'acheter un pack de six.

— Mais moins satisfaisant. »

Tandis qu'ils bavardaient, la première impression de Cornelius se confirma : Dan Minor lui était sympathique. Dieu merci, ce n'est pas le fils de son père. Il avait parfois rencontré le père de Dan lors de réunions à Washington et l'avait trouvé prétentieux et rasoir. Dan était manifestement fait d'une étoffe plus solide. Un autre aurait tiré un trait sur une mère qui l'avait abandonné, spécialement si elle était devenue une SDF alcoolique. Ce fils-là, apparemment, désirait la retrouver et l'aider. Le genre d'homme que j'apprécie, pensa MacDermott.

« Je vais voir si je peux remuer quelques-uns de ces ronds-de-cuir pour qu'ils se mettent sérieusement en quête de Quinny, comme vous l'appelez, dit-il. D'après vous, on l'aurait vue pour la dernière fois en septembre dernier dans les squats au sud de Tompkins Square, c'est ça ?

— Oui, bien que ses amis là-bas pensent qu'elle pourrait avoir quitté la ville. D'après le peu d'informations que j'ai recueillies, elle traversait une de ses nombreuses crises de dépression la dernière fois qu'on l'a aperçue, et dans ces cas-là, elle ne voulait plus voir personne. Elle cherchait un endroit pour se cacher et n'en sortait plus. »

À mesure qu'il parlait, Dan sentait grandir en lui la certitude que sa mère n'était plus en vie. « Si elle est encore de ce monde, je veux pouvoir m'occuper d'elle, mais il est possible qu'elle soit morte, dit-il à Cornelius. Et alors, si elle est enterrée dans la fosse commune, je veux la transporter dans le caveau familial du Maryland. En tout état de cause, ce serait un immense soulagement pour mes grands-parents de

300

savoir qu'elle n'erre pas dans les rues, malade et peut-être à moitié folle. » Il s'interrompit. « Et pour moi un véritablement apaisement.

— Avez-vous des photos d'elle ? » demanda Cornelius.

Dan ouvrit son portefeuille et en sortit l'unique portrait de sa mère qu'il gardait en permanence sur lui.

En examinant la photo, Cornelius sentit une boule se former dans sa gorge. L'amour réciproque de la jolie jeune femme et du petit garçon qu'elle tenait dans ses bras rayonnait littéralement sur le vieux cliché en noir et blanc. Tous deux étaient ébouriffés par le vent, leurs visages pressés l'un contre l'autre, les bras de l'enfant serrés autour du cou de sa mère.

« J'ai aussi une photo d'elle extraite d'un documentaire sur les sans-abri qui a été diffusé sur PBS il y a sept ans. Je l'ai fait vieillir par traitement numérique, le technicien l'a un peu retouchée afin qu'elle soit conforme à la description qu'en a faite son amie l'été dernier. »

MacDermott savait que la mère de Dan était âgée d'une soixantaine d'années. Sur cette photo, la femme décharnée aux longs cheveux gris en paraissait quatre-vingts. « Nous allons la faire reproduire à plusieurs exemplaires et l'afficher en ville, promit-il. Et je vais demander à deux ou trois archivistes qui ne foutent rien de la journée de regarder dans leurs dossiers si une femme non identifiée correspondant à votre description n'a pas été enterrée dans la fosse commune depuis le mois de septembre. »

Dan se leva. « Je dois partir. Je vous ai suffisamment dérangé, monsieur le député. Je vous suis très reconnaissant. »

MacDermott lui fit signe de se rasseoir. « Mes amis

m'appellent Mac. Écoutez, il est cinq heures et demie, l'heure de l'apéritif. Vous prendrez bien un verre avec moi. »

Liz Hanley entra sans prévenir dans le bureau alors que les deux hommes savouraient leur martini dry. Elle semblait très émue.

« Je me suis arrêtée chez moi après ma visite à Bonnie Wilson, annonça-t-elle. Je n'étais pas dans mon assiette. »

MacDermott se leva d'un bond. « Que vous est-il arrivé, Liz ? Vous êtes toute pâle. »

Dan s'était déjà avancé vers elle. « Je suis médecin... »

Liz secoua la tête et se laissa tomber dans un fauteuil. « Ce n'est rien. Mac, voulez-vous m'offrir un verre de vin ? J'irai mieux ensuite. C'est seulement... Mac, vous savez que je suis allée là-bas animée d'une bonne dose de scepticisme, mais je dois dire que Bonnie Wilson m'a fait changer d'avis. Elle est à la hauteur de sa réputation. Je suis convaincue que c'est une vraie médium — en clair, cela signifie que si elle a mis Nell en garde contre Peter Lang, il faut prendre son avis au sérieux. »

# 63

APRÈS le départ de Gert, Nell avait regagné sa table de travail et relu sa chronique destinée à l'édition du vendredi du *Journal*. Elle y traitait des campagnes acharnées et interminables qui étaient devenues caractéristiques des élections présidentielles aux États-Unis.

Son prochain article — le dernier si tout se déroulait comme prévu — serait en même temps un adieu et l'annonce qu'elle allait désormais devenir un acteur privilégié de cette mêlée électorale, en briguant le siège précédemment occupé à la Chambre des représentants par son grand-père.

J'ai pris ma décision il y a deux semaines, se souvint Nell en corrigeant son texte, mais c'est seulement maintenant que mes doutes et hésitations se sont envolés. Inspirée par l'exemple de Mac, elle avait toujours su que le service public était la voie qu'elle voulait suivre, cependant elle était longtemps restée habitée par l'inquiétude et l'appréhension.

Mes réticences venaient-elles d'Adam ? Assise dans son bureau, elle se rappela leurs nombreuses discussions à propos de sa candidature. Je ne comprends pas pourquoi il avait changé, pensa-t-elle. Au début de notre mariage, il était le premier à vouloir que je me porte candidate au siège de Mac. Ensuite, non seulement il n'a plus manifesté le moindre intérêt pour le sujet, mais il s'y est montré carrément hostile. Pourquoi pareille volte-face ?

La question ne cessait de la tourmenter, prenant une importance nouvelle depuis sa mort. Que s'était-il passé dans la vie d'Adam qui l'a rendu aussi nerveux à la perspective d'affronter avec moi le regard de l'opinion ? Elle se leva et se mit à arpenter impatiemment l'appartement. Elle s'arrêta devant la bibliothèque qui encadrait la cheminée de la salle de séjour. Adam avait pour habitude d'y piocher un livre au hasard, de parcourir quelques pages, puis de ranger l'ouvrage n'importe où sur un rayonnage. D'une main précise, Nell remettait en place les livres qu'elle aimait relire, les disposant de manière à les avoir sous la main lorsqu'elle était confortablement installée dans son fauteuil club.

J'étais assise dans ce fauteuil, en train de lire un roman, quand il m'a téléphoné pour la première fois. J'étais un peu triste de ne plus avoir de ses nouvelles. Nous nous étions rencontrés à un cocktail et avions été attirés l'un par l'autre. Nous avions dîné ensemble, et il avait promis de m'appeler. Deux semaines plus tard, j'attendais encore. Désappointée.

Je me souviens que je venais de rentrer du mariage de Sue Leone à Georgetown. Presque tous les anciens membres de notre bande d'étudiants étaient mariés et échangeaient des photos de leurs bébés. J'étais prête à rencontrer l'homme de ma vie. Nous en plaisantions même avec Gert. Elle disait que j'étais mûre pour fonder une famille.

Gert m'avait avertie de ne pas attendre trop longtemps. « C'est l'erreur que j'ai faite. Quand je regarde vers le passé, et que je pense à l'un ou l'autre des soupirants que j'aurais pu épouser, je ne comprends pas ce qui m'a retenue. »

Et puis, Adam avait téléphoné. Il était dix heures du soir. Il avait dit que son voyage d'affaires en province s'était prolongé. Que je lui avais manqué, qu'il ne m'avait pas appelée plus tôt parce qu'il avait oublié mon numéro chez lui, à New York.

J'étais prête à tomber amoureuse, et Adam était la séduction même. Je travaillais pour Mac à l'époque ; Adam débutait à New York, dans un petit cabinet d'architectes. Nous avions l'avenir devant nous. Il m'a fait une cour-éclair. Nous nous sommes mariés trois mois plus tard, un mariage dans l'intimité, avec seulement la famille. Peu m'importait. Je n'avais jamais eu envie d'une grande cérémonie.

Assise dans son fauteuil favori, Nell songeait à cette période de sa vie. Tout était arrivé tellement vite, comme dans un tourbillon. Pourquoi s'était-elle sentie attirée aussi irrésistiblement par Adam ? Certes, il était le charme personnifié et il me donnait toujours l'impression d'être unique. Mais il y avait autre chose : par certains aspects, Adam était le contraire de Mac. Je connais les sentiments que Mac éprouve pour moi, mais il s'étoufferait plutôt que de prononcer le mot « aimer ». Et moi j'avais envie d'entendre quelqu'un me dire qu'il m'aimait.

Par ailleurs, Adam et Mac avaient de nombreux points communs qui me plaisaient. Adam n'avait pas la mentalité impitoyable de Mac, mais il possédait le même dynamisme. Comme lui, il était très indépendant et avait financé ses études.

« Ma mère voulait m'aider, mais j'ai refusé, lui avait-il raconté. C'est elle qui m'avait appris à ne jamais emprunter ni prêter de l'argent. J'avais retenu la leçon. »

J'admirais ce trait de caractère chez lui. Adam, comme Mac, eût été prêt à donner sa chemise pour aider quelqu'un mais il aurait préféré mourir plutôt que d'emprunter un sou. « Débrouille-toi toute seule ; sinon laisse tomber », lui avait toujours rabâché Mac.

Les choses avaient changé par la suite. Adam n'avait pas hésité à lui demander de puiser dans le fonds constitué par ses parents et de lui prêter plus d'un million de dollars. Qu'était devenue son aversion pour les emprunts ? Naturellement, elle n'avait pas protesté à l'époque.

Peu après leur mariage, il avait dit à Mac qu'il était à la recherche d'une situation plus intéressante. C'est ainsi qu'il avait été engagé par Walters et Arsdale.

Ensuite, il avait quitté la société pour ouvrir sa propre agence, en se servant du reste de l'argent emprunté à Nell.

Les deux dernières semaines avaient été un cauchemar. D'abord il y avait eu la perte de son mari, puis s'était insinué le doute, la pensée qu'Adam n'était pas l'homme qu'elle imaginait. Je ne peux pas croire qu'il ait été mêlé à cette affaire de marchés truqués et de pots-de-vin, se dit-elle. Quel eût été son intérêt ? Il n'avait pas besoin d'argent. Le bateau était son seul luxe. À quoi bon m'emprunter de l'argent s'il avait bénéficié de dessous-de-table ?

Mais pour quelle raison lui avait-il caché que son projet avait été refusé par Peter Lang ? Il lui faudrait trouver une réponse à cette question.

Et pourquoi ce revirement complet quand j'ai commencé à parler de me présenter aux élections ? Il rendait Mac responsable de ce choix. Selon lui, Mac ne m'aurait jamais laissée mener une carrière indépendante, il avait trop d'influence sur moi, je finirais par n'être qu'une marionnette entre ses mains. Je l'ai écouté, et aujourd'hui je me demande si je n'étais pas au contraire manipulée par Adam.

Quelle autre raison — sinon son animosité envers Mac, et peut-être son aversion pour la politique en général — Adam avait-il de vouloir m'éloigner de l'attention des médias ?

Se remémorant tout ce qu'elle avait appris au cours de ces derniers jours, une supposition lui traversa insidieusement l'esprit, une réponse à ses questions qui la glaça. Adam savait que si je présentais ma candidature, les médias ainsi que mes adversaires se mettraient à fouiller dans nos passés respectifs afin d'y découvrir quelque scandale caché. Je n'ai absolument rien à me reprocher, se dit-elle. Alors que redoutait-il, lui ?

Les soupçons qui pesaient sur lui dans ces histoires de pots-de-vin étaient-ils justifiés ? Avait-il une part de responsabilité dans les malfaçons de l'immeuble de Lexington Avenue ?

Désireuse de chasser ces questions de son esprit, Nell décida de s'attaquer aux corvées qu'elle avait jusque-là repoussées. Les responsables de l'entretien de l'immeuble avaient apporté plusieurs cartons destinés à recevoir les vêtements usagés d'Adam. Elle alla dans la chambre d'amis, posa le premier carton sur le lit et y fourra les piles de sous-vêtements et de chaussettes.

Mais une question en appelait une autre. Et tout en continuant d'emballer les effets d'Adam, Nell se posa celle qu'elle avait fermement et délibérément écartée jusqu'alors : étais-je vraiment amoureuse d'Adam, ou avais-je simplement envie de l'être ?

Si je ne m'étais pas précipitée la tête la première dans le mariage, mon attirance du début se serait-elle estompée ? Voyais-je en lui uniquement ce que je voulais voir, en me cachant la vérité ? Nous n'étions pas ce qu'on appelle un couple inséparable — pas en ce qui me concerne, en tout cas. Je n'envisageais nullement d'abandonner ma carrière pour lui. Et je n'étais pas mécontente de voir Adam partir en week-end sur son bateau. Il me plaisait de rester seule car je pouvais ainsi consacrer du temps à Mac.

À moins que mes doutes n'aient une autre origine, raisonna-t-elle, refermant un carton qu'elle posa par terre pour en reprendre un autre. C'est peut-être parce que j'ai trop pleuré des êtres chers que je cherche maintenant des raisons pour ne pas souffrir à nouveau ?

J'ai lu que les gens s'en prennent souvent aux disparus qu'ils aimaient. Est-ce cela qui est en train de m'arriver ?

Nell plia soigneusement les vêtements de sport — pantalons de toile, jeans, chemisettes — et les rangea aussi dans les cartons ; il ne lui restait plus qu'à emballer les accessoires, cravates, gants et mouchoirs. Le lit était débarrassé. Elle n'avait pas le courage de s'attaquer à la penderie. Ce sera pour un autre jour, décida-t-elle.

Lisa Ryan avait téléphoné au début de l'après-midi et insisté pour être reçue le soir même. La conversation avait été brève, voire sèche, et Nell faillit la rembarrer. Mais elle savait que Lisa Ryan était accablée de chagrin, et qu'elle méritait qu'on lui accorde un peu d'attention pour l'aider à surmonter sa peine.

Nell consulta sa montre. Six heures passées. Lisa Ryan avait dit qu'elle serait là vers sept heures et demie ; ce qui donnait à Nell le temps de se refaire une beauté et de se détendre. Un verre de vin blanc lui remonterait le moral.

Le portier aida Lisa à porter les deux lourds paquets jusqu'à l'appartement de Nell. « Où dois-je les ranger, madame MacDermott ? » demanda-t-il.

Ce fut Lisa qui répondit. « Posez-les simplement ici. » Elle désignait la table ronde sous la fenêtre qui donnait sur Park Avenue.

L'homme interrogea du regard Nell, qui hocha la tête.

Une fois la porte refermée, Lisa se tourna vers Nell d'un air frisant l'hostilité. « Nell, je rêve toutes les nuits que des policiers viennent perquisitionner chez moi, tombent sur ce maudit argent et m'arrêtent devant mes enfants. Ils n'oseront jamais s'attaquer à *vous*. Je vous demande donc de le garder jusqu'à ce que vous trouviez à qui le rendre.

— C'est impossible ! s'exclama Nell. J'apprécie votre confiance, mais il est hors de question que je conserve ou restitue de l'argent qui a été remis à votre mari parce qu'il avait participé à quelque chose d'illégal.

— Et comment savoir si votre mari n'était pas impliqué dans cette histoire ? La façon dont Jimmy a été engagé n'était pas normale. Il avait envoyé son curriculum vitae à toute la profession, mais votre mari a été le seul à répondre. Adam Cauliff avait-il l'habitude de jouer les bons Samaritains pour des types rejetés de partout à cause de leur honnêteté ? Ou a-t-il recommandé Jim à Sam Krause précisément parce qu'il avait deviné que le malheureux était au bout du rouleau et qu'il pourrait lui être utile ? C'est ce que je veux savoir.

— Ce n'est pas moi qui pourrai vous répondre, dit lentement Nell. Je sais simplement que, quelles qu'en soient les conséquences, il importe de comprendre comment et pourquoi Jimmy a pu être utile à quelqu'un. »

Le visage de Lisa Ryan perdit soudain ses couleurs.
« Plutôt mourir que de voir le nom de Jimmy mêlé à
tout ça ! s'écria-t-elle. Je vais reprendre cet argent et
aller le jeter à la rivière. C'est ce que j'aurais dû faire
à la minute où je l'ai découvert. »

Nell tenta de la calmer : « Lisa, écoutez-moi. Vous
avez entendu parler de cette façade d'immeuble qui
s'est effondrée dans Lexington Avenue ? Trois personnes ont été blessées, dont une grièvement.

— Jimmy n'a jamais travaillé dans Lexington
Avenue !

— Je ne dis pas le contraire, mais il était employé
par Sam Krause, et c'est sa société qui avait été chargée de la rénovation. Si Krause a bâclé les travaux de
ce bâtiment, il est possible qu'il en ait fait autant ailleurs. Jimmy a pu diriger un autre chantier où l'on a
rogné sur les coûts en utilisant des matériaux de mauvaise qualité. Peut-être existe-t-il un autre immeuble
mal construit, qui pourrait lui aussi s'écrouler. Jimmy
Ryan a caché cet argent sans jamais le dépenser, et
vous avez dit vous-même qu'il était très déprimé.
D'après ce que vous me dites de lui, il me semble qu'il
aurait voulu que vous fassiez aujourd'hui l'impossible
pour éviter une seconde tragédie. »

Toute trace d'agressivité déserta le visage de Lisa,
et elle éclata en sanglots. Nell l'entoura de ses bras.
Elle est si menue, s'apitoya-t-elle. À peine plus âgée
que moi, et obligée d'élever seule trois enfants pratiquement sans aucune ressource. Et elle serait capable
d'aller jeter cinquante mille dollars à l'eau plutôt que
d'habiller et de nourrir ses enfants avec de l'argent
sale.

« Lisa, dit-elle, je comprends ce que vous éprouvez.

Moi aussi je dois affronter le fait que mon mari pourrait avoir été impliqué dans des marchés truqués, ou avoir fermé les yeux sur l'utilisation de matériaux défectueux. Bien sûr, je n'ai pas d'enfants à protéger, mais s'il est prouvé qu'Adam a été complice d'une irrégularité quelconque, je peux dire adieu à ma carrière politique. Cela étant, j'aimerais que vous m'autorisiez à mettre au courant les inspecteurs qui enquêtent sur l'explosion.

« J'insisterai pour qu'ils évitent, dans la mesure du possible, de citer le nom de Jimmy, mais vous rendez-vous compte, Lisa, que s'il en savait trop, il se peut qu'il ait été la cible de l'explosion ? »

Nell resta songeuse un instant avant de formuler ce qu'elle avait en tête depuis lundi, quand Lisa lui avait parlé de cet argent pour la première fois. « Lisa, si quelqu'un craint que Jimmy vous ait révélé l'origine de cet argent, vous pourriez vous aussi être considérée comme une menace. Y avez-vous réfléchi ?

— Mais il ne m'a rien dit !

— Nous sommes les seules à le savoir. » Nell effleura le bras de la jeune femme. « Vous comprenez maintenant pourquoi il faut mettre au courant la police ? »

*Jeudi 22 juin*

# *64*

Le jeudi matin, Jack Sclafani et George Brennan se rendirent à nouveau chez Ada Kaplan, 14ᵉ Rue.

« Est-ce que Jed est là ? demanda Sclafani.

— Il n'est pas encore levé. » Ada Kaplan était au bord des larmes. « Vous n'allez pas recommencer à fouiller la maison, j'espère ? Je n'en peux plus. Essayez de me comprendre. » Les cernes sous ses yeux accentuaient l'extrême pâleur de son visage.

« Non, nous ne sommes pas là pour faire une nouvelle perquisition, madame Kaplan, l'apaisa Brennan. Nous regrettons de vous déranger. Veuillez seulement dire à Jed de s'habiller et de nous rejoindre. Nous désirons lui parler, c'est tout.

— Peut-être vous parlera-t-il, à *vous*. Il ne m'adresse quasiment plus la parole. » Elle leur lança un regard implorant. « Pourquoi s'en serait-il pris à Adam Cauliff ? Bien sûr, il était furieux que Cauliff m'ait persuadée de lui vendre l'immeuble — trop bon marché à son avis. Mais si je ne l'avais pas fait, je l'aurais vendu à ce gros promoteur, M. Lang. C'est ce que j'ai dit à Jed.

« — Peter Lang ? demanda Brennan. Vous avez été en relation avec lui ?

— Oui. Il est venu me voir, juste après l'incendie de l'hôtel particulier. Il avait un chèque à la main. » Elle baissa la voix. « Il m'a offert *deux millions de dollars* et, à peine un mois auparavant, je l'avais vendu à M. Cauliff pour moins d'un million ! Ça m'a brisé le cœur d'avoir à lui dire que je n'en étais plus propriétaire, et je n'ai pas osé avouer à Jed combien j'aurais pu en tirer.

— Lang a-t-il été contrarié en apprenant que vous aviez vendu ?

— Oh, là, là, et comment ! Si M. Cauliff avait été là, je crois qu'il l'aurait étranglé de ses propres mains.

— C'est de moi que tu es en train de parler, maman ? »

Ils se retournèrent tous les trois d'un même mouvement et aperçurent Jed Kaplan debout dans l'embrasure de la porte, mal rasé, la mine renfrognée.

« Non, répondit Ada nerveusement. Je disais simplement à ces messieurs que Peter Lang aussi s'était montré intéressé par ma propriété. »

Jed Kaplan prit l'air mauvais. « *Notre* propriété, maman. Ne l'oublie jamais. » Il se tourna vers Brennan et Sclafani : « Qu'est-ce que vous voulez ? »

Les deux hommes se levèrent. « Juste nous assurer que tu es toujours l'amabilité personnifiée, répondit Sclafani. Et te rappeler que tant que nous n'avons pas donné notre accord, mieux vaut oublier tes projets de vacances ou tout autre plan du même genre. Pendant l'enquête, tu dois rester dans les parages. Bref, ne sois pas étonné si nous venons te faire une petite visite de temps en temps.

— Ravi d'avoir pu vous parler, madame Kaplan », dit Brennan en prenant congé.

En regagnant l'ascenseur, Sclafani fut le premier à prendre la parole. « Tu penses comme moi, hein ?

— Ouais. Je pense que Kaplan n'est qu'un malfrat sans envergure et que nous perdons notre temps. Lang, en revanche, mérite qu'on s'intéresse un peu plus à lui. Il avait un mobile pour vouloir se débarrasser de Cauliff, et il a opportunément sauvé sa peau en ratant la réunion à bord du yacht de Cauliff. »

Arrivés dans les bureaux de la brigade, ils trouvèrent un visiteur qu'ils n'attendaient pas. « Il dit s'appeler Kenneth Tucker, leur annonça le préposé à la réception. Il vient de Philadelphie et désire s'entretenir avec le responsable de l'enquête sur le bateau qui a explosé voilà deux semaines. »

Sclafani haussa les épaules. Chaque fois qu'une affaire faisait les gros titres de la presse, un tas de cinglés se pointaient avec des informations exceptionnelles ou des hypothèses complètement tordues. « Donnez-nous dix minutes, le temps de prendre un café. »

Il dissimula à peine son étonnement en voyant Tucker entrer dans son bureau. C'était l'illustration parfaite du jeune cadre dynamique, et ses premiers mots : « Je vais peut-être vous faire perdre votre temps » convainquirent les deux hommes que c'était exactement ce qu'il allait faire.

« J'irai droit au but, continua Tucker. Mon fils et moi étions à bord d'un bateau d'excursion dans la baie de New York lorsque s'est produite l'explosion de ce yacht il y a deux semaines. Depuis, mon fils n'a cessé de faire des cauchemars.

— Quel âge a-t-il, monsieur Tucker ?

— Ben a huit ans.

— Et vous pensez que ces cauchemars ont un rapport avec l'explosion ?

317

— Sans aucun doute. Ben et moi avons été témoins de la déflagration. Nous revenions d'une visite à la statue de la Liberté. En vérité, l'épisode est resté un peu brouillé dans ma mémoire, mais Ben a remarqué quelque chose que j'ai jugé bon de vous rapporter. »

Sclafani et Brennan échangèrent un regard. « Monsieur Tucker, nous avons interrogé plusieurs personnes qui se trouvaient sur le même bateau que vous à ce moment-là. Certaines ont vu le yacht sauter, mais toutes ont déclaré qu'elles étaient trop éloignées pour distinguer des détails précis. Je comprends qu'un jeune garçon fasse des cauchemars après avoir assisté à l'explosion, mais je peux vous assurer qu'à cette distance, il n'a rien pu voir d'important. »

Kenneth Tucker s'empourpra. « Mon fils voit particulièrement bien de loin, il est hypermétrope. Il porte des lunettes correctrices pour lire ou voir de près mais il les avait retirées quelques minutes avant l'explosion. Et, comme je vous l'ai dit, ses cauchemars ont débuté immédiatement après. Il répétait que dans ses rêves, au moment où le bateau a explosé, un serpent se glissait dans l'eau et se dirigeait vers lui. Nous l'avons emmené voir une psychologue pour enfants. Au bout de quelques séances, elle est parvenue à lui faire dessiner ce qu'il avait vu. »

Il leur tendit le dernier dessin de Ben. « Il croit avoir aperçu quelqu'un qui sautait du bateau au dernier moment, revêtu d'une combinaison de plongée et tenant un sac à la main. Il s'agit peut-être d'une invention de sa part, mais j'ai tenu à vous apporter moi-même ce dessin. Après un tel événement, il y a sûrement un bon nombre de cinglés qui vous contactent, et j'ai pensé que si vous receviez ce dessin par la poste, vous seriez tentés de le jeter à la poubelle. Vous n'en tirerez peut-être rien, mais je voulais au moins attirer votre attention dessus.

Il se leva. « Le masque a empêché Ben de voir distinctement l'individu qui portait la combinaison. Si vous accordez un certain crédit à ce dessin, vous comprendrez, j'espère, qu'il n'est pas question d'interroger mon fils. Il a bien dormi hier pour la première fois depuis deux semaines. Et de plus, nous ne voulons pas que les médias soient informés. »

Brennan et Sclafani se regardèrent à nouveau.

« Monsieur Tucker, nous vous sommes très reconnaissants, dit George Brennan. Je ne peux rien dire à ce stade de l'enquête, mais le dessin de votre fils pourrait en effet nous être précieux. Le nom de Ben ne sera pas cité, je vous en donne ma parole, mais je vous demanderai de votre côté de ne révéler à personne ce que vous venez de nous confier. Même si l'un des passagers a quitté le bateau, nous avons la certitude que deux personnes, et probablement une troisième, ont péri dans l'explosion. Nous nous trouvons en présence d'un double ou triple meurtre, et son auteur doit être considéré comme particulièrement dangereux.

— Je vois que nous nous comprenons. »

Une fois la porte refermée sur Kenneth Tucker, Sclafani émit un sifflement. « On n'a jamais révélé aux médias qu'on avait récupéré le sac de Winifred Johnson, n'est-ce pas ? Par conséquent, ce type n'avait aucun moyen de le savoir.

— Aucun.

— Voilà pourquoi le sac ne portait pas de traces de brûlures. Parce que quelqu'un — va savoir qui — l'a emporté avec lui.

— Et l'a probablement lâché dans l'eau au

moment de l'explosion. Si le gosse a raison, celui qui a plongé s'est barré à temps.

— Qui est-ce, à ton avis ? »

Cal Thompson, le procureur adjoint qui avait interrogé Robert Walters, ouvrit la porte sans frapper et entra dans le bureau. « J'ai pensé que vous seriez heureux d'apprendre la dernière nouvelle. Nous en avons un autre qui se met à table. Un des principaux collaborateurs de Sam Krause s'est présenté avec son avocat. Il reconnaît que la société utilisait des matériaux de qualité inférieure sur bon nombre de chantiers et qu'elle surfacturait systématiquement les travaux effectués pour le compte de Walters et Arsdale.

— A-t-il dit qui, chez Walters et Arsdale, était de mèche avec Krause ?

— Non. Il suppose que c'étaient Walters et Arsdale en personne, mais il ne peut l'affirmer. L'intermédiaire pour ces transactions était Winifred Johnson. Il paraît qu'elle portait un surnom : "Winnie la porteuse de valises".

— Il paraît aussi que c'était une sacrée nageuse », fit Brennan.

Thompson haussa les sourcils. « À moins que je ne me trompe, sa carrière de nageuse a pris fin.

— Qui sait ? » répliqua Sclafani.

# 65

L E jeudi matin, Nell se leva à l'aube. Ses rares
moments de sommeil avaient été troublés par
des rêves et elle s'était réveillée en sursaut à
plusieurs reprises, croyant entendre des bruits. Passant sa main sur son visage, elle s'était rendu compte
qu'elle pleurait.

Pleurait-elle sur Adam ? Elle n'en était même pas
sûre. Je ne suis plus sûre de rien, s'avoua-t-elle, se
pelotonnant sous les couvertures. Quand elle s'était
couchée hier soir, la température avait fraîchi et elle
avait arrêté la climatisation puis ouvert en grand les
fenêtres.

Voilà pourquoi le brouhaha de New York avait
habité sa nuit — la circulation, les sirènes des voitures
de police et des ambulances, la musique assourdie qui
montait de l'appartement en dessous du sien, et dont
le propriétaire n'arrêtait jamais sa stéréo.

Mais la chambre l'enveloppait comme un cocon.
Sans la commode d'Adam, la pièce paraissait plus spacieuse. Elle avait remis la sienne à sa place, disposée
de façon qu'elle voie la photo de ses parents dès
qu'elle se réveillait.

Cette photo évoquait d'heureux souvenirs. Lorsqu'elle était encore trop petite pour aller à l'école, ses parents l'avaient emmenée dans une de leurs expéditions en Amérique du Sud. Elle se les rappelait en train de parler avec des indigènes dans des villages perdus, elle se revoyait aussi jouant avec d'autres enfants. La plupart de ces jeux consistaient à s'apprendre mutuellement les mots qui désignaient les différentes parties du corps : le nez, les oreilles, les yeux ou les dents.

Or, Nell avait la même impression aujourd'hui, celle d'être dans un pays étranger et de devoir en apprendre la langue. Avec cette différence, pensa-t-elle, que je n'ai ni père ni mère pour veiller sur moi et me mettre à l'abri du danger.

Plusieurs fois dans la nuit, le visage de Dan était venu flotter dans son subconscient. Une image rassurante, car lui aussi avait traversé des épreuves semblables aux siennes, lui aussi avait survécu à une enfance brisée, et était en quête de réponses.

Plus tard, en buvant son café, elle décida d'ouvrir les boîtes de billets que Lisa Ryan lui avait confiées de force la veille, et d'en compter la somme totale. Lisa avait cité le chiffre de cinquante mille dollars. Je ferais mieux de vérifier, pensa Nell.

Les boîtes pesaient lourd, et elle eut de la peine à les hisser sur la table de la salle à manger. Elle retira soigneusement la ficelle, notant au passage la présence d'un brin vert au milieu des autres fils. Le papier d'emballage brun évoqua d'autres souvenirs d'enfance, l'image de ses parents empaquetant les cadeaux qu'ils s'apprêtaient à envoyer à leurs amis aux quatre coins du monde.

De la ficelle et du papier d'emballage.

Nell chassa le trouble qui l'envahissait bizarrement

à la vue du papier et poursuivit sa besogne. Dans la première boîte elle découvrit des liasses bien rangées de billets entourés d'élastiques.

Avant de se mettre à compter, elle examina la boîte. Elle était légèrement plus petite que les cartons à vêtements qu'utilisent les boutiques de mode. Il n'y avait aucun nom de magasin imprimé sur les bords, pas de marque. Elle avait été choisie avec soin. Par quelqu'un qui ne voulait pas qu'on en découvrît l'origine.

Nell se servit une seconde tasse de café et sortit sa calculette. Après avoir compté et recompté chaque liasse, elle parvint au total. Vingt-huit mille dollars, principalement en coupures de cinquante dollars.

Elle ouvrit la deuxième boîte et se remit à compter. Les coupures étaient plus petites, certaines usagées, des billets de cinq, dix, vingt dollars, quelques-uns de cinquante. Peu de cent. Celui qui avait préparé ces liasses avait voulu éviter que Jimmy Ryan, en exhibant de gros billets, n'attire l'attention sur lui.

La somme totale de la seconde boîte était de vingt-deux mille dollars. Il ne manquait pas un sou aux cinquante mille dollars qui avaient sans doute été promis à Jimmy pour s'acquitter de sa mission. Mais pourquoi n'avait-il rien dépensé ? Ses remords étaient-ils si grands que la simple pensée de toucher à cet argent le paralysait ?

Cherchant à deviner les sentiments qui avaient agité Jimmy Ryan, Nell se souvint d'un passage de la Bible. Après la crucifixion, Judas, pris de remords, avait voulu restituer les trente pièces d'argent qu'il avait reçues pour prix de sa trahison.

Et puis il s'était pendu... Nell replaça les billets dans la seconde boîte. Jimmy Ryan avait-il des tendances suicidaires ?

En repliant le papier autour du premier paquet,

elle comprit brusquement ce qui lui avait trotté dans la tête depuis ce matin. Elle avait vu ce même papier kraft quelque part, ainsi que la ficelle à laquelle était incorporé un fil vert.

*Dans le tiroir de Winifred.*

# 66

Lisa Ryan avait passé la nuit à se tourner et se retourner dans son lit, écoutant les bruits familiers qui ponctuaient le silence au-dehors. Certains étaient rassurants, presque réconfortants, tel le froissement des feuilles d'érable agitées par le vent dans le jardin. Mais il y avait aussi le raffut de leur voisin qui au petit matin rentrait du bar où il travaillait et garait bruyamment sa voiture dans l'allée ; juste après, elle avait entendu le grondement d'un train de marchandises dans le lointain.

À cinq heures, elle renonça à s'endormir. Elle se leva et enfila sa robe de chambre. En nouant sa ceinture, elle constata qu'elle avait maigri depuis la mort de Jimmy.

Drôle de régime, songea-t-elle amèrement.

Il y avait une chose dont elle était certaine : à peine Nell MacDermott aurait-elle parlé aux deux inspecteurs chargés de l'enquête qu'elle les verrait débouler chez elle pour un nouvel interrogatoire. Pendant les quelques mois où il avait été employé par Sam Krause, Jimmy avait dirigé différents chantiers. Elle tenterait de retrouver sur quels sites, et à quelle époque. Peut-être pourrait-elle préciser aux policiers où il travaillait lorsqu'il avait commencé à souffrir de dépression.

C'était là que résidait la clé de ce qu'il avait fait, ou n'avait *pas* fait, pour toucher ce pot-de-vin.

Avant de descendre au rez-de-chaussée, Lisa jeta un coup d'œil dans la chambre des enfants. Kyle et Charley dormaient à poings fermés dans leurs lits superposés.

Dans la lumière naissante de l'aube, elle contempla leurs visages. La mâchoire de Kyle s'affermissait, signe qu'il sortirait bientôt de l'enfance. Il restera mince, comme tous les membres de ma famille.

Charley était plus costaud, plus fortement charpenté, comme Jimmy. Les deux garçons avaient hérité des cheveux roux et des yeux noisette de leur père.

Kelly occupait la plus petite chambre — un placard de luxe, disait Jimmy. Son corps fluet était recroquevillé sous les draps. De longues mèches de cheveux blonds cachaient ses joues et se répandaient sur ses épaules.

Son journal dépassait de son oreiller. Elle le tenait tous les soirs, et ce qui avait débuté comme un devoir de classe s'était transformé en habitude. « C'est secret, avait-elle déclaré d'un air grave, et le professeur a dit que tout le monde dans la famille devait respecter le secret. »

Ils avaient tous juré de ne pas le lire, mais Jimmy, alerté par les regards malicieux qu'échangeaient Kyle et Charley, avait fabriqué une cassette qui trônait sur la commode. La cassette avait deux clés. Kelly en portait une autour du cou, accrochée à une chaîne, et Lisa avait caché l'autre dans un tiroir.

Kelly avait fait jurer à sa mère, « croix de bois, croix de fer... », qu'elle n'ouvrirait jamais la cassette, et Lisa avait tenu parole. Mais ce matin, en contemplant sa fille endormie, elle sut qu'elle allait y faillir.

Non parce qu'elle avait besoin de connaître les pensées de Kelly, qui avait toujours été « la petite chérie de son papa », mais parce que Kelly, constamment attentive à l'humeur qui régnait dans la maison, avait peut-être confié à son journal ce qu'elle avait remarqué, à l'époque où Jimmy avait sombré dans la dépression.

## 67

**D**AN Minor était arrivé à l'hôpital tôt dans la matinée. Trois interventions successives l'attendaient, la première à sept heures. Ensuite il avait signé la sortie d'un petit patient de cinq ans qui était resté un mois dans son service.

Avec son naturel enjoué, il coupa court aux démonstrations de gratitude des parents : « Vous feriez mieux de l'emmener en vitesse, sinon les infirmières vont signer une pétition pour l'adopter.

— J'étais tellement sûre qu'il resterait défiguré, dit la mère.

— Oh, il en gardera quelques souvenirs, mais pas assez pour décourager les filles, dans dix ou douze ans. »

Il était une heure quand il put enfin avaler un sandwich et un café dans la salle de repos des médecins. Il en profita également pour appeler le bureau de Cornelius MacDermott et demander s'ils avaient appris quelque chose sur sa mère. Il savait que c'était peu probable — moins d'un jour s'était écoulé depuis sa visite —, mais il ne put s'empêcher de téléphoner. De toute façon, MacDermott sera sans doute sorti déjeuner, se dit-il.

Liz Hanley décrocha immédiatement : « Il est dans son bureau. Mais je vous préviens, il est d'une humeur massacrante aujourd'hui. S'il vous envoie sur les roses, ne le prenez pas mal.

— Je ferais peut-être mieux de rappeler plus tard.

— Non, pas du tout. J'espère seulement que vous pouvez attendre un peu. Il est occupé sur l'autre ligne. Cela ne devrait pas être long. Je vous le passe dès qu'il a terminé.

— Avant de raccrocher, Liz, dites-moi comment vous vous sentez aujourd'hui. Je ne sais pas si vous en étiez consciente, mais vous paraissiez toute retournée hier.

— Oh, je vais bien à présent, mais c'est vrai que j'étais bouleversée. Docteur, croyez-moi, Bonnie Wilson est un grand médium. C'est pourquoi je suis convaincue d'avoir vu... Allons, voilà que je recommence... »

Dan comprit à son changement de ton que Liz avait été très perturbée par l'expérience qu'elle avait vécue, mais qu'elle n'était pas prête à lui en parler. « Bon, du moment que vous êtes en forme aujourd'hui.

— En pleine forme. Ah, ne quittez pas. Son excellence vient d'entrer dans mon bureau. »

Dan l'entendit dire : « C'est le Dr Minor, monsieur le député. »

Suivit un silence pendant que le récepteur changeait de mains, puis il entendit la voix sonore de Cornelius MacDermott : « Liz est comme Nell. Quand elle m'appelle monsieur le député, c'est signe qu'elle est furieuse contre moi. Comment allez-vous aujourd'hui, Dan ?

— Très bien. Je téléphonais pour vous remercier de votre accueil d'hier.

329

— Bon. J'ai passé trois ou quatre coups de fil en arrivant ce matin, et j'ai chargé quelques types de mettre leur nez dans les archives. Si on doit y trouver des éléments intéressants concernant votre mère, ils les trouveront. Mais j'ignore si Liz vous a dit que j'avais un sacré problème.

— Elle m'a dit que vous étiez contrarié..., fit Dan prudemment.

— Le mot est faible. Vous avez dîné l'autre soir avec Nell. Vous a-t-elle confié son intention de se porter candidate à mon ancien siège à la Chambre des représentants ?

— Oui. Et elle semblait impatiente de se lancer dans la bataille.

— Figurez-vous qu'elle me demande à présent de prévenir la direction du parti qu'elle ne compte pas se présenter. »

Dan fut stupéfait. « Pourquoi a-t-elle brusquement changé d'avis ? Elle n'est pas malade, j'espère ?

— Non, mais elle commence à croire que mes soupçons concernant les affaires de feu son mari pourraient s'avérer. Adam Cauliff, ou du moins son assistante, est peut-être compromis dans ce scandale de pots-de-vin dont vous avez certainement lu les comptes rendus dans la presse.

— Mais cela n'a rien à voir avec Nell !

— En politique, tout a à voir avec tout. Je lui ai dit de ne pas prendre de décision définitive, d'attendre au moins jusqu'à la semaine prochaine. »

Dan demanda avec circonspection : « Quel genre d'homme était Adam Cauliff, Mac ?

— De deux choses l'une : soit c'était un type brillant — sans doute impitoyable —, soit un plouc qui a voulu jouer dans la cour des grands et s'est trouvé dépassé. Nous ne connaîtrons probablement jamais la réponse. Mais il y a une chose dont je suis certain, c'est qu'il n'était pas l'homme qu'il fallait pour ma petite-fille. »

# 68

APRÈS avoir appelé Mac, Nell commença à composer le numéro de l'inspecteur Sclafani, puis elle interrompit son geste. Avant de lui parler, elle voulait faire un saut à l'agence d'Adam et en rapporter la ficelle et le papier d'emballage qu'elle avait remarqués dans le classeur de Winifred.

Elle prit une douche, revêtit un pantalon de toile blanche, un polo et une veste de jean bleu et enfila des sandales.

J'ai besoin d'une bonne coupe, constata-t-elle en se donnant un dernier coup de brosse. Soudain elle se figea, frappée par ce qu'elle voyait dans la glace. C'était le visage d'une étrangère, avec une expression tendue et anxieuse. L'épreuve qu'elle traversait avait laissé des traces. Il faut que j'en sorte, et vite, sinon je vais devenir une loque humaine.

Je ne veux pas renoncer à présenter ma candidature, s'avoua-t-elle. Heureusement que Mac m'a poussée à réfléchir davantage avant de prendre une décision définitive. Peut-être disposerai-je bientôt de certaines réponses. Peut-être Adam était-il simplement trop naïf pour remarquer les pratiques malhonnêtes qui avaient cours sous ses yeux.

Le papier d'emballage et la ficelle se trouvaient bien dans le classeur de Winifred — elle se souvenait précisément de son emplacement. Elle savait aussi que Winifred avait été amoureuse d'un dénommé Harry Reynolds, dont Nell ne connaissait rien de plus que le nom. Winifred était entrée chez Walters et Arsdale plus de vingt ans auparavant, bien avant Adam. Lorsqu'elle avait commencé à travailler en collaboration avec lui, avait-elle abusé de sa confiance ? Il était nouveau dans la société, n'avait pas fait ses preuves, alors qu'elle connaissait toutes les combines du métier, y compris les moins recommandables.

Sur le point de quitter son appartement, Nell pensa à l'argent que Lisa Ryan l'avait obligée à garder. Elle ne pouvait pas laisser les boîtes sur la table. Sans doute devenait-elle paranoïaque, mais il lui semblait que quiconque entrerait dans la pièce devinerait au premier regard qu'elles contenaient de l'argent liquide.

Je comprends maintenant ce que ressentait Lisa avec cette somme sous son toit, se dit-elle en allant porter les deux boîtes dans la penderie de la chambre d'amis.

Les costumes d'Adam, ses vestes, ses pantalons et ses manteaux y étaient encore suspendus. Elle resta à contempler la garde-robe de son mari, se souvenant qu'elle l'avait souvent aidé dans ses choix. À présent, ces vêtements semblaient la blâmer de soupçonner celui qui avait été son mari, lui reprocher de douter de son intégrité.

Avant la fin du jour, se promit-elle, tout serait emballé, et porté dès samedi à la boutique de vêtements d'occasion gérée par l'église.

Le chauffeur de taxi prit à droite dans Central Park South et tourna ensuite à gauche dans la Septième Avenue vers le sud de la ville, en direction de l'agence d'Adam. Une rue avant d'atteindre sa destination, il passa devant une palissade qui entourait les vestiges de l'hôtel Vandermeer. L'immeuble mitoyen, étroit et décrépit, était probablement celui dont Nell était désormais propriétaire et que Peter Lang cherchait à racheter avec une telle obstination. Celui qu'Adam avait tant désiré.

« Déposez-moi ici », ordonna-t-elle au chauffeur.

Elle descendit à l'angle de la rue, revint sur ses pas et se planta devant ce qui avait été naguère la propriété des Kaplan. La plupart des bâtiments alentour étaient anciens, mais un changement apparaissait déjà dans le voisinage. Une tour d'habitation était en construction de l'autre côté de la rue et une affiche annonçait le démarrage d'un nouveau programme un peu plus loin. Quand il lui avait emprunté de l'argent pour acheter cet immeuble, Adam avait insisté sur le fait que ce quartier était en train de devenir une mine d'or sur le plan immobilier.

L'hôtel Vandermeer avait été édifié sur un terrain de grande dimension, alors que le bâtiment voisin n'occupait qu'une étroite parcelle. Tous les locataires avaient quitté l'immeuble qui semblait aujourd'hui déserté et à l'abandon. Des graffitis ajoutaient à l'apparence lugubre de la façade de pierre sombre.

Que comptait en faire Adam ? se demanda-t-elle. Quelle somme lui aurait-il fallu pour le faire démolir et reconstruire autre chose à la place ? Il était clair que sa seule valeur résidait dans la proximité de l'hôtel Vandermeer et la possibilité de réunir les deux lots.

Pourquoi alors Adam était-il si désireux de l'acheter ? C'était particulièrement étrange à une époque où l'hôtel Vandermeer était encore debout et classé.

*Adam aurait-il disposé d'informations particulières indiquant que l'hôtel allait perdre son statut de monument historique ?*

C'était une hypothèse de plus, tout aussi troublante que les autres.

Nell tourna les talons et se dirigea vers l'agence d'Adam, une rue et demie plus loin. Alors qu'elle quittait les lieux mardi en compagnie des deux inspecteurs, le gérant lui avait confié un double de la clé de la porte principale. Elle entra et fut à nouveau saisie d'une sensation d'angoisse au moment où elle se retrouva à l'intérieur.

Elle alla jusqu'au recoin qu'occupait Winifred et l'imagina, assise là, souriant timidement à l'arrivée des visiteurs.

Debout devant le bureau de celle qui avait été l'assistante d'Adam, Nell fit appel à ses souvenirs. C'était cette expression dans le regard de Winifred qui l'avait toujours frappée. Un air de soumission, presque implorant, comme si elle craignait d'être critiquée.

*Jouait-elle la comédie ?*

Elle ouvrit le dernier tiroir du classeur et prit le papier d'emballage et la ficelle qu'elle désirait emporter. Elle s'était munie d'un sac à cette intention. Elle n'eut pas besoin d'un examen plus attentif pour voir que la ficelle avait la même texture que celle qui entourait les boîtes de billets.

Soudain elle se rendit compte que la température avait augmenté depuis son arrivée. Il faisait de plus en plus chaud. Voilà que ça recommence, pensa-t-elle, saisie d'un vertige, sentant qu'elle perdait le sens de l'orientation.

Il faut que je sorte d'ici.

Nell claqua le tiroir du classeur, prit son sac et se précipita vers la réception et la porte d'entrée.

Elle empoigna le bouton et tira. En vain. La porte était coincée. La poignée était brûlante dans sa main. Nell se mit à tousser. Prise de panique, elle donna des coups de pied dans le battant.

« Que vous arrive-t-il, madame Cauliff ? » Le gérant de l'immeuble était là, tout à coup, ayant ouvert calmement la porte d'un coup d'épaule. Nell passa devant lui en trébuchant et se retrouva dehors sur le perron. Flageolante, elle s'assit sur la première marche et se cacha le visage entre les mains.

Ça recommence. C'est un avertissement. Sa toux s'était calmée, bien qu'elle cherchât encore sa respiration. Elle examina ses mains. Elles ne portaient aucune trace de brûlure.

« C'est trop dur pour vous d'entrer dans le bureau de votre mari, dit le gérant avec bienveillance. Quand on sait que ni lui ni Mlle Johnson n'y reviendront plus. »

Nell rentra chez elle et trouva un message de Dan Minor sur le répondeur : « Nell, je viens de parler à Mac. Nous sommes dans les meilleurs termes, lui et moi. Il fait tout ce qui est en son pouvoir pour trouver des informations sur ma mère. Je vous rappellerai plus tard. Êtes-vous libre pour dîner avec moi ce soir ? »

Encore bouleversée par l'expérience déroutante qu'elle venait de vivre, Nell écouta le message une seconde fois, réconfortée par l'intonation soucieuse de Dan. Il a dû en entendre de toutes les couleurs à mon sujet.

Son regard tomba sur la carte de Jack Sclafani posée à côté du téléphone. Elle composa son numéro, sans marquer d'hésitation, cette fois. Il répondit instantanément.

« Je voudrais vous voir, dit-elle. Le plus vite possible. Chez moi. Je préfère ne pas vous donner de détails au téléphone.

— Nous serons là dans une heure », promit Sclafani.

S'efforçant d'oublier l'effroi qui s'était emparé d'elle tout à l'heure, Nell alla dans la chambre d'amis et commença à vider la penderie. En retirant les costumes de leurs cintres, elle se fit la réflexion qu'Adam avait des goûts vestimentaires extrêmement classiques. Bleu marine, anthracite et marron, telles étaient ses couleurs. Elle se rappela qu'un an plus tôt elle avait voulu lui faire acheter une veste d'été vert foncé et qu'il avait une fois de plus choisi un blazer bleu marine.

Je lui ai dit qu'il ressemblait à celui qu'il possédait déjà, se souvint Nell en sortant une veste marine de la penderie. En fait, il n'y avait pas la moindre différence.

Mais en décrochant la veste de son cintre, Nell s'aperçut qu'elle s'était trompée. Celle-ci était la plus récente des deux — elle était plus légère. Étonnée, Nell la soupesa. C'est celle que j'avais l'intention de donner à Winifred lorsqu'elle est venue à la maison. L'autre aurait été trop chaude.

Bien sûr ! Elle se remémora le déroulement des événements. Le dernier soir, Adam s'était changé dans cette pièce et avait posé sur le lit les vêtements qu'il comptait porter le lendemain. Le matin suivant, il a quitté précipitamment l'appartement après que nous nous sommes querellés. J'ai rangé sa serviette dans la pièce qui lui servait de bureau et j'ai suspendu sa veste dans sa penderie. Ce n'est que plus tard que je l'ai rapportée ici. La veste que j'ai donnée à Winifred n'était pas la bonne, c'était la plus chaude.

S'il était resté en vie, il se serait réjoui de mon erreur, se dit-elle. La température avait chuté pendant la journée, et il s'était mis à pleuvoir dans la soirée.

Elle commença à plier la veste avant de la ranger dans le carton, puis hésita. Quelques jours après la mort d'Adam, accablée par un sentiment d'abandon, elle avait enfilé son blazer, cherchant à retrouver la sensation de sa présence. Et aujourd'hui, j'agis comme si je n'avais qu'une envie, m'en débarrasser au plus vite.

L'interphone bourdonna dans l'entrée. Jack Sclafani et George Brennan allaient bientôt sonner à sa porte.

Nell disposa le blazer sur le dos d'une chaise. Je déciderai plus tard si je le garde ou non, décida-t-elle, impatiente de recevoir les deux inspecteurs.

## 69

CORNELIUS MacDermott n'avait pas dit à Dan Minor qu'il avait également chargé Liz de retrouver la trace de sa mère et qu'elle s'était adressée aux services de l'institut médico-légal.

Liz avait ainsi appris que durant l'année écoulée, cinquante personnes mortes non identifiées avaient été enterrées dans la fosse commune — trente-deux hommes et dix-huit femmes.

À la demande de l'institut, Liz avait faxé la photo de Quinny retravaillée à l'ordinateur, ainsi que ses mensurations fournies par Dan.

Au milieu de l'après-midi elle reçut un appel de la morgue. « On a peut-être quelque chose », dit une voix laconique.

# 70

Nell s'était installée dans la salle à manger avec Jack Sclafani et George Brennan. Les deux boîtes étaient posées sur la table. Ils les avaient ouvertes et avaient recompté les billets.

« On ne vous refile pas cinquante mille dollars uniquement pour fermer les yeux sur l'utilisation d'un béton de mauvaise qualité, fit remarquer Sclafani. Avec un pareil paquet, on a arrosé Jimmy Ryan pour un coup autrement plus gros.

— C'est aussi mon avis, dit Nell. Et je connais peut-être la personne qui a été chargée de le lui remettre. »

Elle alla chercher le sac qu'elle avait laissé dans la cuisine. Quand elle revint, elle vida son contenu sur la table à côté de l'argent. « J'ai trouvé tout ça dans le tiroir du classeur de Winifred Johnson, expliqua-t-elle. J'avais remarqué la présence du papier d'emballage et de la ficelle lorsque nous sommes allés là-bas mardi. »

Brennan compara la ficelle des boîtes au brin de la pelote qu'il venait de dérouler. « Le labo vérifiera, mais je jurerais qu'il s'agit de la même ficelle. »

Sclafani examinait le papier d'emballage. « Et le

papier aussi correspond, mais c'est également au labo de le confirmer.

— Vous reconnaîtrez que si Winifred Johnson a versé de l'argent à Jimmy Ryan, elle a pu le faire à l'insu de mon mari. » Nell s'exprimait avec une conviction qu'elle était loin d'éprouver.

Sclafani posa sur elle un regard songeur. Elle ne sait trop que croire, se dit-il. Mais elle joue franc jeu avec nous, et c'est elle qui a convaincu Lisa Ryan de nous remettre l'argent. Nous devons agir loyalement avec elle.

« Madame MacDermott, dit-il, cela peut paraître bizarre, mais nous avons un témoin, un enfant de huit ans, qui aurait vu quelqu'un revêtu d'une combinaison de plongée sauter du bateau de votre mari juste avant l'explosion. »

Nell le regarda d'un air stupéfait. « C'est possible ?

— *Tout* est possible, madame. Est-ce probable ? Non. Les courants dans cette partie de la baie sont particulièrement violents. Un très bon nageur serait-il capable d'atteindre Staten Island ou Jersey City ? Peut-être.

— Donc, vous croyez ce que raconte cet enfant ?

— Il y a un détail qui mérite réflexion. Sur le dessin tracé par ce gamin, le plongeur tient un sac à main. Or nous avons retrouvé le sac de Winifred, mais nous n'en avons rien dit aux médias ; ce gosse n'avait donc aucun moyen de le savoir — conclusion : soit il a vraiment vu quelque chose, soit il est extralucide. Nous sommes en possession d'autres éléments que vous ignorez peut-être encore. » Sclafani s'interrompit un instant. Ce qu'il s'apprêtait à dire était le plus délicat. « Nous savons par les tests d'ADN auxquels ont été soumis les fragments de chair qui ont été recueillis que Sam Krause et Jimmy Ryan sont morts. Restent deux personnes, en revanche, dont nous n'avons pas pu confirmer le décès... Winifred Johnson et Adam Cauliff. »

Nell resta muette, le regard empli de désarroi.

« Il y a une autre possibilité, dit Brennan. Une cinquième personne se trouvait peut-être à bord du bateau, probablement cachée dans la salle des machines. D'après nos enquêteurs, c'est là que la bombe a été déposée.

— À supposer que cet enfant ait vraiment vu ce qu'il raconte, dit Nell, je ne comprends toujours pas pourquoi quelqu'un aurait pu s'intéresser au sac de Winifred.

— Nous n'en avons pas une idée très claire pour l'instant, admit Brennan, mais nous tenons peut-être la réponse. Le seul objet trouvé dans ce sac qui pourrait être important est une clé de coffre-fort portant le numéro 332.

— Ne pouvez-vous aller à la banque d'où elle provient et vérifier le contenu du coffre ? demanda Nell.

— Ce serait une possibilité, si nous connaissions le nom de la banque. La clé ne porte aucune autre mention, et faire le tour des banques du quartier risque de prendre du temps. C'est néanmoins la seule solution. Nous finirons bien par trouver l'origine de cette clé.

— J'ai moi-même un coffre, dit Nell. Si je perdais la clé de ce coffre, ne pourrais-je pas téléphoner à la banque et leur demander de m'en faire un double ?

— Vous *pourriez*, en effet, mais avec la preuve de votre identité. Naturellement, il faudrait aussi que votre signature figure sur les registres de la banque. Il vous en coûterait environ cent vingt-cinq dollars pour faire ouvrir le coffre et obtenir un double de la clé.

— Bref, la clé qui a été trouvée dans le sac n'est utile qu'à son propriétaire ?

— En effet. »

Nell regarda les deux hommes. « Il s'agit du sac de Winifred. Et Winifred a été championne de natation dans sa jeunesse. Les murs de son appartement sont couverts de médailles et de photos de ses victoires. Bien sûr, ces trophées ne datent pas d'hier, mais peut-être a-t-elle continué à s'entraîner.

— C'est une hypothèse que nous sommes en train de vérifier, dit Sclafani. Nous savons qu'elle était membre d'un club de gymnastique et qu'elle fréquentait la piscine tous les jours, avant ou après son travail. » Il hésita. « Je regrette de devoir vous poser cette question, mais j'espère que vous en comprendrez la raison : votre mari était-il bon nageur ? »

Nell demeura muette, ne sachant que dire. C'était une question qu'elle ne s'était jamais posée et elle était troublée de ne pas pouvoir y répondre. Encore une énigme concernant Adam.

Elle resta un long moment silencieuse avant de parler : « J'ai failli me noyer lorsque j'avais quinze ans. Depuis, je n'ai jamais totalement surmonté ma peur de l'eau. Je ne suis sortie en bateau avec Adam que très rarement, et je ne m'y suis jamais sentie à l'aise. Je peux à la rigueur faire une croisière sur un paquebot, mais pas sur un yacht. La proximité de l'eau me terrifie. Tout ceci pour vous dire que je ne sais pas quoi vous répondre. Je sais qu'Adam savait nager, bien sûr, mais était-il bon nageur, je l'ignore. »

Les deux hommes se levèrent. « Nous allons interroger Mme Ryan ; vous comprenez certainement qu'il est essentiel de trouver l'origine de cet argent. Si vous avez l'occasion de lui parler, voulez-vous l'assurer que nous ferons l'impossible pour que le nom de son mari ne soit pas cité à ce stade de l'enquête, du moins auprès de la presse ?

— Encore une chose... » Nell fit face aux deux hommes. « Avez-vous la preuve que mon mari a été impliqué dans ces affaires de corruption et de marchés truqués ?

— Non, aucune, répondit Brennan sans hésitation. Nous savons seulement que par l'intermédiaire de Winifred Johnson transitaient des sommes considérables, peut-être des millions de dollars. D'après les pièces à conviction que vous nous avez apportées, il semblerait que ce soit elle qui ait organisé le versement des fonds destinés à Jimmy Ryan. Les gens qui remettaient l'argent à Winifred ont reconnu les faits ; apparemment, ils pensaient qu'il était destiné à Walters et Arsdale, mais jusqu'à aujourd'hui rien n'a été prouvé.

— Et jusqu'à aujourd'hui rien ne prouve qu'Adam ait touché le moindre dessous-de-table, n'est-ce pas ? »

Sclafani ne répondit pas immédiatement. « Rien, c'est vrai. Nous ignorons le rôle joué par votre mari, s'il en a joué un, dans les affaires de Walters et Arsdale. Winifred a très bien pu travailler pour son compte. Elle a pu tout concocter seule afin de se constituer une jolie cagnotte. Ou travailler en cheville avec le mystérieux Harry Reynolds.

— Et Peter Lang ? »

Sclafani haussa les épaules. « Madame MacDermott, l'enquête demeure ouverte à toutes les hypothèses. »

D'une certaine manière, ce qu'elle avait appris

344

aujourd'hui était plutôt réconfortant, pensa Nell en refermant la porte derrière ses deux visiteurs. Encore que ce fût déroutant. Au fond, Sclafani disait que tout le monde était suspect, y compris Adam.

Un peu plus tôt dans la matinée, Nell avait remarqué que ses plantes vertes avaient triste mine. Elle les emporta toutes dans la cuisine et se mit à la tâche, ôtant les feuilles mortes, retournant la terre, vaporisant feuilles et bourgeons.

Au fur et à mesure qu'elle leur prodiguait ses soins, elle les vit presque redresser la tête. Elles avaient soif, pensa-t-elle. Un souvenir lui traversa l'esprit. C'était peu de temps avant de rencontrer Adam, je m'occupais de mes plantes et je me suis aperçue que j'étais comme elles. Triste et sans élan. Mac et Gert sortaient d'une grosse grippe. Je réalisais que s'ils venaient à disparaître, je me retrouverais complètement seule.

*Je réalisais que j'avais besoin d'amour comme ces plantes avaient besoin d'eau...*

Et je suis tombée amoureuse. Mais de qui ? Peut-être de l'amour... N'existait-il pas une chanson sur ce thème ?

Je me suis toujours montrée condescendante envers Winifred, pensa Nell. J'étais aimable avec elle, mais je la prenais pour la fidèle secrétaire dévouée à son maître. Il est à croire que sous cette apparence humble et soumise se cachait une personnalité différente. Si elle était en manque d'affection et avait rencontré un homme capable de lui donner le sentiment d'être aimée, jusqu'où aurait-elle pu aller pour lui plaire — et le garder ?

J'ai moi-même abandonné ma carrière politique pour plaire à Adam. Ce fut mon sacrifice à l'amour.

Elle finit de soigner les plantes et commença à les

remettre à leur place dans l'appartement. Mais elle changea brusquement d'avis et rapporta l'une d'elles dans la cuisine. Sans se l'avouer, elle n'avait jamais aimé l'amaryllis qu'Adam lui avait offerte pour son anniversaire deux ans auparavant. Cédant à une impulsion, elle alla la déposer près du vide-ordures. Elle ferait certainement un heureux.

Nell remit les autres plantes sur les appuis de fenêtre, la table basse et le coffre indien de l'entrée. Quand elle eut terminé, elle regagna la salle de séjour.

Pour son anniversaire, Adam avait fait copier par un peintre la photo de leur mariage. Le tableau, trop grand à son goût, trônait au-dessus de la cheminée.

Nell s'en approcha, saisit le cadre à deux mains et le décrocha du mur. Au mieux pouvait-on le qualifier de banal. Le sourire d'Adam était plaqué, et le sien guère plus convaincant. À moins que l'artiste n'eût deviné ce que l'appareil photo n'avait pas saisi ? Finalement, Nell emporta le tableau dans le débarras et le remplaça par une aquarelle du village d'Adelboden qu'elle avait achetée longtemps auparavant, une année où elle était allée skier en Suisse.

Ceci fait, elle revint dans l'entrée et regarda autour d'elle. Toute trace d'Adam avait été effacée du séjour et de la salle à manger.

Il ne lui restait plus qu'à s'occuper de ses vêtements. Elle alla dans la chambre d'amis, où il lui fallut un quart d'heure pour achever de remplir les cartons, les fermer et les marquer.

C'est alors qu'elle aperçut le blazer bleu marine qui était resté sur le dossier de la chaise, éveillant un autre souvenir. C'était l'été. Adam et elle étaient allés dîner au restaurant. L'air climatisé était glacial et elle était

346

vêtue d'une petite robe sans manches. Adam avait retiré son blazer. « Mets-le », lui avait-il dit. Lui-même ne portait qu'un polo et elle avait craint qu'il n'attrape froid. Il avait répondu que du moment que j'avais chaud, lui aussi.

C'était le roi des attentions gentilles, des mots doux, se souvint Nell en enfilant le blazer, désireuse de retrouver le réconfort et la chaleur qu'elle avait ressentis lorsque Adam l'en avait enveloppée.

C'était la veste qu'il portait le dernier soir. Elle enfouit son nez dans le revers, cherchant à retrouver l'odeur de son eau de Cologne.

Selon Bonnie Wilson, Adam désirait qu'elle donne ses vêtements à un organisme de charité. Regrettait-il après sa mort son manque de générosité, sa réticence à se défaire de ses effets personnels ?

Sans plus hésiter, Nell résolut de donner le blazer avec le reste des vêtements. Elle plongea ses mains dans les poches extérieures pour s'assurer qu'Adam n'y avait rien laissé. Il les vidait toujours au moment de se dévêtir, mais puisqu'il avait prévu de porter la même veste le lendemain, elle préférait vérifier.

Elle trouva un mouchoir impeccablement repassé et plié dans la poche gauche. La droite était vide, la poche de poitrine également.

Nell plia le blazer, ouvrit le dernier carton qu'elle venait de remplir et l'y déposa. Elle s'apprêtait à refermer le couvercle quand elle se rappela que la veste possédait plusieurs poches intérieures. Pour plus de sécurité, elle décida d'y jeter aussi un coup d'œil.

Dans la poche intérieure droite se trouvait un petit étui fermé par un bouton. Il n'y avait aucun renflement, mais Nell crut sentir quelque chose sous ses doigts. Elle défit le bouton, chercha à l'intérieur et en retira une minuscule enveloppe brune.

D'où elle sortit une clé de coffre-fort. Portant le numéro 332.

# 71

À trois heures de l'après-midi, Lisa Ryan reçut l'appel téléphonique qu'elle attendait et redoutait en même temps.

L'inspecteur Jack Sclafani voulait la rencontrer dès son retour chez elle. Il serait accompagné de George Brennan.

« Nous venons de quitter Mme MacDermott », ajouta Sclafani.

Lisa avait pris la communication dans le bureau du gérant du salon. « Je comprends », avait-elle répondu. Elle avait le dos tourné, préférant échapper à la curiosité qu'elle lisait dans le regard de son patron.

« Nous devrons parler franchement, la prévint Sclafani. Je sais que cela ne vous a pas été possible la semaine dernière à cause de la présence de vos enfants.

— Une de mes amies viendra les chercher pour le dîner. Six heures et demie vous convient-il ?

— Parfait. »

Feignant une légèreté d'esprit qu'elle était loin d'éprouver, Lisa termina tant bien que mal sa journée de travail.

Lorsque les deux inspecteurs arrivèrent, elle alla leur ouvrir la porte et les invita à entrer : « Je viens de faire du café. En désirez-vous une tasse ? »

C'était une proposition de pure forme, mais Jack Sclafani accepta, bien qu'il ne tînt pas à boire du café en dehors des repas. Il sentait Lisa Ryan inquiète et sur la défensive, en dépit de son accueil cordial. Il fallait la mettre en confiance, s'ils voulaient obtenir d'elle des informations.

« En principe je ne bois pas de café à cette heure, dit Brennan avec un sourire, mais le vôtre sent vraiment bon.

— Jimmy adorait mon café, dit Lisa en prenant des tasses sur une étagère. Il prétendait que je le préparais mieux que quiconque. »

Ils s'installèrent dans le séjour. Sclafani remarqua que la maquette de la maison n'était plus sur la table.

Lisa surprit son regard : « Je l'ai rangée. C'était un crève-cœur pour les enfants et moi de la voir chaque fois que nous entrions dans la pièce.

— Je comprends. »

Est-ce ce que Kelly a écrit dans son journal qui m'a incitée à la retirer ?

*Chaque fois que je regarde la maison dont rêvait maman, je pense à papa. Il me l'avait montrée pendant qu'il la fabriquait. Il disait que c'était notre secret, que ce serait le cadeau qu'il offrirait à maman pour Noël. Je n'en ai jamais parlé à personne. Papa me manque tellement. J'aurais tant voulu habiter dans cette maison, et surtout dans la chambre qu'il voulait me construire.*

Il y avait un autre secret consigné dans le journal de Kelly, et Lisa savait qu'elle devrait le partager avec ces deux inspecteurs. Elle préféra ne pas attendre leurs questions. « Je crois que tous les deux vous avez des enfants, commença-t-elle. S'il vous arrivait malheur, vous ne voudriez pas qu'ils vous jugent, eux ou n'importe qui d'autre, pour une faute que vous auriez commise sous la contrainte, n'est-ce pas ? »

Elle les observa. Leurs regards étaient empreints de sympathie. Lisa espéra qu'ils ne jouaient pas la comédie, qu'il ne s'agissait pas d'une ruse professionnelle de leur part pour lui faire croire qu'ils comprenaient ce qui était arrivé à Jimmy.

« Je vais vous dire tout ce que je sais, continua-t-elle, mais je vous supplie de ne pas citer le nom de Jimmy tant que l'enquête n'est pas terminée. Les boîtes étaient hermétiquement fermées. À mon avis, il ne savait même pas ce qu'elles contenaient.

— Voyons, Lisa, vous ne pouvez pas croire ça ! s'écria Jack Sclafani.

— Je ne sais que croire. Je suis certaine d'une chose : si Jimmy avait été au courant de pratiques douteuses sur un chantier susceptibles d'avoir des conséquences tragiques, il aurait fini par en parler. Et comme il n'est plus là pour se défendre, il faut que toute la lumière soit faite.

— Vous avez dit à Mme MacDermott que vous aviez trouvé les boîtes dans le classeur de votre mari, dit Brennan.

— Oui. Ce meuble est dans son atelier. J'étais en train d'en regarder le contenu, de trier les documents à conserver, tels que les déclarations d'impôts quand je suis tombée dessus. » Elle esquissa un sourire. « J'ai toujours entendu raconter l'histoire de ma grand-tante qui avait découvert dans le bureau de son mari une police d'assurance dont elle ignorait l'existence. Elle avait été souscrite pour vingt-cinq mille dollars, ce qui représentait une somme en 1947. » Elle contempla ses mains qui se crispaient convulsivement sur ses genoux. « Il n'y avait pas d'assurance-vie au sous-sol. À la place, il y avait ces boîtes.

— Et vous ignorez d'où elles viennent ?

— Oui. Mais je crois savoir exactement à quelle date on les lui a remises. C'était le 9 septembre dernier.

— Comment pouvez-vous en être aussi sûre ?

— À cause du journal intime de ma fille. » La voix de Lisa se brisa. Elle se tordit les mains. « Oh, mon Dieu, qu'est-ce que je fais ? s'écria-t-elle. J'avais juré à Kelly de ne jamais lire son journal ! »

Elle va encore se fermer comme une huître, pensa Jack Sclafani. « Lisa, dit-il, George et moi avons tous les deux des enfants. Pas plus que vous, nous ne voudrions leur faire de la peine. Mais je vous en prie, dites-nous ce que Kelly a écrit à propos du 9 septembre, et pourquoi cela vous semble important. Nous vous laisserons en paix ensuite, je vous le promets. »

Pour l'instant du moins... George Brennan lança un coup d'œil admiratif à son collègue. Jack était parfait. Il se comportait presque en grand frère. Et en plus il était sincère.

Lisa garda la tête baissée pendant qu'elle parlait. « Après avoir lu le journal, je me suis souvenue que Jimmy était rentré tard le jeudi 9 septembre. Il travaillait sur un chantier en haut du West Side, vers la 100e Rue. Je crois qu'il s'agissait de la rénovation d'un immeuble résidentiel. Pendant son absence, j'ai reçu un appel téléphonique d'une personne qui voulait lui parler personnellement. Elle a dit que c'était urgent. Elle a même demandé s'il avait un téléphone portable. Jimmy ne s'intéressait pas à ces trucs-là. Je lui ai proposé de prendre un message.

— Était-ce un homme ou une femme qui appelait ?

— Un homme. Avec une voix sourde, nerveuse. »

Lisa se leva et alla à la fenêtre. « Le message qu'il

m'a laissé pour Jimmy était : "Le boulot est annulé."
J'ai pensé que ces mots signifiaient que Jimmy allait se
retrouver au chômage. J'étais affolée. Jimmy est enfin
rentré, vers neuf heures et demie, et je l'ai mis au
courant de la communication. Il a eu l'air bouleversé.

— Qu'entendez-vous par "bouleversé" ?

— Il est devenu tout pâle et s'est mis à transpirer.
Puis il a porté la main à sa poitrine. Pendant un instant, j'ai cru qu'il allait avoir une crise cardiaque. Mais
il s'est repris et a dit que le propriétaire avait
demandé des modifications qu'il avait déjà effectuées
et qu'il était trop tard pour les annuler.

— Pourquoi avez-vous un souvenir si précis de cet
épisode ?

— À cause de ce que Kelly avait noté dans son journal. Sur le moment, j'ai cru que Jimmy était seulement terrifié à la pensée de perdre son travail.
Ensuite, je n'y ai plus pensé. Je me souviens que je me
suis couchée une heure après le retour de Jimmy. Il
m'a dit qu'il allait boire une bière et se détendre un
peu, qu'il me rejoindrait plus tard. Kelly a écrit dans
son journal qu'elle s'était réveillée et avait entendu la
télévision marcher. Elle était descendue parce qu'elle
dormait quand son papa était rentré et qu'elle voulait
lui dire bonsoir. »

Lisa alla jusqu'au bureau et sortit d'un tiroir une
feuille de papier. « Voilà ce que j'ai copié dans son
journal, à la date du 9 septembre : "Je me suis assise
sur les genoux de papa. Il ne disait rien. Il regardait
les nouvelles à la télévision. Et tout à coup, il s'est mis
à pleurer. J'ai voulu aller chercher maman, mais il
m'en a empêchée. Il a dit qu'il avait eu un coup de
cafard, mais que c'était fini, que c'était notre secret.
Il a dit qu'il était fatigué et qu'il avait eu une dure
journée. Puis il m'a ramenée dans mon lit, et il est

allé dans la salle de bains. Je l'ai entendu vomir, j'ai pensé qu'il avait la grippe ou un truc comme ça." »

Lisa plia puis déchira la feuille qu'elle venait de lire. « Je ne connais pas grand-chose à la loi, mais je sais que devant un tribunal ceci n'aurait pas valeur de preuve. Si vous avez le moindre respect pour autrui, vous n'en ferez pas mention publiquement. Mais je suppose que les travaux dont Jimmy disait qu'il "était trop tard pour les annuler" sont le nœud de toute cette affaire d'argent et de pots-de-vin. Je pense que le chantier de rénovation sur lequel Jimmy travaillait le 9 septembre dernier mériterait une inspection. »

Les inspecteurs partirent quelques minutes plus tard. Une fois dans la voiture, Sclafani demanda : « Tu penses comme moi ?

— Exactement. Il nous faut l'enregistrement de toutes les émissions d'informations télévisées du 9 septembre en fin de soirée. Une des nouvelles diffusées ce soir-là pourrait avoir un lien avec le pot-de-vin qu'a reçu Jimmy Ryan. »

# 72

« **M**ME Nell MacDermott désire vous parler, monsieur. » La voix de la secrétaire avait un ton d'excuse. « Je lui ai dit que vous étiez occupé, mais elle insiste pour que vous la preniez au téléphone. Que dois-je lui répondre ? » Peter Lang haussa les sourcils, réfléchit une seconde, lança un coup d'œil à son avocat, Louis Graymore, avec lequel il était en réunion. « Passez-la-moi », dit-il.

Sa conversation avec Nell fut brève. « C'est une surprise ! fit-il en raccrochant. Elle demande à me voir immédiatement. Qu'en dites-vous, Lou ?

— La dernière fois que vous l'avez rencontrée, il me semble qu'elle vous a pratiquement fichu à la porte, non ? Que lui avez-vous répondu ?

— Je lui ai dit qu'elle était la bienvenue. Elle sera là dans une vingtaine de minutes.

— Désirez-vous que je reste ?

— Je ne pense pas que ce soit nécessaire.

— Je pourrais lui rappeler discrètement que votre famille a soutenu son grand-père lors de ses campagnes quand ni elle ni vous n'étiez nés.

— Ça ne marchera pas. Je lui ai non moins discrètement proposé mon appui si elle se présentait à cette élection, et elle m'a envoyé sur les roses. »

Graymore se leva. C'était un homme d'un certain âge, aux cheveux argentés, de caractère courtois. Il avait été le principal conseiller juridique du père de Lang pour ses affaires immobilières, avant de devenir celui de Peter. « Si je puis me permettre une remarque, Peter, vous avez fait une erreur en ne dévoilant pas carrément l'usage que vous désiriez faire de l'immeuble Kaplan. Avec certaines personnes, mieux vaut parler sans détour. »

Lou a probablement raison, songeait Peter lorsque peu après sa secrétaire introduisit Nell dans son bureau. Même en tenue décontractée, veste de jean et pantalon de toile, elle avait une allure folle. Elle lui parut particulièrement séduisante, avec les fines mèches bouclées qui encadraient son visage.

Tous ses visiteurs, y compris les plus blasés, s'extasiaient toujours sur la vue qui s'offrait à leurs yeux et sur l'élégance de son bureau. Nell, cependant, ne sembla y prêter aucune attention — pas plus qu'au décor ou aux tableaux de maîtres sur les murs.

D'un signe discret, il signifia à sa secrétaire d'accompagner Nell jusqu'aux fauteuils près de la fenêtre qui donnait sur l'Hudson.

« Je dois vous parler, dit Nell, abrégeant les préliminaires.

— C'est la raison de votre présence, me semble-t-il. »

Nell secoua la tête d'un air impatient. « Peter, je vous connais peu, bien que nous nous soyons fréquemment rencontrés. Mais là n'est pas la question. Ce qui m'intéresse, c'est de savoir jusqu'à quel point vous connaissiez mon mari, et pourquoi vous m'avez

356

menti l'autre jour sur l'utilisation que vous comptez faire de la parcelle qu'Adam a achetée aux Kaplan. »

Lou avait deviné juste. Dissimuler n'était pas la bonne méthode avec elle. « Nell, parlons franc. J'ai effectivement été souvent en contact avec Adam à l'époque où il travaillait chez Walters et Arsdale. Nos deux sociétés étaient fréquemment associées sur divers projets immobiliers.

— Considériez-vous Adam comme un ami ?

— Non. Je n'utiliserais pas ce terme. Je le connaissais — c'est tout. »

Nell hocha la tête. « Que pensiez-vous de lui en tant qu'architecte ? À la façon dont vous en avez parlé l'autre jour, on aurait pu croire que la profession venait de perdre un génie. »

Lang sourit. « Je ne crois pas en avoir dit autant, n'est-ce pas ? J'essayais de vous faire comprendre qu'il nous était difficile d'utiliser le projet d'Adam pour la tour Vandermeer. Franchement, c'est par courtoisie à votre égard que j'ai laissé entendre que nous l'aurions utilisé s'il était resté en vie. Comme il ne vous avait visiblement pas informée que son projet avait été rejeté, je n'avais aucune raison de vous annoncer cette nouvelle peu agréable peu de temps après sa mort.

— Vous m'avez également menti lorsque vous avez dit être intéressé par la parcelle dont je suis l'actuelle propriétaire dans le but de créer un jardin paysager autour du bâtiment. »

Sans répondre, Lang alla jusqu'au fond de la pièce et appuya sur un bouton. Un écran lumineux se déroula depuis le plafond. Une vue panoramique de Manhattan y était représentée. Immeubles et projets en cours, certaines numérotés et soulignés en bleu, étoilaient la carte du nord au sud, et d'est en ouest.

Dans le coin à droite, une légende en lettres dorées indiquait les noms et la situation des divers sites.

« Ceux en bleu correspondent aux avoirs fonciers du groupe Lang. Comme je l'ai expliqué à ces deux inspecteurs de police, qui m'ont pratiquement accusé d'avoir déposé la bombe qui a fait sauter le bateau d'Adam, la parcelle Kaplan m'intéresse pour y construire un complexe de grande envergure qui nécessite un apport de terrain supplémentaire. »

Nell s'approcha du panneau et examina longuement l'emplacement qu'il lui désignait. Puis elle hocha la tête.

Peter Lang fit remonter l'écran. « Vous avez raison, dit-il d'une voix posée. J'ai manqué de franchise avec vous, et je m'en excuse. C'est pour un motif personnel que je voudrais réunir les deux parcelles, la mienne et la vôtre : mon grand-père s'est installé à cet endroit précis quand, jeune immigrant de dix-huit ans, il a débarqué du bateau qui l'amenait d'Irlande. J'aimerais ajouter à notre projet une tour magnifique qui serait une sorte d'hommage à trois générations de Lang — mon grand-père, mon père et moi-même. Et pour ce faire, j'ai besoin de la parcelle Kaplan. »

Il la regarda en face. « Si je ne l'obtiens pas, cela ne m'empêchera pas de persévérer. Une autre occasion se présentera dans ce quartier, tôt ou tard.

— Pourquoi n'avez-vous pas acquis personnellement l'immeuble Kaplan ?

— Parce qu'il ne m'était d'aucune utilité tant que l'hôtel Vandermeer faisait partie des monuments historiques de la ville, et lorsqu'ils l'ont déclassé, j'ai été pris au dépourvu.

— Dans ce cas, pourquoi Adam l'a-t-il acheté ?

— Soit il était doué d'une intuition extraordinaire, soit il y a eu une indiscrétion à la Commission de protection des monuments historiques. À propos, il n'y a jamais eu d'enquête à ce sujet, n'est-ce pas ?

— J'ai remarqué que la tour Lang était déjà portée sur votre plan. Vous avez donc la certitude de la construire à cet endroit.

— J'ai bon espoir, Nell, je n'en suis pas certain. Dans ma profession, il faut toujours partir de l'idée que vous atteindrez le but que vous vous êtes fixé. La réussite n'est pas automatique, naturellement, mais les promoteurs immobiliers sont de la race des optimistes. »

Nell avait une dernière question à lui poser avant de partir. « Connaissez-vous un certain Harry Reynolds ? » Elle l'observa, surveillant sa réaction.

Lang eut l'air surpris, puis son visage s'éclaira. « J'ai connu un *Henry* Reynolds à Yale. Il enseignait l'histoire du Moyen Âge. Mais il est mort il y a dix ans. Personne ne l'a jamais appelé Harry. Pourquoi cette question ? »

Nell haussa les épaules. « C'est sans importance. »

Il la raccompagna jusqu'à l'ascenseur. « Nell, ce que vous ferez de votre propriété vous regarde. Je ressemble au joueur de base-ball qui est plein de fièvre au moment où il prend la batte, mais n'en fait pas toute une affaire quand il rate son coup. S'il veut continuer à marquer des points, mieux vaut penser au coup suivant.

— Vous ne teniez pas ce discours, l'autre jour.

— Certaines choses ont changé depuis. Aucun bout de terrain ne vaut de se voir soupçonné d'assassinat par la police. Écoutez, j'avais décidé de retirer mon offre. Pour vous montrer ma bonne volonté, je la considère de nouveau comme valable à dater de lundi soir. »

Peter Lang, vous mentez comme vous respirez,

conclut Nell tandis que l'ascenseur la ramenait d'une traite du dernier étage au rez-de-chaussée. Vous avez un ego démesuré. Quant à cette parcelle, je ne crois pas un instant que vous soyez prêt à abandonner la partie. Au contraire, je pense que vous donneriez n'importe quoi pour l'avoir. Mais peu importe, ce n'était pas la raison principale de ma venue ici. Je cherchais une réponse, et je l'ai trouvée.

En son for intérieur, Nell était convaincue d'avoir appris ce qu'elle voulait savoir sur Peter Lang. C'était un sentiment qui touchait à la certitude, semblable à ce qu'elle avait éprouvé à plusieurs reprises en entendant lui parler ses parents disparus.

Elle était seule dans l'ascenseur. Elle dit à voix haute : « Peter Lang, vous n'avez pas de sang sur les mains. »

# 73

DAN Minor attendait avec autant d'impatience que de crainte le moment d'écouter son répondeur à la fin de la journée. Pour une raison obscure, son acharnement à retrouver la trace de sa mère s'accompagnait du pressentiment que s'il avait un jour de ses nouvelles, elles seraient mauvaises.

Lorsqu'il rentra chez lui le lundi, il trouva un message de Mac : « Dan, rappelez-moi. C'est important. »

Au ton de Cornelius MacDermott, Dan comprit que ses recherches avaient pris fin.

Ses doigts de chirurgien maniaient les instruments les plus délicats, la plus infime erreur de leur part pouvant coûter la vie à un patient, pourtant ces mêmes doigts tremblaient lorsqu'il composa le numéro du bureau de Mac.

Il était cinq heures moins le quart, heure à laquelle Dan avait dit qu'il rentrait habituellement de l'hôpital. Quand le téléphone sonna, Mac n'attendit pas que Liz lui passe l'appel, il décrocha lui-même.

« Je viens d'avoir votre message, Mac.

— Ce genre de nouvelle n'est pas facile à annoncer, Dan. Vous devez vous en douter. On vous demandera de venir l'identifier demain matin, mais la photo que vous m'avez confiée correspond à celle d'une femme sans abri décédée en septembre dernier. Les mensurations sont identiques et, épinglée à son soutien-gorge, elle portait la même photo que celle que vous gardez sur vous. »

Dan avala la boule qui lui serrait la gorge.

« Que lui est-il arrivé ? »

Cornelius MacDermott hésita, craignant de tout lui révéler d'un coup. « Le bâtiment où elle se trouvait a pris feu et elle a été asphyxiée.

— Asphyxiée ! » Oh, mon Dieu, vous auriez pu lui épargner ça !

« Dan, je sais combien c'est douloureux. Venez dîner avec moi. »

Dan dut faire un effort pour répondre. « Merci, Mac, parvint-il à prononcer, mais j'ai besoin d'être seul ce soir.

— Je comprends. Appelez-moi à neuf heures demain matin. Je vous retrouverai à l'institut médicolégal. Nous nous occuperons des formalités.

— Où se trouve-t-elle à présent ?

— Elle est enterrée. Dans la fosse commune.

— Ils en sont sûrs ?

— Oui. Nous ferons exhumer son corps.

— Merci, Mac. »

Dan raccrocha le récepteur, prit son portefeuille, le posa sur la table basse et s'assit sur le canapé. Il sortit la photo qui ne l'avait pas quitté depuis l'âge de six ans, la tint devant lui.

Les minutes s'écoulèrent — une heure, une heure et demie... —, tandis qu'il restait immobile, cherchant à rassembler ses souvenirs d'elle, même les plus infimes, les plus vagues.

Oh, Quinny, pourquoi faut-il que tu sois morte ainsi ?

Et, maman, pourquoi t'être accusée de cet accident ? Tu n'étais pas fautive. C'était moi, comme un petit crétin, qui l'avais causé. Tout s'était arrangé par la suite, très bien, même. J'aurais voulu que tu le saches.

Le carillon de l'entrée retentit. Il n'en tint pas compte. Il sonna à nouveau, cette fois avec insistance.

Zut ! Qu'on me fiche la paix ! La dernière chose dont j'aie envie, c'est bien d'aller prendre un verre avec ma voisine.

Il se leva à regret, traversa la pièce et alla ouvrir. Nell MacDermott se tenait devant lui. « Mac m'a mise au courant. Je suis navrée, Dan. »

Sans un mot, il s'effaça pour la laisser entrer, ferma la porte, la prit dans ses bras et se mit à pleurer.

*Vendredi 23 juin*

# 74

L E vendredi matin, un coursier partit chercher
les enregistrements des derniers bulletins
d'informations du 9 septembre diffusés tard
dans la soirée sur les six chaînes de télévision principales de New York. Une fois rassemblées, les cassettes
devaient être portées aux services du procureur
général.

Sitôt qu'elles furent arrivées, Sclafani et Brennan
les emportèrent au studio du neuvième étage. Se
frayant un chemin à travers l'habituel fouillis de matériel et de câbles, ils s'installèrent à l'écart avec un
magnétoscope et un poste de télévision. Brennan
approcha deux chaises, et Sclafani introduisit la cassette de CBS.

« Le spectacle va commencer, dit-il à son collègue.
Amène le pop-corn. »

L'ouverture du journal était consacrée à l'incendie
qui avait détruit l'hôtel Vandermeer dans la 28e Rue,
près de la Septième Avenue.

Dana Adams, l'envoyée spéciale de CBS, faisait son
reportage en direct. « Construit sur l'emplacement
d'une des plus anciennes fermes hollandaises de la

ville, l'hôtel Vandermeer, classé monument historique et inoccupé depuis huit ans, a entièrement brûlé dans un incendie survenu dans la soirée. Le feu, dont la caserne de pompiers locale a été avertie à sept heures trente-quatre, s'est rapidement propagé à travers tout le bâtiment, embrasant la totalité du toit. Ayant appris que des SDF occupaient parfois les lieux, les pompiers ont entrepris de fouiller ce qui restait de l'hôtel malgré les risques encourus. Dans une salle de bains au troisième étage, ils ont fait une triste découverte : celle d'une femme selon toute vraisemblance morte asphyxiée. On suppose qu'elle pourrait être à l'origine de l'incendie qui a détruit le bâtiment. Il semblerait que cette femme ait été identifiée, mais les autorités ne divulgueront pas son nom avant d'en avoir confirmation et d'avoir prévenu sa plus proche famille. »

Venait ensuite un spot publicitaire.

« L'hôtel Vandermeer ! s'exclama Sclafani. C'est Lang qui en est propriétaire aujourd'hui, non ?

— Exact, et Cauliff possédait la parcelle contiguë.

— Ce qui signifie que cet incendie risquait de leur rapporter à tous les deux un gros paquet de fric.

— Exactement.

— Bon, visionnons le reste des cassettes au cas où il y aurait autre chose pouvant avoir un lien avec le pot-de-vin touché par Jimmy Ryan. »

Trois heures plus tard, ils n'avaient rien trouvé d'autre se rattachant d'une manière ou d'une autre à Jimmy Ryan. La destruction de l'ancien hôtel particulier avait fait l'objet de reportages détaillés sur toutes les chaînes.

Ils remirent les cassettes au responsable du studio afin qu'il en fasse une copie. « Rassemblez les six séquences consacrées à l'hôtel Vandermeer sur le même enregistrement », demanda Sclafani au technicien.

Puis ils regagnèrent le bureau de Sclafani pour faire le point. « Qu'est-ce qu'on a à se mettre sous la dent ? s'enquit Brennan.

— Une coïncidence — mot à éviter comme la peste, ainsi que nous le savons toi et moi — et le journal intime d'une gamine de dix ans qui a vu son papa craquer alors qu'il regardait cette émission. Peut-être qu'après une bière ou deux, le papa trouvait que les dieux ne lui étaient guère favorables.

— Lisa Ryan a dit que, à en croire Jimmy, à ce moment-là, l'appel téléphonique à propos du "boulot à annuler" concernait des modifications déjà réalisées.

— Ça ne doit pas être sorcier à vérifier, j'imagine. » Brennan se leva. « On a déjà connu des cas de SDF qui mettent le feu involontairement à des maisons abandonnées, ajouta-t-il d'une voix songeuse, et des incendies de ce genre qui se terminent tragiquement.

— Regarde le problème sous un autre angle, suggéra Sclafani. Quand un SDF squatte régulièrement un bâtiment qui prend feu, ça n'est pas non plus sorcier de lui attribuer la responsabilité de l'incendie.

— En résumé, on est d'accord sur un point : il est grand temps de savoir ce qui a eu lieu exactement le 9 septembre dans l'hôtel Vandermeer. » George Brennan sortit son calepin. « Je vais creuser un peu ce côté de l'affaire. Voyons — ça s'est passé dans la 28e Rue, à l'est de la Septième Avenue. Le commissariat de la 13e circonscription devrait être en possession du dossier.

— Et moi, il faut que j'en finisse avec cette histoire de clé, dit Sclafani. Nous devons trouver la banque où

Winifred, "Winnie la porteuse de valises", détenait son coffre.

— À moins qu'il ne soit trop tard.

— À moins qu'il ne soit trop tard, répéta Sclafani. Si ce gamin de Wilmington ne se trompe pas, quelqu'un a sauté du yacht avant l'explosion. Jusqu'à plus ample information, mon intuition est qu'il s'agissait de Winifred Johnson. Auquel cas, même sans la clé, elle a pu avoir accès au coffre.

— Te rends-tu compte qu'en ce moment nous suivons des pistes fournies par un môme de huit ans hypermétrope et par une fillette de dix ans qui tient son journal intime ? » Brennan poussa un soupir. « Ma mère disait qu'il y a des jours comme ça dans l'existence. »

# 75

Le vendredi matin, Nell téléphona à la maison de retraite d'Old Woods Manor pour demander des nouvelles de la mère de Winifred Johnson. On lui passa la surveillante de l'étage.

« Elle est très déprimée. Winifred était une fille très attentionnée. Elle lui rendait visite tous les samedis, et parfois le soir pendant la semaine. »

Winifred la fille dévouée. Winifred la championne de natation. Winifred la porteuse de valises. Winifred l'amoureuse d'Harry Reynolds. Laquelle était la vraie Winifred ? se demanda Nell. Ou était-elle les quatre à la fois ? Peut-être se trouvait-elle en ce moment en Amérique du Sud ou dans une île des Antilles, à l'abri des poursuites des autorités américaines.

« Puis-je faire quelque chose pour Mme Johnson ? demanda-t-elle.

— Le plus gentil serait de venir la voir, répondit sans hésitation la surveillante. Elle a envie de parler de sa fille, et je crains que les autres résidents ne l'évitent. Elle se plaint beaucoup, vous comprenez.

— J'avais l'intention de lui faire une visite la semaine prochaine », dit Nell. Elle a envie de parler de sa fille, pensa-t-elle. Rhoda Johnson lui révélerait-elle quelque chose qui les mettrait sur la piste de Winifred, à supposer que celle-ci soit toujours en vie ?

« Mais je vais plutôt venir aujourd'hui, promit-elle. Je serai là vers midi. »

Elle raccrocha et alla à la fenêtre. C'était une matinée grise et pluvieuse. À son réveil, Nell était restée longtemps allongée dans son lit, les yeux clos, passant en revue les événements des deux semaines qui venaient de s'écouler.

Elle avait évoqué le visage d'Adam, s'en représentant chaque détail. Le dernier matin, elle n'avait pas eu droit à ce sourire qui l'avait tant séduite lors de leur première rencontre. Il était irritable, nerveux, si impatient de s'en aller qu'il était parti sans emporter sa veste ni sa serviette.

La veste dans laquelle se trouvait la clé de coffre portant le numéro 332.

Je devrais la remettre aux inspecteurs, pensa Nell en se dirigeant vers la salle de bains, ouvrant les robinets de la douche. Je sais que je le devrais. *Mais pas avant...* Elle n'alla pas au bout de sa pensée.

Une hypothèse, aussi absurde qu'inquiétante, venait de se former dans son esprit — une hypothèse que cette clé lui permettrait de confirmer ou de démentir.

De toute façon, ce n'est pas grâce à la deuxième clé qu'ils trouveront la banque plus vite, réfléchit-elle tout en pénétrant dans la douche d'où s'échappait un nuage de buée.

Elle avait failli confier à Dan ce qu'elle envisageait de faire, pourquoi elle en ressentait la nécessité, mais le moment n'avait pas été propice. Il avait besoin de parler de son propre chagrin. En phrases entrecoupées, hésitantes, il lui avait raconté l'accident qui avait provoqué le départ de sa mère, les longs mois d'hôpital où il n'avait cessé d'espérer que la porte de sa chambre allait s'ouvrir et qu'il la verrait apparaître devant lui. Ensuite il lui avait décrit le dévouement de ses grands-parents, grâce auxquels il avait pu guérir physiquement et moralement.

Enfin, il lui avait dit : « Dès que je pourrai faire transporter le corps de ma mère dans notre concession familiale du Maryland, je sais que je retrouverai la paix. Je ne me réveillerai plus au milieu de la nuit en l'imaginant en train d'errer dans les rues, affamée ou malade. »

Je lui ai affirmé que pour moi, ceux que nous avons aimés ne nous quittent jamais complètement, se rappela Nell, offrant son visage au jet cinglant de la douche. Je lui ai raconté l'adieu de mes parents.

Il m'a demandé si Adam était venu me dire adieu de la même façon. J'ai secoué la tête. Je n'avais pas envie de parler d'Adam, hier soir.

À dix heures, elle était allée dans la cuisine de Dan, cherchant de quoi préparer un semblant de dîner. « Contrairement à certains célibataires, vous n'êtes pas le roi des fourneaux », avait-elle fait remarquer avec un sourire.

Elle avait quand même trouvé des œufs, du fromage et des tomates, et avait confectionné une omelette accompagnée de toasts et de café. Il s'était un peu détendu pendant le repas. « Avez-vous le don de vous rendre invisible, Nell ? Comment vous êtes-vous débrouillée pour passer le barrage de mon portier ? Il est pire qu'un gardien de prison. Il faut presque fournir un échantillon sanguin pour entrer si vous n'habitez pas ici.

— Il y a quelqu'un qui donne une réception dans

l'immeuble. Je me suis mêlée à un groupe de six ou sept personnes, et lorsqu'elles sont sorties au troisième étage, j'ai dit au garçon d'ascenseur que j'avais rendez-vous avec vous. Il m'a indiqué votre appartement. En me faisant annoncer, je craignais que vous ne répondiez pas à l'interphone ou que vous refusiez carrément de me recevoir.

— Faux. J'aurais dit : "Montez, Nell, j'ai besoin de vous. " » Il la regarda droit dans les yeux.

Il était presque minuit lorsque Dan était descendu la raccompagner jusqu'à un taxi. « Je ne pourrai pas retrouver Mac à l'institut médico-légal avant midi, lui avait-il dit. J'ai deux opérations prévues demain matin. »

Un quart d'heure plus tard, en arrivant chez elle, Nell avait trouvé un message de Dan sur son répondeur : « Nell, je ne vous ai pas assez remerciée d'être venue me tenir compagnie ce soir. J'ai eu la même impression que si la porte de ma chambre d'hôpital s'était ouverte lorsque j'étais enfant et qu'était apparue la belle jeune femme que j'avais tant attendue. Je sais que mes propos sont un peu audacieux et je me tairai pendant les six mois qui viennent, c'est promis. Vous avez perdu votre mari il y a seulement deux semaines. Mais votre arrivée dans mon existence a tout changé. »

Elle avait sorti la cassette de l'appareil et l'avait mise de côté dans un tiroir de la commode.

Le message de Dan lui trotta dans la tête pendant qu'elle sortait de la douche, s'essuyait vigoureusement, séchait ses cheveux, et s'habillait, choisissant un pantalon de gabardine bleu clair et une chemise d'homme à rayures bleues et blanches.

Elle fut tentée d'aller jusqu'à la commode, d'en sortir la cassette et de l'écouter à nouveau. C'était le signe que l'avenir pouvait être plus heureux. Mais elle savait que l'émotion particulière qui s'était emparée d'elle en écoutant le message de Dan la veille aurait disparu aujourd'hui.

En réalité, elle redoutait la journée qui s'annonçait. Elle avait l'obscur pressentiment d'un malheur. Elle l'avait su dès l'instant où elle avait ouvert les yeux, après une nuit agitée et troublée de rêves. L'impression qu'une catastrophe imminente flottait dans l'air autour d'elle, comme le nuage noir d'une tornade qui reste en suspens dans le ciel peu avant de toucher le sol et de tout emporter sur son passage.

Nell percevait cette menace latente, mais elle était impuissante à la prévenir, quelle qu'en fût la nature. Elle en était le cœur, actrice d'une scène qui serait inéluctablement jouée. À travers ses propres expériences, et à cause de l'influence de Gert, elle en était venue à comprendre qu'elle était douée de précognition.

*Précognition : phénomène parapsychologique qui consiste à connaître ce qui va arriver.*

C'était Gert qui lui en avait fourni la définition. Elle-même l'avait expérimenté à quelques occasions.

Fardant ses lèvres d'une touche de rouge, Nell tenta de se raisonner. J'ai cru qu'il s'agissait de précognition l'autre jour lorsque j'ai eu cette sensation de chaleur et de brûlure, quand j'ai cru suffoquer. Mais c'est aussi ce qu'a enduré la mère de Dan en mourant asphyxiée dans l'incendie. Ai-je capté certaines vibrations qui émanaient d'elle ?

Seul l'avenir le dirait.

Les questions qui avaient hanté ses rêves durant la nuit résonnaient encore dans son esprit. Quelqu'un s'était-il réellement échappé du bateau ? S'il y avait eu un survivant, était-ce Winifred ? Ou un tueur à gages caché dans la chambre des machines ?

*Ou Adam ?*

Elle devait apporter une réponse à ces questions. Et, à moins de se tromper, elle savait comment la trouver.

# 76

À midi, Dan Minor poussa la porte de l'institut médico-légal dans la 30ᵉ Rue au coin de la Première Avenue. Mac l'attendait à la réception. « Navré d'être en retard, dit Dan.

— Pas du tout, c'est moi qui suis toujours en avance. Nell prétend que c'est ma manière de prendre l'avantage sur les gens. » Il serra avec chaleur la main de Dan. « Je suis sincèrement désolé que les choses se soient passées ainsi. »

Dan hocha tête. « Je sais, et je vous remercie de votre aide.

— Nell a été bouleversée lorsque je lui ai appris la nouvelle. Je suis sûr qu'elle va vous faire signe.

— Elle l'a déjà fait. Elle est venue me tenir compagnie hier soir. » Un sourire fugace éclaira le visage de Dan. « Après m'avoir fait remarquer qu'il n'y avait rien à manger, elle m'a préparé à dîner.

— C'est elle tout craché. » Mac désigna d'un signe de tête une porte derrière la réception. « Un employé dans la pièce à côté a sorti le dossier de votre mère afin que vous puissiez le consulter. »

On avait photographié le visage et le corps de

Quinny. Si décharnée, pensa Dan — elle devait être anémique. On reconnaissait les traits représentés sur la photo vieillie à l'ordinateur, mais il eut l'impression que dans la mort son visage avait retrouvé une certaine sérénité. Les pommettes hautes, le nez étroit, les grands yeux étaient ceux de la jeune femme de ses souvenirs.

« Les seules marques distinctives sur son corps étaient des cicatrices sur les paumes, dit l'employé. Le médecin légiste qui l'a examinée les a attribuées à des brûlures.

— Ça n'a rien d'étonnant », murmura Dan tristement.

Le dossier contenait également une reproduction de la photo qu'il leur avait communiquée.

« Où est passée cette photo ? demanda-t-il.

— Ils la conservent comme pièce à conviction. Elle a été déposée au commissariat de la 10e circonscription.

— Pièce à conviction ! Pièce à conviction ! *Conviction de quoi ?*

— Rien qui puisse vous inquiéter, le rassura Mac. Elle n'avait certainement pas l'intention de mettre le feu à ce bâtiment, mais selon les experts, la nuit du 9 septembre a été particulièrement froide pour cette époque de l'année. Quinny avait jeté des bricoles dans la cheminée et allumé le feu avant de monter dans la salle de bains. Le volet de tirage était fermé, et ses affaires se trouvaient trop près des flammes. En quelques minutes l'endroit s'est transformé en brasier.

— Ma mère est peut-être morte dans l'incendie, mais elle ne l'a pas allumé, dit Dan d'un ton ferme. Et je vais vous expliquer pourquoi. » Il prit une longue inspiration. « Mieux, je vais vous *prouver* pourquoi. »

## 77

NELL s'apprêtait à quitter l'appartement lorsque Gert téléphona. « Nell, ma chérie, tu as toujours l'intention de déposer ces cartons à la boutique demain, n'est-ce pas ?

— Oui, je n'ai pas oublié.

— Si tu as besoin d'un coup de main pour emballer les affaires, souviens-toi que je suis à ta disposition.

— Merci, tante Gert, mais tout est prêt. J'ai loué les services d'un transporteur. Ils m'enverront quelqu'un avec une camionnette. Le chauffeur m'aidera à porter les cartons, et ça se passera très bien. »

Gert eut un petit rire confus. « J'aurais dû me douter que tu avais déjà tout prévu. Tu es si bien organisée.

— J'en suis moins sûre que toi. Je m'y suis prise à l'avance uniquement parce que je voulais que l'appartement soit débarrassé des souvenirs qui l'encombraient.

— Oh, à propos, Nell. J'étais en train de trier des photos pour mon nouvel album et...

— Tante Gert, je regrette, mais je suis déjà en

retard, il faut que je file. Je dois être à White Plains dans moins d'une heure.

— Excuse-moi, chérie. Sauve-toi vite. À demain à la boutique, donc ?

— Absolument. Le chauffeur arrive à dix heures, Je serai là vers dix heures et demie.

— C'est parfait, Nell. Je te laisse partir. Au revoir, chérie. À demain. »

Que Dieu la bénisse, pensa Nell en reposant l'appareil. Mais les actions de la compagnie de téléphone à laquelle tante Gert est abonnée vont chuter de vingt pour cent le jour où elle mourra.


Avant d'aller retrouver Rhoda Johnson dans sa chambre, Nell s'arrêta au bureau du personnel soignant au premier étage. « Je suis Nell MacDermott, je viens voir Mme Johnson. Je vous ai téléphoné ce matin. »

La femme à laquelle elle s'adressait, visage souriant sous une masse de cheveux gris, se leva. « Je lui ai annoncé votre visite, pensant lui remonter le moral. Mais sa bonne humeur n'a duré qu'un moment. Elle a reçu un appel de son propriétaire. Il semble qu'il désire retirer les meubles de son appartement, ce qui l'a complètement bouleversée. Je crains que vous n'en subissiez le contrecoup. »

Tout en longeant le corridor, elles passèrent devant une petite salle où trois tables étaient occupées par quelques pensionnaires en train de déjeuner. « Nous avons une grande salle à manger au rez-de-chaussée, mais certaines personnes préfèrent prendre leur petit déjeuner et leur repas de midi à leur étage.

— Vous êtes vraiment aux petits soins pour vos hôtes.

380

— Oui, mais nous sommes impuissants à les rendre heureux. Et c'est probablement ce dont ils ont le plus besoin. On peut les comprendre. Ils sont âgés, souffrants, privés de la compagnie de leur mari, de leur femme, de leurs enfants, de leurs amis. Certains s'adaptent à leur existence parmi nous, d'autres non. »

Elles étaient presque arrivées devant la porte de Rhoda Johnson. « Je suppose que Mme Johnson fait partie de ceux qui s'adaptent le moins bien, dit Nell.

— Elle sait qu'elle bénéficie de ce qu'elle peut souhaiter de mieux, mais, comme tout le monde, elle préférerait habiter chez elle — et, dans son cas, ne recevoir d'ordres de personne. Vous allez vite vous en rendre compte. »

Elles se tenaient devant la porte entrebâillée qui menait à la suite de Rhoda Johnson. La femme frappa. « Vous avez de la visite, madame Johnson. »

Sans attendre de réponse, elle entra, suivie de Nell.

Rhoda Johnson était dans sa chambre, allongée sur son lit, le dos calé contre les oreillers, une couverture de laine tricotée sur ses jambes.

À leur entrée, elle ouvrit les yeux. « Nell MacDermott ?

— Moi-même. » Nell s'étonna de la trouver si changée depuis sa dernière visite.

« Puis-je vous demander un service ? Winifred m'achetait toujours un gâteau au café à la pâtisserie du centre commercial, à un kilomètre d'ici. Pourriez-vous m'en rapporter un tout à l'heure ? Je n'arrive pas à manger ce qu'ils nous servent ici — la nourriture n'a aucun goût. »

Ça commence bien, pensa Nell. « Je le ferai avec plaisir, madame Johnson.

« — Je vous laisse », dit gentiment la femme qui avait accompagné Nell.

Nell approcha une chaise du lit et s'assit. « Vous ne vous sentez pas en grande forme aujourd'hui, n'est-ce pas ?

— Ni mieux ni plus mal que d'habitude. Mais personne n'est très amical avec moi. Les gens savent que je viens d'un milieu modeste, et ils m'ignorent.

— Je n'ai pas eu cette impression. L'infirmière de la semaine dernière semblait très gentille avec vous. Et celle à laquelle je me suis adressée aujourd'hui m'a suggéré de venir vous rendre visite sans tarder car elle trouvait que vous aviez mauvais moral.

— Elles sont correctes. Mais je peux vous dire que le personnel de service — les femmes de ménage, tous ces gens-là — ne me traite pas de la même façon depuis que Winifred n'est plus là pour leur glisser un billet de vingt dollars.

— C'était généreux de sa part.

— De l'argent gâché. À présent qu'elle est partie, ne devraient-ils pas montrer un peu d'attention à mon égard ? »

Rhoda Johnson se mit à pleurer. « C'est toujours la même chose, les gens profitent de vous. J'ai passé quarante-deux ans dans mon appartement, et le propriétaire veut que je libère les lieux dans deux semaines. Il y a mes affaires dans les penderies ; et le service de porcelaine de ma mère... Figurez-vous que je n'ai jamais cassé une seule tasse.

— Madame Johnson, permettez-moi d'aller demander un renseignement à la réception, dit Nell. J'en ai pour un instant. »

Elle s'absenta moins de cinq minutes. « C'est bien ce que je pensais. Vous pouvez faire transporter vos meubles ici, si vous le désirez. Voulez-vous que nous passions toutes les deux à votre appartement la semaine prochaine ? Vous y choisirez les choses que vous aimeriez garder avec vous. Je me chargerai du déménagement. »

Rhoda Johnson la dévisagea d'un air méfiant. « Pourquoi vous donnez-vous tout ce mal pour moi ?

— Parce que vous avez perdu votre fille, et que j'en suis navrée pour vous, répondit Nell. Et si la présence de vos affaires peut vous réconforter, j'en serais heureuse.

— Peut-être croyez-vous me devoir quelque chose parce que Winifred se trouvait sur le bateau de votre mari. Si elle était restée chez Walters et Arsdale, elle serait rentrée directement à la maison en sortant du bureau, et elle serait en vie aujourd'hui. »

Le visage de Rhoda Johnson se décomposa et les larmes jaillirent de ses yeux. « Winifred me manque tellement. Elle venait toujours me voir le samedi. Elle ne m'a jamais fait faux bond — pas une seule fois. Elle réussissait parfois à se libérer le soir en semaine, mais quoi qu'il en soit, elle me réservait son samedi. La dernière fois que je l'ai vue, c'était la veille de sa mort.

— C'est-à-dire le jeudi soir, il y a deux semaines, dit Nell. Sa visite vous a fait plaisir, j'imagine ?

— Elle n'avait pas l'air dans son assiette. Elle avait voulu passer à la banque, mais était arrivée trop tard. »

Nell posa instinctivement la question suivante : « Vous rappelez-vous à quelle heure elle est arrivée ce soir-là ?

— Il faisait encore jour. C'était un peu après cinq heures. Je m'en souviens parce que j'étais en train de dîner et que le repas du soir est toujours servi à cinq heures. »

Les banques ferment à cinq heures, se dit Nell. Winifred aurait eu tout le temps de s'arrêter dans une banque à Manhattan avant de venir à White Plains. Elle avait probablement son compte dans une banque près d'ici.

Rhoda Johnson s'essuya les yeux avec le dos de sa main. « J'en ai assez. Je sais que je n'en ai plus pour très longtemps. Mon pauvre cœur continue cahin-caha. Je demandais souvent à Winifred ce qu'elle ferait le jour où il m'arriverait malheur. Savez-vous ce qu'elle me répondait ? »

Nell attendit.

« Elle disait qu'elle quitterait sa situation et prendrait un avion pour la première destination venue. Une façon de plaisanter, j'imagine. » Elle soupira. « Je ne devrais pas vous retenir plus longtemps, Nell. Votre visite m'a fait plaisir. N'oubliez pas mon gâteau au café. »

La pâtisserie se trouvait dans un centre commercial, à une dizaine de minutes en voiture de la maison de retraite. Nell acheta le gâteau demandé, puis s'attarda sur le trottoir devant le magasin. La pluie avait cessé, mais le ciel restait chargé de nuages. Il y avait une grande banque, un peu plus loin, à l'angle du centre commercial. Une allée semi-circulaire conduisait à l'entrée du bâtiment qui disposait d'un parking privé. Pourquoi ne pas commencer par là ? décida Nell en montant dans sa voiture.

Elle alla jusqu'à la banque, se gara et entra. Au fond de la salle un guichet était surmonté d'un panneau indiquant : LOCATION DE COFFRES.

Nell s'y dirigea et ouvrit son sac. Elle en sortit son portefeuille d'où elle retira la petite enveloppe brune qu'elle avait trouvée dans la poche intérieure de la veste d'Adam.

Elle ouvrit le rabat et fit glisser la clé sur le comptoir. Avant même qu'elle ait pu demander si celle-ci correspondait à l'un des coffres de la banque, l'employé lui sourit et lui tendit une fiche à signer.

« Je voudrais parler au directeur », dit-elle calmement.

Arlene Barron, la directrice, était une jeune femme noire belle et élégante. « Cette clé a un lien direct avec une enquête criminelle en cours, expliqua Nell. Il faut que je prévienne les services du procureur de Manhattan. »

On lui répondit que Sclafani et Brennan étaient sortis, mais seraient de retour d'un moment à l'autre. Elle laissa un message indiquant qu'elle avait trouvé la banque qui détenait le coffre correspondant à la clé numéro 332. Elle communiqua ensuite le nom d'Arlene Barron et son numéro personnel.

« Ils vont certainement se présenter avec un mandat de perquisition, peut-être même ce soir avant la fermeture, lui dit-elle.

— Je comprends.

— Serait-ce violer le secret bancaire que de me dire le nom du détenteur de ce coffre ? »

Arlene Barron hésita. « Je ne sais si... »

Nell la coupa : « A-t-il été ouvert au nom d'une femme, ou un certain Harry Reynolds en est-il aussi titulaire ?

— Il m'est impossible de divulguer cette information, répondit Arlene Barron, tout en hochant imperceptiblement la tête.

— Je m'en doutais. » Nell se leva. « Une dernière question. Le coffre a-t-il été ouvert depuis le 9 juin ?

— Nous ne gardons aucune trace de ce genre de mouvements.

— Personne ne doit accéder à ce coffre avant l'arrivée de la police. S'il n'a pas déjà été vidé, il peut contenir des pièces à conviction essentielles dans une affaire qui a fait plusieurs victimes. »

Elle avait atteint la porte lorsque Arlene Barron la rappela : « Madame MacDermott, vous oubliez votre paquet ! »

Le carton contenant le gâteau était posé par terre près de la chaise que Nell avait occupée. « Merci. Je ne m'étais même pas rendu compte que je l'avais emporté avec moi. Je l'ai acheté pour une vieille dame qui réside dans une maison de retraite. Dieu sait qu'elle l'a mérité ! »

# 78

E N arrivant au commissariat du 13e district, Sclafani et Brennan tombèrent sur Mac et Dan
Minor.

« Regarde qui est là, murmura Brennan. MacDermott en personne. Je me demande ce qu'il fabrique
dans le coin.

— Il y a un moyen de le savoir. » Sclafani se dirigea
à grandes enjambées vers le bureau d'accueil. « Salut,
Richard », dit-il au sergent de service, puis, avec un
large sourire, il se tourna vers Cornelius MacDermott :
« Monsieur le député, nous sommes très honorés de
vous voir ici. Je me présente : inspecteur Sclafani.
Mon collègue, l'inspecteur Brennan, et moi-même
rencontrons fréquemment votre petite-fille depuis la
tragique explosion du yacht de son mari. Elle s'est
montrée extrêmement coopérative avec nous.

— Nell ne m'en a rien dit, mais ça ne me surprend
pas. Je lui ai appris à ne rendre compte de ses actes à
personne, et je crois être un bon professeur. » Il serra
la main de Sclafani. « Je suis là pour une affaire différente. Le Dr Minor, qui m'accompagne, est venu
recueillir des informations sur la mort de sa mère. »

Brennan s'était rapproché d'eux. « Je suis désolé, docteur, dit-il à Dan. Est-elle décédée récemment ? »

Mac répondit à la place de Dan. « Il y a neuf mois. La mère de Dan souffrait de graves troubles psychologiques et le docteur la recherchait depuis longtemps. Elle a péri asphyxiée dans l'incendie qui a détruit l'hôtel Vandermeer le 9 septembre dernier. »

Les deux inspecteurs échangèrent un regard. Dix minutes plus tard les quatre hommes étaient installés à une longue table dans la salle de réunion du commissariat. Le capitaine John Murphy, le chef du poste de police, les avait rejoints. Le dossier de l'affaire et le casier contenant les effets personnels de la mère de Dan étaient étalés sur la table.

Murphy commenta les principales mentions portées au dossier. « De la fumée a été aperçue sortant du rez-de-chaussée de l'hôtel Vandermeer à dix-neuf heures trente-quatre, et l'alarme a été immédiatement donnée. Lorsque la première équipe de pompiers est arrivée sur les lieux, environ quatre minutes et demie plus tard, presque tout le bâtiment était la proie des flammes. Le feu s'est apparemment propagé dans les étages par le conduit d'un passe-plat et a atteint rapidement le toit. Assurés par un câble de sécurité, quatre pompiers sont parvenus à explorer le rez-de-chaussée et le premier étage, déjà presque complètement embrasés. Au moyen de la grande échelle, une seconde équipe a fouillé le deuxième et le troisième étage. Ils ont découvert le corps d'une femme dans la salle de bains du troisième. Elle s'était réfugiée dans la baignoire et s'était recouvert le visage d'un linge mouillé. On a pu la transporter avant que le feu n'ait atteint la totalité de l'étage. Les tentatives de réanimation cardio-respiratoire ont été vaines. Le décès a été constaté à vingt et une heures trente. Provoqué par asphyxie due à l'inhalation de fumée. »

Le policier jeta un regard dans la direction de Dan qui l'écoutait attentivement, les yeux baissés, les mains jointes sur la table.

« Savoir que le feu ne l'a pas atteinte est une petite consolation. C'est la chaleur intense et la fumée qui ont été la cause de sa mort.

— En effet, dit Dan, mais peut-on me dire pourquoi elle est tenue pour responsable de l'incendie ?

— Le feu a pris dans l'ancienne bibliothèque du rez-de-chaussée. La fenêtre de cette pièce a rapidement été soufflée et des papiers se sont envolés dans la rue, parmi lesquels une carte de la soupe populaire. C'est pour cette raison que l'on a d'abord attribué à votre mère l'identité d'une autre personne. Nous avons appris par la suite que la carte appartenait à une SDF qui avait peu avant déclaré à la police le vol d'un de ses cabas.

— Vous dites qu'il y avait une deuxième SDF dans le bâtiment ?

— Nous n'en sommes pas certains. Il n'y a pas eu d'autre victime, mais on a trouvé des restes de repas et un matelas dans la bibliothèque. Nous supposons que votre mère avait élu domicile dans l'hôtel Vandermeer, et qu'elle y a mis le feu accidentellement — peut-être en préparant son repas —, et puis qu'elle est montée au troisième étage pour utiliser les toilettes de la salle de bains. Apparemment, c'étaient les seules qui fonctionnaient encore. Elle s'y est trouvée piégée. Si elle avait tenté de s'échapper, la densité de la fumée l'aurait empêchée de distinguer l'escalier.

— Bon. Maintenant, laissez-moi vous raconter quelque chose à propos de ma mère, dit Dan. Elle avait une peur maladive du feu, et surtout des feux de cheminée. Il est *impossible* qu'elle ait fait brûler ne serait-ce qu'une brindille. »

Il vit une expression d'incrédulité polie se peindre sur le visage du capitaine Murphy et des inspecteurs. « Mon père a abandonné ma mère alors que j'avais trois ans. À partir de ce jour, elle a souffert de dépression et est devenue alcoolique. Elle parvenait à se contrôler durant le jour, mais dès qu'elle m'avait mis au lit, elle se mettait à boire jusqu'à sombrer dans l'inconscience. »

La voix de Dan trembla. « Je n'étais qu'un enfant mais je m'inquiétais à son sujet. Je me réveillais, descendais l'escalier sur la pointe des pieds, serrant ma couverture contre moi. Chaque fois, je la trouvais endormie sur le canapé, une bouteille vide à côté d'elle. Elle aimait faire du feu dans la cheminée à cette époque, elle me lisait des histoires devant une flambée avant que j'aille me coucher. Une nuit, je l'ai trouvée inconsciente sur le sol devant la cheminée. J'ai déplié ma couverture pour l'en couvrir et un pan est tombé dans le foyer. Lorsque j'ai voulu l'en retirer, la manche de mon pyjama s'est enflammée à son tour. »

Il se leva, ôta sa veste et déboutonna le poignet de sa chemise. « J'ai failli perdre un bras, dit-il en relevant sa manche. J'ai passé presque un mois à l'hôpital, subi plusieurs greffes, suivies d'une longue période de rééducation. La douleur était atroce. Ma mère était tellement accablée par le remords et la peur d'être accusée de négligence qu'un matin, après être restée toute une nuit à mon chevet à l'hôpital, elle est partie pour ne plus jamais revenir. Elle ne supportait pas de me voir dans cet état.

« Nous n'avions pas la moindre idée de l'endroit où elle avait disparu. Puis un jour, il y a sept ans, nous

390

l'avons reconnue dans un reportage sur les sans-abri de New York. Un détective privé que nous avions engagé a rencontré des gens qui l'avaient connue dans un foyer. Tous avaient une histoire différente à raconter à son sujet, mais ils étaient unanimes sur un point : elle était prise de panique à la vue d'une simple flamme. »

Le bras de Dan n'était qu'une masse de chair entièrement couturée. Il ouvrit la main et déplia son avant-bras. « Il m'a fallu longtemps pour pouvoir le bouger à nouveau et en retrouver le contrôle, dit-il. Il n'est pas très beau à voir, mais c'est grâce au dévouement des médecins et des infirmières qui m'ont soigné que je suis devenu chirurgien-pédiatre, chef d'un service de grands brûlés. »

Il abaissa sa manche et la reboutonna. « Il y a quelques mois j'ai rencontré une SDF du nom de Lilly qui avait connu ma mère. Elle m'a longuement parlé d'elle. Elle aussi a mentionné sa phobie du feu.

— Vos arguments sont convaincants, docteur, dit Jack Sclafani d'une voix unie. Il est possible que Karen Renfrew, la femme qui a déclaré le vol de sa carte de la soupe populaire, soit responsable de l'incendie. L'hôtel Vandermeer était un bâtiment très vaste. Elle a pu ignorer que votre mère se trouvait à l'intérieur.

— C'est possible en effet. D'après ce qu'on m'a dit, ma mère, dans ses périodes de dépression les plus sombres, cherchait à se réfugier dans des endroits complètement solitaires. »

Dan renfila sa veste. « Je n'ai pas pu sauver ma mère d'elle-même, mais je peux au moins sauver sa réputation. Je veux que l'on retire son nom de la liste des personnes soupçonnées d'avoir provoqué cet incendie. »

Le téléphone sonna. « Je leur avais demandé de

mettre les appels en attente », grommela Murphy en décrochant. Il écouta. « C'est pour vous, Jack. »

Sclafani prit le récepteur. « Sclafani », fit-il d'un ton sec.

Quand il eut raccroché, il se tourna vers Brennan. « Nell MacDermott a laissé un message il y a un peu plus d'une heure. Elle a retrouvé la banque. Elle est dans le Westchester, près de la maison de retraite où réside la mère de Winifred Johnson. Nell les a prévenus que nous arrivions avec un mandat de perquisition. »

Il hésita un instant. « Il y a autre chose. J'ai appelé dans le Dakota du Nord ce matin pour savoir pourquoi l'enquêteur que nous avons dépêché sur place ne donnait pas signe de vie. Il a enfin laissé un message ; il a rédigé un rapport complet sur Adam Cauliff et nous l'envoie par fax.

— De quoi parlez-vous ? demanda Mac. Qu'est-ce que Nell manigance, et pourquoi enquêtez-vous sur Adam Cauliff ?

— Comme je vous l'ai dit, monsieur, votre petite-fille nous a beaucoup aidés dans nos recherches, expliqua Sclafani. Quant à son mari, nous avons un correspondant dans le Dakota du Nord qui a fouillé dans son passé. Il semble avoir recueilli des informations plutôt inquiétantes. Des faits qu'Adam Cauliff préférait tenir secrets. »

# 79

L<small>A</small> pluie se remit à tomber au moment où Nell montait dans sa voiture pour regagner Manhattan — une pluie drue, diluvienne, qui s'abattait avec force sur le pare-brise. Les feux stop de la voiture qui la précédait clignotaient, puis s'allumaient plus longuement dès que la circulation ralentissait et s'interrompait.

Nell étouffa un cri quand un léger accrochage sur la voie de gauche fit dévier une voiture qui passa à quelques centimètres d'elle. Si près qu'elle aurait pu toucher la portière du côté passager.

Les événements de la matinée se pressaient dans son esprit, mais elle résolut de se concentrer sur sa conduite.

Ce n'est qu'une fois la voiture garée dans le parking de son immeuble qu'elle mesura pleinement l'importance de ce qu'elle venait d'apprendre.

Winifred avait partagé un coffre avec Harry Reynolds.

Adam possédait une clé de ce coffre.

La logique de cette histoire lui échappait en partie, mais il y avait de fortes chances pour qu'Adam *soit* Harry Reynolds.

« Vous allez bien, madame MacDermott ? »
Manuel, le garçon d'ascenseur, la regardait avec
inquiétude.

« Très bien, merci, juste un peu fourbue. La circulation était difficile sur la route. »

Il était presque trois heures quand elle ouvrit la
porte de son appartement.

*Mon refuge !* Elle avait hâte à présent de se débarrasser de tout ce qui avait appartenu à Adam. Quoi
qu'on découvre d'autre, il était clair que Winifred et
lui avaient eu une relation secrète. Peut-être strictement professionnelle, en rapport avec des affaires
douteuses. Ou peut-être l'avait-il entretenue dans l'il-
lusion de sentiments amoureux. Bien que Nell eût du
mal à l'envisager. De toute façon, elle ne voulait plus
rien voir dans l'appartement qui pût lui rappeler la
présence d'Adam.

*Je suis tombée amoureuse de l'amour...*
Jamais plus ! se jura-t-elle.
*Jamais plus je ne retomberai dans ce piège.*

Le clignotant du répondeur indiquait qu'elle avait
des messages. Le premier provenait de son grand-
père : « Nell, Dan et moi sommes allés prendre
connaissance du dossier concernant la mort de sa
mère. Nous avons croisé par hasard les inspecteurs
Sclafani et Brennan. Ils ont reçu ton message, ils sem-
blent détenir certaines informations concernant
Adam. Des informations déplaisantes, je le crains. Ils
seront à mon bureau à cinq heures. Dan aussi. Tu
pourrais venir te joindre à nous. »

Le deuxième était un message de Dan : « Nell, je
m'inquiète à votre sujet. Rappelez-moi dès que vous le
pourrez. Au 917-555-1285. » Elle s'apprêtait à arrêter
l'appareil quand la voix de Dan reprit : « Nell, je vous
le répète. J'ai besoin de vous. »

Nell effaça la bande avec un sourire pensif. Elle alla à la cuisine et ouvrit le réfrigérateur. Quel toupet de ma part de lui avoir dit qu'il n'y avait rien à manger chez lui, pensa-t-elle en examinant son maigre contenu.

Allons, elle se contenterait d'une pomme. La première bouchée lui rappela un vieux souvenir de son cours d'histoire. Anne Boleyn, en chemin vers l'échafaud, avait demandé — ou mangé — une pomme.

Demandé ou mangé ? Pour une raison obscure, il lui sembla soudain important de connaître la réponse.

Pourvu que tante Gert soit chez elle, pria-t-elle en saisissant le téléphone.

Gert répondit dès la seconde sonnerie. « Nell, ma chérie, je suis en train de coller des photos dans mon album — celles de mon groupe de parapsychologie qui se réunissait parfois à la maison. Sais-tu que Raoul Cumberland, qui est si populaire à la télévision, est venu chez moi il y a quatre ans ? Et...

— Tante Gert, pardonne-moi de t'interrompre, mais j'ai eu une journée exténuante, dit Nell. Je voulais te proposer d'apporter les cinq cartons de vêtements demain. Il y a beaucoup à déballer, trier, suspendre. Je renverrai le chauffeur et te donnerai un coup de main.

— C'est très gentil de ta part, ma chérie. » Gert eut un petit rire nerveux. « Mais c'est inutile de te déranger. » Elle gloussa à nouveau. « Quelqu'un a déjà proposé de venir m'aider. J'ai promis de n'en parler à personne. Elle ne veut à aucun prix être mêlée à la vie privée de ses clientes, même si...

— Tante Gert, Bonnie Wilson m'a dit qu'elle prêtait volontiers main-forte à la boutique.

— Vraiment, elle te l'a dit ? » Gert paraissait à la fois soulagée et surprise.

« Ne préviens pas Bonnie de ma venue. À demain.

— J'apporterai mon album », promit Gert.

## 80

KAREN Renfrew aimait s'asseoir dans Central Park, sur un banc près de la Tavern on the Green. Ses ballots étalés autour d'elle, elle profitait du soleil, regardait passer les patineurs en rollers, les joggeurs, les nounous poussant des landaus, les touristes. Elle aimait tout particulièrement voir les touristes, bouche bée devant le spectacle qui s'offrait à eux.

Le spectacle de *sa* ville. De *son* New York, la plus belle métropole du monde.

Karen avait séjourné à l'hospice après la mort de sa mère. « Pour un bilan », lui avait-on dit. Puis on l'avait laissée partir. La directrice ne voulait pas la revoir. « Vous nous causez trop d'ennuis, avait-elle dit. Avec toutes ces cochonneries que vous trimbalez. »

Mais ce n'étaient pas des cochonneries. C'étaient ses affaires à elle. Elles la réconfortaient. Comme des amis. Chacun des sacs qu'elle transportait dans ses deux caddies — poussant l'un et tirant l'autre — comptait pour elle. Et chaque objet contenu dans ces sacs comptait aussi.

Karen aimait ses affaires, son parc, sa ville. Aujourd'hui, pourtant, n'était pas un de ses jours préférés. Il n'y avait pas un chat dehors. Il pleuvait trop. Karen sortit ses feuilles de plastique et s'en enveloppa ainsi que ses caddies. Quand les flics feraient leur patrouille, ils l'obligeraient probablement à déguerpir. Mais en attendant elle pouvait profiter du parc.

Elle l'aimait aussi sous la pluie. À dire vrai, elle aimait la pluie. Elle était propre, elle ne vous voulait pas de mal. Même quand elle tombait aussi dru qu'aujourd'hui.

« Karen, il faut qu'on te parle. »

Elle entendit une voix rude, masculine, et jeta un coup d'œil par-dessous son plastique.

Un flic se tenait debout près de ses caddies. Il allait probablement l'engueuler parce qu'elle refusait d'aller dans un foyer. Ou pire, il allait la forcer à s'installer dans une de ces taules, avec tous ces malades mentaux.

« Qu'est-ce que vous voulez ? » demanda-t-elle d'un ton rébarbatif. Mais il était inutile de poser la question, elle serait bien obligée de le suivre.

Ce flic-là ne semblait pas aussi brutal que certains autres. Il l'aida même à ramasser ses affaires. Arrivé au bord de la chaussée, il hissa un de ses caddies dans son fourgon.

« Arrêtez ! hurla-t-elle. C'est mes trucs. Vous n'avez pas le droit d'y toucher.

— Je sais qu'ils sont à toi. Mais nous avons quelques questions à te poser, au commissariat. Après, promis, je te ramènerai ici avec tout ton barda, ou je te déposerai ailleurs, si tu préfères. Fais-moi confiance, Karen.

— J'ai pas le choix, non ? » demanda Karen d'un ton amer, ne quittant pas le policier du regard, s'assurant qu'il ne laissait pas tomber un seul de ses précieux biens.

## 81

Nell composa le numéro de Bonnie Wilson. Après plusieurs sonneries, le répondeur se mit en marche : « Si vous désirez un rendez-vous avec le médium Bonnie Wilson, veuillez laisser vos nom et numéro de téléphone », dit une voix à l'accent métallique.

« Bonnie, ici Nell MacDermott. Je ne veux pas vous déranger, s'excusa-t-elle, mais il est important que je vous revoie. Croyez-vous pouvoir me faire à nouveau entrer en contact avec Adam ? J'ai besoin de lui parler. Il faut que je sache quelque chose. J'attendrai votre appel chez moi. »

Le téléphone sonna une heure plus tard. C'était Bonnie : « Nell, je suis navrée de ne pas avoir téléphoné plus tôt, mais je viens juste d'écouter votre message. J'étais en rendez-vous avec une nouvelle consultante. Vous pouvez venir immédiatement, bien sûr. Je ne suis pas certaine de pouvoir entrer en contact avec Adam, mais j'essaierai. Je ferai de mon mieux.

— Je n'en doute pas », fit Nell, d'une voix intentionnellement neutre.

# 82

Jack Sclafani et George Brennan arrivèrent dans les locaux de la brigade après avoir acheté des sandwichs qu'ils déposèrent dans leurs bureaux. Avant la pause du déjeuner, ils avaient un certain nombre de problèmes à régler. Primo, téléphoner à la directrice de l'agence de la Westchester Exchange Bank. Deuzio, déposer auprès d'un juge une demande de mandat leur permettant de perquisitionner le coffre portant le numéro 332. Tertio, demander au procureur de faire ouvrir le coffre par une autre équipe de la brigade.

Ils étaient impatients de savoir ce que contenait ce coffre, mais ils ne souhaitaient pas s'éloigner, au cas où l'on mettrait la main sur Karen Renfrew, cette SDF dont on avait retrouvé la carte de la soupe populaire près de l'hôtel Vandermeer le soir de l'incendie. Si on l'amenait au commissariat, ils voulaient pouvoir l'interroger.

Il était trois heures lorsqu'ils attaquèrent enfin leurs sandwichs. Ils mangèrent dans le bureau de Jack tout en parcourant le rapport concernant Adam Cauliff qui venait de leur parvenir du Dakota du Nord.

« On devrait proposer au procureur d'engager ce type de Bismarck, fit observer Sclafani. En deux jours, il a rassemblé plus d'informations qu'un échotier n'en recueille en toute une vie.

— Des renseignements plutôt inquiétants, disons-le.

— Vient d'une famille éclatée. Plusieurs condamnations en tant que mineur, mais son casier a été blanchi. Voyons le genre de délits. Vol à l'étalage. Vols à la tire. À l'âge de dix-sept ans, il est interrogé à la suite du décès d'un oncle, mais sans inculpation. La mère de Cauliff a hérité d'un paquet de fric venant de l'oncle en question. Ce qui a permis à Cauliff de s'inscrire à l'université.

— Comment notre bonhomme est-il parvenu à dénicher tout ça ?

— En menant une bonne enquête policière. Il a mis la main sur un shérif à la retraite doué d'une excellente mémoire. Et trouvé un professeur à l'université qui n'a pas craint de parler. Continuons.

— Menteur invétéré. Vantard. A probablement eu connaissance à l'avance de ses sujets d'examen. Pour son premier boulot à Bismarck, il fournit de fausses références. Son patron l'autorise à démissionner. Chez son second employeur, il a une histoire avec la femme du boss. Viré. La troisième fois, il est soupçonné d'avoir vendu à des firmes rivales le contenu d'appels d'offres.

« Le rapport conclut, je cite : "Son dernier employeur à Bismarck déclare : 'Adam Cauliff semblait croire qu'il avait le droit de disposer de tout ce dont il avait envie, qu'il s'agisse d'une femme ou d'un simple objet. J'ai montré ce dossier à un ami psychiatre. Il en a conclu qu'Adam Cauliff souffrait de graves problèmes relationnels, avec toutes les caractéristi-

401

ques d'un véritable psychopathe. Comme beaucoup d'individus de cette espèce, il fait preuve d'une grande intelligence et d'une apparence séduisante. Son comportement général peut être normal, voire parfait. Mais si les événements se retournent contre lui, alors il devient capable de tout pour arriver à ses fins. *De tout.* Il semble avoir un total mépris pour le code social auquel adhèrent la plupart d'entre nous.'"

— Waouh ! s'exclama Brennan après avoir lu la totalité du rapport. Comment une femme comme Nell MacDermott a-t-elle pu tomber amoureuse d'un oiseau pareil ?

— Comment quantité de femmes intelligentes se laissent séduire par des individus de cet acabit ? Je vais te donner mon avis. C'est parce que, quand tu n'es pas toi-même un imposteur, il faut se brûler les ailes au moins une fois avant d'avoir compris que les Adam Cauliff de ce monde ne nous ressemblent en rien. Et qu'ils sont parfois dangereux.

— Une question se pose désormais : si quelqu'un a sauté du bateau, était-ce Adam ou Winifred Johnson ?

— On peut aussi se demander : *quelqu'un* a-t-il vraiment sauté du bateau ? Une fois ouvert ce fameux coffre, nous saurons si l'un d'eux est allé le vider. »

Le téléphone sonna. Sclafani décrocha. « OK, on arrive. » Il se tourna vers Brennan : « Ils ont trouvé Karen Renfrew ; elle attend au commissariat du 13e district. En route. »

# 83

ÊME son vaste parapluie de golf ne put protéger Nell de l'averse lorsqu'elle franchit le
trottoir entre l'endroit où la déposa le taxi
et l'entrée de l'immeuble de Bonnie Wilson. Une fois
à l'intérieur, elle se sécha le visage avec un mouchoir.
Puis, prenant une profonde inspiration, elle appuya
sur le bouton de l'interphone.

Bonnie n'attendit pas qu'elle se soit annoncée.
« Montez, Nell. » À peine avait-elle prononcé ces mots
que la porte s'ouvrit automatiquement.

L'ascenseur monta lentement jusqu'au quatrième
étage. Bonnie l'attendait devant la porte de son appartement. « Entrez donc, Nell. »

Derrière elle, l'appartement était à peine éclairé.
Nell sentit brusquement sa gorge se serrer. Le faible
halo de lumière autour de Bonnie lui parut s'as-
sombrir.

« Nell, vous avez l'air si inquiet. Entrez », la pressa
Bonnie.

Comme hébétée, Nell obéit. Ce qui allait advenir
dans quelques minutes était inéluctable. Elle n'avait
pas le choix, et n'y pouvait rien. Rien n'arrêterait ce
qui devait se produire.

Elle pénétra dans l'entrée et Bonnie referma la porte derrière elle. Nell entendit le déclic du double pêne et le glissement du verrou de sécurité.

« L'escalier de secours est en réparation, expliqua Bonnie d'une voix douce. Le gérant a la clé de mon appartement, et je n'ai pas envie de le voir, lui ou un autre, entrer à l'improviste pendant que vous êtes là. »

Nell commença à suivre Bonnie le long du couloir. Dans le silence, leurs pas résonnaient sur le plancher nu. En passant devant le miroir, Nell s'arrêta un instant.

Bonnie se retourna. « Qu'y a-t-il, Nell ? »

Elles se tenaient côte à côte, leurs regards se croisant dans le miroir. *Vous ne voyez donc pas ?* faillit s'écrier Nell. *Votre aura est presque noire, exactement comme celle de Winifred. Vous allez mourir.*

Puis, avec horreur, elle vit que l'ombre s'étendait et l'enveloppait elle aussi.

Bonnie la tira par le bras. « Nell, ma chère, venez dans le bureau, il est temps de parler à Adam. »

*84*

DAN était passé à l'hôpital pour une visite post-opératoire de deux de ses patients. Il était quatre heures et demie lorsqu'il put s'en aller. Il appela à nouveau Nell à son appartement, sans obtenir davantage de réponse. Il espéra que Mac saurait où elle était.

S'il n'avait pas parlé à sa petite-fille en personne, Cornelius MacDermott avait eu de ses nouvelles par sa sœur. « Comme s'il ne lui suffisait pas d'envoyer Nell chez une de ces maudites voyantes, voilà que Gert s'est mis dans la tête de me faire avaler ses bobards à moi aussi. Elle a le pressentiment qu'un malheur menace Nell.

— Qu'est-ce que tout ça signifie, Mac ?

— Ça signifie qu'elle passe ses journées assise à se tourmenter. À regarder la pluie qui tombe. Son arthrite la fait souffrir, et elle prend ses douleurs pour des signes prémonitoires. Comme si elle voulait que nous profitions tous de ses fichus rhumatismes. Dan, suis-je le seul à être sain d'esprit dans cette maison ? Vous devriez voir les regards que me jette Liz. Je crains qu'elle ne croie à ces fadaises, elle aussi.

— Mac, pensez-vous qu'il y ait réellement une raison de s'alarmer pour Nell ? » demanda vivement Dan. L'inquiétude nourrit l'inquiétude, se dit-il. Toute cette journée n'a été qu'une succession de nouvelles éprouvantes.

« Pourquoi donc s'inquiéter ? J'ai dit à Gert de passer à mon bureau pour entendre ce que ces deux inspecteurs avaient à raconter sur Adam Cauliff. Gert s'en était entichée uniquement parce qu'il lui faisait des salamalecs, mais il paraît qu'ils ont trouvé des choses peu reluisantes sur son passé. Ils n'ont rien voulu me dire au téléphone, mais d'après leur ton, nous devrions être heureux d'être débarrassés de lui.

« Ils seront là dans une heure. Ils ont prévu de s'arrêter d'abord au commissariat du 13ᵉ district. Il semble qu'ils aient découvert la femme dont on a retrouvé la carte de la soupe populaire sur les lieux de l'incendie. Ils l'ont emmenée au poste pour l'interroger.

— J'aimerais savoir ce qu'elle avait à leur dire.

— Vous en avez le droit, en effet, dit Mac, maintenant radouci. Venez, vous l'apprendrez directement. Ensuite, lorsque nous aurons enfin récupéré Nell, nous irons dîner.

— Mac, est-ce le genre de Nell de ne pas répondre à ses messages ? Se pourrait-il qu'elle soit chez elle et qu'elle ne rappelle pas parce qu'elle ne se sent pas bien ?

— Bon Dieu, Dan, ne vous angoissez pas comme ça ! » Mais Dan perçut une note d'inquiétude dans la voix de Mac. « Je vais appeler le portier et lui demander s'il l'a vue entrer ou sortir. »

## 85

« C'EST des heures avant l'incendie que j'ai déclaré le vol de mon sac et de tout ce qu'il y avait dedans », dit Karen Renfrew d'un ton amer. Elle se trouvait avec le capitaine Murphy et les inspecteurs Sclafani et Brennan dans la salle de réunion où avait eu lieu leur entretien précédent avec Cornelius MacDermott et Dan Minor.

« À qui avez-vous fait votre déclaration, Karen ? demanda Sclafani.

— À un flic qui passait dans une voiture de police. Je lui ai fait signe de s'arrêter. Vous savez ce qu'il m'a dit ? »

Je peux l'imaginer, pensa Brennan.

« Il m'a dit : "Ma p'tite dame, vous trimbalez suffisamment de saloperies dans vos caddies. Devriez pas vous préoccuper d'un malheureux sac qui en est tombé !" Mais je vous le répète, moi, il est pas tombé, on me l'a volé.

— Ce qui signifie que le soi-disant voleur squattait probablement cet immeuble, dit le capitaine Murphy. Et qu'il a sans doute été à l'origine de l'incendie dans lequel la mère du Dr Minor a perdu la vie. »

Karen Renfrew l'interrompit : « En tout cas, je peux vous décrire ce flic. Il était énorme, et celui qui l'accompagnait dans la voiture s'appelait Arty.

— Nous vous croyons, Karen, dit Sclafani, tentant de l'apaiser. Où étiez-vous au moment où on vous a volé votre sac ?

— Dans la 100ᵉ Rue. J'avais un bon porche, en face de ce vieil immeuble qu'ils sont en train de transformer. »

Soudain plus attentif, Sclafani demanda : « Quelle avenue croise la 100ᵉ Rue à cet endroit, Karen ?

— Amsterdam Avenue. Pourquoi ?

— Oui, en quoi ça importe ? demanda Murphy à son tour.

— En rien, peut-être. Ou *énormément*. Nous nous intéressons à un homme qui était chef de chantier dans cet immeuble. D'après sa femme, il a reçu l'ordre d'interrompre les travaux qu'il y avait entrepris et ça l'a rendu malade. Nous n'avons trouvé trace ni d'un tel ordre ni d'aucune intervention de cette nature. Il se peut donc qu'il ait été bouleversé pour une tout autre raison. Et cette histoire s'est passée le soir de l'incendie de l'hôtel Vandermeer. C'est peut-être pure coïncidence, mais nous cherchons cependant si ce type avait un rapport quelconque avec les deux bâtiments. »

George Brennan lança un regard en direction de son collègue. Inutile de crier sur les toits le résultat de leurs réflexions. Jimmy Ryan travaillait juste en face de l'endroit squatté par Karen. C'était une ivrogne. Il lui était facile de s'emparer d'un de ses sacs pendant qu'elle dormait et de le planquer dans le coffre de sa voiture. Pour aller ensuite déposer cette pseudo-pièce à conviction destinée à prouver que l'incendie avait été provoqué par un squatter. Le destin avait voulu qu'il prenne le sac contenant la carte de la soupe populaire et que cette dernière n'ait pas été détruite par le feu. Les pièces du puzzle commençaient à s'emboîter, et la scène qui se dessinait n'était pas jolie.

Si ces hypothèses étaient vérifiées, songea Brennan avec dégoût, Jimmy Ryan n'était pas seulement responsable d'un incendie criminel, mais aussi d'avoir dérobé à une malheureuse des vieux chiffons et d'autres bricoles qui étaient presque sa raison de vivre.

# 86

« NELL, je vous sens profondément troublée. »
Les deux femmes étaient assises à une
table au centre de la pièce, et Bonnie
tenait les mains de Nell dans les siennes.

Ses mains sont glacées, remarqua Nell.

« Qu'avez-vous besoin de demander à Adam ? »
chuchota Bonnie.

Nell essaya de libérer ses mains, mais Bonnie les
serra plus étroitement. Elle a peur, pensa Nell — et
*elle est aux abois.* Elle ignore ce que je sais ou soup-
çonne à propos d'Adam et de l'explosion.

« J'ai des questions à poser à Adam concernant
Winifred, dit Nell, tâchant de maîtriser sa voix. Il est
possible qu'elle soit encore en vie.

— Pourquoi le pensez-vous ?

— Parce qu'un petit garçon qui se trouvait sur un
bateau d'excursion revenant de la statue de la Liberté
a été témoin de l'explosion. Il dit avoir vu quelqu'un
sauter du bateau, quelqu'un qui portait une combinaison de plongée. Je sais que Winifred était une
nageuse émérite, et je me dis que c'est peut-être elle
qu'a vue l'enfant.

— Il a pu se tromper. » Bonnie parlait à voix basse.

Nell regarda autour d'elle. Les ombres emplissaient la pièce. Les rideaux étaient tirés. Le seul bruit, hormis sa propre respiration, était celui de la pluie qui tambourinait contre les fenêtres.

« Je ne crois pas qu'il se soit trompé, dit Nell fermement. Je pense que quelqu'un s'est *réellement* échappé du bateau avant l'explosion. Et je pense que vous savez qui c'est. »

Nell perçut le tremblement qui parcourait le corps de Bonnie, agitait violemment ses mains ; elle put alors se dégager de l'étreinte de ses doigts.

« Bonnie, je vous ai vue à la télévision. Je suis convaincue que vous avez de véritables dons de médium. Je ne comprends pas très bien pourquoi certaines personnes possèdent ces pouvoirs, mais moi-même j'ai eu des expériences psychiques à plusieurs reprises — des expériences bien réelles mais inexplicables de manière rationnelle. Je sais que ma tante Gert aussi.

« Mais vous, Bonnie, vous êtes différente. Vous avez un don plus rare, que vous êtes coupable d'avoir utilisé abusivement. Je me souviens de Gert me disant que les pouvoirs parapsychiques ne devaient servir qu'à faire le bien. "Quiconque les utilise dans un but néfaste sera lourdement puni", disait-elle. »

Bonnie écoutait, les yeux rivés sur Nell, ses pupilles s'assombrissant un peu plus à chaque mot qu'elle entendait, son teint perdant toute couleur.

« Vous avez contacté Gert, prétendant avoir été en communication avec Adam. Je ne croyais pas à cette histoire de "canal", mais j'étais suffisamment bouleversée par la mort de mon mari pour vouloir entrer en contact avec lui. Lorsque mes parents sont morts, ils sont venus me dire adieu parce qu'ils m'aimaient.

411

J'ai imaginé qu'Adam restait silencieux parce que nous nous étions querellés. C'est pourquoi je voulais lui parler ; de manière à faire la paix avec lui. J'avais besoin de me séparer de lui avec amour. Et c'est pour cette raison que je désirais tant croire en vous.

— Nell, je suis sûre que dans l'au-delà, Adam...

— Laissez-moi continuer, Bonnie. Je ne sais si vous avez été véritablement en communication avec Adam, mais ce que vous avez prétendu entendre est faux. Je sais maintenant qu'il ne m'aimait pas. Un homme qui aime sa femme n'a pas une liaison avec son assistante. Il n'ouvre pas un coffre à la banque avec elle sous un autre nom. Or, c'est exactement ce qu'a fait Adam.

— Vous vous trompez, Adam vous *aimait*.

— Non, je ne me trompe pas. Et je ne suis pas la dernière des gourdes. Je sais que vous faites le jeu d'Adam, ou peut-être de Winifred, en cherchant à récupérer la clé du coffre qui était restée par mégarde dans la veste d'Adam. »

Je suis dans le vrai, constata Nell. Bonnie Wilson remuait la tête de droite à gauche, non pas en signe de dénégation mais d'impuissance.

« Deux personnes seulement pouvaient avoir l'usage de cette clé — Adam et Winifred. J'espère que vous travaillez pour le compte de Winifred, et que c'est Adam qui est mort. Je suis horrifiée à la pensée que j'aurais pu vivre, respirer, manger et dormir pendant plus de trois ans avec un être capable de supprimer délibérément trois personnes, et d'avoir provoqué un incendie qui a fait une quatrième victime, une malheureuse SDF.

« Et sur un plan certes moins important, je déplore d'avoir renoncé à la carrière dont j'avais toujours rêvé uniquement pour plaire à un escroc et à un voleur

— ce qu'il était, j'en ai la certitude. Je peux seulement prier pour qu'il n'ait pas été aussi un assassin. »

Nell fouilla dans sa poche et en retira la clé. « Bonnie, vous savez où se cache Adam — à moins que ce ne soit Winifred. Vous rendez-vous compte que si vous les avez aidés d'une manière ou d'une autre, vous devenez complice de plusieurs meurtres ? Prenez cette clé. Donnez-la à celui des deux qui est encore en vie. Laissez-lui croire qu'il peut sans risque se rendre à la banque de White Plains. C'est votre seule chance de bénéficier d'une certaine clémence.

— Qu'entends-tu exactement par "sans risque", Nell ? »

Elle n'avait pas entendu les pas s'approcher d'elle dans la pièce. Elle se retourna et leva les yeux, frappée de stupeur et d'effroi.

Adam se dressait devant elle.

# 87

D<small>AN</small> Minor jeta un coup d'œil vers la fenêtre, espérant voir la pluie diminuer d'intensité. Mais elle tombait à verse, frappant les carreaux comme une cataracte. Quand il pleuvait ainsi à seaux, sa grand-mère disait que les anges pleuraient. Cette pensée lui parut particulièrement menaçante aujourd'hui.

Où était donc passée Nell ?

Ils étaient tous réunis dans le bureau de Mac. Lui, Mac, Gert, Liz et les deux inspecteurs, qui venaient d'arriver.

Le portier de l'immeuble avait confirmé que Nell était rentrée chez elle vers trois heures et ressortie peu après quatre heures. Elle a donc reçu le message que je lui ai laissé, pensa-t-il. Mais pourquoi ne m'a-t-elle pas rappelé ? Le garçon d'ascenseur avait dit qu'elle semblait préoccupée et fatiguée.

À leur arrivée, Jack Sclafani et George Brennan avaient été présentés à Liz et à Gert. Sclafani prit la parole : « Commençons par cette pauvre femme qui a signalé le vol d'un de ses sacs peu avant l'incendie. Nous avons vérifié sa déclaration auprès de l'agent de police qui l'a interpellée ce jour-là. Nous sommes convaincus qu'elle n'est pas responsable de l'incendie de l'hôtel Vandermeer.

« Par ailleurs, nous n'en aurons sans doute jamais la preuve formelle, mais nous croyons que c'est Winifred Johnson qui a payé Jimmy Ryan, l'une des victimes de l'explosion du bateau, pour mettre le feu au bâtiment et s'arranger pour que l'acte soit attribué à un de ces pauvres bougres de SDF.

— Ce qui signifie que ma mère..., l'interrompit Dan.

— Que votre mère n'est plus considérée comme suspecte.

— À votre avis, Winifred Johnson agissait pour son compte, ou bien suivait-elle les instructions d'Adam ? demanda Mac.

— Nous présumons que tout était exécuté sur l'ordre d'Adam Cauliff.

— Mais je ne comprends pas, dit Gert. Quel avantage pouvait-il tirer de cet incendie ?

— Il avait acheté la parcelle Kaplan attenante à ce vieil hôtel particulier. Il était assez malin pour savoir qu'elle augmenterait considérablement de valeur si l'hôtel n'existait plus et que disparaissaient les restrictions dues à son statut de monument classé. Il se serait alors adressé à Peter Lang, qui avait acquis la propriété Vandermeer, et lui aurait proposé un marché. Il était assez imbu de lui-même pour croire qu'il pourrait s'imposer comme l'architecte du projet auprès du promoteur.

« D'après sa veuve, un homme a appelé Jimmy Ryan à son domicile le soir de l'incendie avec ordre d''"annuler le boulot", expliqua Brennan. C'est, entre autres, ce qui nous incite à penser qu'Adam et Winifred avaient prémédité l'incendie. Mais ils venaient probablement d'apprendre que l'hôtel Vandermeer avait été déclassé ce même jour. Dans ce cas il ne servait à rien d'y mettre le feu.

— Cela n'a porté chance ni à l'un ni à l'autre, fit remarquer Liz, puisque tous les deux ont été pulvérisés dans l'explosion du bateau.

— Pas si sûr. » Devant leur mine stupéfaite, Brennan ajouta : « Un témoin croit avoir vu une personne en combinaison de plongée sauter du bateau un instant avant la déflagration. Deux corps n'ont toujours pas été retrouvés — ceux d'Adam Cauliff et de Winifred Johnson. »

Sclafani continua à son tour : « Grâce aux talents de détective de votre petite-fille, monsieur le député, nous avons pu accéder à un coffre-fort que partageaient un homme et une femme sous les noms d'Harry et Rhoda Reynolds. Le coffre contenait des passeports et autres papiers d'identité. Nous n'avons pas vérifié nous-mêmes le contenu du coffre, mais les copies des passeports nous ont été faxées. Bien que l'homme et la femme soient visiblement grimés, il est clair qu'il s'agit d'Adam Cauliff et de Winifred Johnson.

« Le coffre contenait aussi près de trois cent mille dollars en liquide et plusieurs millions en titres au porteur et valeurs diverses », ajouta Brennan.

Ces révélations furent suivies d'un long silence que Gert fut la première à rompre : « Comment sont-ils parvenus à accumuler tant d'argent ?

— Ce n'était pas si difficile, étant donné l'importance des réalisations dont étaient chargés Walters et Arsdale. Ils ont un chiffre d'affaires de près de huit cents millions de dollars inscrit dans leurs livres à la date d'aujourd'hui. Et nous pensons qu'Adam et Winifred avaient tout préparé depuis longtemps. »

Voyant la tristesse peinte sur le visage de Mac, Sclafani ajouta : «Je crains que votre petite-fille n'ait épousé un personnage peu recommandable, monsieur le député. C'est une sombre histoire, tout est dans ce rapport. Vous pourrez en prendre connaissance à loisir. Je suis désolé pour Mme MacDermott. C'est une femme bien et intelligente. Je sais que ces révélations seront un choc pour elle, mais elle a du ressort, elle reprendra le dessus.

— Viendra-t-elle nous rejoindre ? demanda Brennan. Nous aimerions la remercier de l'aide qu'elle nous a apportée.

— Nous ignorons où elle est, déclara Gert d'un ton où l'anxiété se mêlait à l'irritation. Personne ne m'écoute quand je dis que je suis folle d'inquiétude pour elle. Il s'est passé quelque chose. J'ai senti qu'elle était troublée lorsque je lui ai parlé au téléphone en début d'après-midi. Elle n'avait pas l'air dans son assiette. Elle m'a dit qu'elle venait de rentrer de Westchester. Dans ces conditions, pourquoi serait-elle ressortie par un temps pareil ? »

Ce n'est pas *normal*, se dit Dan, saisi de panique. Nell est en danger.

Brennan et Sclafani se regardèrent. «Vous n'avez aucune idée de l'endroit où elle pourrait être ? demanda Sclafani.

— Ça vous tracasse donc ? aboya Mac. Pourquoi ?

— Parce que nous savons que Mme MacDermott a trouvé la deuxième clé du coffre et a mené sa propre enquête dans une banque proche de la maison de retraite où réside la mère de Winifred Johnson. Si elle a découvert où se cachent Winifred ou Adam, et qu'elle essaie d'entrer en contact avec eux, elle court un grave danger. Quelqu'un qui peut, de sang-froid, faire sauter un bateau avec plusieurs personnes à bord

417

est capable de n'importe quoi, y compris de commettre d'autres meurtres, pour éviter d'être pris.

— C'est certainement Winifred qui s'est échappée à la nage du bateau, dit Gert d'une voix mal assurée. Parce que... parce que Bonnie Wilson est entrée en contact avec Adam. Il a parlé à Nell depuis l'au-delà, ce qui signifie qu'il est mort.

— Il a *quoi* ? s'exclama Sclafani.

— Gert, pour l'amour du ciel ! explosa Mac.

— Mac, je sais que tu ne crois pas à ces choses-là, mais Nell y croit, elle. Suivant les conseils que lui a donnés Adam par l'intermédiaire de Bonnie Wilson, elle a même donné tous ses vêtements à l'église. Nous en avons parlé ensemble cet après-midi. Elle les a mis dans des cartons qu'elle apportera demain, et Bonnie Wilson a proposé de m'aider à les déballer. Je l'ai dit à Nell. Bonnie a été d'un grand réconfort dans ces moments difficiles. Je suis seulement étonnée qu'elle ait oublié de me mentionner qu'elle avait rencontré Adam chez moi, à l'une de mes petites réunions. J'ai retrouvé une photo d'eux.

— Vous dites qu'elle a conseillé à Mme MacDermott de donner les vêtements d'Adam, et vous a par la suite proposé de venir les déballer avec vous ! s'écria Brennan. Je parie qu'elle essayait de mettre la main sur la clé du coffre. Elle est impliquée dans toute cette histoire, qu'elle soit de mèche avec Adam ou avec Winifred.

— Oh, mon Dieu, fit soudain Liz Hanley. Dire que j'ai pensé qu'il s'était matérialisé ! »

Ils la regardèrent tous avec stupéfaction.

« Qu'est-ce que vous racontez, Liz ? demanda Mac.

— J'ai vu le visage d'Adam apparaître dans le miroir chez Bonnie Wilson. J'ai cru qu'elle était entrée en communication avec lui, mais peut-être était-il présent en chair et en os. »

C'est là qu'est Nell, pensa Dan, chez cette Bonnie Wilson. J'en suis sûr.

Saisi d'effroi, il regarda autour de lui, et vit la peur qui l'étreignait se répandre sur le visage de tous ceux qui se trouvaient avec lui dans la pièce.

## 88

ADAM se dressait devant d'elle.

Malgré la pénombre, Nell le reconnut. C'était bien Adam, mais un côté de son visage était boursouflé et pelait, et il avait la main et le pied droits enveloppés d'un épais bandage. Elle voyait aussi ses yeux, remplis de fureur.

« Tu as trouvé la clé et prévenu la police, dit-il d'une voix rauque. Après avoir tout combiné, supporté pendant trois années cette femme stupide et insipide, failli perdre la vie parce que tu m'avais donné la mauvaise veste et qu'il a fallu que j'aille chercher ce maudit sac — après *tout cela*, sans compter mes brûlures, il ne me reste *rien*. »

Il brandit la main gauche. Il tenait quelque chose de lourd, mais Nell ne put distinguer quoi. Elle voulut se lever, et il la repoussa de sa main bandée. Elle vit une expression de souffrance intense crisper son visage, entendit Bonnie crier : « Adam, non ! Par pitié, non ! »

Puis une douleur aiguë, fulgurante, explosa sur le côté de son crâne et elle se sentit tomber, tomber...

Dans le lointain, Nell entendait un son étrange, un mélange de gémissements et de soupirs. Elle avait si mal à la tête. Ses cheveux et son visage étaient poisseux. Peu à peu, elle prit conscience que c'était elle qui geignait.

« J'ai mal », murmura-t-elle. Puis elle se souvint : Adam était en vie. Il était là.

Quelqu'un la touchait. Qui ? Que se passait-il ?

« Plus fort. Serre davantage ! » C'était la voix d'Adam.

Ses jambes. Pourquoi étaient-elles douloureuses ?

Elle parvint à ouvrir les yeux suffisamment pour voir Bonnie penchée sur elle, en larmes. Elle tenait une pelote de grosse ficelle. Elle est en train de me ligoter les jambes, pensa Nell.

« Les mains. Attache-lui les mains, à présent. » C'était à nouveau la voix d'Adam — dure, cruelle.

Elle était étendue sur un lit, à plat ventre. Bonnie lui ramenait les mains dans le dos, faisant plusieurs tours avec la corde.

Nell essaya en vain de parler ; elle ne parvenait pas à articuler les mots qui lui venaient à l'esprit. *Ne faites pas ça, Bonnie,* aurait-elle voulu lui dire. *Vous n'avez plus que quelques minutes à vivre. Votre aura est noire maintenant. Ne vous mettez pas davantage de sang sur les mains.*

Bonnie lui liait les poignets, mais Nell sentit ses doigts lui presser doucement la main. Elle continua de la ligoter, serrant de moins en moins fort.

Elle veut m'aider.

« Grouille-toi », cria Adam.

Lentement, Nell tourna la tête. Il y avait un tas de journaux froissés sur le plancher. Adam en approchait une bougie. La première flamme dansa. Il mettait le feu à la pièce ! Elle perçut toute la scène avec une lucidité soudaine.

421

« On va voir si tu apprécies ce que je te réserve, Nell, disait Adam. Je veux que tu endures la même chose que moi. Car tout est de ta faute. De *ta* faute. De ta faute si je n'ai pas eu la clé. De ta faute si, avec la tête que j'ai maintenant, je n'ai pas pu aller à la banque pour me faire ouvrir le coffre. De ta faute et de celle de cette imbécile qui m'a apporté l'autre veste.

— Adam, pourquoi... ?

— Pourquoi ? Tu as besoin de me demander pourquoi ! Tu ne comprends donc rien ? » À sa rage se mêlait maintenant une immense amertume. « Je n'ai jamais été assez bien pour toi, jamais à la hauteur des distingués copains de ton grand-père. Ne comprends-tu pas que si tu te présentais à cette élection, tout était fini pour moi ? Il y a des épisodes de ma vie légèrement embarrassants pour quelqu'un qui veut siéger à la Chambre. Si tu n'avais pas tenu à rester la petite-fille chérie de Mac, te pliant à tous ses caprices, j'aurais peut-être eu ma chance. Mais lorsque tu as pris ta décision, j'ai compris que c'était la fin. On aurait fouillé dans mon passé, les médias s'en seraient donné à cœur joie. Il était simplement hors de question que je te laisse faire cela. »

Adam s'était agenouillé près du lit, son visage près du sien. « Et voilà, Nell, c'est toi qui m'as forcé la main. Toi et cette femmelette de Jimmy Ryan, et Winifred avec ses regards larmoyants et sa bouche en cul-de-poule. Bon, la question n'est pas là. De toute façon, il était temps de m'en aller. De prendre un nouveau départ. » Il se leva et la toisa. « Tant pis s'il ne me reste pas grand-chose pour redémarrer, je m'en tirerai. Mais pas toi. Adieu, Nell.

— Adam, tu ne peux pas la tuer ! s'écria Bonnie,

lui saisissant le bras au moment où le feu commençait à se propager.

— Bonnie, tu es soit avec moi, soit contre moi. Le choix est simple : tu demeures ici avec Nell ou nous partons tous les deux. »

À cet instant retentit la sonnette de l'entrée, son timbre persistant se répercutant à travers le petit appartement. La fumée envahissait la pièce, la cloison contre laquelle les journaux étaient entassés avait pris feu. À l'extérieur une voix s'éleva : « Police, ouvrez ! »

Adam s'élança dans l'entrée puis revint vers Nell. « Tu les entends ? Ils sont venus te porter secours. Eh bien, ils arriveront trop tard. » Il courut vers la porte d'entrée, vérifia la serrure de sécurité et le verrou, revint dans la chambre, ferma la porte derrière lui, tourna la clé, l'ôta et, à coups d'épaule, poussa la commode devant le battant. Il fit un autre tas avec les journaux et jeta la bougie par-dessus.

« Vite, l'escalier de secours ! » lança-t-il à Bonnie.

Les flammes léchaient déjà les rideaux. « Ouvre la fenêtre, nom de Dieu !

— L'escalier est en travaux, Adam. On ne peut pas sortir par là. Il n'est pas solide », sanglota Bonnie.

Il la poussa dehors, la forçant à s'aventurer sur l'escalier métallique, sous la pluie battante. Nell surprit l'expression de démence qui tordit le visage d'Adam au moment où il refermait soigneusement la fenêtre derrière lui, l'enfermant dans la pièce.

Elle était seule — seule dans la fournaise. Le matelas avait pris feu. Mue par une énergie farouche, Nell parvint à rouler à bas du lit, puis à se relever tant bien que mal, malgré ses chevilles entravées. Se retenant à la commode, elle libéra ses mains des liens que Bonnie n'avait pas complètement serrés. S'arc-boutant de toutes ses forces, elle repoussa la commode sur le côté.

La porte avait pris feu. Nell essaya de tourner la poignée. Les brûlures, la fumée... elle en avait eu la prémonition. Du sang lui coulait dans les yeux. Il n'y avait pas d'air, rien que de la fumée. Elle suffoquait.

Quelqu'un martelait la porte d'entrée. Elle entendait les coups.

Trop tard, songea-t-elle en se laissant glisser sur le sol et en se mettant à ramper. Tu arriveras trop tard.

# 89

Un mince filet de fumée s'échappait dans le couloir. « L'appartement est en feu ! » hurla Sclafani. S'élançant dans un même mouvement, les trois hommes — les deux inspecteurs et Dan Minor — tapèrent à coups de pied dans la porte. Elle refusa de bouger.

« Je passe par le toit ! » cria Brennan.

Sclafani pivota sur lui-même et dévala les marches, suivi de Dan. Ils atteignirent le hall d'entrée et se précipitèrent dans la rue, vers le côté de l'immeuble où se trouvait l'escalier de secours. Courant sous les trombes d'eau, ils contournèrent l'angle du bâtiment.

« Bon Dieu, regardez ! » s'exclama Dan.

Au-dessus de leurs têtes, deux silhouettes glissaient et trébuchaient sur les marches humides.

À travers le rideau de pluie, Jack Sclafani distingua le visage de l'homme et comprit qu'il s'agissait d'Adam Cauliff, l'individu que Ben Tucker avait vu revêtu de la combinaison de plongée et qui avait été la cause de ses horribles cauchemars.

À l'intérieur de la chambre en feu, la fumée asphyxiait Nell. Aveuglée, elle se traînait sur le sol, essayant désespérément d'aspirer une dernière bouffée d'air. Elle suffoquait. La fenêtre. Où se trouvait la fenêtre ? Soudain, sa tête heurta quelque chose de dur. Le mur ! Elle avait traversé la pièce — la fenêtre devait être juste au-dessus d'elle. Elle se hissa péniblement à genoux et leva les bras pour agripper le rebord de la fenêtre. Elle ne sentit sous ses mains que du métal brûlant. Qu'est-ce que c'était ? Une poignée ? Une poignée de la commode. Seigneur, elle avait fait un tour complet ! Elle était revenue devant la porte.

Je suis perdue, pensa-t-elle. Je ne peux plus respirer.

Et soudain elle eut l'impression de se retrouver dans le contre-courant, attirée vers le fond par les tourbillons. Elle était à bout de forces.

Une voix parvint jusqu'à elle, mais ce n'était pas celle de ses parents cette fois-ci — c'était celle de Dan. *Nell, j'ai besoin de vous.*

Fais demi-tour, s'exhorta-t-elle. Représente-toi la fenêtre. Elle est droit devant toi. Longe le lit, puis va sur la droite. Maudissant la corde qui lui entravait les chevilles, elle se remit à ramper à travers la pièce.

*J'ai besoin de vous, Nell. J'ai besoin de vous.*

À moitié asphyxiée, toussant, Nell repartit, toute sa volonté tendue vers la fenêtre.


« Halte ! Police ! cria Sclafani en direction du couple qui descendait l'escalier de secours au-dessus de lui. Haut les mains ! »

Adam s'arrêta subitement et fit brusquement demi-tour, barrant le chemin à Bonnie qui tentait de passer devant lui. Il l'empoigna. « Remonte ! » hurla-t-il en la repoussant vers le haut de l'escalier.

426

Parvenu au deuxième étage, il glissa et se rattrapa à la rambarde de sa main droite bandée. Beuglant littéralement de douleur, il poursuivit néanmoins son ascension.

Ils dépassèrent la fenêtre de l'appartement de Bonnie au quatrième étage et atteignirent le palier du cinquième. En dessous d'eux, il y eut un bruit de verre brisé et des flots de fumée s'échappèrent d'une fenêtre.

Arrivé au palier du cinquième étage, Adam leva les yeux. Le toit n'était plus qu'à deux mètres de distance.

« C'est inutile, Adam ! » cria Bonnie.

Adam se hissa sur la rambarde métallique et leva les bras. Du bout des doigts il atteignit le rebord de la toiture. Trop fébrile pour prêter attention à l'élancement atroce qui traversait sa main blessée, il s'agrippa au rebord et s'efforça de se hisser plus haut.

Sous lui, il entendit un long craquement, sentit toute la structure métallique osciller, tandis que l'escalier se détachait du mur.


Dans la rue en contrebas, Dan Minor entendait les hurlements des sirènes des voitures de pompiers qui se ruaient dans West End Avenue. Il aida Sclafani à s'élever jusqu'à la première marche de l'escalier de secours. « Envoyez l'échelle d'accès », cria-t-il lorsque Sclafani eut atteint le premier étage.

Une minute plus tard, Dan grimpait à son tour l'escalier branlant. Au-dessus de sa tête, il voyait les flammes surgir de la fenêtre du quatrième étage.

Nell parvint à se relever et trébucha jusqu'à la fenêtre. D'un coup d'épaule, elle brisa un carreau. Derrière elle, un violent courant d'air chaud fut aspiré à l'extérieur, alors que sous ses pieds le plancher commençait à céder. Elle se jeta en avant, sentit l'air frais et humide monter jusqu'à elle, pénétrant dans ses poumons. Mais son corps n'était qu'à moitié passé à travers la fenêtre quand elle bascula en arrière, au moment où le plancher s'effondrait sous ses pieds. De ses mains à vif, elle saisit l'encadrement de la fenêtre. Du verre brisé lui perça les paumes. La douleur était insupportable. Elle savait qu'elle ne pourrait pas tenir beaucoup plus longtemps. Dans la pièce elle entendait le feu rugir. Des sirènes retentissaient en bas, des gens criaient. Au fond d'elle-même, pourtant, régnait un grand calme. Était-ce à cela que ressemblait la mort ?

Adam s'agrippait au rebord du toit avec le bout de ses doigts. Dans un dernier sursaut d'énergie, il tenta de se hisser à la force des poignets. Soudain, des bras lui entourèrent les chevilles, l'entraînant vers le bas. C'était Bonnie. D'un coup de pied, il chercha à se libérer de son étreinte, mais en vain. Ses doigts lâchèrent prise. Il bascula en arrière et retomba sur le palier.

Avec un rugissement de rage, il saisit Bonnie et la souleva par-dessus sa tête. L'escalier oscillait de plus en plus sous ses pieds.

« Lâchez-la, ou je tire, cria Brennan depuis le toit.

— C'est exactement mon intention », lui cria Cauliff en retour.

Montant quatre à quatre, Sclafani vit la scène. Il va la balancer par-dessus bord, pensa-t-il. Il atteignit le palier supérieur et s'apprêta à maîtriser Cauliff. Trop tard. Dans un long hurlement, Bonnie tournoya jusque dans la rue en contrebas.

Adam remonta immédiatement sur la rambarde et à nouveau tendit les bras au-dessus de lui. Il eut à peine le temps d'effleurer le rebord du toit. Il resta une seconde en suspens, comme incertain, puis bascula, battant l'air pour garder l'équilibre.

Sclafani se figea, regardant l'homme exécuter sa danse mortelle avant de plonger silencieusement dans le vide et d'aller s'écraser sur la chaussée.

En dessous de Sclafani, Dan avait atteint la fenêtre de la chambre de Bonnie. Apercevant Nell à la lisière du brasier, cramponnée à l'encadrement de la fenêtre, il la saisit par les poignets et la maintint fermement contre lui jusqu'à ce que Sclafani vînt lui prêter main-forte, l'aidant à mettre Nell hors de danger.

« Nous l'avons ! s'écria Sclafani. Dépêchons-nous. Tout va s'écrouler. »

L'escalier de secours tanguait dangereusement pendant qu'ils descendaient depuis le quatrième étage, Dan portant à moitié Nell dans ses bras.

Quand ils atteignirent la dernière marche et l'échelle d'accès, un pompier leur cria : « Passez-la-moi et sautez ! »

Dan déposa Nell dans les bras tendus de l'homme. Puis Jack Sclafani et lui sautèrent par-dessus la rambarde et s'éloignèrent en courant, à l'instant où les cinq étages se détachaient du mur et s'effondraient sur le sol, recouvrant les corps d'Adam Cauliff et de Bonnie Wilson.

*Mardi 7 novembre*
*Jour de l'élection présidentielle*

## 90

O<small>N</small> élisait le nouveau président qui allait diriger les États-Unis d'Amérique pendant les quatre années à venir. Un nouveau sénateur allait parler au nom de l'État de New York au sein du club le plus fermé du pays. Et à la fin de ce jour, la ville de New York saurait si la circonscription sur laquelle Cornelius MacDermott avait régné pendant presque cinquante années avait choisi sa petite-fille, Nell Mac-Dermott, pour la représenter à la Chambre.

En partie par nostalgie, et peut-être aussi par superstition, Nell avait établi son quartier général de campagne à l'hôtel Roosevelt, théâtre des triomphes passés de son grand-père. Avant que les bureaux de vote ne ferment, et alors que les résultats commençaient à tomber, toute l'équipe s'isola dans une suite du neuvième étage, le regard braqué sur les trois téléviseurs disposés à une extrémité de la pièce — un pour chacune des chaînes principales.

Gert MacDermott était là, de même que Liz Hanley et Lisa Ryan. Seul Dan Minor manquait à l'appel, mais il venait de les prévenir par téléphone qu'il quittait l'hôpital et prenait la route pour les rejoindre. Les

433

assistants entraient et sortaient, se servant d'un air absent des petits sandwichs et des boissons variées disposés à l'intention des participants. L'optimisme et l'inquiétude régnaient — la campagne avait été particulièrement rude.

Nell se tourna vers son grand-père. « Que je gagne ou non, Mac, je suis heureuse que tu m'aies forcée à me lancer dans la bataille.

— Et pourquoi aurais-tu renoncé ? répondit-il d'un ton bougon. Le comité du parti était d'accord avec moi — la femme n'est pas responsable des fautes de son mari. Encore que, soyons réalistes, si un procès avait eu lieu, le battage aurait été tel que ta campagne serait devenue impossible. Une fois disparus Adam et les autres, l'affaire était classée. »

*Une affaire classée*, songea Nell. Comme étaient classés la trahison d'Adam ; l'assassinat perpétré de sang-froid, pour que personne ne puisse l'incriminer, de Jimmy Ryan et Winifred Johnson ; le fait qu'elle avait été mariée à un monstre. J'ai vécu avec Adam pendant trois ans. Ai-je toujours senti qu'au cœur de notre couple il y avait quelque chose de fondamentalement faux ? J'aurais dû.

L'enquêteur de Bismarck avait recueilli d'autres informations concernant Adam. Il avait utilisé le pseudonyme d'Harry Reynolds lors d'une transaction louche dans le Dakota du Nord. Il avait sans doute mis Winifred au courant.

Nell parcourut la pièce du regard. Lisa Ryan s'en aperçut et leva le pouce à son intention. Au début de l'été, Lisa était venue trouver Nell et lui avait proposé de l'aider dans sa campagne. Nell l'avait engagée sans hésiter, et s'en était félicitée. Lisa avait travaillé d'arrache-pied, lui consacrant ses soirées, appelant les électeurs au téléphone, postant les imprimés de la campagne.

Les enfants de Lisa avaient passé l'été au bord de la mer avec leurs voisins, Brenda Curren et son mari. Mieux valait les éloigner un peu jusqu'à ce que la mort de leur père cesse de défrayer la chronique. Cependant, le pire avait été évité. Si le nom de Jimmy figurait dans les procès-verbaux de la police, il n'avait pas été cité dans la presse.

« Les enfants savent que leur père a commis une faute très grave, avait expliqué franchement Lisa à Nell. Mais ils savent aussi qu'il a perdu la vie parce qu'il était sur le point de tout dévoiler. Il voulait se racheter. Sa dernière parole à mon intention a été : "Pardon", et je comprends maintenant sa signification. »

Si elle était élue, Nell demanderait à Lisa de rejoindre son équipe à New York. Pourvu que nous l'emportions, espéra-t-elle, son attention à nouveau rivée sur les écrans.

Le téléphone sonna. Lisa répondit. « C'était Ada Kaplan, dit-elle à Nell. Elle forme des vœux pour votre succès. Vous êtes une sainte à ses yeux. »

Nell avait revendu son immeuble à Ada pour la somme qu'Adam lui avait versée.

Et Ada l'avait ensuite revendu à Peter Lang pour trois millions de dollars. « Pas un mot à mon fils, avait-elle dit à Nell. Il aura ce que je lui ai promis. La différence ira au Fonds social juif unifié. Cet argent servira à venir en aide à des gens dans le besoin. »

Mac ne tenait pas en place. « Vous êtes au coude à coude, Nell. C'est plus serré que je ne l'imaginais.

— Mac, depuis quand t'agites-tu ainsi en suivant l'annonce des résultats ? demanda Nell en riant.

— Depuis que c'est toi qui es en lice. Écoute, ils

disent que ça va se jouer dans un mouchoir de poche ! »

Il était neuf heures trente. Dan apparut une demi-heure plus tard. Il s'assit près de Nell, passa son bras autour d'elle. « Désolé d'avoir mis si longtemps pour arriver jusqu'ici. J'ai eu deux urgences. Où en est-on ? Faut-il que je prenne ta tension ?

— Pas la peine — je sais qu'elle est au maximum. »

À dix heures trente les experts annoncèrent que la tendance était favorable à Nell. « Continuez, les gars ! » murmura Mac.

À onze heures trente l'adversaire de Nell reconnaissait sa défaite. L'ovation qui monta dans la pièce fut immédiatement suivie par un vacarme assourdissant au rez-de-chaussée. Nell était entourée de tous ceux qui comptaient dans sa vie quand la télévision montra la foule qui se bousculait dans la grande salle de bal du Roosevelt, célébrant la victoire de la nouvelle élue. L'assistance entonna alors la chanson qui était devenue le leitmotiv de sa campagne depuis que l'orchestre l'avait jouée pour la première fois lors de l'annonce de sa candidature. C'était une chanson populaire de la fin du XIXe siècle, « Attends que le soleil brille, Nelly ».

*Attends que le soleil brille, Nelly,*
*Quand les nuages se dissiperont dans le ciel...*

Ils se sont dissipés, pensa Nelly.

*Nous serons heureux, Nelly...*
*Et nous nous aimerons...*

« Tu peux en être sûre », murmura Dan.

*Alors attends, Nelly, le soleil brillera bientôt.*

La chanson prit fin, et une salve d'applaudisse-ments éclata. En bas, dans la salle de bal, le directeur de campagne de Nell s'empara du micro. « Le soleil brille ! clama-t-il. Nous avons élu le président que nous voulions, le sénateur que nous voulions, et main-tenant, la parlementaire que nous voulions ! » Il se mit à scander : « C'est Nell qu'il nous faut ! C'est Nell qu'il nous faut ! »

Des centaines de voix se joignirent à la sienne.

« Venez, madame la députée MacDermott. On vous attend », dit Mac en l'entraînant vers la porte.

Il la prit par le bras pendant que Liz, Gert et Dan leur emboîtaient le pas.

« Maintenant, Nell, la première chose que je ferais si j'étais à ta place... », commença Mac.

# Remerciements

Une fois encore, comment vous remercier tous.
Essayons.

Chaque année ma gratitude grandit envers mon éditeur
de toujours, Michael Korda, et son associé, Chuck Adams.
Toujours prêts à m'encourager, infatigablement, sachant
dire le mot juste au bon moment.

Bénie soit Lisl Cade, mon attachée de presse — amie
loyale, lectrice attentive et enthousiaste.

Mon éternelle reconnaissance à mes agents, Eugene
Winick et Sam Pinkus. Ils me donnent les réponses avant
que j'aie posé les questions. De vrais amis !

Merci à Gypsy da Silva, toujours disponible, pour son
œil infaillible et sa patience d'ange. Merci, et merci
encore, Gypsy.

Merci aussi à ma fidèle lectrice Carol Catt et à mon cor-
recteur Michael Mitchell pour leur travail minutieux.

Je remercie également Lionel Bryant, maître principal
des Coast Guards, pour ses explications sur les conséquences éventuelles de l'explosion d'un bateau dans la baie de
New York.

Le sergent Steven Marron, Richard Murphy, inspecteur
à la retraite de la police de New York, et les services du
procureur général du comté de New York m'ont donné
des indications précieuses sur le déroulement d'une
enquête de police et des procédures appliquées dans le cas

439

où les événements décrits dans ce livre seraient réellement survenus.

Merci aussi aux architectes Erica Belsey et Philip Mahla, ainsi qu'à l'architecte d'intérieur Eve Ardia pour leurs avis.

Au Dr Ina Winick, toujours prête à me conseiller sur les questions se rapportant à la psychologie.

Au Dr Richard Roukema qui a su répondre à mes interrogations.

Mille remerciements aussi à Diane Ingrassia, directrice d'agence de la Ridgewood Savings Bank, pour ses informations concernant les coffres de banque.

Et comme toujours, merci à mes assistantes et amies Agnes Clark et Nadine Petry, et à ma lectrice Irene Clark.

Merci à ma fille et consœur, Carol Higgins Clark, qui a un jugement sans faille et sait si bien me corriger lorsque j'utilise des expressions démodées.

Ma gratitude à mon équipe de supporters, nos enfants et petits-enfants. L'un des plus petits m'a demandé : « Est-ce qu'écrire un livre c'est comme faire beaucoup de devoirs à la maison, Mimi ? »

Enfin, une mention très particulière et affectueuse à mon mari, John Conheeney, qui parvient à survivre avec patience et humour aux affres d'un auteur obsédé par un délai de remise impératif.

Et je cite encore une fois ces mots de mon moine préféré : « Le livre est terminé. Au lecteur de jouer. »

P-S à mes amis — j'accepte les invitations à dîner.

## « SPÉCIAL SUSPENSE »

MATT ALEXANDER
*Requiem pour les artistes*

STEPHEN AMIDON
*Sortie de route*

RICHARD BACHMAN
*La Peau sur les os*
*Chantier*
*Rage*
*Marche ou crève*

CLIVE BARKER
*Le Jeu de la Damnation*

GILES BLUNT
*Le Témoin privilégié*

GERALD A. BROWNE
*19 Purchase Street*
*Stone 588*
*Adieu Sibérie*

ROBERT BUCHARD
*Parole d'homme*
*Meurtres à Missoula*

JOHN CAMP
*Trajectoire de fou*

JOHN CASE
*Genesis*

JEAN-FRANÇOIS COATMEUR
*La Nuit rouge*
*Yesterday*
*Narcose*
*La Danse des masques*
*Des feux sous la cendre*
*La Porte de l'enfer*

CAROLINE B. COONEY
*Une femme traquée*

HUBERT CORBIN
*Week-end sauvage*
*Nécropsie*
*Droit de traque*

PHILIPPE COUSIN
*Le Pacte Pretorius*

JAMES CRUMLEY
*La Danse de l'ours*

JACK CURTIS
*Le Parlement des corbeaux*

ROBERT DALEY
*La nuit tombe sur Manhattan*

GARY DEVON
*Désirs inavouables*
*Nuit de noces*

WILLIAM DICKINSON
*Des diamants pour Mrs Clark*
*Mrs Clark et les enfants du diable*
*De l'autre côté de la nuit*

MARJORIE DORNER
*Plan fixe*

FRÉDÉRIC H. FAJARDIE
*Le Loup d'écume*

FROMENTAL/LANDON
*Le Système de l'homme-mort*

STEPHEN GALLAGHER
*Mort sur catalogue*

CHRISTIAN GERNIGON
*La Queue du Scorpion*
(Grand Prix de
littérature policière 1985)
*Le Sommeil de l'ours*
*Berlinstrasse*

JOHN GILSTRAP
*Nathan*

JEAN-CHRISTOPHE GRANGÉ
*Le Vol des cigognes*
*Les Rivières pourpres*
(Prix RTL-LIRE 1998)

JAMES W. HALL
*En plein jour*
*Bleu Floride*
*Marée rouge*
*Court-circuit*

JEAN-CLAUDE HÉBERLÉ
*La Deuxième Vie de Ray Sullivan*

CARL HIAASEN
*Cousu main*

JACK HIGGINS
*Confessionnal*

MARY HIGGINS CLARK
*La Nuit du Renard*
(Grand Prix de
littérature policière 1980)

*La Clinique du Docteur H.*
*Un cri dans la nuit*
*La Maison du guet*
*Le Démon du passé*
*Ne pleure pas, ma belle*
*Dors ma jolie*
*Le Fantôme de Lady Margaret*
*Recherche jeune femme aimant danser*
*Nous n'irons plus au bois*
*Un jour tu verras...*
*Souviens-toi*
*Ce que vivent les roses*
*La Maison du clair de lune*
*Ni vue ni connue*
*Tu m'appartiens*
*Et nous nous reverrons...*

CHUCK HOGAN
*Face à face*

PHILIPPE HUET
*La Nuit des docks*

GWEN HUNTER
*La Malédiction des bayous*

PETER JAMES
*Vérité*

TOM KAKONIS
*Chicane au Michigan*
*Double Mise*

MICHAEL KIMBALL
*Un cercueil pour les Caïmans*

LAURIE R. KING
*Un talent mortel*

STEPHEN KING
*Cujo*
*Charlie*

JOSEPH KLEMPNER
*Le Grand Chelem*

DEAN R. KOONTZ
*Chasse à mort*
*Les Étrangers*

PATRICIA MACDONALD
*Un étranger dans la maison*
*Petite Sœur*
*Sans retour*
*La Double Mort de Linda*
*Une femme sous surveillance*

*Expiation*
*Personnes disparues*

PHILLIP M. MARGOLIN
*La Rose noire*
*Les Heures noires*
*Le Dernier Homme innocent*

DAVID MARTIN
*Un si beau mensonge*

LAURENCE ORIOL (NOËLLE LORIOT)
*Le tueur est parmi nous*
*Le Domaine du Prince*
*L'Inculpé*
*Prière d'insérer*

ALAIN PARIS
*Impact*
*Opération Gomorrhe*

RICHARD NORTH PATTERSON
*Projection privée*

THOMAS PERRY
*Une fille de rêve*
*Chien qui dort*

STEPHEN PETERS
*Central Park*

JOHN PHILPIN/PATRICIA SIERRA
*Plumes de sang*

NICHOLAS PROFFITT
*L'Exécuteur du Mékong*

PETER ROBINSON
*Qui sème la violence...*

FRANCIS RYCK
*Le Nuage et la Foudre*
*Le Piège*

RYCK EDO
*Mauvais sort*

LEONARD SANDERS
*Dans la vallée des ombres*

TOM SAVAGE
*Le Meurtre de la Saint-Valentin*

JOYCE ANNE SCHNEIDER
*Baignade interdite*

JENNY SILER
*Argent facile*

BROOKS STANWOOD
*Jogging*

WHITLEY STRIEBER
*Billy*
*Feu d'enfer*